《湘女梦》诗丛 谭清红 主编

蜃 景

凌小妃 著

团结出版社

图书在版编目（CIP）数据

蜃景 / 凌小妃著 . -- 北京：团结出版社，2020.12

（湘女梦 / 谭清红主编）

ISBN 978-7-5126-8495-9

Ⅰ . ①蜃… Ⅱ . ①凌… Ⅲ . ①诗集 – 中国 – 当代

Ⅳ . ① I227

中国版本图书馆 CIP 数据核字（2020）第 251421 号

出　　版：团结出版社

　　　　　（北京市东城区东皇城根南街 84 号　邮编：100006）

电　　话：（010）65228880　　65244790

网　　址：www.tjpress.com

E–mail：65244790@.163.com

经　　销：全国新华书店

印　　装：长沙印通印刷有限公司

开　　本：210mm*145mm　　32 开

印　　张：100

字　　数：900 千字

版　　次：2021 年 1 月第 1 版

印　　次：2021 年 1 月第 1 次印刷

书　　号：978-7-5126-8495-9

定　　价：398.00 元（全九册）

湘女有梦在文学

—— 序"湘女梦"诗丛

黄亚洲

我一向对湖南湘潭市的女作家协会这个组织极其活跃的工作,相当赞赏,就像我多次推崇我们浙江绍兴市的女作家协会的工作一样。不是所有的地级市都有女作家协会的,成立女作家协会的要件,是组织者的勇魄与情怀,以及这个地方确实有相当数量的热情而富有文学创作力的女性作者的存在。

湘潭市女作家协会的主席谭清红机缘巧合地成了我在杭州举办的亚洲学堂的一员,很多次以"学生"的身份,不远千里从湘潭赶来西子湖畔听课,于是这一次她要求我这个"先生"为她们协会组织的这套丛书作序,我也就不太好意思推卸了。按理说。我这个隔省的作家是不适合做这篇文章的。

而翻开作品集,倒是眼睛亮了。

这是湘江河畔的一群女诗人的群体亮相。此番亮相，确有湘女的风度与力度，飒飒有声。看谭清红的诗，语言颇见刚性，诗行之间呈现的硬气，也像她以前给我阅看过的那几篇散文的爽健。

她在《孤独与自由依然并存》这首诗中如此宣告："我可以裸着或半裸着，贴着黑玫瑰丝羽泥膜，偷油婆似的在故纸堆里穿行。没想找到什么，因为没想到丢了什么。黑蚂蚁一样的文字下面，条条点点线线，是我走过的路。"

以"没想找到什么，因为没想到丢了什么"来表达自己足够完整的人生经验，这份自信何其刚硬。

要说这是闻名在外的"湘妹子"的独有风骨，也不为过。

诗人危丹是一朵铿锵玫瑰。读了她的"原来生活中有一种痛，还可以哭着哭着就笑了"的诗句，再知道她的渐冻症患者的身份，能不为她的顽强、豁达与通透感动吗？

诗人凌小妃的诗歌善用"留白"艺术："走在异乡的风景，身边挤满了落叶。耳朵分辨不出另一座城市的语言，枯树上的老鸦一声哀鸣，"这种断裂式的语言，自有张力，可见作者追求艺术表现力的那种执着。

而诗人林韵的诗歌，则仿佛从历史深处走

来，"让人恨不够，又爱不够的风雪日头；让人哭不够，又笑不够的生死情仇。"诗人用语的那种遒劲有力，能令人回味许久。

诗人离若的诗作，就颇具"禅味"了。她仿佛有着佛家看万物的心境，再平常的事物也是一个圆满俱足的大千世界。"落叶收拢翅膀，枯枝一瘦再瘦。地底爬的，地上跑的，都回到大地的仓廪。"在她眼里，世界始终是圆融而充实的。

在诗人韵依依的作品里，我们能隐约看出她的"诗言志"的艺术格调，她善于沿着自己日常生活的指向，作出自己的思想提炼："今生，我是小溪的女儿，捧起通达、无私、宽容、理性，这些浪花般晶莹的词语；与乱石相对，无言。我们的内心里，却有一些东西在汹涌。"

诗人晓虹的诗作带有审美的自觉。她在《微风吹来的时候》里说，"美一定是向低处生长的。微风吹来的时候，河岸边的银杏树向我俯下身子。"句子朴素无华，明白如话，却是意涵悠远。

我们在诗人野鹿的作品里，能感受到她的对于形式创新的孜孜追求。"当影子捂起月亮，暖在手心；相思，又少了一夜。"这种细腻的情绪刻画，很容易在读者的潜意识里激起共鸣。

而在莲城女子合集里，我们也能看到女诗人们对诗歌艺术的各种既大胆又小心翼翼的追求。

小茵重视艺术表达"陌生化",彭万里作品中的"哀而不伤",肖潇的即景入诗,杨蕾作品的开阔与广博,欧阳湘平善用拟人化的修辞,罗银芝诗歌的主题多样,曾娟的借花写人,邹莹作品中那种典雅的"散文化"特点,王樱璇的画中之诗、诗中之画,李静民作品的长于对人生困境的思考,都值得我们充分肯定。

湘潭市的女性诗人群体,用自己独特的乡音,在辽阔的楚湘之地大声吟唱,这种艺术姿态不能不引起当代文学界的惊喜与重视。

我好几次对谭清红说,你们湘潭的女诗人们,真个是不一般的一群。现在读了这一大波作品,更验证了我的这一印象。

巾帼诗人集体地跑在时代的前列了,男性诗人朋友须加倍努力呀。

湘女有梦在文学,真是中国当代文坛之幸。

(序言作者为第八届全国人大代表,中共十六大代表,第六届中国作协副主席、第六届浙江省作协主席、党组书记。为中国鲁迅文学奖得主。现为中国电影文学学会副会长、中国作协影视委员会副主任、中国诗歌学会常务理事、《诗刊》编委。)

目　录

湘女有梦在文学
　　——序"湘女梦"诗丛

辑一

屋景

辑二

辑三

辑四

辑一

要种一树树棉花
老了就顶着它，手捧诗集
在风中，成为一朵云

独白

如果，来看我
最好是在初冬的夜晚
和月光一起

趁夜的凉已打开
热咖啡的渴望，星星点燃
一支烟的忧伤

趁爱，在身体的琴键
发出第一声低吟
白色童话里，我沉睡了多年

戒心

我常常在空虚的世界里
看到另一个自己
没有眼睛鼻子耳朵，没有表情

时而在我的周围
时而与我重叠，把阴暗藏在体内
拒绝不同的色彩与声音

它不曾开口说话
没有对我笑过
只是我一咳嗽，它就痉挛

我一沉默，它就呼啸
在无字的诗里
落泪

陶器

穿透深远的黑暗
历经揉捏、锤炼，才从烈火中
涅槃成我喜欢的样子

凝视你，就像凝视
远古的生命
彳亍在来生的路上

你替我活在黑暗中
如同，我替你活在光明里
每一次触摸
都是一次牵手，一次拥吻

就有一个你我的故事
从泥土的芬芳中醒来
直到，完成生命的燃烧

我们再一次交换彼此
你替我活在光明里
而我，终将替你重返黑暗

暗

我来时，黄昏
在屋顶和树叶上抹了一层
淡淡的暗

远处的山水暗了
鸟鸣暗了，我也暗了
我的影子从大地深处走出

与众多的暗合力
托举起，月色的辽阔
与一座城的灯火

五月的河

走在河堤上
岸的延续，让水面更加沉默
五月的河逐渐丰满
只有盘旋的鸟鸣，偷窥到
它的隐秘

纤夫的号子，只剩下影子
尾随着岸
和岸上的女人
我开始迷恋，河床底下的故事
幻想着比河流更长的河

身体里的水声，沿着
芦苇的方向
指向五月的黄昏

朗读者

天黑了，有人在唱歌
歌声里的光芒
是冬的火，春的绿

黑暗中，涌动的声音
像二月的风
从遥远天边涉水而来

带着惊涛拍岸的力量
和花朵绽放的
疼痛与幸福

天黑了，是谁在歌唱
是飞蛾寻火，凤凰涅槃时
黑与白的挣扎
灵魂的翅膀在厮打

是紧挨着的你我
听得见
彼此的心跳

某个下午

想起，你迷离的眼神
黑色的长发
欲言又止的绯红
天色便开始明亮起来

落叶风中起舞
小鱼在水草间游玩
鸟鸣清脆，来回搬运
天空的记忆

我的词语正翻越
语法的墙，在慌乱的草丛中
捕捉被你击中的瞬间

窗外

一只鸟
落在窗台上
来回踱步

透过玻璃窗
凝望屋内，啾啾自语
像是唱歌
又像是与屋内的人说话

远处的树枝上
传来另一只鸟的鸣叫
它一阵惊喜
打开翅膀，飞去

窗台上，只留下寂静
和空洞的目光
在彷徨

写诗的女人

扶起酒杯
在最美的动词里摇晃
舞着水袖，在夜的迷蒙中
与月色轻狂

敬一杯酒给时间
祈求它，放慢脚步
好用省下来的须臾

去触摸眼角漫过的一场雪
骤雨初歇后
内心平息的海

掏出体内闪烁的星子
从月光的羽毛上
读一个女人内心的乌托邦

在回忆的城堡

月光和鸟鸣
落在夜的窗台

我走出屋子
与远道而来的事物一起
坐在回忆的城堡

读月色浩渺
读清泉潺潺
也读彼此脸上的潮汐

而往事是一尾鱼
偶尔的颤栗
也会拨乱，夜的心弦

聊诗的日子

闲暇时，换上好看的衣服
让粉底、口红、镜子
次第忙碌

邀一朵怀春的花，在一首诗里
安营扎寨，隔屏对饮
一起聊风月，聊落花的悔意

聊深秋熟透了的果子
聊大海身体里
汹涌的浪花

最后，读一首
"倚门回首，却把青梅嗅"
问哥哥"知否、知否"

靠近一只蝴蝶

一只蝴蝶，匍匐在
凝固的空气里
羽翼上的光芒　忽明忽暗

抖落了身上的尘埃
我的肉身也开始轻盈起来
缓缓靠近它

甚至，潜入
它的体内，获取了它
翅膀上的自由

余生

要建一座花园
在城市的屋顶，能装下儿时
花鸟虫鸣的记忆

养一群和平鸽
灰白相间，每一只都是天空
移动的云

我在蓝色的信笺写信
它在远处吹笛

要种一树树棉花
老了就顶着它，手捧诗集
在风中，成为一朵云

雨的印记

一滴水搀扶着一滴水
沿着脉络
挤到叶子的悬崖边

一颗泪，噙着一颗泪
是赴死的灵魂
又像是湿漉漉的经文

一边超度
一边重生

雨之魂

是云在闪电之间喊出
所有的痛，是回忆在黑暗中
高潮迭起又缓缓死去

它洗涤着尘世
以禅的方式从大地腾升
又回归大地

它们互为陪伴，又相互殉情
仿佛朝圣的灵魂需要不断
从大雨中磅礴 生机

雨水吻过的万物

六月枝头，雨来去匆匆
聆听滴答的雨声
如同掬起一朵海的浪

一些雨滴裹着花的芬芳
泥土的清香，流经我的额、我的眉眼
淌成心中的河

雨水吻过的万物
不必掩饰内心的仓惶
通透的心，照得见彼此

正如我低头，看见
一棵树，深埋在泥土的部分
从黑暗中缓缓托出

雨的语境

乌云密布的日子
雨，是写错地址的邮件
总是发往一个方向

雷鸣、闪电刷亮了
夜的黑暗和一些奇异的思想
生命的树枝
长出参悟的果实

走出时空的隧道
我在文字的光芒里采撷诗句
石榴在屋外
兜售它的火红

替一朵花祈祷

初夏。注定要来一场雨
挂在天空的颈脖上
像佛手中，长长的念珠

它流向万物，也流向我
很多人都在逃亡
而我被它辽阔的声响吸引

似乎，唯有我
能听懂它的语言，咏叹调里
一朵花渐渐陨落

香气是它留给夏的遗言
滴答的雨声
是在替一朵花　祈祷

泡温泉的女人

1.
褪去伪装。只为
在深邃的夜
与山水坦诚相见

交出额头上的皱纹
和腰身的丰腴
在一个叫春的城市

让穿过黑的光
也穿过身体，照得见
隐藏暗处的慌张
和嘶鸣

2.
伸出一只脚，试探
用另一只
靠近水的温度

大地的血液是暖的
它流经岩石，也流经人的肌肤
胜过人心的凉

出浴的女人，脸上
朵朵绯红。像正经历一场
躲不过的桃花劫

出城去

突然，喜欢上一个女子
喜欢看她在诗海中来回冲浪
在浪花的舌尖尖叫

她的朋友圈是一个庞大的江湖
卿卿我我、尔虞我诈
还有我羞于提及的一些字眼
如：妓女、皮条客

她爱唠叨
说自己是另类的疯子
我们很少谋面，以诗相认
摆渡彼此的灵魂

每次聊完
心底都会重复呐喊，一起
走出城去

星空下

将梦涂上希望的颜色
腾空自己，给走失的诗句
留下一段空白

打开一扇窗
让闪电击中春的火焰
等待与你邂逅

携一壶酒，倚坐江亭
在月的倒影里
听风的倾诉

与你牵手，一起遥望星辰
把彼此的名字
写在天空的心尖上

异乡人

立冬了，体内的凉
便高过水平线，山涧的溪水流得缓慢
慢过青苔上潮湿的忧伤

踩着裸露的石头
身体会流出同样的水声
汇成山间的挂图

异乡的风景，挤满了落叶
耳朵分辨不清
一座城市的语言

枯枝上，老鸦的一声哀鸣
拉低了天空的高度
撕裂内心的乡愁

迷茫的时候

习惯摊开掌心
在纵横交错的纹路间
探究命运的奥秘

习惯走近窗前
看路上的行人成为风景中的风景
凌乱的脚步
和我一样迷离

习惯了拨响熟悉的数字
听听电话那端母亲的声音
然后，慢慢走在
回家的路上

一个人的七夕

在白纸上架一座桥
桥的另一端画上一个背影
涂鸦着熟悉的名字

读一首与爱有关的诗
在别人的故事里
摘下一朵花的叹息

风中读诗的女子
在七夕的夜晚，像极了
一个美丽的传说

一束光

灯
没有睡去
在空旷的黑暗中

是爱人的指尖
穿过黑发、吻过脸颊
一朵云彩
静立在梦的天空

是身体的一部分
在黑暗中
透着亮

请允许

请允许
第一缕阳光抵达时
前世，在我的额前烙上一枚印记
印记里藏着你的呼吸

请允许
第一颗晨露尖叫时
今生，在你的胸口种下一颗朱砂
朱砂里跳动着我的心律

请允许
来世，你我牵手的时光
桐花芬芳弥漫，每一朵都是
一生一世攒下的绵绵爱意

夜未央

夜，堆积着寂静
堆积着
黑的张狂

失眠的人涌向思维的岸
试图看清
自己困兽般的迷茫

一个人在纸上彷徨
如同一首诗，悄立风中
触摸未结痂的伤

夜宴

打开门窗，把世界搬到屋外
准备好蜡烛红酒
与星辰，静默相望

看时间沿着酒杯的边缘
缓缓离散，音乐的旋律不停地
拍打身体的岸

浪花惊起鸟鸣，在指尖翻飞
在河床与河床之间
滑过夜的绸缎

一颗颗露珠
在月光下，从寂静深处
涌向黎明

灯火阑珊处

夜，已不满足
只在诗句里表达自己

天空，耳垂上的那只耳环
散发着迷一样的光晕，每晃动一次
都诱发出许多幻想

高楼闪烁的灯火
是夜行人
无法破译的密码

夜的手指
在我裸露的心弦
互诉衷肠

凌晨一点

时间的马车停留在
夜的窗口，迷途的小夜曲
在琴弦徘徊

城市的中央，丛生的楼宇
像长满荒芜的空巢
偶尔有萤火虫
提灯穿行

镜面上慢行的水珠
模糊了年轮
堆积在岁月的眼眶

青丝缝隙间拥挤的
白发，像噩梦
寄居在透明的胶囊

暖

体内的火苗一节节攀缘
像是巫师不停
实施幻术，将我催眠

我在客厅里迷路
许多椅子腾空自己，只有沙发
扶着我摇晃的身体

此刻，夜已退朝
一个温暖的怀抱突然出现在
弱不禁风的疼痛里

以海螺的名义

今夜，沉寂是海
死去的浪花伏在沙滩上
海螺紧抱着自己
空洞的壳

远去的涛声
在海的耳边回旋，诉说着
一段逃脱不了的往事

记忆，沉入时间的海底
在岁月中碾磨
幻想死后，浪花起死复生

月光是海鸟的羽翼
划破夜的肌肤，撕扯着
海的沉寂

那一夜

那一夜
你的温度穿透夜的薄衫
抵达我的身体
驱赶心底的微凉

新月悬挂在天空的高处
捧出内心的明亮
倾听一朵花
与另一朵花的呢喃

那一夜
夜归的鸟惊醒了
绿窗的幽梦，一束光照见
心底的海棠

冬日太凉

呆坐在一杯咖啡里
生命的发条
拧得越来越紧

抽空的乳房，塌方的牙床
脊背上隆起的荒坡
是生命无法预知的蒙太奇

失去吻的唇
走不出咖啡的浓香
冬日太凉

只适合一个人收藏

画一个雪人

纸上的雪一场大过一场
北方的雪
迟迟不肯移步南方

有人深情轻唤
小雪、大雪
像喊深闺的女子

冬是宠爱雪的，爱它的圣洁
爱它孕育的一支红梅
和我一样

我在水珠凝聚的镜面
画着雪人
仿佛她在来的路上

遐想

一踏进诗的海洋
心就狂跳不已

如同，初恋中的女子
穿一件粉色碎花裙
光着脚，在细软的沙滩寻觅

等浪花掀起
御风而来的少年，把自己
轻揽入怀

自赏

一枝荷。以夏的姿态
伫立在秋的萧瑟
像错过季节的女子

兀自开放
用直立的骄傲和依稀的婀娜
惊艳路人的目光

植物迷糊起来
和我一样，分不清季节
或相忘于时光

生活终究是自己的
夏天开是使命
秋天开是自赏

旧时光

往事斑驳
游园惊梦的余音
萦绕着古镇的午后

戏台上，粉墨的故人提着马灯
挥着时间的鞭
将前世的约定，反复吟唱

曲终人散，有人身着蓝衫
站在今生的渡口
遥看千朵芙蓉，涉江而去

与鸟鸣一起

阳光亲吻过的草木
格外舒畅
昂着头的，把头仰得更高

鸟鸣占据了午后的时光
一根羽毛落在湖面，打破宁静
逼出了水底的隐秘

我尽情享受着
风，在树枝之间穿梭的快乐
过滤了鹅卵石的悲伤

山顶

像布置一场
隆重的葬礼，所有的草木
都换上了深的颜色

鸟鸣，长短不一
金属的质感
在林子与林子之间传递

路边的蒲公英
迎风摇晃，每一次都魂飞魄散
我的影子也在摇晃

我紧拽着自己
将红围巾挂在高处的枯枝上
点燃生命的一团火

在一起

我们一起喝酒
先是掏空酒杯，再掏空自己
倒出内心的疼痛
让肉身变得轻盈

一杯下去
微醺的脸，便开出
一朵朵粉嫩的桃花
紧挨着

撩开月亮的面纱
春天的故事，在冬的酒窖发酵
露出一些端倪

喝到最后，月光
从一个杯子流淌到另一个杯子
每个词都飘着酒香

道一句晚安

拆开"晚安",托出
笔画深藏的寓意
黑暗中的等待,比月色轻盈

等待把夜贩卖给悲伤的人
一起在声音的温情里
寻找梦的彼岸

我也会把幽怨一一勾销
折叠成一句"晚安"
交付给星辰,飞入遥远的梦乡

不再想你

多少往事，被弹奏成
一场雨的哭泣
一朵花的眷恋

当一些愿望怎么
都无法挣脱
上天预设的轨迹

不再想你，不在半夜惊醒
枕着梦哭泣
这样的日子会淡些、更淡些

可咖啡与糖注定要交融
才会香浓，不失芬芳

在诗歌里做个勇敢的人

做个勇敢的人
在诗歌里
将离你更近

眼神羞涩，臣服于
你的双眸
手指轻柔，在肌肤上舞蹈

沿着呼吸的方向
一颗心
能触摸到另一颗心

而笔下的文字
都是富饶的果实
在语言的天堂，迎风盛放

云，丰盈了天的空洞
诗拆掉心中的墙

我们的情人节

时间的指针落在 2.14
一朵玫瑰意乱情迷

亲爱的
冬的冰凌已被春点燃
请允许，我穿上火红的裙裾
为你跳一曲午夜的芭蕾

亲爱的
月的光芒已落在你我的眼眸
让我们用它的圣洁
编织一个温暖的童话

一起在夜的
喉咙深处，喊出
一朵花的名字

棋局

对弈的人走了，我呆坐在残局里
推敲着棋子的命运
等下一个厮杀终身的人

辑二

月色低垂，花朵是
收拢翅膀的鸟
用莲的芬芳梳洗羽毛

我是被风高举的莲
在睡梦中，也要拔亮
自己的星空

春来时

路边上，喊得出或喊不出
名字的花依次开放
先是迎春、海棠、梨儿、杏儿

再是樱花、桃花
一大片一大片，是涂了胭脂的云

一群追风的少年
如探花的彩蝶
煽动着翅膀，让掌心的纹路
通向春的心脏

新春

福倒挂在门上，就有很多的福
从远方涉水而来
春紧靠在门边，就有风
挤进胸腔，生出一丛丛绿意

穿上好看的衣服
走进月色，一切变得通透、轻盈
身体里山水起伏，鸟鸣啁啾
睫毛上，落满星辰

十年

闲暇时，和一些花
聊来世今生
谈妥了，就共同制定无数个十年计划

每个十年都缔造一座城
每座城都是无边的海
海的中央，怀抱一些孤独的岛屿

而我，是一生
都忙于用词语填海的精卫

养花

花，养久了
一开，身体便挤满了春
灵动的音符
在花叶上流淌

一落，世界就雪花纷飞
大提琴的呜咽
从枯枝 滴落

每次对视，都足以虚构
一场完美的遇见
每次想念都有一个人
一起抒写一生的浪漫

沦陷于一朵花的城池
我忘了
白天和黑夜
也忘了幸福和忧伤

石榴

是五月枝头跳跃的一团火
是季节怎么摁
也不肯熄灭的激情

从花开到结果
从未质疑生命过程中出现的风雨
保持内心的晶莹
一生只用一种语言

它的红太暖，暖过尘世间
一些如履薄冰的爱

落花篇

一片一片，从空中坠落
发出一些轻吟
将它们聚拢，垒成堆

站在它的对面
感知一种消逝的存在
如同感知一个生命
从童年走过中年，又走向暮年

悲伤有了形状
凋零是
另一个支离的自己

嗅了嗅还未完全弥散的清香
作为万物的一部分
我替逝去的，拥抱了自己

.

桂花

来不及尖叫
来不及获得更多的赞美
便落了下来

发梢上迷路的指尖
携万吨芬芳
在月光下酿酒

银杏

镶嵌在画框和诗行里
瞬息之间
拥有了许多宝藏，遍地金黄

这迷人的金色
在稍纵即逝的季节里
是虚拟的天堂

青苔

是时光生出的锈
石头开出的花，退守在低洼之处
不乞求太多的阳光

是草原，绿茸茸的一角
柔软、茂盛
是雨后身体里长出的忧伤

是禁锢的自由
在生活的夹缝里吟唱

桃花泪

彩云从天空落下
落在山峦、溪水，落在
千年的桃花源

少女的绯红
跃上季节的枝头，缘溪而立
等待前世的渔郎

花骨朵紧裹着三生的誓言
迟迟不肯打开
只为要还前世的悲怆

那莲

年幼时，叫菡萏
长大后，称鞭蕖
荷、芙蕖、水芙蓉、水芸……

太多的称谓是赞美词
也是女子的名字

想起时，似鸟鸣。风铃。音符
喊出来，则心生怜惜，唇齿留香
是心底发酵的过往

荷塘月色，不仅有莲心的苦涩
还有蜻蜓透明的羽翼
和泥潭深处百口莫辩的藕

我不敢

不敢轻易说出往事
害怕月色会洗亮
岁月的伤口，秘密出落成
池塘里的荷

水草潜伏在流水深处
蛙声蝉鸣，诉说夏的心事
风驻足在体内
轻轻掀动 我的忧伤

愿为莲

种植一朵莲，在身体里
阳光升起时
美好沿着花瓣打开

月色低垂，花朵是
收拢翅膀的鸟
用莲的芬芳梳洗羽毛

灵魂深处喷薄而出的字
活色生香
我是被风高举的莲

即便闭上眼睛
也要在睡梦中
拔亮属于自己的星空

枯荷

没有罗裙的娇艳
蜻蜓的流连，枯萎的杆茎
掏空心的莲蓬

低头，斜着身子
立在干涸的泥塘
托不起一颗露珠的饱满

依然不肯倒下
像母亲走在黄昏深处
蹒跚的样子

也像，我举着晚霞
等月光
填满生命的虚无

木槿花

裹着粉色的丝绸
站在湖边
守着一湖的宁静

从诗经里走出的女子
有着动听的名字
朝开、暮落

我不敢轻易摘下
枝头的绚烂，只是靠近
依在花香里

油菜花

遥远的地平线上
除了湿漉漉的空气，还有山峦
与田野间一大片的黄

那嫩嫩的黄
透着暖，不卑不亢，似曾相识
摘几朵，别在发间

好像它的苍黄之路
会走得慢一些，我生命的春
也会走得慢一些

蘑菇

长在草丛中
碎花裙的片段，风一吹
就暗影浮动

是我想要的房子
正好容下两个人的呼吸
月光落在身上
并蒂花开

每一滴屋檐的露珠
都藏着一颗太阳的微笑
是我一生都在
寻觅的童话

初春

二月。大地苏醒
黄昏，炊烟袅袅，几只春燕子
在屋檐上筑巢

少年的梦从记忆的青石板
抽出嫩芽，波光粼粼的小河
南来北往的乡愁在荡漾

河岸上的草木
沦陷于五彩斑斓的颜色
只为分娩一个春

蓝

天空落在湖心
将湖水染得很蓝，像千年古镇
从染缸打捞的扎染布

棉质的语言
摇曳的舞姿，是一首流淌在
苍穹底色上的诗

仲夏的蓝，燃得茂盛
需要白来陪衬，那融化白云的白
将天空推得更高、更远

风中的鸟从一朵蓝
潜入另一朵蓝，是跳跃的音符
在自然的五线谱飞翔

落叶的挽歌

把秋藏在体内
血液由绿变红，呈现生命的
另一种表达

或燃烧，是生之绝唱
是一团跳动的火
跃上枝头

是宇宙最小的心脏
季节最美的新娘
把最柔的唇，印在天空
辽阔的脸上

空山

小舟飘零
独钓寒江的渔翁
隐匿了行踪

失修的水车
拉不动浓重的暮色
满目落叶
是无法释透的经文

蜿蜒的石径，光影斑驳
挂在老树上
是你我生命的跫音

愿为树

山路走久了
脚底会生出一些根须
忍不住与一株树并肩站立
一起吹风，淋雨

叶子，缀满斑驳
是秋的伤口，我的些许隐痛
抚摸它，像抚摸
心底曾经的伤

比起生活的城市
我更愿是山谷中的一棵树
遍身虫洞，风雨飘摇
也要任微飓轻掠，鸟雀欢鸣

风景中的风景

三月的芬芳
已开出一树一树桃花辞

花海里，种花的种花
拍照的拍照
只有我在花朵拥挤
暗香浮动处
寻觅一只蜜蜂的踪迹

花开时，挽着一个名字去散步
欣赏风景中的风景
遇见透着香的自己

飞鸟与鱼

一群鸟掠过湖面
又飞向天空
一群鱼跃出湖面，又潜入水底

鱼，是水里飞翔的鸟
鸟，是天空畅游的鱼
在水天一色的地方，交换彼此
又各奔东西

当我还沉醉于人鱼的传说
一只鸟跃入水中
把一条鱼含在了嘴里

风一吹

风一吹，石头
便挤开水草，与我说话
说一说流水和时间

两米之外的高墙上
一只猫，用自己的长短调
表达对此事的看法

被河床涵养的石头圆润
而我无法拒绝一个女人的枯竭
更不能像猫

风一吹，潜水的月亮
长出皱纹，孤独者的快乐
在湖底 荡漾

归宿

秋风枝剪过的树
已掩不住
季节的萧杀

叶片上
虫洞拥挤，像眼睛
又像旧的窗

光，穿过它们
落在裸露的肌肤上，我的身体
瞬间千疮百孔

仿佛光阴的尽头
零落成泥，是一片落叶
和我共同的归宿

秋风中

枯枝，像木乃伊
堆积在公园的路旁
挂着认领牌的小树，被电锯
切割着

垃圾桶旁，流浪的猫一边觅食
一边抖动着羸弱的身子
几只灰雀聚拢在树的枝头
策划 荒诞的游戏

只有风，反复阅读
湖底的水草
渴望在秋的眼眸里，觅得
枯萎上残留的生机

雨中的黄昏

虫子的喘息，悬挂在
树的枝头。风袭击了它的床
也掏空黄昏的血性

天空，将内心
收敛得更紧，纷飞的落叶
是秋的馈赠

是突如其来的雨中
一个迷失的名字，被纹在
季节的伤口

一只猫的宿命

子夜。街灯昏暗
我与一只跛脚猫邂逅
久久凝望
直到走出彼此的视线

影子一点点拉长
离去的身后，冷冷的月光
为它清洗着沧桑

直到，它把伤痛踩成
梅花的模样

猫头鹰

没有喜鹊幸运
一开口就获得赞美
没有鹰的强劲
张开翅膀，就拥有天空

更没有猫的九条命
无惧时光和死亡

蜗居树洞，昼伏夜出
只因一声长笑引发的预言
便背负了
不祥之鸟的恶名

从不辩解
睁一只眼，闭一只眼
坦然活在
历史的误解里

七月

一池荷盛开
每一朵都是承诺
也是希望

一个名字在心尖
烙印，每个字
都隐含着疼痛 忧伤

有荷的日子是夏
有你的时光是诗

小草

一年一次发生
一次枯萎
绿了又黄，黄了又绿
轮番为春代言
为冬立碑的是小草

一生，只有一次
出生和死亡
熬到归为尘土，却无根须
可以重生的是我

与一株小草对视
我的高贵
在弱小前羞愧不已

面对春天的馈赠，我有了愧疚

大雨过后
樱花树下，满地缤纷

很多人没有绕道行走
穿着鞋，踩在花的身体之上
将它捧在掌心
又抛向天空

不担心踩脏花瓣
它从高处坠落会折断花骨
一阵阵尖叫
在花雨中穿梭

而我，面对春天的馈赠
有了莫名的愧疚

轻轻拾起些许落英
夹在诗行里

蚂蚁的启示

爬满藤蔓的废墟上
一只蚂蚁
点燃夏的忧伤

突如其来的风暴
令蚂蚁的世界，兵荒马乱
它们结伴朝着
洞口方向 默然前行

没有丢弃食物和伙伴
多想为蚂蚁立碑
人可身如蚁而美如神

残缺之美

好看的花草树木
摆放在显耀的位置，用优雅的姿态
取悦人的眼睛

它没有语言
没有人会以为树叶发出的低吟
是一种哭泣

它们的伤口
看不见的疼痛，多年后
才堆积成树干的疤痕

它们用生命的扭曲
支撑着人类的美学，像长大后
失去天性的你我

告别的仪式

说起立秋
夏就有了仪式感，石榴
奉上内心的晶莹

几只鸟，在阳光的裂缝里
踩着高压线，炫舞
激动处，相互梳理羽毛

夏的忧伤
悄悄爬上树梢，成为蝉
冗长的告别

在湖边

太阳被湖水托起
晨露轻舞草尖，浣衣的女子
用寂寞将秋水洗蓝

油纸伞忘不掉雨巷的幽长
芦苇绝口不提的秘密
被一声蛙鸣轻泄

甲壳虫背负生命的火焰
在叶片之间来回行走

一行白鹭紧贴着水面
和我的倒影
一起填满光阴的空隙

九宫山看云

去九宫山看山
却迷上了云

一些云流落人间
变成溪，变成河，变成了海
在低处循环，喂养山川

一些云漂泊天空
是草原、是骏马、是倒挂的人间
抒写着万物的憧憬

来看山水的人
是行走的树，连接着天地

云的记事本

忧伤时
身体里水漫金山，下雨
泣不成声

快乐时，潜入蔚蓝深处
开出白色的棉花糖
甜了整个世界

而我已无太多悲喜
是一朵下落不明的云，尘封在
岁月的箱底

需要一道闪电
在空中
喊出我的名字

消魂桥

进入石龙峡，桥一座连着一座
消魂桥前的三生石上
誓言长满青苔

知了，隐身丛林
讲述九宫山的故事
起伏处传来战马的嘶鸣

清瘦的水面
石头交出泥土深埋的部分
是战乱后白骨的残骸

树枝上安魂的经幡
风一吹，像盛放的彼岸花
绵延成海

梓园说梦

阳光，缓缓落在
梓园的门扉，紧挨着
黄昏的背后

我们聚在梓园
拒绝谈论世俗的成败，纷纷掏出
记事本里的故事

深秋的邮筒固执的守在
心事的门前，等邮差寄来
一封封悸动

一袭旗袍裹不住青红醉的
浩荡，把秘密交给幽深的小巷
和远处的酒香

宽窄巷子

触摸你时，城市的街道
开始轻轻颤栗
青砖上朝代的胎记渐渐苏醒

矮墙上的藤蔓爬满了碧绿
闲散的阳光透过窗格
落在线装书上

光阴跃上琴弦，在歌谣中悬浮
油纸伞上桃花的心事
一弹就破

白夜花间，那些寂寞的动词
裹着一袭瘦瘦的风
零落在悠长的青石板上

注：白夜、花间为成都宽窄巷子的茶酒咖啡吧

在三十六坊等你

我在三十六坊等你，等你
翻山越岭来看我，如同看盛开的花
穿过你的指尖、你的唇

一起像鸟鸣
从树梢飞向树梢，像蝴蝶深陷
酒香飘飞的小巷

一起潜入时间的湖底
做一尾性感的鱼
在月下，划出优美的弧

一起做风的孩子
在秋的田埂，听枯枝爆裂
席卷万物燃烧后的灰烬

一起看血色黄昏，日落山涧
夕阳在你我身后
拉出一道长长的影子

我在三十六坊等你，等一场
旷世的相遇，等秋过后
冬的白，春的绿，盛夏的火

辑三

当月色从葡萄架上淌过
那晶莹的果子正是父亲的眼睛
从天堂的窗口
俯瞰母亲的点点滴滴

母亲的手

不想用粗糙、干瘪这样的词
去描绘母亲的手
尽管，她的手掌间
刻满了沧桑的印痕

握着爬满枯藤的双手
如捧着生命的经文
不敢轻易翻阅，仿佛初生的我
仍被呵护在它的掌心

那残忍的雕刻师
不是岁月而是自己，愧疚
在母亲面前跪下
不肯回到直立的身体

打盹

饭后。母亲坐在
一张旧靠背椅上，一只脚踏在
矮凳上小睡

对面旧拐角柜上
21寸电视机，时不时落下
斑驳的声音
惊醒梦中的母亲

据说，一位老人为了
回应梦中的呼喊
慌乱之下，摔成骨折

母亲再也没有
坐在靠背椅上打盹
悬着的心
从我的身体 落下

母亲的小院

父亲走后，他留下的小院
从未荒芜。种子踏着季节的脚步
发芽开花，引来鸟儿蝶儿
和打牌唱歌的老人

一说到院子里的
葡萄架、蝴蝶花、铁树
母亲眼神便明亮起来
仿佛一切都是
父亲留给她的火种

当月色从葡萄架上淌过
那晶莹的果子，像极了父亲的眼睛
从天堂的窗口
俯瞰母亲的点点滴滴

熬

身体的疼痛，选择
初冬发难。白天和夜晚都
塞进了母亲的药罐

似乎，痛熬成浓汁
一饮而尽
就有了活的希望

没有人能替她收藏生活的苦
无处安放时
她会和墙上的父亲说话

泪花里的药香
是父亲为母亲研制的解药
说着、说着

整个冬
都暖和起来
痛仿佛未曾来过

无常

斜倚着病床，双手
摁住疼痛。一些声响从体内溢出
像肢解后的缝合

药丸偷走了意识里的顽强
睡眠在梦中迷路
带走温暖的床

翻开旧照片，谈及
长发齐腰的时光
母亲脸上的特写渐渐清晰

一滴泪，凝成琥珀
在求生的路上

孤岛

疼痛习惯了黑夜
醒来，它不允许一个老人
在寂静时说晚安

雨水从屋檐坠落
滴答、滴答
落在隔壁病床的鼾声

和母亲的静默里
回忆，尚未绝望的绝望
更像繁星隐退时

一个人的孤岛
一个人内在的安详

总有一盏灯亮着

咳嗽声，从大地深处传来
记忆里的父亲弯着腰
捂着嘴，裹着一袭黑色的袍子

父亲的世界没有日出日落
没有春夏秋冬，单一
如他衣服的颜色

父亲会常来看我
做梦或不做梦的夜晚，只是
少了敲门声

怕他的来路太黑
怕他在第一缕曙光抵达时
模糊了我的眉眼

卧室的床头灯
从此，再也没有熄灭

中元节

母亲早早地
将思念封在白色信封里
写上无法邮寄的地址

在路口摆上各种贡品
点燃几柱香烛，烧些许冥钱
虚构一场家宴

父亲答应过母亲
灵魂会经常回来看她，保佑她
一遇到不适
母亲便会提起这些承诺

变回撒娇的女人
仿佛父亲就在 身边

当父亲成了一个符号

清明，雨格外潮湿
落在坟茔上
长出一朵朵思念的白菊

对父亲的爱
需要一坛酒 慢慢浸泡
一些看不见的翅膀
在黑暗中，传递着父亲的气息

黎明的信号
将群星逐出梦境
也吞没了关于父亲
体形、衣着和颜容的记忆

我拒绝眼角的泪
率先打破沉默，如同拒绝
从与父亲
团聚的梦中醒来

她的世界从此安静

她走了。那么年轻
刚从生活的苦海抵达
幸福的岸

以一生的代价，完成
命的归宿。一张会笑的照片
站在墙的高处

躺在透明的匣子里
平静安宁，痛再也不能牵动眼泪
忧，也无法令她难眠

像一颗流星沿着时光的隧道
返回唐诗宋词
返回生命的起源

医院的妇产科

女人柔顺的躺下
白色的世界里，冰冷的器械
正打开身体的隐秘

想起一个生命的诞生
曾经由自己的身体，母性的光辉
让疼痛生出骄傲的羽翼

我喜欢那个捧着一束花
守在产房前的先生
只有他知道，经他签字的

每一张紧攥在手心里的病历
都记载着一个物种
起死回生的神话

只有他懂得，给以性命
回报爱的女人一个盛开的花园
才是真的叫爱

原谅

愧疚，探出触角
试图用月光的皎洁
洗白天空的黑暗

我用最轻柔的声音
和一株含羞草
交换秘密

一个名字抵达唇边
泪水挣脱了千年的囚禁
滑倒在夜色里

背叛

当冬用雪的白
诉说，世界的冷漠与苍凉
我心里蛰伏着春

当风筝划着弧线
舞动尘世的纷繁与喧嚣
我在眼里寻找
天空的蓝

请原谅，暂时的背叛
当春风吹绿
心底的江南，一只雄鹰
从远方向我奔来

围城

雨越来越大
屋外，阳光淋湿了翅膀
天空一片惆怅

男人和女人呆坐着在屋里
一个追剧，一个玩手机
狭小的空间一堵隐形的墙

曾经的浪漫，在相互
馈赠的沉寂中
发出轻微断裂的骨折声

中年

想起"半百"这个词
凉意便泛滥起来
沐浴后的女人，抱紧自己

嗅了嗅，山上带回的野花
袅袅的清香像极了
自己的体香

抚摸着曾经被吻过的部位
夜色 肆无忌惮
身体的城堡，依然是
空荡的城

一匹站在世界高处的马
——致诗人周熙

一匹马站在世界高处
天空就亮了，云朵纷纷落下
像不羁的风

每一声马蹄都震响山河
每一声嘶鸣终会喊醒宇宙
每一缕鬃毛都携带闪电

你的痛在我身体里发芽

读你的诗，如同
隔着月色抚摸你肉体上
密集的伤

撕毁世俗的标识
捧出锈迹斑驳的年华
用一首诗摇晃人间

你的疼痛，在我的身体
发芽，在泥土里
回归一株稗子的安然

注：看余秀华《摇摇晃晃的人间》

觉醒

夜，巨大的器皿
盛满历史的悲欢，凝重的色彩
如一把高悬的剑

火焰，试图烧掉扭曲的面孔
不愿驯化的疼痛
呐喊着，从肉体突围
奔走在城市的回廊

黑暗中，我仰望天空
与明月对峙
一场突如其来的雪
漂白了尘世

注：观莫鸿勋画展

职业

纠缠一生仍不肯放下
打开履历，就像打开
被折叠的自己

从未向它表白过爱
在它的算计中
人生被挥霍一空

现在，我依然是
它战局里的一颗棋子
抹不去它雕刻
过的痕迹

放下

月光缓缓落下，像神抵达人间
地摊上人声鼎沸
与月的宁静形成巨大的反差

子夜，万物沉寂
能听到内心贫血的城
发出饥饿的呻吟

放下期盼，身体会不断缩小
与影子重叠，在辽阔的夜空
落下一个清亮的音符

在被机器重复的验证里

像一群鱼，穿梭
在窄窄的通道上，听机器依次喊
熟悉或不熟悉的名字

偶尔绕过
远远站着，依然听到
它平静地说出自己

这多少，让我为自己的小心思
生出愧疚，尽管
机器的喊声透着几分凉

机器前，人被剥光着
它能看透皮囊下，骨骼的密码
却看不清眼神隐藏的无奈

我们举着一张面具
小心走在程序里
生怕不经意的瑕疵 误入歧途

真相

要怎样才肯相信
水是流动的，空气是流动的
荷尔蒙也是流动的

鲜红的指印，落在
白纸黑字上
像心尖一拔就痛的刺

随谎言而行的欲望
折断了一枝玫瑰的美好
爱的名字在寒风中
颤栗

往日的甜蜜
现世的砒霜，真相如同
一堵斑驳的墙

维权

凌晨，建筑工地上
搅拌机不停地翻动着泥沙
想在正义醒来前
建一座违章的城堡

那些越走越长的路
越走越多的门，不断累加的图章
并没有拉低房屋的高度
却阻隔了与权力
对话的权益

那些曾经义愤填膺的名字
在白纸上静坐
呐喊声渐渐微弱，如秋天的蝉

远处的犬吠，回声不断
黎明到来之前，未经允许的楼盘
离天空又近了许多

唯有黑暗可以容纳伤悲

时间越来越暗，有人
在睡梦中
用黑色的水声擦拭身体
沿着星光的路径
跃向大地

再大的声音也无法
喊醒他的耳朵
月色看不出悲伤
平静地抹去
遗留在时间缝隙里的血迹

面对生命的枯萎
我知道，隐身黑暗的生灵已长出翅膀
在天使出没的地方 寻找
洁白的羽毛

听风路过我窗前

雨后的风，温柔
像情人的手
不停的试探夜的心事

女儿提醒我
看电视剧《三十而已》
她在履历表上反复
为自己画像

我在一本书的
章节里闲坐
听风，路过我的窗前

冬安

最后一缕光明燃成灰烬
卖火柴的小女孩
身体比冬还凉

恋爱中的少年内心的春
被大雪封住，质问心爱的女人为什么
忽明忽暗，像天空的月亮

昨夜的星辰长满寂寥
我只想在药香里找出某种解药
回家时，好献
给病中求生的母亲

同谋

十六年，大地沉默
校园沉默，有谁听见，冤屈的魂
在炼狱中呐喊

面对真相，只有
最硬的骨头
才肯去做正义的同谋

十六年，在比黑暗
更黑的地方，翅膀失去飞翔的力量
正义成了一种的符号

当黎明穿透迷雾
一只黑色的鸟与信仰
一同呐喊

注：湖南新晃校园埋尸案

凉山太凉

迟迟不肯确认
愚人节的消息只是一个谎言
森林对人类动了杀心
像多年前的那场海啸

春，因为一场烈火
有了悲伤
白云落泪，高山落泪，长河落泪
再多的泪都无法挽回
离去的脚步

都说最美人间四月天
可青春少年，英雄的血肉
已是纷飞的杏花雨

凉山太凉，凉到英雄的脊骨
来一杯清明的酒吧
暖暖英雄的魂

注：2019年3月30日，凉山森林火灾，
30名森林消防人员遇难，最小的18岁。

黑名单

将一个名字
移入黑名单或删除
如同把一个人
打入冷宫

屏蔽所有的存在
活着的，在心里死去
想复活的，走投无门
一切不在服务区

比起现实中的死刑
网络更为决绝
没有缓刑，无需举证，轻轻一触
便是万劫不复

听戏

穿越时光，打开故事的源头
深埋泥土的名字
被胡琴的嘶鸣——唤醒

集宠爱于一身的娘子
一呼百应的将军
从杨柳岸到十里埋伏
再到四面楚歌

一张嘴满目荒凉
一舞水袖眼波流转
谢幕后，故事成了历史的遗迹

我的手依然
在另一只手的掌心　颤栗

花祭

说好的花期
没有谁可以挽留，枯萎的茎叶
像易碎的事物
指尖一触，魂飞魄散

我不止一次面对死亡
却不肯相信，死神暗藏生命的纹理
捧着它遗留的芬芳
像捧着亡亲的魂

不想用花来隐喻死亡
可我，分明看见花草每死一次
亲人便在我的梦境里
复活一回

甲子年的春夜

风雨中，词语动荡不安
不肯静下来
听，一个惆怅者的表白

蝙蝠背着沉重的十字架
接受黑的审判
时间刀锋上的悲伤
越拉越长

甲子年的春夜，是放纵的
放纵了一个日子的绿
和一只动物的黑

满足

和一只狗唠嗑，是最近的事
它渴望的眼神里
有我的满足
抛出一个手势，我便是它的中心
每一个暗示都有回应

离开后，回头再看
它依然在原地目送着我的背影
一个被遗忘的成语
又生动起来

我开始爱上了
没有思想的物种，不断获取
它们身上
不曾污染的天性

后来

后来，一只鸟衔着芬芳
误入了童话的城堡
落在少年的肩头

后来，记忆的栅栏悄然紧锁
风雨折断了小鸟的翅膀
一滴泪在风中滑落

后来，夜空中最亮的星
再也没有闭上眼睛
把守在梦的关口，等待
爱的归来

解构

星星出逃的夜晚
是凝固的
触摸到的时间是凝固的
鸟鸣也是凝固的

梦中的狐仙，在人间呆久了
粘满人的气味
比人更像人
而我，漫步荷塘
闻久了清香，就成了一朵莲

月光，充满着迷人的诱惑
潜伏在夜的故事里
肢解了往事

辑四

风中读诗的女子
在七夕的夜晚，像极了
一个美丽的传说

梦里一只鸟路过

梦，总是夜半醒来
蜷缩在星空下
看赤裸的灵魂在城市上空游离

夜飞的鸟，一袭黑衣
扑闪着翅膀
从我的梦掠过你的梦

如果，你的嘴角
有一丝微笑扬起，绝非巧合
那是我的白天点亮
你的黑夜

一只爱情鸟
正盘旋在
春暖花开的梦乡

旅途

绿色的火车穿过隧道
驶入丛林，密封的车厢
一会明亮一会幽暗

一个孩子在车厢走廊的光影里
跳着格子游戏
还不时，背诵唐诗

"谁知盘中餐，粒粒皆辛苦"
每背诵一句，就停下
询问母亲

一问一答，恰如
窗外一株初生的向日葵
仰着脸朝向太阳

刺青

少年的臂膀上
一朵玫瑰娇艳欲滴
同样的一朵花
开在女孩的胸口

你说，只有年轻
才会用这样的方式记住爱情
我说，我也有文身
在你看不见的心尖

血液流经时
发出骨裂的声响，浴火重生
一对蝴蝶在爱的酮体
嬉戏 流连

街头笔记

街头的斑马线上
一个穿碎花孕妇裙的女子
骄傲地站着

我凝视着她时，她正好回望
红绿灯交替的瞬间
一个背影
搀着她走向暮色深处

我不禁摸了摸扁平的腹部
仿佛长大的孩子
并未出生，爱人也在身边

轻快的脚步
驮着我的疲惫　消失在
灯火阑珊处

远远看着你，基弗

坐在对面，看你用
泥土、枯枝、稻草，生锈的钢筋
战争的残骸
构建翅膀和墓地

凝固的呼吸，冻僵的血液
焚尸炉惊恐的眼睛
拉长了灯影下很多的影子

穿过黑森林的曙光
打开生的渴望
丢失的字母举着白骨
在废墟之上
开出一株金黄的向日葵

注：看基弗艺术展

信仰

灾难摧毁家园
时间摧毁青春
爱情摧毁温情
死亡摧毁生命

但，谁也无法
阻止我在天地之间
举起一首诗
站成自由女神的模样

出逃

初冬的夜晚
风在无人的街道，发出
阵阵呐喊

闭紧门窗，端坐在书里
听尼采叙说神话

好奇心
总是夜深人静时
如脱缰之马

也许，灵魂在白天
被囚禁太久
纷纷在黑夜翻出城墙

童年

一只蝴蝶
站在时间的栅栏
煽动着翅膀
一会儿左，一会儿右

整个下午
阳光很暖，风很轻
我在窗内
模拟它风中的弧线

距离

夜是一个巨大的溶洞
虚无而又嘈杂

窝在双人床的一角
敞开一只耳朵，又关掉一只
专注冥想
最亮的星便与我发生
神秘的链接

走出家门，把结果交给
路过的椅子、灯塔、假山、草地
绝望尚未到来之前
一尾鱼溅起水花和我说话

而太阳无比遥远
我说什么，它都听不见

走过佛前

交出自己
在庙宇的香炉前
在转经筒的转动里

梵音绕过
幻想从凛冽的故事走出
不再问前世和轮回

任一盏佛灯
把往事在莲蓬安放
任木鱼将一个人的名字
念到无

我是幸运的

一枝玫瑰

横卧在空荡的木椅上

像一句恋人遗落的情话

一群鱼跃出水面又潜入水底

掀起浪花朵朵

每一条都在鱼钩的诱惑

边缘行走

风，穿过假山的裂缝

吹走了一块石头

对悬崖的渴望

栀子花香里

我被一朵花看见，便赠与

一季清香

在地摊上贩卖诗集

身着旗袍，手持团扇
坐在风中售卖诗集
这场景，我独自预演过无数次

摊位前，面具模糊不清
脚步犹疑，有人贩卖物质
有人贩卖精神

我静坐在地摊一角
散发着墨的芬芳
虽无人问津，依然把每一个
赞美词读给大地听

直到，讨价的声音被风吹得
越来越远，越来越轻

失眠

关上灯与黑暗对视
远处的旋律
滑过夜的疲惫

热爱过的事物
从柔软到坚硬，希望的玫瑰
枯萎在城市的角落

我从熟睡中醒来
坐在一堆稿纸的中央，用文字的犁
耕耘着思想的田野

沿着黑夜
这条深邃的河，去寻找
一盏灯的光亮

少年的黄昏

此时的黄昏，已做好了
交出自己的准备
等太阳在河面上跳完最后一曲舞

一把吉他躺在草地上
停止旋律中的旅行，一群蚂蚁
驮着一片枯叶
不断改变前行的方向

放学的少年三三两两
时而靠近远离，用石子朝河的中央
打着水漂，笑声沿着流水方向
使河面沸腾

在黄昏与夜色交替的缝隙
我回到了少年

故乡之旅

一

太阳穿越云层
不停向大地铺撒光芒
春的枝头
小鸟，在风中相告

炊烟已唤醒童年
故乡，我即将抵达的脚步
您可否听到
正朝着你的方向狂奔

二

人声鼎沸的城
人去楼空，写满历史的墙
断壁颓垣

内心盛满的乡情
像身体里的火
燃尽暮年的伤感

母亲，驮着岁月的山峰
在追忆青春的路上
激情昂扬

三

走在山峰与苍穹之间
离神更近了，伸手便可触及
出岫的云

鸟鸣清脆，一声长一声短
滴在山林的寂静
和红莲寺悠长的钟声里

我和刚出生的妹妹
半个世纪前，被安放在父亲肩头的
箩筐里，告别深山

从此，灵魂在山中修行
肉身漂泊人间

四

春，动起情来
没完没了
雨，淋湿了星辰
也淋湿游子对家的眷恋

每一颗坠落的星
都镶嵌着亲人的名字
在梦里闪烁

每一条路，都是相思的河
朝着故乡的方向
在心底蜿蜒

墓志铭

如果，世界弃我而去
请把我的肉身
安放在青山绿水之间

山是寄居的墓穴
水是我复活的源泉

每一棵树都是我的脊梁
每一朵花都将
芬芳我尘世的肮脏

而我的灵魂
会萦绕在墓碑的周围
聆听一只鸟
反复吟诵我的一生

直到，再度转世
投胎成为
一名真正的诗者

今夜，在诗意中度过

一朵玫瑰，敲开时间之仓
拨回年轮的指针

今夜，我是刚刚挣脱
母体的初生儿，卸下生命的枷锁
拥抱八方祝福

我是星空下，仰望苍穹的少年
将沸腾根植于血液
以诗的名义抚摸天地风云，人间冷暖

今夜，不惧红颜老去
用诗情抵御苍老与腐朽
氤氲万丈红尘

思念，在春天出发

温柔抚摸着原野
明媚缠绕着荒芜，天空中起舞的身姿
你是我生命中最美的蝶

堤岸翠柳，风中缠绵
吹皱一江思念，波光逐流的小舟
何时能停泊你的港湾

油菜花金黄的笑靥
如同爱的诗行
挑逗着少年的心跳与羞涩

思念，坐上开往你的火车
撒下一路欢歌

另一种声音

凌晨，机器声又一次变成
分水岭，明明前一秒还在梦里醒着
后一秒清醒里一片苍茫

工地上的星星，比天空还多
手指拨不响记忆的琴弦
月色擦不净尘世的混沌

只有子规在遥远处
执着地啼叫，试图用一种声音
淹没另一种声音
唤醒昏睡的城

明朗的清明

不想在喧嚣中，听不见
大地深处的呼吸
不想细雨纷飞，淋湿我吐出的
每一个祷告词

我选择明媚的日子去扫墓
墓园静谧，听得到
松针落在心尖发出的脆响
阳光照进黑屋
思念的伤口仍不肯愈合

闪闪的泪光，带不走青烟
也唤不醒深埋的白骨
只有不舍，化作清幽的菊
替我陪着碑上名字

生活

窗外，音乐在放大
风的咆哮也在放大，淹没了
楼上物件的破碎声

男人的怒吼
交织着女人的抽泣，偶尔有马达
和汽笛声从上面碾过

昨夜的泪水，湿透大地的衣衫
雷鸣是胜者的战鼓
还是败者的悲恸，不得而知

上班路上
流泪的公交车里，游走着
呼吸困难的鱼

我是有底线的

她拿走了我的意向
安插在她的诗里
没有办法夺回

也不敢将诗占为己有
怕万一火了，追溯根源
会成为中矢之的

于是，我就把彼此关于
失恋博物馆和破碎博物馆的梦
建在诗歌菜园子里

等她回博物馆
我就收很多门票，每一张上
都有她为我写的诗

重逢

沿着三十年前的老路
我们和母校的盛夏相遇
时过境迁的小树林
笑语纷飞

时光轻盈
丈量着昔日的美丽
橘红的凌霄花
把校园的天空染得更加炽热

月光翻越过的校门
锈迹斑驳，依然紧锁着少年的秘密
青春飞奔过的田野、草地
还有小酒馆，复活了封存的记忆

重逢的喜悦

在葡萄酒的猩红中不断发酵
你我的背影，离别的刹那
再也走不出彼此
深情的凝望

骑着单车去上班

一辆绿色的单车
摆在路边，扫一扫二维码
就可以生出翅膀

如若，能与一朵花艳遇
与一只低飞的鸟同行
最好，还有几滴流落街头
无家可归的雨

那就是，我要的喜悦
是采菊东篱
是桃花源里寻往昔

散步

走在黑暗中
听觉会突然变得明亮
可以听见，树叶拥挤时
风的动荡不安

淋漓的汗水
会脱去你欲望的外衣
一件接着一件
成为一棵裸露的树

傍晚，去散步
不仅喜欢它带走身体的累赘
更喜欢自己被月光
洗过后的轻盈

小恙

此刻，月光
透过格子窗，落在我身上
医院刚换过的棉被蓬松，清香
透着我喜欢的寂静

此刻，人与人之间疏离的小船
失去了停泊的港口
凉意丛生的小雪
被一句句问候催出春意

荒草丛生的爱，在爱人的指尖
回归肌肤的路上
和阳光，鸟鸣，花香
——相遇

平安夜

将欢愉扎成星星
挂在圣诞的树梢，将呢喃编成旋律
敲打着夜的耳巢

我的灵魂在雪夜出窍
化作朵朵雪花
融入你的掌心

世界失联
希冀被困在夜的蛛网
幻想着你的唇和高脚杯的酒红

硕大的红苹果
是发不出的祝福，填补
不了平安夜的虚无

爱我，就给我一座诗的菜园子

黄昏，已在菜园的胸口
别上了泥土的芬芳
准备迎接夕阳中的新娘

亲爱的，如果爱我
就给我一座诗的菜园子吧

开在高处的
苦瓜花是诗，丝瓜花是诗
一丛丛开在低处的
葱花蒜花也是诗

像飞鸟嫁给蓝天，蝴蝶嫁给花朵
像我的母亲嫁给父亲
拥有生生世世
不变的誓言

·跋·

迟迟不肯为这本诗集画上一个句号，或许，对于一个追求完美的摩羯座女人来说，遗憾始终贯穿于她的一生，存在于她的每一个生活细节。尽管知道，任怎么努力都难以抵达心中想要的彼岸，依然无法停止对完美的追求。

或许，遗憾也是一种美吧。

"在人类所有的行为里，唯有创作才是最接近上帝的"。"这句话停驻在我心里很多年，从未曾忘记。

我也无数次的对自己说，文字是给自己的，它是自己的镜子，是自己与世界相处并融合的一种方式，与别人无关。可是，当你真的走进文字世界，并将自己的作品一一呈现在他人的眼前，其实，它们早已不只是自己的江湖。诗界朋友技艺切磋，免不了会刀光剑影，有受益，有触动，也有些伤痛，这是无法逃避的。

写诗是在2016年10月，参加毛泽东文学院第十五期青年作家培训班，接触到会写诗的同学，才真正开始诗歌创作的。写作时间不是很长，故此，心底里还是觉得出诗集，为时过早，未成熟的果子，回味起来，总是涩多于甜。很多的时候，读自己所谓的诗，也会感到羞愧，内心充满着矛盾。总觉得它不是诗（至多是因为分行而像诗），却又以诗的形式存在于自己的内心。幸好，有市女作协主席青红姐的敦促，否则，自己可能早已临阵脱逃，不会有《蜃景》的诞生。

我喜欢文字，它是最忠于自己的信徒，是这个世界上唯一永恒、不可背叛的记忆。人太多的时候，是孤独的，没有倾听者，唯有文字。所以，人类需要文字，特别是当他独自在黑夜面对辽阔的星辰。

前几天，有人问我，写那么多诗干嘛？有谁看？我本不想做任何回答，但出于礼貌，我还是回复了简单的几个字："给有缘的人看。"究竟为什么写作？我见过一个自己最喜欢的回答：写作是为了被爱，被某个人，某个遥远的人所爱（罗兰巴特）。余生，我就想和诗来一场最长情的告白，最坚贞的恋爱，就像诗集最后的一首《爱我，就给我一座诗的菜园子》。

最后，我想把海上老师赠与我的一段话分享给大家：无论你有多少个缺点，但你必须有三个绝不悔改的优点，即直面人生的一切真实（面对发生！）。第二，学习不是为了"跟团"，而是为了更有个性（区别于人群）。第三，永远不允许自己"似是而非"。走向人生，而不是走向成功。"成功"就在人生圆满处。

同时，我也由衷的感谢那些在我写作成长过程中，给过我帮助的老师和朋友，特别是为这本诗集锦上添花的老师和编辑们，还有一直陪伴我的小妃书屋的小伙伴们，谢谢他们接纳一个不完美的凌小妃。当然，也包括我自己和那个爱着我的人。希望将来的日子里，自己能遵循自己的内心，活出喜悦活出爱，活成一束光一首诗。

此时，是凌晨 4 点 55 分，在湘阴的洋沙湖畔八栋 811 房间。昏暗的灯光下，我趴在床上写下这些文字，只为给自己的第一本诗集做个见证。

2021 年 3 月 23 日凌晨 4∶55 于洋沙湖

小妃，其人其诗

—— 兼评《蜃景》

邹联安

我是通过作家楚荷先生介绍认识凌小妃的。

初识小妃，只知道她是写散文的。读了她的两篇散文，我觉得眼前忽然一亮，文笔不错呀！于是，我将那两篇散文推荐给了原湘潭市文联主席、散文家孙南雄先生，孙先生看了也赞其散文之美，并推荐给《风雅》文学的散文专栏发表。从那时起，我心里想："江山自有人才出"，湘潭从此又多了一位写散文的"女才俊"。

或许，散文与诗歌之间有一条幽幽通道，也就是这条通道让散文家与诗人之间有了一座桥梁，可以在此自由穿行。大约半年过去了，小妃拿出一叠诗稿找到我，并谦逊地要拜我为师，硬说要跟我学习写诗。其实写诗除了天赋情才外，更多的还是靠自己的悟性发挥，再说我哪敢为师于人呀。其实，诗歌创作也没有什么"点金术"可以传给他人的。看了她初期的部分诗作，我发现她的确很有写诗的潜质，但我并没因此给予她过多的赞许，非但没有，还对她的诗歌创作提出了过多的严苛要求。如今想来还真有几分愧意。

几年下来，小妃通过奋发努力成功地创办了"小妃书屋"，并举办了多期诗歌培训班。我和湖南科技大学人文学院吴投文教授在她的培训班讲授诗歌创作时，惊奇地发现小妃还具备很强的组织协调能力，湘潭的女子诗歌爱好者们几乎被她的"小妃书屋"一网打尽了。后来，"小妃书屋"还获得了湖南省百姓最喜爱的"终身学习品牌项目"奖。再后来，她说她要出一本诗集，并通过微信转来了诗稿。惊喜之余，我两次通读了她的诗集《蜃景》中的全部作品。

短短四年里，我见证了小妃从一名散文作者蜕变成了一名优秀诗人的经历。

在小妃的诗歌创作中，读者不难发现她钟情于诗歌的那份执着与狂热。我见证了其间她诗歌创作的全过程，也因此能说出她诗歌作品中的"子丑寅卯"。

强烈的语言渴望者

诗是语言的艺术，是语言的最高境界，诗人

是语言的缔造者和传播者。诗歌不可以完全彻底解释，但可以"不可言说"的可以"意会"。帕斯说过："每一个诗人都是文化传统河流上的一席波纹，都是一瞬间的语言捕捉者"。小妃对语言有着过人的敏感，她没有追求摧毁传统语言的野心，但却有力求建立自己的语言个性的愿望。无论他成功与否，至少她做出了很大的努力，而且还在继续践行。在她的不少诗作中，都呈现出她对诗歌语言的追求与探索。在她的《黑名单》中，就可以看到她对语言的深刻感受："将一个名字移入黑名单／如同把一个人打入冷宫／屏蔽所有的存在／活着的，在心里死去／想复活的，走投无路／一切不在服务区／比起现实中的死刑／网络更为决绝／没有缓刑，无需举证，轻轻一触／便是万劫不复"。一种朴实、陌生的语言，无形中使诗歌增强了张力，让读者深有感受。

体验生命的隐秘

从文学的概论而言，文学即是诗学，也是生命学。文学起源于诗歌，在我国先有了《诗经》，才有了"汉赋"，再有了后来的"唐诗宋词"和明清时的小说，到上世纪初才有了现在的新诗。金斯伯格曾有一句经典名言："诗歌是人类洞察自身

灵魂深处的真实记录"。生命是灵魂的附体，而
没有灵魂的诗歌是苍白无力的，诗歌如果不反映
人性的本质，那便是毫无意义的语言废墟。诗学
也是人学，真正的诗人，他的诗一定闪耀着人性
的光芒。读小妃的诗，你会发现很多地方都有其
自身独特的生命领悟，她能准确的捕捉到生命的
律动，能巧妙地书写自己灵魂的跳跃。如《戒心》
中"我常常在空虚的世界／看到另一个自己／没有
眼睛鼻子耳朵／没有表情"。看似虚幻，但完全是
她精神世界里的某种象征的呈现，是她精神意志
与现实生活的某种强烈对抗，是精神领域里的另
一个"我"的表征。

以诗寻求自我慰藉

　　曾经很多朋友问过我，诗给你带来什么？提
出这样问题的人，其实就是在否定诗对你的存在
意义。我在想，既然如此，你就无需回答这样的
问题。对诗人而言，诗是诗人的另一个家园，是
一种语言背后的精神的慰藉。小妃的很多诗都是
写给她自己的，写给懂她或者意图懂的人。她的
快乐，她的孤独，她的忧伤，她的悲愤……都在
她的诗中倾诉，或者在她的诗中发泄。如《聊诗
的日子》《陶器》《自赏》《棋局》《满足》《唯有黑暗

可容纳悲伤》等，都是在自己给自己诉说衷肠，自己为自己排解愁绪。当然，诗人是最渴望知音的，如《独白》，与其说写给自己还不如说写给懂她或者愿意懂她的知音："如果来看我／最好是在初冬的夜晚／和月光一起／趁夜的凉，已打开／热咖啡的渴望／星星点燃一支烟的忧伤／趁爱，在身体的琴键上／发出第一声低吟／白色童话里，我沉睡了多年。"读来，你会有点隐隐作痛。

宁静中涌动着波涛

也许"文如其人"之说有一定的合理性。小妃是一位宁静的女子，生活上表现得慢条斯理，"青青子衿，悠悠我心"的生活状态不是在作秀，而是一名优雅女子所具备的气质呈现。读小妃的诗，不由让人想起李清照的词，尤其是李清照早期的词作，含情蕴藉，语言清丽。读来，一种婉约其辞的感觉油然而生（当然，李清照晚期的词多属悲切、凄婉之作）。然而，那种"静如止水"只是一种"表象"，其内心世界却早已是波澜壮阔了。如《某个下午》这首情诗，我们完全可以捕捉到诗中感情的浪花：

想起，你迷离的眼神
黑色的长发

欲言又止的绯红
天色，便开始明亮起来

落叶，风中起舞
小鱼在水草间游玩
鸟鸣清脆，来回搬运
天空的记忆

我的词语正翻越
语法的墙，在慌乱的草丛中
捕捉被你击中的瞬间。

把爱当成风景欣赏

聂鲁达说："诗人一定要写爱情，否则，这个人就是怪人。"女诗人更要如此。小妃的诗作几乎都是抒情诗，爱情诗也占有一定比例，某些诗又在爱情与生命感悟之间迂回。她的这些诗普遍都短小精炼，词语里没有刻意安插惊天动地的情境，而是将某种情感点到为止，让其在某个瞬间闪出火花，有时候甚至让你猝不及防。我不信所有写爱情诗的人都一定有真实的对象感，很多爱情诗不过是精神领域里的一场风景而已。每一个诗人都有自己的精神恋人，都在自己的精神恋人面前谈情说爱，小妃也是如此。如"体内的火苗一节节攀缘／像是巫师不停／实施幻术，将我催眠／／我在客厅里迷路／看见许多椅子腾空自己，只有沙发／扶着我摇晃的身体／／此刻，一个温暖的怀抱／突然出现在弱不禁风的疼痛里"。诗中那个"温暖的怀抱"并非真实，而是诗人内心深处呈现出来的温暖的风景，那也就是诗人生命中燃起的一团火焰……

2021年3月26日

邹联安，男，1958年生，湘人，土家族。中国当代诗人。《风雅》文学执行主编《诗界》主编。上世纪90年代初开始文学创作，先后在海内外发表诗歌、散文、散文诗、小说、文学评论若干，出版专集有：诗集《流浪的情歌》《爱的疼痛》《邹联安诗选》《大地的隐痛》《逃亡者》（长诗），散文集《乡情悠悠》等，有作品入选70多种文学选本，曾获中国散文奖、世界汉语诗歌编钟奖等，有的诗歌被翻译成英、法、意、日、希腊、越南语发表。

· 代 跋 2 ·

生命中的风景画

—— 读凌小妃诗集《蜃景》

吴投文

　　凌小妃的诗集《蜃景》集结了她开始写诗以来的成果，凝聚了这些年来她对生命与生活的思索。对她来说，这是一种对美的凝望，也是来自生活的一种酬报。在某种程度上说，诗与生活共同构成了凌小妃的生命图景，对美的追求，以诗歌的艺术之美来提升生命与生活的品质，构成了凌小妃写作的主题意向。《蜃景》对自我的追寻以及生命意识的觉醒，显示了凌小妃把握生活的敏锐，也使她获得了一种充实自我精神生活的方式，对生命与生活有了更深一层的理解。在她的诗集中，浪漫的艺术想象与精美的诗歌语言赋予了生活一种别样的精彩。诗人从自己的写作中获得一种看待人生的新的眼光，这本身就是一件富有诗意的事情。

　　对于诗人而言，生活虽然给写作提供了绝佳

素材，但在写作中调配生活的色彩却尽显诗人的明慧。凌小妃是一位热爱生活也深爱诗歌的女诗人，她将生活的颜色与柔美的诗语相融合，表现出对美的不懈追求，艺术的装点不仅让她的生活得以充实，更让她的生命尽情绽放光彩。诗歌是有光华的，把握住了诗歌的光华，就是把握住了人生的精彩。诗歌不仅对于写作者个人有意义，对于芸芸众生有更大的意义。凌小妃的写作是个人化的，她在诗中真诚地袒露了自己的心理与情绪，这使她的写作成了一种与自我生命沟通的方式，也触及到了我们生活中易于为人忽略的精彩，其诗歌中的感染力正来源于此。

诗集《蜃景》的命名似乎暗示了一种虚与美的基调。蜃景本是在光的折射作用下出现的虚幻之象，是一种光学幻景，拥有一种奇美却又难逃虚无。在文学创作中，虚幻与真实的辩证处理往往体现了创作者深入精神意识的思考。凌小妃在《戒心》中写道，"我常常在空虚的世界/看到另一个自己/没有眼睛鼻子耳朵，没有表情"，空虚的世界指向精神内容，不具有实体形态的精神意识相对于现实存在来说，即是一种虚无，而在这个精神世界中看似荒诞的"自己"，却是揭去了面具与伪装的真我。这是一种对自我的逼视，是一种生命省察。面对现实生活的芜杂，从虚无中感知真我，可以说是凌小妃向诗歌寻求的精神慰藉。

除了在真实与虚幻的两重世界中追寻自我，凌小妃还在光与暗的碰撞中感受到了生命意识的觉醒。《陶器》以制陶过程暗示了个体的生命历程，而光明与黑暗便是不同生命阶段的写照，"你替我活在黑暗中，如同 / 我替你活在光明里 / 每一次触摸 / 就是一次牵手，一次拥吻 // 就有一个关于你我的故事 / 从泥土的芬芳中醒来 / 直到，完成生命的燃烧 // 我们再一次交换彼此 / 你替我活在光明里 / 我替你重返黑暗"。其中更值得我们关注的是光明与黑暗的交替所显示出来的两条动态的生命曲线，而这两条曲线有且只有两个交点，它们分别是新生命的孕育节点与母亲的死亡节点。由此也可以看出，凌小妃在诗歌创作中领悟到了生命与母爱的实质。另外，光与暗的象征还表现出了凌小妃积极的生活态度，"我的影子从大地深处走出 / 与众多的暗合力 / 托举起，月色的辽阔 / 和一座城的灯火"（《暗》），灯火不仅不会被黑暗吞噬，反而在黑暗中更具锋芒。光与暗、虚与实的对抗性质在凌小妃的诗歌中似乎得到了消解，她用一种共在的和谐之音谱出了一首生命协奏曲。

诗集《蜃景》同时也是凌小妃自己生命与生活的记录，她随时随地用诗歌的艺术语言记录生活之美。比如出游，"去九宫山看山／却迷上了云／／一些云流落人间／变成溪，变成河，变成了海／在低处循环，喂养山川／／一些云漂泊天空／是草原、是骏马、是倒挂的人间／抒写着万物的憧憬"（《九宫山看云》）；比如聊诗，"邀一朵怀春的花／在一首诗里安营扎寨，隔屏对饮／一起聊风月，聊落花的悔意"（《聊诗的日子》）。凌小妃的艺术敏感体现在她能根据不同的情感需要对同一对象进行多次创作，如生活中的时节、雨、桃花、荷等，都是她青睐的书写对象，它们在诗中正如此刻变幻多端的云一样，拥有万千姿态，这非敏锐的感悟力而不可得。凌小妃的想象似乎流露出浪漫主义诗人的气质，有感于自然，自然的宏伟也可壮其气势；有怀于诗歌，风花雪月皆可入诗。凌小妃在诗歌中所用的转笔颇有行云流水般的顺畅，她的联想既来自于生活经验，又在艺术调度中表现出对生活经验的超越。日常生活作为凌小妃诗中的表现对象，往往在精美的诗歌语言中获得诗意，有时是闲云野鹤的悠然自得，有时是古典女子的忧郁清美。

凌小妃的诗歌也有一定的现代意识，她对诗美的追求采取了多样化的表达方式，并没有局限于某种固化的程式。《某个下午》通过对意象的捕捉和联结，显现出意识的运动轨迹，并暗示了诗人的写作过程，其中节与节之间的断裂又表现着意识的跳跃性，中间的承接是非逻辑的，却符合情感的真实性，"我的词语正翻越／语法的墙，在慌乱的草丛中／捕捉被你击中的瞬间"(《某个下午》)。像词语、句子、动词这一类语言词汇，有时直接出现在凌小妃的诗中，她尝试进入诗歌与语言的内部，除去生活的芜杂，尽可能地保留诗性感觉的纯粹，以达到对诗美的呈现。或许《如果爱情与诗有关》是一个最好的说明：

　　如果爱情与诗有关
　　我会在第一缕阳光穿透窗帘时
　　把早点做得
　　如诗一般精美

　　在最后一抹夕阳

下山之前，把每一个饱含深情的词
倒入你的酒杯

而你，是我诗歌这个孩子的父亲
我要写很多很多的诗
每一行都携带着
我的温度

　　用爱情的纯美来联系诗歌是诗人的浪漫想象，诗人凌小妃并没有因为对艺术的追求而排除生活对诗歌的介入，没有停留于对生活的悬想，而是选择将对生活的热爱放置于精心构筑的诗美中，以丰富的生活内容去强化和提升诗歌的情感表达，用诗歌的艺术方式去装饰生活芜杂的枝叶，把生活的精彩呈现出来。

　　在我熟悉的湘潭诗人圈里，凌小妃是一位热诚的诗歌"义工"，她的"小妃书屋"办得有声有色，举办了多次有影响的诗歌活动，她为此付出了很多心血。尽管她写诗的时间并不长，却是真正用心地在写作，在写作中体验生命的美与真实。凌小妃在《一个人的七夕》中这样写道，"风中读诗的女子／在七夕的夜晚，像极了／一个美丽的传说"，这也可能是她的自我写照吧。我想，一个人甘于为诗歌付出的人，应该是幸运的，看到了别人看不到的风景。凌小妃也是如此，她在自己的写作中看到了别人看不到的风景，看到了自己生命中最真实的风景。

2021 年 2 月 26 日

吴投文，1968 年 5 月生，湖南郴州人。文学博士、湖南科技大学人文学院教授，主要从事中国新诗研究。在海内外报刊发表诗歌数百首，发表论文与评论一百五十余篇，出版诗集《土地的家谱》《看不见雪的阴影》和学术专著《沈从文的生命诗学》《百年新诗经典解读》等，有诗歌入选上百个重要选本。

心有美景　凌空而飞

—— 致诗人凌小妃

小妃女史：

在这个万物滋生、草长莺飞的季节里，有幸拜读了你即将出版的诗集《蜃景》，脑海里不禁闪出八个字：心有美景，凌空而飞。

首先，我在诗中读到了你诗人的"自画像"，进而想到了那个古老的命题：我是谁？我从哪里来？要到哪里去？你这样写道：我是"忙于用词语填海的精卫"，"一生只用一种语言"，遂成"被风高举的莲"，"我是白夜、花间、寂寞的动词"……不管是勤劳的"精卫"，还是圣洁的"莲"，抑或是寂寞的"动词"，都向读者展示了一种崇高，一种圣洁，一种不同凡响的美。除了美，人类胡复何求？

然后，受美的驱使，我来到了你创造的诗的世界。161首诗，应该说，皆为短章。然而，短诗不短，小诗不小，其张力是那么的大，其意境是那么的美：你笔下的夜、海、月光，意象迷离；你笔下的雨、花、石头，几乎会说话、能唱歌；你笔下的风、云、大地，是那么的夺目惊心，"浸泡过时间"；你笔下的酒、茶、咖啡，是那么的可口、耐人寻味；你笔下的小巷、湖底、岛屿、城池，乃至鸟、树、梦想……既有实物的"具象"，又富诗意的象征，这样的事物，往往又幻化成"寂寞的动词"。作为习诗时间不长的你，于诗思捕捉、意象营造、艺术呈现上均有上乘的表现，真为你高兴、点赞！

诗歌评论家、诗人霍俊明认为："时间尺度和空间坐标印证了写作者的记忆能力和精神词源……有些诗人的词语是从生命深处分蘗出来的，它们直接对应'作为人的证据'以及痛彻的生命经验的心跳或心悸。质言之，这些诗歌直接建立于个体的感受真实和情感真实的基础之上，而发声和言说的过程却一次次受到了阻遏。为了免于失语和绝望，一个人最终找到了语词和诗歌。"他说的"心跳或心悸"，在你的诗中也俯拾皆是：

穿透深远的黑暗
历经揉捏、锤炼，才从烈火中
涅槃成我喜欢的样子
凝视你，就像凝视远古的生命

彳亍在来生的路上

你替我活在黑暗中
如同我替你活在光明里
每一次触摸
都是一次牵手，一次拥吻

就有一个关于你我的故事
从泥土的芬芳中醒来，直到
完成生命的燃烧

我们再一次交换彼此
你替我活在光明里
我替你重返黑暗
——《陶器》

从"黑暗——光明——黑暗"，这神秘的
交换，是牵手，是拥吻，更是"生命的燃烧"；里
面好像有着某种"因果轮回"，更透着一种生之无
奈，有着崇高的审美层次。

再看《棋局》：

对弈的人走了，我呆坐在残局里
推敲着棋子的命运
等下一个厮杀终身的人

在"常常空虚的世界里／看到另一个自己"
(《戒心》)。不知是不是偶然的巧合,这三首诗放
在了第一辑的最前面,就不仅仅是"心跳或心悸"
了吧?这里有沉思,有玄想,有诗人独特的"生命
经验"和"精神词源"。

你的第三辑中写给父母的诗,深情、隽永。
你的诗还有一点不能忽视,即面对美景,甚至是
蜃景,并不盲目乐观,也不消极颓丧,而是"面朝
大海,春暖花开",保持着诗人应有的定力和批判
意识,随时准备"凌空而飞":

生活在"孤岛","我们在鸟笼里／相互揣度",
面对"狭小的空间／隐形的墙","宇宙最小的心
脏／季节最美的新娘",血液"胜过人心的凉",而
不断"腾空自己","背负生命的火焰／在叶片之
间来回行走"。对《猫头鹰》,你写道:"睁一只眼,
闭一只眼／活在历史的误解中";在《维权》现场,
你的愤怒与无奈交织,面对资本的强横,稍显尴
尬无力。

总之,《蜃景》给我的印象尚好。美与丑,实
与虚,动与静,灵与肉,歌与哭,星空与大地,诸
多方面可圈可点,处理到位,起点不低。

今晨,收到一位朋友的微信:"别怕前方没

路，只要你心怀勇气与坚定，满地荆棘也能走出鲜花万里。但行好事，莫问前程。爱与被爱，诗与远方，都会到来。"觉得很好，转送于你。

祝你永远"心有美景，凌空而飞"！

陈文潭 于辛丑年春日听雨楼窗下

陈文潭，1962年8月生。中共党员，双硕士研究生，中国文联文艺理论高研班学员，省作协会员，省评协二、三届理事，株洲市评协主席。出版评论专著《守土集》，主编《株洲市文艺评论作品选》，入围《散文十二家》。

《湘女梦》诗丛 谭清红 主编

雪问

离若 著

团结出版社

图书在版编目（CIP）数据

雪问 / 离若著 . -- 北京：团结出版社，2020.12

（湘女梦 / 谭清红主编）

ISBN 978-7-5126-8495-9

Ⅰ . ①雪… Ⅱ . ①离… Ⅲ . ①诗集 – 中国 – 当代

Ⅳ . ① I227

中国版本图书馆 CIP 数据核字 (2020) 第 251422 号

出　　版：团结出版社

　　　　　（北京市东城区东皇城根南街 84 号　邮编：100006）

电　　话：（010）65228880　　65244790

网　　址：www.tjpress.com

E-mail：65244790@.163.com

经　　销：全国新华书店

印　　装：长沙印通印刷有限公司

开　　本：210mm*145mm　　32 开

印　　张：100

字　　数：900 千字

版　　次：2021 年 1 月第 1 版

印　　次：2021 年 1 月第 1 次印刷

书　　号：978-7-5126-8495-9

定　　价：398.00 元（全九册）

湘女有梦在文学

—— 序"湘女梦"诗丛

黄亚洲

　　我一向对湖南湘潭市的女作家协会这个组织极其活跃的工作，相当赞赏，就像我多次推崇我们浙江绍兴市的女作家协会的工作一样。不是所有的地级市都有女作家协会的，成立女作家协会的要件，是组织者的勇魄与情怀，以及这个地方确实有相当数量的热情而富有文学创作力的女性作者的存在。

　　湘潭市女作家协会的主席谭清红机缘巧合地成了我在杭州举办的亚洲学堂的一员，很多次以"学生"的身份，不远千里从湘潭赶来西子湖畔听课，于是这一次她要求我这个"先生"为她们协会组织的这套丛书作序，我也就不太好意思推卸了。按理说。我这个隔省的作家是不适合做这篇文章的。

　　而翻开作品集，倒是眼睛亮了。

这是湘江河畔的一群女诗人的群体亮相。此番亮相，确有湘女的风度与力度，飒飒有声。看谭清红的诗，语言颇见刚性，诗行之间呈现的硬气，也像她以前给我阅看过的那几篇散文的爽健。

她在《孤独与自由依然并存》这首诗中如此宣告："我可以裸着或半裸着，贴着黑玫瑰丝羽泥膜，偷油婆似的在故纸堆里穿行。没想找到什么，因为没想到丢了什么。黑蚂蚁一样的文字下面，条条点点线线，是我走过的路。"

以"没想找到什么，因为没想到丢了什么"来表达自己足够完整的人生经验，这份自信何其刚硬。

要说这是闻名在外的"湘妹子"的独有风骨，也不为过。

诗人危丹是一朵铿锵玫瑰。读了她的"原来生活中有一种痛，还可以哭着哭着就笑了"的诗句，再知道她的渐冻症患者的身份，能不为她的顽强、豁达与通透感动吗？

诗人凌小妃的诗歌善用"留白"艺术："走在异乡的风景，身边挤满了落叶。耳朵分辨不出另一座城市的语言，枯树上的老鸦一声哀鸣，"这种断裂式的语言，自有张力，可见作者追求艺术表现力的那种执着。

而诗人林韵的诗歌，则仿佛从历史深处走

来，"让人恨不够，又爱不够的风雪日头；让人哭不够，又笑不够的生死情仇。"诗人用语的那种遒劲有力，能令人回味许久。

诗人离若的诗作，就颇具"禅味"了。她仿佛有着佛家看万物的心境，再平常的事物也是一个圆满俱足的大千世界。"落叶收拢翅膀，枯枝一瘦再瘦。地底爬的，地上跑的，都回到大地的仓廪。"在她眼里，世界始终是圆融而充实的。

在诗人韵依依的作品里，我们能隐约看出她的"诗言志"的艺术格调，她善于沿着自己日常生活的指向，作出自己的思想提炼："今生，我是小溪的女儿，捧起通达、无私、宽容、理性，这些浪花般晶莹的词语；与乱石相对，无言。我们的内心里，却有一些东西在汹涌。"

诗人晓虹的诗作带有审美的自觉。她在《微风吹来的时候》里说，"美一定是向低处生长的。微风吹来的时候，河岸边的银杏树向我俯下身子。"句子朴素无华，明白如话，却是意涵悠远。

我们在诗人野鹿的作品里，能感受到她的对于形式创新的孜孜追求。"当影子捂起月亮，暖在手心；相思，又少了一夜。"这种细腻的情绪刻画，很容易在读者的潜意识里激起共鸣。

而在莲城女子合集里，我们也能看到女诗人们对诗歌艺术的各种既大胆又小心翼翼的追求。

小茵重视艺术表达"陌生化",彭万里作品中的"哀而不伤",肖潇的即景入诗,杨蕾作品的开阔与广博,欧阳湘平善用拟人化的修辞,罗银芝诗歌的主题多样,曾娟的借花写人,邹莹作品中那种典雅的"散文化"特点,王樱璇的画中之诗、诗中之画,李静民作品的长于对人生困境的思考,都值得我们充分肯定。

湘潭市的女性诗人群体,用自己独特的乡音,在辽阔的楚湘之地大声吟唱,这种艺术姿态不能不引起当代文学界的惊喜与重视。

我好几次对谭清红说,你们湘潭的女诗人们,真个是不一般的一群。现在读了这一大波作品,更验证了我的这一印象。

巾帼诗人集体地跑在时代的前列了,男性诗人朋友须加倍努力呀。

湘女有梦在文学,真是中国当代文坛之幸。

(序言作者为第八届全国人大代表,中共十六大代表,第六届中国作协副主席、第六届浙江省作协主席、党组书记。为中国鲁迅文学奖得主。现为中国电影文学学会副会长、中国作协影视委员会副主任、中国诗歌学会常务理事、《诗刊》编委。)

目　录

辑二 我在缓慢的时光里爱你

辑三 生活是一只沙漏

辑四 抒怀不只有一种表达

代跋

辑一

万物以深情续命

大雪

林子寂静而阔大。被鸽音擦拭过的
什么都不生长
只生长雪。
落叶收拢翅膀，枯枝一瘦再瘦
地底爬的，地上跑的，都回到
大地的仓廪。几粒雀鸣

也将被风声牵走。
雪越下越大
仿佛要把万物摁进一场白里。仿佛
要用它的白，逼出
我体内所有的黑。

落日

独坐河边。落日蹲在山巅
我们对峙，凝视
交换河水，草木。交换
不可名状的荒凉。

落日熔金。此刻，我不是金子
我是它慢慢融掉的
一粒雪。

葡萄

细雨刚刚来过。明亮的叶片刷亮了黄昏。
木梯子架在葡萄藤上。
鸟雀从光阴的缝隙飞进来。
蝴蝶开花。

哦。那么美。——
那么美的是你正爬上木梯子的一半
你的手还够不着最大最亮的一颗。

——就像一粒葡萄，正卡在由酸往甜的
途中。

梅

雪没有故乡。梅有。
它的故乡在深山，在庭院，在案上，在
唐诗宋词和水墨画里。

耗尽一生力气书写。
用花瓣，香气，和灵魂。
写出的每一个字，都是傲骨，都是深渊
与悬崖。

和雪隔着一页经书，一盏油灯。
即使病了，一点一点咳。也要死在它怀里。

菊

篱笆。重阳。和墓碑
菊花兀自开在九月。

你可以独自痛饮一个黄昏
与南山推杯换盏。

也可以站在高高的山头，面朝故乡
折下一枝菊，当千里之外的家信。

但你更应该备下一杯薄酒，立于碑前
把黄土当亲人，把头埋得比霜低。

绿茶

给它土壤。给它新枝。给它烟熏的手
给它千搓百揉。

阳光雨露给它参禅。光阴给它受戒
沿着茶壶壁，敲醒我们内心的井泉。一
盅茶里
岁月尘埃落定。

给它杯子，它静若菩提。
给它水，它散若莲花。

时间

提在手里，是鞭子。

置于闲处，是蛀虫。

它从不随意侵犯我们。但偶尔会点中我

们的穴位

并一针见血。

最好的状态是：

把它当一面水，并在其中取出波澜和灯塔。

它涌上来时，你退下去

它退却时，你向前一步

——像齿轮咬着齿轮，严丝合缝。

青苔

苔生三月
生在邻家青瓦里。生在巷口窄窄的石板上
生在无人过问的独木桥边

也生在有情人潮湿的守望里

雨落得更密，更柔时，思念更浓
廊檐下的青苔伸过来绿色小补丁。她坐
在雕花窗前
看细细的雨从檐角落到青苔

一滴，一滴，又一滴
春梦无痕。而光阴是一把薄刃

清泉

是鸟鸣溶在水里。是白云从中出浴
是月光汲着纱裙刚好路过

崖缝里跌落的珠玉，聚成一汪泉
剔除了生锈的动词
如母亲的乳汁。流淌在山涧

使剩下的光景愈加清冽而甘甜
我们从山中取出流岚。从泉水里取出石
头和经书
取出一张张干净而陌生的脸

就是从灵魂中取出另一个自己

野花

像星星镶嵌整个夜空
像含羞的女孩抿着嘴唇浅笑。不轻易被
说出的

一蓬蓬零星野花。撑起小花伞点亮了整
个坡地

越是被忽视。越不愿留驻别人的脚步
越是会得到春天的命名和指认——

婆婆纳。紫地丁。打碗花。点地梅。小
野菊……
微风中，它们点头，又摇头
仿佛低处的我们，被生活肯定又否定

玉兰

我一直把它和圣经媲美：
它举起的树冠可栖鸟鸣，可歇南风
它缓缓上升的灯盏可供星星垂目，月亮低眉。

当我站在树下
我听到它窃窃的低语：
——别回头。别让你的影子
拦截自己，别让它成为自身的深渊和悬崖。

它的孤绝是一种白。唱词是另一种。
那些细微的唱词呵
仿佛一根根闪亮的银针，直戳五月的深夜。

草莓

是密语，或者吻痕。
当你递给我最大最鲜的一颗。甘泉，
在唇齿间形成。

清晨的果园里，露珠滴落。
绿色藤蔓上，红色草莓在跳跃，在燃烧
——仿佛多年前你写给我热烈的情信。

草莓在果篮里亮着，害羞着
那么多爱的词语，挤在一起，生动而饱满。
我轻轻靠在你肩上。我看到——

我们年轻时的爱情，干净，纯粹
在一张白纸上撒欢。我感知——

中年的我们，正从草莓的汁液里
无偿获得一种深深的美意。

莲

被泥濯洗，以水为镜
唯恐自己的气节染上尘色
连名字也被月光拆解得不带一丝人间烟火

任蛙声在荷叶上击鼓，蜻蜓在蕊上饮蜜
露珠替它梳妆，洗颜
清丽的背影里剪出远山和近水

在清晨，或黄昏，盈盈水波间
香气荡出涟漪
幻象中一遍遍重组骨头，完成身体里的
涅槃

唯有夜色，向人间递上矜持的一盏
它有看不见的翅膀，助明月飞升
有深不可测的酒窝，使星光沉落

而我，只愿和莲交换一种身份
用它在明镜台上终身固守的一种清修
——月光淬过的火燃起持戒者的禅念

使身边的水至清，水下的泥至沉，泥中
的根至坚
一悟再悟，不让自己的一生都在推石头
上山
不至于成为灵魂终身的囚徒

羊

青草。是它通往世界的唯一方式。
越过它，就是越过经书，绳索，和木桩
抵达最后的羊圈。

夕光从山坡洒下来
影子留给草地。它带走了自己的属性。
带走了
黄昏和寂静。

因为温顺，人世的真理，只剩一种颜色。
杀戮在草地之外。作为补偿，为它提供
白云，清泉，鲜花和蝴蝶。

它是草地上安静行走的白手帕。

乌鸦

它的聒噪安抚了黄昏的寂静。
它是天空下唯一移动的黑色事物。

高高的枝桠上，它站成一个句号
用眼里的灰，捕捉我们。
它就是一个黑色寓言
洞穿了世界的野心，人类的悲悯。

当它飞离树枝，纵深进天空的秘密弧线
它焊接了落日和荒丘
并成为时间的污点证词。

麻雀

几粒麻雀，在收割后的田野跳跃着
以越来越小的灰
平衡稻田和天空之间的美学

当它们飞起来，带动稻田一起飞
当它们落下，天空也落下

寂静，是它们擦过世界的回音
我用温和的目光捕捉它们的声线

从稻茬到草垛，从草垛到田埂
电线杆上，它们弹奏秋天的五线谱

一串灰色省略号，延伸了稻田的空旷
空下来的田野，如秋风翻阅的经书

愿有一场雪落。带走孤独的翅膀
愿有万顷稻浪。为它们蓄满黄金

蝴蝶

从来没有悔意。即使来世只能为蝶
只能
在草叶上演绎朝生暮死的爱情

这一世，我也愿意脱去血肉，脱下骨头
脱掉
所有的青春和白发
陪你一起飞——

"蝴蝶的语言就是天空的语言。就是毁
灭和重生。"

当我附在你耳边，说爱和永恒
火焰和深渊
同时在我们的翅膀上打开

鹿

向阳山坡上，它轻轻，欢快的跳跃着

尖而细的鹿角，时而拱向草丛

时而拱向小树枝

纯净无辜的眼睛，藏了蓝天和白云

偶尔，蹦到泉水边

伸出长长的脖子试探水温

偶尔，向着它的同伴"咩。咩。咩"

一声声亲昵的叫唤

谎言般。取消了下午的岑寂与虚空

这是多年前我在林中邂逅的一幕

当我想起昨夜你在我唇上汲取清泉

"突。突。突。"内心的小鹿

蹦出来了。黄昏的草地上

我如它般，轻轻，欢快的

跳起来

谷雨

最终是雨催生了百谷。一粒一粒播进地里
仿佛神的默许

最终也都会痊愈。暮春时感染的风寒
不过是病毒把肌体又杀死一遍
即使更大的伤口与深渊
也只是生活的一剂良药

——黑暗中撕开的，光都能缝合
一粒带有腐败意味的种子
被阳光雨露催芽，被清风和流水赋予深情
蓬勃成恣意的绿。并成为

自身唯一的坦程与拯救

春分

一树樱花站在山崖边
用洁白的词区分了青山和油菜田

我站在一个节气的中间
用中年的身份，区分了过去和未来

白日渐长。悄悄缩短了黑夜里虚无的部分
阳光下明亮的事物越来越多——
花朵鲜艳，草儿葱绿
一粒露珠里滚动着薄薄的春天

我也是其中明亮的部分
——春风折返，一树洁白，十亩金黄
轻易脱去了我陈年的痂

白露

竹席生凉。露水比秋天缓半拍
默默起身，添衣
把月亮当灯盏，挂到窗前
茶水续了又续，信写到二三更

什么都没写
秘密是被凉如水的夜说出去的
——孤独的人守着一片月色
守着渐渐沉下去的星河和春天立下的誓言

眼看秋风就要来了，秋霜就要落在瓦片上
眼看瓜果生津，谷物归仓
牛羊走向圈栏
相爱的人
将在秋天获赠一个湖泊

夕光

不说白昼了。
说草色勾兑黄昏。说乌鸦搬运天空
说夕光给群山上釉。

落叶荡了又荡。风把金色的硬币抛向空中。

你坐在夕光中，与身后的湖水
保持微澜。
鸟鸣穿拂你的身体。一封信
落在衰草的唇上。

天就要黑了
你坐成一截枯枝
众多黑鸟正飞离你。

断桥

一座断桥
在童年的雨水里，插上冥想之翅

——石头里的灰烬。朽木里的秋霜
它越来越模糊
只剩一个概念了。伸进多年前的雨夜

它伫立河上，拦下落日和炊烟
它塌陷于风尘，为童谣与牧笛所用

一座断桥。沉默而有慈悲之手
一次次将故乡
泅回梦里

暮晚

这是我重又归来的故乡的一部分
这是苍莽河山最后的破碎和完整
——群山。落日。枕木。废弃的铁轨。

我站在这里
无来路可回头。亦无归途可抵达。
五月的蔷薇开得正盛，鸟鸣正欢
一层层往上叠加的苍翠
加深了暮晚的岑寂，治愈了
落日下一条河流的忧伤。

归来后的心
再无波澜与起伏。
那么多鸟振翅的天空，微微倾斜
是我永远无法探究的秘境。
它们的鸣叫，饱含沧桑和热爱
使我泪流满脸
仿佛离世多年的亲人，携带雨水而来。

四月的鸟鸣

我不知道这一声来自哪只鸟
那一声又来自哪只鸟。
我只知道它们加起来就是
暮春的总和。
被声音拉长的暮色
包含村庄和炊烟。往夜晚一步步撤退。

那么多鸣叫像雨声倾泻而下
黄昏就要淹没了。
谁来救一救这些鸟声中的花瓣，溪水
旧址和前程。
故乡近在眼前
当我应和其中一声鸣叫，就是
和春天击了击掌。

废弃的渔船

暮色中。它一直在看着我
我们对峙，凝视。交换落日和沙滩
像看着彼此的旧识

仿佛我是它捕获的鱼虾。是它
满载的星辉。是曾经
掌握它命运的人

看着看着，眼里就有了泪花
看着看着，身上的裂缝越来越大

如果不逃离。它会用身上的裂口，破洞
撕碎我。把我拖进
无法编织的一地回忆中

夜，垂下来。它再也看不到我
当我们不再互望
海水，陷入更深的沉默中

兰若寺的桃花

躲进水洗的梵音。躲进
兰花一样安静的心里
枯坐。与尘世老死不相往来
不念及疼。不念及
世间的尘沙如何掩面而泣

不必再施粉黛。不必
跪行一千里
一页经书替你合上世间所有涟漪

红。在佛门与俗世间往返
敲一声木鱼，便脱掉身上一缕烟色

三月的暮色。细细研磨你
愈来愈淡的身子。再无人，提及你
雪花的前身
当俗念砍断你的翅膀，你只低低的一句——
疼啊

青花瓷

窈窕的女子，着青衣
越过唐朝的楼榭，宋代的烟雨
以雪为伏笔。绘出
黛青色山水，锦绣的绸缎。绘出
腾飞的瓷器

尘烟渐远，烽火不再
抱紧一把孤琴。宁静，端庄，优雅的气息
在祖国的衣襟上伏下来
剥掉一身尘土，披上玉质的辉光
你离人间近一点，世界就静下来

怀揣一股暗流。在檀香里奔走
袖袍里，抖出三万亩荷塘月色
每靠近我一步，旗袍上的莲花就开一朵
你把我带回尘世，长袍马褂里是你赠我的
三千青丝，万丈尘烟

我独偏爱你一种。以浴火重生铸得
雪的精魂。以水墨画的宁静守得
内心的贞操
一朵青花，在一场雪中开到极致
多像我把自己，妖娆而决绝的开在尘世

油菜田

油菜田在青与黄之间交替，转换
一个月后，沉甸甸的籽粒将把绿油油的苗
压弯，直至榨出橙黄透亮的油。

母亲也是一株油菜。青葱的身段
在田间疯长。供童年的我们收割，压榨。
她的乳汁喂养了我们
及我们那代人的苦难。

风，吹过来。油菜花香飘过黄昏的村庄
田埂扶不起倒伏的油菜
仿佛岁月，扶不起母亲的苍老和趔趄。

一茬茬油菜被收割，被压榨
空旷的田间只剩下麻雀布下的省略号。

田地空寂。母亲在辛劳中完成了自己。
油菜田的一生，就是母亲的一生。

菜园

父亲和母亲，又在菜园耗了一上午。
父亲挖土，母亲镶土
父亲打孔，母亲放鸡粪，菜苗
父亲培土，母亲挑水，给新栽的菜苗浇
定根水。

一个月左右，辣椒，黄瓜，茄子开花
豆角丝瓜藤攀上扎好的竹架
南瓜花仰起高傲的头。
整个菜园，欣荣中含着碧油油的绿
每一棵菜，都是父母精心培育的孩子。

浇水，施肥，薅草，治虫
种植水稻外的大部分时间
他们都耗在菜园里。
累了，找块树荫坐下，父亲叭哒几口劣
质香烟
母亲操起毛边旧草帽，替自己
也替父亲摇几下。

他们极少交谈，他们表达爱情的方式
就是菜园里一附一和的栽菜方式。
几十年形成的默契
就是瓢和桶
筷子和碗，牙齿和舌头的默契。

谷仓

稻谷脱离了泥土和汗水
一个谷仓，为它遮风挡雨。为它
收起洁白的心，羊奶般的汁。

八十年代的农村，谷仓
是一个家庭的指代和隐喻。
农忙过后，黄灿灿的谷子
被翻晒，被筛选
成为谷仓里小山般的堆。

最金黄饱满的被谷仓剔除在外
用麻袋袋好，翻山越岭
等待白衬衫，磅秤，验谷刀的检阅。
公粮以外的部分
把谷仓越垫越高，越压越牢实
和角落里闲下来的农具，互为衬托。

贫穷的年代，漆黑的夜里
我们守着那一仓谷子
进入一个个甜美梦乡。仿佛谷子
不再是谷子，谷仓不再是谷仓
是神布施的种子，在金字塔的殿堂
熠熠闪光。

深井

"我写诗,是为了认识自己
使黑暗发出回音。"
读希尼诗选,犹如仰望星子点亮的夜空
又如俯身探看,一口幽深的井
把你汲入到不绝于耳的回声里去。

我的童年,也有这么一口深井
下午三四点钟,陆续有人挑着水桶过来。
阳光穿过老榆树叶子
光在水上跳跃
带动井壁的水草一起摇曳。

没有辘轳和压水泵
木桶顺着颤幽幽的绳子滑下去,又爬上来
接触水面时,发出响亮的扑通声。
井底蛙鸣,困在四方形的天里

洁白的云朵，一朵一朵
从桶里吊上来。

趴在井边，我看见自己的脸
被井水撕裂，又拼凑
仿佛童年，也被贫穷一次次撕开，缝合。
多年后，当我写下"深井"一词
我已在人世这口深井里扑通多时
通过诗歌和救赎，我听取了自身的回音。

山塘

除了清风，谁愿在此兜兜转转
除了白云，谁会给它受戒，参禅。

碗口大的一塘水
脱离了大海与湖泊的延伸
野性于山中。当天空倒扣其中
青山也随之一跃，鱼儿四散
溅起的波光把黄昏镀亮。

芦苇和青芒四伏
率性的野花绕山塘一周。蝉鸣和蛙趣
构成这毫无秩序的大自然
生动灵活的一部分。

山塘的静，是万物脱去喧哗的静
是我脱去人形的静。

当我在塘边坐下来
群山向它倒伏，黄昏也伏下来
村庄延绵着散去，但它并不构成田纳西
的坛子。

瓷器

我想把自己交给闪电，惊雷
或者一场暴雨
让它们要了我
像一个男人要我，酣畅淋漓

我想把自己交给怒江，狂海
或者一片雪原
让它们从我身体穿过
像一个男人，穿过我的荒凉

我抱着自己的孤独和绝决——
尚还光洁的皮肤
尚有弹性的乳房
——这人世最后的刀鞘

但我绝不容许男人往里面随意插刀
我宁愿它是被月光打碎的瓷器

静秋

我迷恋秋天
迷恋秋天缓缓坠落的树叶，空气中
若有若无的香气
迷恋黄昏和细雨，细雨中幽微的鸟鸣

它们落到身上的轻
和月光落到脚尖的轻，是一样的

我迷恋秋天的湖是一面蓝色镜子
照见谁谁就交出了魂魄
迷恋湖上孤单的白鹭，迎风
梳理细软的羽毛

它们的静，使秋天成为一首禅诗
被光轻轻打开，诵读

我迷恋植物腐败的气息，动物奔走的蹄印
我的骨骼越来越松动，我迷恋
自身的残缺和破碎
破碎重组后新生的秘密

——这悲欣交替，这动荡，这不可复制
的一生
没有一种声音不为秋天噤言

辑二

我在缓慢的时光里爱你

大雪

又开始下雪了。亲爱的
小雪节令后不久
雪越下越大

下在旷野。也下在我们猝不及防的中年里
——生活的难。疾病。衰老。死亡。流逝
哪一样都是一场雪
我们不得不挺身相迎

电话那头
上次是你的头痛，上上次是生意的波折
今晚是应酬醉酒后呛鼻的呕吐
似乎把夜呛出泪来

亲爱的，中年以后雪会越下越大
让我去你身边吧
我弱小的肩膀替你挡不了漫天大雪
但我可以掸掉
压在你身上越来越厚的雪

情人

四月的树叶，密而浓稠
绿缎子汩汩流动
阳光滑下来弹奏我们

你环着我的腰。你的眼里尽是湖水
亲爱。我就要沉下去了
树上的麻雀
快来搭救我

新我

我是旧的
籍贯。身份。名字。被世人指指戳戳
呼来唤去
体内的雷霆，闪电，刀锋，火焰
也越来越迟钝，缓慢
连孤独，也毫无新意——
白日撞钟。夜晚把月亮磨成刀片

直到遇见你
你在我身上做菜青虫对卷心菜做的事
钟声对寺院做的事
你指给我看：田间两只交颈的野鹅

是的。当你用目光从上到下洗浴我一遍
我就是新的了

泸沽湖上的爱情

天空是一面镜子，湖水是另一面
我们互为镜像，从彼此眼里读出星辰和
明月

天上飞的，水中游的
都是秋天的妙物
你说，我也是你的妙物。如那湖边试水
的鸥鸟

拍拍翅，就往秋深处去了
我们划出一叶小舟
波纹将我们送抵湖心。人间的美和善意
随两岸青山不断变换角度

当格姆女神峰被大雪装扮为旷世新娘
我们在水上完成了灵魂的走婚
借一只秋沙鸥
佐证，签下生死契

在雪山面前我们羞于说爱

山的高耸和雪的寂静合二为一
一如你我，千里跋涉后交付的真心

在圣洁的玉龙雪山前
我们羞于说爱
用眼神交流长空中的鹰。用唇语说出
玫瑰和火焰

当一个红衣僧侣和我们擦身而过
他脸上的微笑就是我们的微笑，就是
每个悔悟之人的微笑
放下尘世和烟火，牵一朵白云上路
山顶的积雪，以佛光的形式引渡我们

从雪山归来
雪打滑的路面，你攥紧我的手
大风把我们扑入彼此怀中
世上只有一种深情，才配得上这雪山的
白和寂寥

在四方街抱一抱人间烟火

这里有好看的雕窗，飞檐，回廊
有叩响黄昏的石板路。有拦截落日的圆拱桥

有炊烟，从瓦片上挺直了身子
有流水，顺着低飞的苍鹭，拐了一个弯
又一个弯

大红灯笼推开欢喜的木门
时光慢下来。我们把日子一一熨平
沏茶，煮酒，移花，栽木
白练子米线甩得噼啪响
齐肩站在盛大的秋天里。抬头

眼神接住滑下来的蓝绸缎
低头，你的目光捉住了我眼里的小兽
两颗怦怦乱跳的心，瞬间
融化在桂香带来的软糯黄昏里

我想和你走一遍茶马古道

拍一拍马颈上的铜铃，摸一摸它的鬃毛
马帮回来了。古街回来了。茶香酒肆回来了
绸缎和盐粒也回来了

我们骑着十月的小马驹
雪山在左，草木在右
花香在前方开路。夕阳在马背上滚来滚去
古道仿佛一个人的热心肠

是它，唤醒我们古老而新鲜的记忆
爱情在此刻显得多余
不如策马缓行，不如把秋天
放到脆耳的铃声里

此刻还没有说出的就不必说了
哒哒而响的蹄音
在历史和现世之间辗转，徘徊
踏响了晨昏和世间悲喜

蓝月谷之恋

秋天，我们在湖边点燃干燥的松树枝
湖水捧出的火焰越蹿越高
青春。梦想。爱情
从火光中——跑出来
慢慢跑到我们疲惫而沧桑的中年
詹姆斯．希尔顿笔下的蓝月谷再一次来
到这里
雪山为隐喻。湛蓝的湖面
是你眼里精妙绝伦的琥珀
给我们带来飞鸟，落叶，沉鱼
和秋天的幻象
我们偎依着坐在湖边
目光追逐一只越飞越高的苍鹭
一种古老而恒久的情谊在湖上
慢慢生成

写信

很久不见你，亲爱的
让我想一想你在人群中穿行的样子
在深夜一颗香烟里明灭的样子

秋天了，窗外的天蓝得像一匹绸缎
白云是一种空无
时间在你我之间滴嘀嗒嗒
是不是另一种空无

想你时，我就写信
没有邮差，没有地址，没有收信人
我写下：
秋天。果子击中大地
我用一只陶罐，承接星辰，寒露，和雨水。

下雪时
我把它们和我的体温一并寄给你。

复信

我一直在等你给我复信。亲爱的
是不是我的信比秋水长
比雁声低，比寒露重。是不是

你读信读到哽咽，读到
山河寂寂，大雪纷落。
我寄给你的松塔
有秋天的颜色和质地。当你捧起它
就是捧起一簇小小火焰。捧起

我们爱情最初的形状。
它悄悄化掉了你陈年的
哀和伤。不必给我复信了

雪落时，窗台上每一片雪花
都将把崭新的你带到我跟前。

给你

我用一首诗，唤你。
用一朵栀子花的纯白和清香，等待你。

五月，鸟鸣湿润而透亮。
我们之间隔着：
城市，街道，雨丝，薄暮，和一支含羞
的玫瑰。
蓝嘴鸟在玉兰树下信步
它的悠闲和从容
像我在窗前描摹你指认过的青山和湖泊。

没有痴缠和牵绊
我和你若青草相望。若相望的青草间
滚动着一粒明镜似的露珠的早晨。
——那是我们所热爱的世界的全部。

寄

你发来消息，你在桃江。
暮春四月。我想象你临江而立的样子——
桃花已卸下红装
鸥鸟正在江边试水
仿佛一个个洁白的词语，被浪花轻轻吟诵。

你怀抱中年的理想和抱负。
国有微恙，家有缺损
但你相信江上升起的总是明月
青山举起的总是旭日。
明月和旭日之间，黑暗只是
被世界挪用的一部分。

我在百里外的山城给你写信
他日你读到"思念如旧疾，
随春风寸寸生。"
那是我们在信中交换了姓氏和盟约。

你的声音使我获得无边安宁

你的声音里有磁石
瞬间使我的心落下
使它获得一种无边的安宁

仿佛黄昏带来大雪
松针带来鸟鸣
仿佛更深的夜，月色无边
无边月色里羽毛飘飞，盐粒闪着银光

你在远方。我触摸不到你
我循着你声音细细的线
想象你的上升，或沉落
想象你是一只鸽子，落在黄昏的屋顶。
落在

我心上
那么轻，那么柔。而天地从不发声

爱情是一枚青幽幽的柚子

它悬在枝上
像一个绿色小灯笼
撑起秋天的美妙和轻盈

我们深爱着
像两枚青幽幽的柚子
涩涩的酸，涩涩的苦，涩涩的从清晨到
黄昏
从不松开彼此

这爱情的果实
我不敢伸手去摘
我怕，一摘它就黄了。一摘
就烂进了深深的泥土里

我愿它一直绿着，涩着，荡漾在枝头
像我们的爱，从未经历风霜和雨水

如果

如果有一天，我们不在一起了
请翻开我送给你的诗集
请逐行逐字读我写给你的那些句子——

"我在缓慢的时光里爱你"

请轻轻抚摸那些字
像抚摸我曾经的皮肤，血肉，骨骼
曾经的笑和伤

请试着想象
一个穿白裙的女子，站在星空下
呼喊一个人的名字
突然泪流满面

那些字会突然从纸上跳起来，扑入你怀中
带着一个人的灵魂和温度
像那个女子那些年
给你的所有拥抱

下雨时想你

雨下在秋天，我用整个秋天想你
雨落在山岗
我用山岗上的羊群想你
雨滴在屋檐
我用屋檐下的鸦雀想你
雨打在窗台
我用窗台上的植物想你

雨点稠密。天地迷蒙。我想你
夜越来越深。夜把我赶进雨声里
我用雨声想你

我想你。就像一场雨追赶另一场雨
我想你。就像一个孤独叠加另一个孤独。
我想你
全世界所有的雨声都是你

中秋寄

这秋水长天是我要寄予你的
这渐渐盈满的弦月也是我要寄予你的

又快月半了。亲爱的，你还在远方
你的音讯
还在雁阵与蓝天的擦痕里
我展开来读一读，再读一读
你离我就近了一个山头，一片水域

走在僻静的山路
秋虫在草叶上啾鸣
月亮从林梢缓慢升起
我随手就把它们摘进了信封
熟透的松果，榛子，野柿子
就要滚落脚旁，滚进我写给你的字行里

亲爱的，当你拆信时
月亮刚好盈满，像又大又圆的月饼滑落
你手心
盛大的秋声瞬间罩住你
喧嚣的夜晚，会突然静下来
你将不再是一个人。秋天和你，和我
齐肩站在万物打开的辽阔里

明月千里

千里之外，我们共用一轮明月
共用它的圆缺和悲喜

我走在还乡的路上
你正在奔赴大海的途中
哪一条路径，都为明月所照耀
都是明月朗照下的辛酸和泪水

它是一剂良药
照出我们骨头的同时
也给予我们治愈的力量
——残缺的，破碎的，正通过它的渐渐
盈满
获得新生的秘密

明月千里

当我思念你时
它白驹一样，脚下生风。在你我之间不
停奔走
带来世间最好的情谊

人间四月天

四月，是被一面湖水绘出来的
山有微漾。树有婆娑之意
草儿骑着春风，花儿顶着蝴蝶在赶路

四月，也是被一双背影剪出来的
闲置的长木椅，光阴缓慢爬上藤蔓
我们的目光，与湖水齐平

当白云不小心跌落湖心
当一只红嘴鸟磨亮春天的桃树枝
我们的秘密，心照不宣
夕阳，被远处青山挑着，成了四月

最后一枚闲章。我们小小的身影
被暮色稀释成小路尽头的落款

大雪来临前

我用落叶做铜钱
向天空买下辽阔，苍茫，和成吨的铅

我要赶在大雪来临前
止住山河咆哮，草木纷落
止住喧嚣和浮世
给你送去冬被和棉鞋
像羊爱青草一样，去爱你

枯枝之上，一只乌鸦驮着天空缓慢飞
天空之下，一条河流抱住风声低低呜咽

——它们背负着大雪来临前的颤抖
像我，背负着对你针尖一样细细的爱

这一年

我在火柴盒一样的出租屋里
生锈。写诗。爱一个男人。

日光西斜。一半洒在榆树上
一半洒在我孤单的影子里。
落叶如铜钱。替我交着尘世的租金
——我在人间又借居了一年。

诗在纸上生锈。抱着愈来愈脆的骨头
想到故乡就流泪。想到
离一条河流越来越远
锈蚀如荻花，片片飞落。

我的男人常常在窗棂下等我
他携带闪电和雷霆。携带
故乡的迷雾。

他的眉宇藏着一座陡峭的山峰
睫毛挂着二十四桥明月

——这些爱情的旧址
一次次把我荡回童年的草坪。

雪在赶来的路上

雪。如你的信，迟迟未来。

风虚掩的柴门。红炉，小酒。
炉火上翻滚着热气。
猫，围着炉火打盹，懒如旧棉絮。

我铺开雪一样的白纸，给你写信。
当写到"山河寂寂，思念如乱绳"的乱字
窗外的梅花，一声低叹——

雪，欠人间一场冷抒情。你欠我
春风十里，桃花万顷。
雪，如迟来的信。从六月就开始给我邮寄，

一直辗转在来的路上。

城南

"一番桃李花开尽，惟有青青草色齐。"
念完最后一个字，她蝴蝶一样，逃回了
宋朝。

烟花在岸边喊醒三月的扬州。
横塘的水把河堤又抬高一寸。

手执桃花的女子，记起了自己的前生——
西厢阁。牡丹亭。一枚银针
反复在素帕上戳痛一个人的名字

燕子叼来前世的盟约。
桃花又开始给春天下蛊。辞别他，

她在白纸上写下：
"愿来生不写诗。只在城南种一亩地，

与你耳鬓厮磨。"

三月的雨，摇下一树桃花，

像极了她被辜负的一世。

夜雨寄北

巴山只在夜雨中
而你在我的北方，借麦粒和青稞怀念你
南方的樱桃木，循雨水潇潇而下

我在林荫下读诗。诗如絮飞，爱已消逝
你在案几上写字。字透青山，雪正阑珊

季节是删除键，我只剩落叶和枯枝
而你手里握满春天：桃花是你秘制的良药

你我之间，山水纵使无情
隔着不可逾越的一条河。隔着生和死

爱情的废墟，没有一星磷火点燃你
一场夜雨，把我一点一滴，浇进

南方的嘉木里。

晚祷

落叶如经书。尘土如菩提
夜幕下，我们饮下清泉，虫鸣，和月色。

葵花供给的晚间，石头引道
每一朵，都是神的手谕。

你给我披上蓝色纱巾，我把手搭在你肩上。
经由爱
我们的指尖涂满星光
我们的心穿拂树叶，阳光，和雨水。

远方。鸽音擦拭过的钟声，不停
敲打一面湖水。

无题

这是我反复提及的：
冬阳下的院落。院落外手叩门环的男人。
门缝里。珠帘响动，美人迟暮。

他们更喜欢冬天的暖阳。
他们有秘而不宣的爱，有小如麻雀的欣喜。
风细柔又可爱。廊檐下，一封旧信
荡了又荡。

木槿花开得盛大而寂静
我要把你来时的石板路，弹成绝响。
要把穿廊而过的黄昏，在你身上
反复临摹。

愿望

她双掌合十。与一株桂花细细吟

"当我老时，老得只剩门环
你依然是开启我的铜绿，与青苔。"

她朴素的一生，伴着桂花轻轻落

"当你老时，老得只剩朽木
我依然是你佝偻时的草色，供夕辉虚度。"

落在她身上的，不是桂花
是星星。因洁白的愿望掉下翅膀

相爱

清晨的阳光从窗户照进来
杯盘洁净。厨房一角
刀和砧板达成和解
炉火上，水壶翻滚着热气

洁白的餐巾托着小小餐具
像《旧约》，支起神的庙宇
不知名的鸟儿在窗外念早经
两个切开的苹果
两杯温牛奶，两块橙色面包
向窗外的玉兰树传递着诱人的香气

我羞于向你表达爱
在你拉开门的瞬间
飞快抚平了你领口上一丝褶皱
我们从彼此眼中，读到
一面清澈的湖水

擦

钥匙和锁。筷子和碗

牙齿和嘴唇

不断有火苗擦出来

就像鱼需要水，鸟依赖天空

就像父亲和母亲

谁也离不开谁

一辈子，在一颗谷粒上

擦出汗水

在一张灶台上

擦出烟火

在一张床上，擦出

黎明和黑夜

若干年以后，他们还将在地底下

骨头挨着骨头

擦出磷火

给

——致一生的挚友，冷阳兄弟

夜深了，你还在吃晚饭
还有大量文字未完成。
天上那么多星，月亮那么圆
它们无法替你捉笔，完成纸上的
残山剩水。

初秋的夜空把距离拉成一张琴
你在北国疾书时是琴台
我在南国望月时是弦。
不说爱。爱是生活道出真相后的
毒药和断肠。
说说星空，湖水，和草地
无垠的辽阔才匹配我们千里之外的
凝视和关照。

——让我抱抱你。隔着茫茫夜空。隔着

一盏永不熄灭的灯盏
隔着不可逾越的生和死。
让我从时间的阴影里剥出你清瘦的脸
俊秀的影
成为我此生永恒的记忆。

辑三

生活是一只沙漏

大雪

雪落时，我又想起了那天的你。
巨大悲痛面前，强忍着不让泪落下来。
就像灌满铅的天空，强忍着，不让雪落下。

落下来的雪从不后悔
它想让谁白谁就得白。
——它雕刻的山峰，有嶙峋之美。
它做出来的屋顶，格外慈悲。

它披在一个悲伤的人身上，就成了孝服。

大雪中。你越走越远，越走越苍茫。
你没有了父亲。

打铁

锤子落下
铁，开花。开花的还有身上的汗珠
铸炉里的火。

锤子一生都在纠正铁的错误
它只是借一个人的力，逼铁把痛喊出来。

喊出来的痛有各种各样的形状：
方的，圆的，扁的，尖锐的……

当一颗颗铁成全自己，有了内心的秩序
和规则
有了和钉子较量的力气

铁匠也有了和生活叫板的硬心肠。

暮色

一只羊在河滩吃草。
披着沉沉的暮色在吃草。
它不时望一望远处的小土堆
我用和它相同的目光望了望对面山上
一座新坟。

我过去抱了抱它
——我们在同一个秋天失去了爱人。
青草在我们之间恣意生长
不用交换什么
我们只是共享了同一片暮色。

夜行者

把夜拎在手里的人，孤独大于黑暗
惯用风声作掩护
只须一点星光，就能剥开夜色

"身披露珠的人，个个胸怀闪电。"

白天遭受的雷霆夜晚摁灭一次
白天隐住的悲伤，夜晚哭出来

哭掉皮肤。哭掉血肉
哭掉骨骼
最后灵魂也一起哭掉了

剩一页薄纸
供星星描摹花朵，月亮垂钓河流
窸窸窣窣的树叶，压住歌喉
替夜行人擦去踪迹

扫落叶的妇人

秋冬那么长。街道那么远
落叶那么多
如果黄灿灿的落叶是纸币
那么，轮椅上的男人就不必截肢
一双儿女就不必泡菜就着馒头当午餐

当她这么想的时候
雨天来了，风雪也来了
风湿，关节炎，又开始在骨头里隐隐呻
吟
她得按住它们
就像白天按住黑夜
天空按住雷霆和闪电
刀子按住嚎叫
生按住死

就像——
年华按住多舛的命运
枯瘦的影子，按住
寒风中一枚枚飘飞的落叶

乞讨者

他衣不蔽体。半根脚趾露在鞋洞外
贴着十一月的墙根，拼命往墙角蹭
枯叶般的身世
似要蹭成一页薄纸，蹭进墙砖
这样，北风才可以忽略掉他

冷清的街道。泥灰堆砌的地面
他举着一个破旧瓷碗
像举着灰飞的星火
几枚硬币，几张皱巴巴的纸钱
压在碗底。护住他摇曳的命运

我朝碗里丢下一张十元纸币
他朝我投来深深一瞥，似冬日暖阳
刚离开
身后一阵寒意
他重新披上了先前的雪

女人

从一朵花到石头，要磨掉香和艳
磨出粗粝的颜色，质地和纹理

女人是磨刀石
日日磨，夜夜磨
甜蜜里磨，痛苦里磨。直至

磨出越来越粗的骨节，越来越深的皱纹
越来越圆的腰，越来越沉的臀。直至

乳房干瘪，肚子松弛
再喂养不出一个新的世界

一半的粗糙用来和生活抗衡
一半的细柔化为水

"从男人的肋骨上分离出来，凭借经验和路径
女人找到了自己"

隐喻

母亲在菜地里浇水，除草，摘菜
头顶上洁白的团云
从清晨飘到黄昏

这些年，她越来越轻
步子越来越缓
岁月托着她老小的身子，从灶膛移到堂屋，
移到院墙
再到菜园子
我知道，有一天，还会把她移到更远的地方

她越来越像一朵云
柔软，温和。透过湛蓝的背景
像雪一样寂静燃烧
烘焙着我中年的生活

她的寂静是一朵干枯的花
一个人默默整理房间，反复擦拭旧家具
和空杯子
院子里的蒲公英开了又落
她的目光常常追随它们去了天边

秋风

我不知道，你是不是被风吹没的
好生生的人儿，仅仅几个月，说没就没
了

我只知道，你走后，秋就藏不住了
秋风携着锐利的刀子，从凛冽中来
见山削山，见水劈水
见到软弱的人，也不懂得绕道和避路
被它推送的事物，都举着一颗徒劳的失
败之心

——落日中倒伏的芦苇
摘掉头颅的柿子树
一瘦再瘦的江山，低了又低的河水

它还将吹灭大地深处的虫鸣。吹灭

亲人骨头里的火。直到
整个村庄，只剩下呜呜的哭声

直到——
吹来一场大雪。辽阔的雪地上
我们认不出彼此的背影

母亲是一个词语

当我写下母亲，就是写下
子宫，摇篮，灶台，菜地，干净的院落
写下
辛劳，病痛，白发，衰老和流逝。

母亲。一个伟大的，令人疼痛的隐喻之词
贯穿我们的一生。
有时，是名词
仿若明月皎皎，引领我们回家。
有时，是形容词，使日子敞亮而充满温情。
更多时候，是跳跃的动词
为一粒纽扣，一个破洞，一顿晚餐，忙
前忙后
为一次晚归，担惊受怕。

她繁琐而又简单

在三千多个汉字词典里
用一粒石子凸出土地的方式，让我们一
眼识出。
今天，我愿母亲只是一个温暖之词
远离病痛和伤害
被天下儿女轻轻吟诵。

再写父亲

写着写着，就写到了雪花
你的头顶，正顶着白茫茫一片。

写着写着，就写到了落日
你也快要趔趄到山那边了。

黄昏的门槛边，你一遍遍念叨：
老了，一无所用了。
是的，你确实一无所用
再抡不起一把斧头，拉不动一把锯子
甚至，无力向我张开一个拥抱的姿势。

除了等，你还能做什么
等儿孙们回家，等一日三餐，等一张床
等暮色拢住山头，等雪做白屋顶
等曾经锯下的木头，为你盖棺定论。

——刨木花正从年轻的岁月推过来
现在，你只是一枚木楔
一头揳在尘世，一头揳进黄土。

小镇

荻花比流水慢
江堤赶不上流浪的云

推开窗户，青山扑入怀中
鸟鸣叫醒枝条上的早晨

长满青苔的石子路，铺着少时趣事
瓦片上有雨水滴下，洗亮黄昏的藤蔓

——这是我生活的小镇
有些破旧的阁楼上，时间无声滴落
我们共享每个晨昏。共酿一杯酒
每啜一口，光阴短一寸
美就溢出一分

黄昏落下。金色的银杏叶交出秋天的密语
恍惚中。小镇陪我们又老了一年

听鸟鸣

一个人独坐黄昏的树林
什么都不想，什么都不做
只专注于一件事：听鸟鸣。

一声比一声婉转
一声比一声清脆
一声比一声干净，透亮。仿佛六月的树叶
就是被它们叫青的。

仿佛每一粒泥土，都会在鸟鸣中醒来。

光的缝隙中，这莫大的轰鸣声
撑起黄昏的穹顶
使草木弯曲。使我听到弦上的余音。
喧嚣剔除在林子以外。我剔除在自己之外。

此刻，我什么都不是
我是鸟鸣的低音部，是世间最后一件遗物。

九月，光俘获的人间

走进九月
天高，云淡，旷野低。青山露出脊背
河水供卵石打坐。
花开到极致
叶子还执意留在枝头。
良田刚承接了一场雨水，稻子
将熟未熟。

跨过木桩和草地，牛羊因为我
获得永久的善意。
靠近童年的果园，它们的金黄和饱满
占用了我。
坐在秋天干干净净的蓝色里
光从上到下俘获了我一遍，仿佛神示。
此刻，我的欲望比河水低。

雨夜

窗外的雨，越来越急骤

密密麻麻，扎向大地。

想到母亲辛劳成疾，苦不堪言的病体。

仿佛雨的银针，一根根扎在她颈椎，腰椎，

和臂膀上。

此刻，在黑漆漆的村庄，在昏黄如豆的

灯光下

在木板床上

一定辗转着她的痛和呻吟。

而我什么也不能做，不能替她分担

哪怕十万分之一的痛。

不能替她喊出，命运一丝毫的不公与不济。

雨敲打着屋顶和玻璃

仿佛要把寒夜里的冷灌进骨髓，灌进

她卑微而贫苦的一生。

等雪

和孩子去祭拜你
阴冷潮湿的林中，枯叶满地
泥是新泥。碑是新碑
名字也是刚刻上去不久
山还是多年前的样子，料峭中微微耸立

我们在墓前点烛，燃香，烧纸钱
默念祷告的话语
直到离开，鸟雀一直盘旋在头顶
阴郁的天空始终没有雪落下来

其实我们一直在等一场雪
等它擦去墓碑上的名字，这样下面睡着的
就不一定是你
等它雕刻高高的山峰
回头时，只见苍莽不见悲怆

等它铺白每一寸土地
我们就无从知晓，地底下哪里埋着枯叶
哪里埋着未竟的遗言

——等雪。等它给人间来一场冷抒情
凡是雪赞颂过的地方，再无不公与不济
哭过的人从此再不必哭
苦难的人从此把雪当作庇护所

岁末贴

终于可以打包归乡。
终于，可以把折叠的自己打开，舒展
并细数其中的河流与沼泽。

你弯曲的太久。
向苦难。向生活。向命运。
以至于直起腰来只看到苍茫的暮色。

以至于怀抱荆棘，误以为是失血的玫瑰。

去抱回一捆柴禾吧。即使冬天还在延续
瓦缝还漏着雨水。你该懂得
未尽的炭火里，总得再添新柴。

新年辞

日历合上最后一页。凭借下一个开端
你将跨进新的一年

事物并没有太大变化
墙壁斑驳。影子跟随。风的手指拨弄着
树枝
乌鸦依旧和天空打哑语
唯大雪将至
它的白将构成中年以后的威胁和隐喻

庸常的日子照旧升起
衰老和凋敝将填充你以后的时辰
作为时间的卒子
你终将落入命运的棋盘，并在上面寻找
出口

每一天都是新的，每一天都值得赞颂和
纪念
你将用无数个新我覆盖旧我
用无数个明日推翻昨日

当激流撤退，悲伤撤退
你如一封褪色的信，被投寄到未来

秋天

从如意路到天鹅路
经过一条长长的林荫道
泡桐籽撒落地上，叶子已枯黄
有的挂在树上，有的在空中翻飞
还有的在地上追赶着秋风
我穿拂其中，感知秋天正在缓缓坠落

作为回应，一百多公里外的乡下老家
枫树举起炽烈的火把
柿子树捧出红灯笼。稻穗金黄而饱满
等农人亮出锋利的镰刀
河水也越来越浅，裸出来的石头
越来越像一尊尊细小的佛

十月长假，驱车前往乡下
母亲杀鸡，宰鹅，从菜园抱回大捆青菜

雪
问

父亲从池塘边钓鱼归来。和孙辈们摘柑
橘，剥板栗
一家人围坐桌旁，饭菜飘香
秋天，慈祥的坐在我们中间
仿佛离去多年的祖母

那年

那年梅雨泛滥，七月的阳光有毒
虫子已先我们一步
尝遍了父亲辛苦栽种的十多亩烟叶。

那年，靠药罐子续命的小脚奶奶
打碎了瓦罐，越来越干枯的身子
挪进了齐腰深的荒草坡。

那年，奶奶走后
一村之长的父亲，五个孩子的父亲
把悲伤和操劳
灌进一碗一碗酒水里。
剧烈疼痛的胃，终于被生活戳了一个
无法修补的漏洞……

那年，高考落榜的我
在宋词里彷徨，颓废
用岳飞的《满江红》买醉，不知归路。
面对父亲的病体，我悄然背身
以一阕念奴娇，谢自己落榜之罪。

农事

三月播种。五月插秧。六月把稗草
从稻禾中分出来。
七月农忙。毒辣辣的烈日下
挽起衣袖，卷起裤腿
任汗水把割禾，打稻，插秧的身子
洗了一遍又一遍。

年幼的我并不知道一粒种子催生的
繁杂与艰辛。
也不懂得一株禾苗通往稻谷的路上，所
经受的
炙烤与裂变。
当父母把种谷撒在整齐的秧田
施肥，治虫
当我们从墨绿的禾苗里分出稗草
像分出调皮捣蛋的自己

当我跟在父母，哥姐的后面
天微微亮，提着干粮，水壶
把十多亩稻子，从汗水涔涔的季节
抢收回来
再重新插上晚季度秧苗

一段辛劳繁复的农事终于完成。
一粒稻谷的使命，正式交付。
一个粮仓的隐喻，逐渐形成。

拾柴

秋天的杉木林场，无边无际
大风吹过，枯枝自然落下
在脚底发出清脆的回响。

蜿蜒的乡村土路
小伙伴们排着长长的队列，嬉笑打闹中
去拾柴。不须镰刀，竹耙
躬下幼小的身子，干爽的杉木枝
很快堆满竹筐。

剩下的时间，挑一块空阔的场地
跳皮筋，踢格子。或者
捡一些稍大的枯枝，生起火来。
火焰扑面。照着我们贫穷又快乐的脸
火光中，蹦跳的童年
是一场无比开怀的盛宴。

那时我们还无从预见未来

我们仅仅知道：

背一筐干柴回家，就能煮熟一家人的晚饭。

我们并不懂得，一个贫穷之家

就是被那一筐一筐干柴引燃

并熊熊燃烧成一个时代的希望。

午后

风刚刚来过，轻轻翻动书页
轻轻敲响窗上的风铃
仿佛世上最美的声音，都在这里

阳光打在玻璃上，再斜一点
就撞开了卧室的衣柜门
就扑到了洁净的衣服上

它轻嗅它们。如年轻的妈妈嗅着婴儿的脸
院子里，桂花又开始落
仿佛一生的喜悦，都落在明亮里

午后多么安静
你坐在窗前，像个无知又无畏的孩子
阳光又重新爱了你一遍

寂静

如神的默许。星星眷顾树林
月亮在枝丫间升起。虫鸣
奏起夜的安魂曲

我靠在一棵松树上，晚风吹来
叶子交出最后的喧响
我寂静的脸孤独。和石头一样锋利
切割夜色下冰凉的河水

一颗松籽滚落脚旁，细微的声响
弄疼了泥土。让我想起，这里的白天
也曾有飞鸟掠过林梢
有虫兽出没，有阳光给每一片树叶
受戒，参禅

夜晚的树林，秋虫寂寂，叶落无声
我说星星，星星就掉下来
我说月亮，月亮就伏在我左肩

夹缝

孤独或疲倦之时
生活放下了我

人世的烟火弃我而去，身边的什物恍若
不见
我蜷缩在沙发一角
任窗外的落日，把大地敲进黑暗的樊笼

"谁在此刻喧哗，谁就是自己的敌人"

我逃离人群
一心往大海和孤岛中去
不带走名字和身份，弄丢了出生地和住址
也舍弃了自己的身体。空空的尘世
我不着一物

往事沉如渊底。未来深如迷雾
我如一粒河蚌，收拢对世界的想象
发着黯淡微弱的光。在无人知晓的
世界的夹缝中

一个人

一个人跟着昏蒙的夕阳回家
楼梯扶手引领你向上，止步于四楼
钥匙找到锁孔，鞋找到鞋柜

一个人做饭
抹掉厨房油污，和家具上的灰尘
跪在地上擦地板
此刻，灰尘静默，时间流逝

一个人给阳台上的植物剪枝，浇水
洗衣机轰鸣
莲蓬头下水声滑过肌肤，构成夜晚的诱惑

你被时间用旧了，脱轨于快餐时代
守着贞操，洁癖，孤寂
守着自己的悖论和谬误

今晚，你多么想勇敢一回

把月亮变成男人

让他偷了你去，一点不剩

雪事

下雪时，坐在火炉边
读博尔赫斯或辛波斯卡。
窗外，雪的手指修饰着树枝
宁静而悲悯的雪
是冬天唯一的修辞和隐喻。
古老的村庄从雪中凸显出来——
冰封的河流。挂满冰凌的屋檐。大雪腌渍
的白菜和萝卜
冻得通红的小手，雪人一点点长大
母亲的呼喊，使黄昏的雪又大了一些
雪带回童年的你，和你破旧的书包。
你坐在火炉边
像重温别人的故事
那一声声呼喊，穿越四十年光阴
将每一年的雪擦得越来越亮
中年的你，即使雪夜没有火炉可偎
也不觉得孤寒。

火焰上的舌尖

不记得是哪一年黄昏

雪下得出奇大，埋葬了山河

连接村庄与外面的唯一土路，没有了轮廓

房屋，桥墩，树枝，柴草垛

在大雪中瑟瑟发抖。

母亲在火塘生起柴火

我们兄妹几个围着火堆写作业

雪引进来的光，柴火的亮

瞬间把黄昏的暗压下去。

父亲还没回来，他的锯子，刨子，斧头

他养家糊口的工具箱，正和他的焦急

风雪中往家赶。

母亲不时推开门往外望了望

又返身往火堆添几根劈开的木柴

越来越旺的火长出了舌头

它要舔掉孩子们身上的寒冷

它要舔掉门外阻拦一个人回家的大雪。

辑四

抒怀不只有一种表达

大雪

风也止息。白茫茫一片。
没有内容，才是最多的内容。

雪下过之后，所有的秘密深藏不露。
只有几粒麻雀，在白纸上，涂改山河。

大雪时节。白，囊括了天地间全部哲学。
鸽子能唤醒的，雪也能。

隐身术

我不在这里。
在这里的是窗台上的尘埃。墙角的蛛网。
以及
璧钟里咔嚓的时间。
是时间让我听到自身的回音。

我不在这里。
在这里的是冷却的茶。桌上的书。稿纸
上的字。
每一个字都有偏房，部首和释义
是它们在替我呼吸，替我痛。

我挣脱自己的时候，星辰和朗月交替出现
神在给人间指出一条路。而我
在我的黑里反复清洗自己。

虚构一场雪

要有温柔的力
芦花般，把夕阳缓缓推远

要缓慢的落。能把前世寄来的信
当鸡毛，邮到你手中

要无声无息。像一个人穿过另一个人的
灵魂
却不知爱已来过

要无悲无喜，无怨无恨。当你我转身
江湖只剩陌路
身后，雪为我们竖起墓碑般的寂静

空山寂寂

一山的草木归我
虫鸣归你

走在山中，石子滚落潭底的清绝
和古钟推开暮色的清绝，是一样的

寒露先我们在草叶上禅坐。什么都不用说
自有流水替我们说出

当果子在枝头由青转红
秋天顺着一片榛树叶滑下来

月亮在薄暮时分升起
月色把我们埋在山中

起风了

大风来临前
几只孤雁推着沙丘缓缓移动。像被人世
遗忘的
天空的污点

远处。一排胡杨，几只骆驼
咬紧沙漠不放
夕阳落下来
在我们身上加盖苍凉

落下来的夕阳在更远处的废墟上描摹黄昏
仿佛要把历史点燃
仿佛一种孤绝覆盖另一种孤绝
不断加深我们和尘世的裂缝

起风了

胡杨松开苍老的发须
一粒缓缓移动的沙子，将我们
推到二千年前楼兰古国一场烽火前

寂静

鸟鸣汹涌如浪潮
一波平，一波又起
在耳窝形成涟漪，与水面波纹保持一致性。

花香以颗粒状的形式触碰着感官
不可知的事物在愈来愈幽暗的光线中
越陷越深。

夜往下沉
我看不见众鸟的飞离
但我感知到一种消逝正在虚无中形成。

闭上眼，在安静中抵达一座教堂
仿佛正穿过一片茫茫雪原。

一道窄门在黑暗中缓缓敞开
身体不能穿过的，灵魂穿过。

雨声滂沱

一场大雨把我弹进黄昏
弹进自己的一片寂静里。

雨声滂沱。大大小小的珠子在弦上
震颤，欢腾。
远山，池塘，鸟鸣，是弦上
愈来愈模糊的音符。

我也是其中一颗。在雨声中慢慢塌陷。
雨打湿了裙摆，发丝
仿佛一枚无人救起的棋子
被弃置在人世的边缘。

——就这样一直走下去。不须回头
不要任何哲学和救赎。
当雨把大地敲打成一只木鱼的时候
我是雨声剥出来的一颗舍利。

冬夜林中静坐

我和风坐在一起
和荒草倒伏的凋敝坐在一起
和枯枝上乌鸦的静默坐在一起

时间，落叶，蹄印。黄昏正消磨掉我们
我和消逝坐在一起

冬天越来越沉，就要陷进一场大雪中
我和正在赶来的雪坐在一起

林子寂静。夜如危崖
我和陡峭，深渊，越裹越紧的黑坐在一起

我把自己磨得越来越锋利
我和刀锋坐在一起
它的寒星，正好点亮了头上一轮孤月

夜读狮子山

读危崖。读峭壁。读巨石
滚落深渊
读秋风翻阅树叶的沙沙声。也读一头狮
子的
桀骜之心

读岩溶喷薄之力。读突出于地平线的
怒掌和刀锋
读孤月劈下他一半的阴影
读一只鹰和他比天高

读沧桑。读隐忍。把他当一个男人一段
风雨来读
读他脸上沟壑渐深
读到曲高和寡
一支溪流，轻轻托起一座沉默的山

如意路上的银杏叶

秋天，使它黄袍加身
秋天，使它破除戒律，拆掉镣铐。向着
真理和无穷飞

风中
落叶翻卷着光阴，翻卷着凉下来的秋
它一次次聆听内心的清音，风带来的喧哗
只为辨析自身的禅定如何区别于
一粒尘沙对大地的叩问

当落叶和飞鸟一样勤于布施
道路无限拓宽，延长
它用笃定与从容平衡了两旁的农舍和稻田

鼓起来的黄袍等同于翻阅的经书
一枚银杏叶足以使整个秋天静下来

银田村的一个早晨

没有哪个早晨不是被雾轻轻拢住
没有哪片雾不是被霞光慢慢撕开

绿水塘也是这样。在银田村
走猫步的雾给尘世预设了栅栏
——绿萍和水草在这边，打鱼人在那边

跨过它。才可以遇见村庄，牛羊，翻耕
的农人
才可以从滴溜溜的露珠里
索要一个清亮的世界

打鱼人从不奢望撒下的第一网
能网起一群鱼
他和霞光一起站在岸边。他本身就是一
片霞光
当他从水中拖出一个红日
他获得了比自身更丰盈的馈赠

主席故居前的荷塘

这荷，不同于别处的荷
只消你的目光停留三秒，只消目光中饱含
虔诚与敬意
它们就开了

这水，也不同于别处的水
一面明净的镜子，供荷打坐，供老树梳洗
它的凉，瞬间惊醒一个伟大的灵魂

这泥，更不同于别处的泥
褐中带黑，仿佛一部沉沉的史书。仿佛
史书中突围出来的火

从我记事起，这些荷一直在水上写字
写战争，写和平。写风骨，也写禅定
一个世纪过去了

江山易主，日月已换新天
只有它们，还在继续着毛体

每一笔都那么狂妄，清奇
是不是得了主席的真传

放下

一粒水珠，在树叶上徘徊良久
轻轻落到地上
我在窗前躺椅上，替树叶
保持了轻微的颤抖

那颤抖里有不舍和爱恋
树叶也有动情的一生
当水珠离开它
它的慷慨，成全了水珠下坠的力

当我离开你
我得先破除体内的坚冰和大雪
得放下伤筋动骨的爱和悲喜
像树枝放下树叶
树叶放下水珠
轻盈的，才是双向的自由和秩序
才可以从沉重的肉身里重塑另一个我

雨带来的秋天

雨，冷箭般落下
令秋天哆嗦，颤抖。带来阵阵寒意

白色的光
在事物与事物之间摩擦，转换
从山峰到河流
从屋顶到地面，从树冠到树根
从一片落叶到另一片落叶
从你到我

它不断擦出距离，新意，伤痕，爱
及爱之外的东西

它把一片金黄的树叶从枝头轻轻揭下
像把一尊佛轻轻放到地上
我们的一生何尝不是如此

——缓慢老去，轻轻放下
只有雨，为我们清洗过淤泥和伤口
只有雨，为我们弹奏过温柔的琴声

饿

有谁在饕餮之餐后
听见我童年饥肠辘辘的饿。
有谁在绿树成荫的校园，宽敞明亮的图
书馆
听见我少年交不起学费的饿。
有谁在花前月下，卿卿我我之时
听见我中年朝爱人的孤坟跪下的饿。

这么多年，我带着我的饿辗转各地
——沼泽。荒漠。悬崖。戈壁。
泥泞携我奔跑过
雨水为我推波助澜过
落日的手，也抚慰过我的辛劳，疲惫，
和苦涩。

我写下诗歌。让它们像一把锋利的刀子

在我和命运之间，施刮骨疗伤术。

可我写下那么多首诗
却没有一首可以填饱我的饿。

归

在外多年，乡音已感染外省风寒
用酒水去擦，用月色去医
才喊出故乡那一年的烟雨和黄昏

亲人不在的故乡
地名是越来越陌生的词
你说，要赶在春天来临前
回乡捡一捡老屋上的残瓦，修一修倒塌
的篱墙
伐掉祖坟边的柴草

要站在儿时山岗
把远游的云朵牵回来
再俯下身子，聆听大地深处万物的鸣唱

他们说，在外多年即为客

故乡已喊不出你的乳名
但匍匐的野草，招摇的花朵，低低的河水
从不嫌弃你一身尘土
春风中，和你一再相认

晨问

"晨来问雪——"
当我读到这一句
窗外绿色斐然，鸟鸣滴穿了树叶。

雪不知在何时幻化成一树树樱花
它的冷兵器已无用武之地
洁白的词扑簌簌叩问春天——

冬天为何有如此漫长而黑暗的甬道？
一粒病毒为何挟持了人间？
真相为何在谬论中躲闪深藏？

透过一粒浑圆的露珠
世界磨平了棱角。我们重新仰望
雪雕刻的山峰，被层层绿推上了云霄。

一只鸟雀问号般飞离三月的枝头

枝叶震颤不已

震颤不已的枝叶是对天空最精准的回答。

晚归

去看望父母时，天色将晚。
父亲挪动着中风后蹒跚的腿
淘米，往灶膛添柴禾。
母亲去菜园摘新鲜菜苔，蒜苗。

地坪线以外。青山连着青山
稻田串起稻田。
晚归的水牛背驮落日
老农在后。暗哑的鞭子甩出一个黄昏。

白日将尽，黄昏将万物的影子越拉越长
父母仅剩佝偻的背影供我默然。

当我的目光越过他们头顶的白发
远处田埂上晚归的农人
逗号般，正往家的方向飘移。我知道

其中总有两个是我三十年前
翻耕，播种，迟迟归来的父母。

人间四月天

这人间的美意——
青山入画。绿水浣衣。鸟鸣磨亮晨昏
长亭和古道入了诗词
青草一不小心连到了天边。

我们踏青，远游，给亲人上坟。
雨水充沛和阳光明媚的四月
交替出现。美不可辜负
我们和万物交换彼此。

这么多令我欣喜又悲伤的事物
——草木蓬勃。亡人
一寸寸往地底下长。
我抱着越来越锈蚀的骨头，抱着
新鲜的伤口
和春天站在同一个天空下，向大地

深深叩下去。

万物为刍狗，各有慈悲。
漫天绿色又清洗了我一遍。
原谅自己的同时，我也原谅了世界
为这宽恕，这博大而深情，我颤抖着
流下热泪。

清明

　　"青山埋白骨……"
　　而你，只是一撮灰。
　　在雨水和泥土的缝隙中，成为
　　某株植物的养分。成为我的怀念与凭吊。

　　当青草，野花穿透薄薄的雾气
　　从泥土中冒出来。
　　招摇在四月风中，化身为你
　　及你身后一排排艰难的日子。

　　墓地寂寥，生命只是一个虚无的词
　　没有任何具象和意义。
　　恍若纸钱燃烧时的淡青色烟雾
　　被一声声鸟鸣带走。

　　当我哽咽着写下这首诗

我是把一个节气从流逝的光阴中拔出来。

把你从过去的疾苦中拔出来。

把自己从虚无的你中拔出来。

青山葱茏

枝叶覆盖了来路。它将为我重新辟出另
一条。

秋日深

往更深处探寻,青山渐渐向我坦露心声——
黄栌由青转黄。栗子将裂未裂
又红又密的野柿子,子弹般击中秋天
也击中我雀跃的心

荆条搭出的巨大鸟巢
倾其一生,也网不住一朵闲云
当我躺上去,我是秋天诞下的一枚鸟蛋

躬身,越过更深的浓荫
溪流练子般,绕过丛林
我什么也不做,陪卵石听鸟鸣婉转,仿
若隔世

秋日渐深,光阴渐短
当我离开,虎山在身后朝我微微合掌
落叶,也将擦去我在林中留下的踪迹

落日在背后追我

旷野无边，天地阒寂
白茫茫的芦苇随风倒伏
三两只鸦雀从头顶低低飞过

这里不是田纳西，也没有统领四野的坛子
立于低处，我是旷野苍茫的一部分
是尘世潦草的一笔

背向群山，落日在后面追我
金色的光晕从背后罩过来
仿佛神的巨掌，向我输送源源不绝的力量

——我不敢回头。一回头
我就是落日溶掉的一粒金子。一回头
它就把我一点一点赶进
夜的深坑

风吹

那么多命，在旷野，弹跳着
紫地丁，小野菊，蒿子草，狗尾巴花……
它们倔强又屈从
被当作秋天的弦，被风一次次按下去

我也是被生活弹拨的弦
时而顺从，时而抗争
天地有律令。人间有疾苦
我有写不尽的潦草与苍茫

当风再一次吹过来，大地交出唇语
我交出体内的苍茫
抱紧一颗尘土，握住一根野草
并用它们，按住轻轻摇晃的人世

人是一根会思考的芦苇

秋风把芦苇按了又按
像按一段不断消逝的靡靡之音

这让我想起上个月刚走的二伯
泥巴还裹在裤腿上，镰刀还别在腰间
一个趔趄，翻耕的土地收走了他

生命如苇草：轻。脆。薄
一滴水。一口气。"啪"的一声
轻轻断裂

39岁的帕斯卡尔★写下名句：
"人只不过是一根苇草，是自然界最脆
弱的东西"。
也被一场疾病带走。他不知道

他在一根芦苇上发现的定理
一直和他身后的世界
擦出火花

★帕斯卡尔，法国 17 世纪最具天
才的数学家，物理学家，哲学家。

归去

总有一天，我将归去。
像草原伏在马背上。我的心跳贴于底下
的尘土。

在尘世，我拥有的愈来愈少——
反复用旧的名字，不断变换的身份。
褶皱加深的容颜，越来越松垮的躯体。

我只剩一柄铁锹，掘得世间的真相——
黑白相嵌的人间，草木清心。
深浅不一的世事，湖水止澜。

雪花轻轻擦拭树叶。
归去之时，请用母亲的童谣折叠我。请用
故乡的炊烟捆紧我
将我邮回大地的子宫。像黑夜，
裹住一粒熄灭的火种。

钟声

1938 年，柏林"水晶之夜"
满街碎玻璃折射不出犹太人的黎明
被毁掉的一千多座教堂，钟声去了哪里
1942 年，奥斯威辛集中营阴冷，潮湿，
黑暗
绞刑架，毒气室，焚尸房
"进去的没一个活着出来。"——
遍地血水，尸油和遗骸
180 万无辜者被推进死亡的列车

种族和歧视。罪恶与战争
冤死的亡魂谁来泅渡
上帝面前。苦难深重的犹太人被烙上深
深印记

庄严肃穆的犹太教堂：信徒们怀抱《塔
木德》

穿过修剪整齐的草坪
穿过阳光拂照的长廊
"凡杀人的，没有永生存在他里
面。"★——
他们肃立，齐声诵读《福音书》
苦难的民族，在祥和的晚祷声中
获得新生

数百只鸽子盘旋在教堂上空
钟声响起。清越，悠扬，传至远方
尘世的污渍，再一次被钟声洗得
纤尘不染

　　　★出自圣经《新约·约翰一书》。

自画像

每个白天，穿过嘈杂的街道，拥挤的人流
为生活而讨要生活
每个黑夜，走进僻静山中或静坐窗前
将一枚月亮擦拭出银质光辉

日日忏悔，日日更新
肉体一天天枯败，灵魂一天天丰沛
在不断减加法中，获取死亡的本相和生
的意义

四季分明的人
艰辛和苦难只是生存的道具
洞穿生活真相后依然热烈的去爱
去悲伤，去欣喜
去和每一个擦肩而过的人含笑致意

——去挖掘吧

用你的铁锹和笔

在荒蛮之地播下种子，栽下绿植

在诗歌的丛林，掘得词语的黄金

当你感到疼痛

说明你一直在路上，你正穿行在

世界的每一道风暴中

深廊

这幽深僻静的长廊，将我带入黄昏——
鹅卵石铺成的小道，指向茂密林中
摩挲着沉到足底的夕光
槭树，榉木，香樟，落叶松。多年的邻居
互相传递信任和尊重
偶尔递过来一两截树枝
钟情于我臂弯好看的阴影
鸟鸣从枝叶间漏下来，在潮湿的泥土上
溅起回音。附和着
两旁的零星小花，向凉风频频点头
最后的虫鸣，草叶间闪烁
也在加紧修饰大地的安魂曲……
此时空气清澈得什么都没有
只有时间在头顶上方流动
一种宁静的力量一圈圈消磨掉我
像要带走一个个虚无的梦——

仿佛我从未来过这里

现在也没有抵达：一条长廊，如此幽深

僻静

焊接了我和黄昏。带我滑入世界的尽头。

馈赠

　　"所有命运馈赠的礼物，早已在暗中标
好了价格。"

读到这一句，茨威格给安托瓦内特的命运
画上了句号——

奢华的她，被贪婪押上了断头台

她忘了向上帝赠予她的一切

道声谢谢。并挥霍了这一切

生活同样赠予我们很多：

锅里的碗。火炉上的壶。窗台盛开的郁
金香

泥土地里扬花的麦穗儿

一封远方来信

美好的事物并不为某一人留存

每一刻我们都在享用它们的荣光

万物均是馈赠。你有没有

俯身向它们道声谢谢？——

感谢牵我们走过黑夜，迈向光明的手
感谢日子递给我们一杯苦难和甜蜜交汇
的果汁
感谢季节交替，岁月轮回，让我们
指认出最亮一颗星，最红一枚叶
感谢父母为我们缝补衣衫，爱人为我们
蓄满泪水。

失踪者

丢下最后一枚词语

起身，插入黄昏又一岔道

——落日篡改的金色小树林

晚风带动树叶喧响，附和着鸟鸣

加深了林子的寂静

我走在落叶蓬松的路上，放弃思想

投身于一种短暂的寂静和虚无中

此时，世界只有一个中心：黄昏在落下

这氤氲的夕光，烘焙着整个树林

陪我度过一段忘我的时辰

鸟儿蓬松的翅膀，翻转空气中无声的气流

转瞬消失于苍茫的暮色

小兽飞奔，在林间留下深浅不一的蹄印

——这些解除了禁锢的灵魂

领着我的思想在飞，在跑

似乎在这短暂的消失中，我完成了真实

的一生
此时天空肃穆，大地辽阔
泥土和树叶的气息渗入呼吸
我愿在这世界的折缝中，消失一会儿
再多一会儿。

妥协

我终于妥协于生活——
皱纹，暗斑，近视，失眠，健忘
偶尔的耳鸣，渐生的白发
慢慢篡改中年后的身体，及余下的光阴。
中伤和谣言无处不在
像一根根细小的针，扎进冷而硬的骨头。
我终于承认，所有的自负与清高
不过是披在人世的盔甲
我不得不伏下来，像一条冬眠的蛇
把泥土和黑暗穿在身上。
——我把诗歌穿在身上
并在其中抒写命运，以及
命运带给我的种种。
白天妥协于黑夜。生妥协于死
终有一天，我将像一枚落叶
静静躺在大地的胸膛
不再理会尘世纷扰，不再羡艳世间繁华
把未完成的，交付于长在身上的草木
已完成的，化为流水。

清明听雨

雨声那么细，那么轻，那么柔
仿佛一种消逝又回来了。
你的脚步声在门外悄然响起
少年的你，坐在前排
我散开你乌黑油亮的马尾
拽你的花裙子
在你黑葡萄般的眼里掘得深泉与鸟鸣。
今夜的雨水吞掉了整座村庄，只剩空蒙
那一年夏天的荷塘吞掉了你
悲伤在雨声中再一次被复述。
所幸还有温暖和宁静。你看——
夜幕下的村庄织着氤氲的光
蛙鸣藏于荷叶。少年挑灯夜读。妇人缝补
农人拔算着一年的播种与收成
我感动于这样的完整与和谐
抵消了你离去多年后带给我的忧伤与冷寂。
仿佛你真的回来了
仿佛今夜的雨声只是一首舒缓而轻柔的音乐。

无题，或关于一颗桔子的想像

一颗桔子，松开绿色枝条
仿佛女儿，松开妈妈的脖子。
秋天催熟的脸庞：橙黄，圆润，饱满
缓缓转向丰收的喜悦
经由无数双勤劳，纯朴的手
来到我们的果盘，成好美好生活的佐证。
日光西斜，时间无声滴落
果盘里，宁静，安详，而美好的词语
仿佛被神托着。
当我剥开它——
白色纱衣裹着妙曼的胴体在飞
仿佛鸽子带动教堂一起飞。
我想变小，小到可以进入它的内部
躲开灰尘，雾霾，箭镞，和枪弹
聆听鸟雀啄开果皮的声音
领受阳光和雨露的参禅
感知秋天在万物身上完成。
我知道——
世界也是一枚桔子，经我们反复搓揉，捏拿
直至剥到它热泪盈眶。

落叶之思

体内的闪电与雷霆越来越少，
即使药片，也无法止住它日复一日
衰老和枯竭。
自然的磨损，如悬在井沿边吊水的绳子，
终有一天被石头割裂。
我想往回退，青春的大门已紧闭。
我走向前方，远处大雾迷蒙。
秋天的树叶挣扎两下，放弃了返青，
脱离了枝干的牵绊，化为朽土，或者被
焚化
——这皈依。这灵魂的最高礼仪。
我与泥土的距离也越来越短，
如天空越来越接近一种蓝。
某一天，我也将以落叶的命运
慰藉风尘
秋日的树林，静寂，安然
我坐在色彩斑斓的一幅暖光中。

礼物

这是归来后的某一天：
推开窗户，蓝嘴鸟在玉兰树枝上
弹跳着晨曦
金色光线追随每一片向上生长的树叶
玉兰白色的灯盏在初夏的薄雾中
缓缓上升
似要将美好的愿望举到云端。
花坛里的栀子花与它互相呼应
同一种白，使它们穿透了同一个春天的
雾霾，险滩，和沼泽地。
——它们宁静而美好
与我身后的家具，什物，共享六月的第
一个早晨。
缓步走向厨房，热气腾腾的红豆粥
两片薄面包
使我妥协于生活庸常之时
也将目光，投向远处青山白云之上。

一首诗替代我缓慢爱你

写诗五年，我一直在问自己：
为什么写诗？写诗的意义何在？
从来，没有一个确切的答案。

直到今天，诗歌再一次将我救起
我恍然有了一个全新的觉悟：
我一直在把世界的黑写白。
把人性的恶写善。
把漏洞写平。把悲伤写暖。
把自身的残缺写满。

当我写下大雪，我是写下雪之外的
庇护和拯救。
当我写下星月，我是写下我们仰望的
神明的窗口。
当我写下落叶，石头和火，我是写下

匍匐的灵魂和一条缓缓上升的道路。

——当我写下你。亲爱的，一首诗
正在替代我缓慢爱你。

墓志铭

像柴禾燃烧过。
像植物挤出过绿汁。
泥土回到自身，我回到永久的睡眠。
写下的诗，在某一册无名书页里静默。
走过的路，再无一条通往远方。
犯下的错误，都已得到神的宽恕。
爱过的人，已一一告别。
大地赎回了我，我空无一物
——像一片雪花，覆盖在高高的山岗
用白赎回寂静。

·代 跋·

词语的深渊

—— 读离若诗集《雪问》

王冷阳

　　2017 年 12 月，我偶然在网上读到了离若的诗歌，是我个人偏爱的那种。遂在公众号后台留言，大意是说"此人写得不错，我很喜欢"云云，顺手留了我的微信。

　　未承想翌日一早便收到了离若本人的微信添加申请。应该是公众号主人把我的留言转给了她。

　　没有什么寒暄，她只说了句：谢谢您喜欢我的诗，我刚写不久，还不成熟，请多指正。

　　岂敢。

　　读诗数年，写诗断断续续也数年，却终究没写出什么名堂—— 我是说我写作的功力，一直处在我给自己设定的那条及格线以下，岂敢指正他人。

　　出手不凡。这是她的诗给我的第一印象。网络上口水诗举目皆是，当你读到怦然心动的诗作，会有一种久违了的兴奋，同时亦可或多或少消解庸常生活中的麻木感。

她的写作量并不大，起初能从网上搜到的她的诗，也就那么十几首，但首首都是穿透力十足的精练短制。

写诗不为稻粱谋，我和她都是这样，但她似乎更勤奋一些。工作之余，她会在每日下班途中，拖着余晖走在回家的那条小径，低头在手机上写下一些句子。她有不少诗都是在这个时间段儿完成的。业余时间几乎都花在了阅读和写作上。功夫不负有心人，她的作品引来越来越多的关注，并陆续收到了一些诗歌专业刊物的采用通知。这无疑是对她莫大的鼓励。

迄今为止，她已积累了数百首作品，绝大多数是质量上乘的佳作。此番新诗集筹备之际，她嘱我为其首部诗集写一篇跋文收入书中。我自知学养浅薄，而她把这份沉甸甸的信任给了我，不好拂了她的一份厚谊，便应承下来。

她对语言有着极为敏锐的捕捉能力，语词精准，用词节俭、精警。她的书写主要分布于人间物事、情感、爱、土地、死亡等视角，将时间轴线贯穿的事物呈现为诗，对往事、故人及流贯生命的诸多甘苦，对形而上的探幽、形而下的物质世界，发出穿透黑暗的拷问。那是一种来自植物深处的、有着天然灵性的天籁般的语言奏鸣，从弥漫于大地的时间腹地包抄而至——既有书写节奏的紧迫感，又有物质与情感的疏离感，绵密不绝，整饬而庄重地建筑于文本之上。

写作使人沉潜，而她天生内敛。相比外界的喧嚣与欢畅，她更倾心于将悲喜付诸笔端的寂静。

只有寂静才能养育内心神秘的火焰。

诗集分四辑，总计 130 余首诗，涉及人间物象、亲情、爱情、自我省思等主题。

第一辑"万物以深情续命"中，她写到了大雪、落日、葡萄、梅、菊、玉兰等事物。在《大雪》一诗中，大雪要用它的白，逼出"我体内所有的黑"，人性之黑，宽泛的良善背景中隐藏的"黑"，能勇敢面对自我之"黑"、之局限性，不是每个人都能做到的。这首诗最值得推崇之处，便是对真实人性的写照与直面的勇气。人性最真实的部分，不是书写，而是自我坦承、自我审视。《落日》通过"用典"手法，以李清照的"暮云合璧，落日熔金"切题，从语象层面获得一条词语的通道，呈现人与自然纠缠不清的关系。"明亮的叶片刷亮了黄昏"，这是《葡萄》中的一句。葡萄的主要任务并非仅限于"美"，而是在美的闪烁中，同时给予人"由酸往甜"的身份转变的意义。葡萄本身并无多少深层含义可资开掘，但这份生命提纲已足够我们从中领略自身。"雪没有故乡。梅有。"在生命与死亡序列的双重大限下，从雪的故乡（深山）和"花瓣、香气、灵魂"的精神镜像之间的过渡与迁徙，以及经书、灯盏，每一种事物都是对梅的精神内涵的反衬与拓展，即便是死亡本身，也无法阻止生命从深渊中升起璀璨的花朵。在日本物哀主义的观念中，人的内心深处就像一个小女孩那样天真、幼稚、纯洁而无助，坚强并不是人的本质。无论怎样的强大，都无法掩饰人内心的脆弱与悲苦。这一观点我是认同的。从童年到少年，人品味着自己的心灵长大，世事变化，凡此种种，都在内心留下了不可磨灭的投影。人就像一只羊，"青草，是通向世界的唯一方式"，这里的青草，无疑是一种具象化了的言辞。

她写时间，"提在手里，是鞭子"，弃之不用，是"蛀虫"，它进你退、你进它退，作者如是与时间对视，将无限、无形的时间，具象为可视、可触的事物。万物有生死，生之偶然，死之必然，死亡即由价值体系中客体向主体的转换，"人世间的一切不合理都在摧毁我"（卡夫卡语），而创作本身即从生活发现奇迹，进而创造、生成新的经验，而非对庸常生活的苟同与挪用。这是对一个人写作才华的考验，也是对作品质地的一种检验。

第二辑"我在缓慢的时光里爱你"，集结了爱情题材的作品，把人类最美好的感情写得荡气回肠、刻骨而深挚。

"雪越下越大 // 下在旷野。也下在我们猝不及防的中年里 / 生活的难。疾病。衰老。死亡。流逝 / 哪一样都是一场雪 / 我们不得不挺身相迎"（《大雪》）。雪花既是本体也是喻体，在生活的旋涡中心，随着中年的到来，人是无法与时间对抗的。我们轻易就会败给衰老与疾病，"我们不得不挺身相迎"，无奈之中，我又是坚韧的，即便"我"弱小的肩不能替"你"遮挡来自命运的大雪，但"我"可以掸掉越来越厚的压在心头的雪，给予对方抚慰与力量。

这是一个沉潜于岁月深处的人的心灵独语，是对生命、情爱的淳朴发声。诗人大都脆弱而敏感，但从她的文本中，却看不到她脆弱的一面，或者说，脆弱是藏匿于语词深渊里不易被察觉的那一部分，那些溢出来的隐隐忧伤，是不携带杂质和负面效应的。她把人间善美与爱情当作同一件事来看待——爱既包含了个人的生命经验，也包含了时光迁徙之中众多事物千丝万缕的关联与呼应："我们互为镜像，从彼此眼里读出星辰和明月"，"人间的美和善意／随两岸青山不断变换角度"。即便深陷于物质与精神的双重围困，灵魂却如19世纪法国音乐大师圣－桑创造的天鹅般优雅而纯洁，那个与之共舞的天鹅就在她心中，潜藏于世间每一寸光阴里，两团灵魂的火焰交互缠绕，传递出澄明的至美旋律。在她眼里，爱是生命第一要义，它包孕万象，是万物有灵的本质，比如纸上的爱情："我寄给你的松塔／有秋天的颜色和质地。当你捧起它／就是捧起一簇小小火焰。"比如一首诗中的爱情："我和你若青草相望。若相望的青草间／滚动着一粒明镜似的露珠的早晨。"比如雨天的爱情："我想你，就像一场雨追赶另一场雨""我想你／全世界所有的雨声都是你"……这里的爱包含了生命所有的光芒与能量。

　　第三辑"生活是一只沙漏"和第四辑"抒怀不止有一种表达"，集中呈现了与命运息息相关的事物。在《打铁》一诗中，铁这种冰冷坚硬的事物，没有思想，沉默不语，这比人类史更为久远的金属，在她笔下闪烁着人性的光辉："锤子一生都在纠正铁的错误／它只是借一个人的力，逼铁把痛喊出来"。这首诗彰显了人的处境及与世界的关系。人的局限性在打铁这件事上得到了直观而有效的旁证。人通过铁来厘清自我及命运的种种樊篱，是对自身的突破式思辨，也是对生命姿态的热情讴歌。《隐喻》一诗描写了母亲这一形象："她越来越像一朵云／柔软，温和。透过湛蓝的背景／像雪一样寂静燃烧／烘焙着我中年的生活"。那个生养自己的女人被时间渐渐榨干，越来越像一朵云，身体里藏着寂静的光阴，无声烘焙着"我中年的生活"。"这是我生活的小镇／有些破旧的阁楼上，时间无声滴落…… 金色的银杏叶交出秋天的密语…… 小镇陪我们又老了一年"（《小镇》）。生存的土地在人的经验中伸展，人被判处与苍茫往事依稀共存，人是困囚于时间锁链上的小小一环，而正是这一环，揭示了对故乡朝圣般的抒情本质，人不比他所生存的这块土地上的其他事物更低，也不更高，人与周遭事物相互照亮："什么都不做／只专注于一件事：听鸟鸣。／……光的缝隙中，这莫大的轰鸣声／撑起黄昏的穹顶。"（《听鸟鸣》）此刻人所谛听的，是入世与出世的双重经验所凝结的声音，这声音指涉神明、灵肉、树林与河流，也指涉命运本身，谛听成为一件神圣而专一的事，继而染上了某种古典色彩，上升到更高层次的审美。人生无常，人的来历随着时间的流逝渐渐模糊，唯有鸟鸣清晰指认人的前世、今生甚或来世，是象征命运的一件遗物，被时间和耳朵准确捕捉。

在个人史的清算中，"每一天都是新的，每一天都值得赞颂和纪念"。人是一根会思索的芦苇，"总有一天，我将归去"，心跳低于泥土，就像"白天妥协于黑夜，生妥协于死"……诗人几乎挣脱了女性这一性别角色的拘囿，作为尘世一员，眺望人类命运的终极版图。生者与逝者通过植物、动物及其他种种物象的变迁进行交流，万物的诗意与精神内涵像涓涓溪水流淌于文本深处，在词语的深渊里，人始终在平衡着自身与世界的对峙关系。源自本初直觉的诗意汹涌而至，构成她较为独特的书写。

匆促写就，文中陋见或与作者原意相去甚远，敬请诸君斧正。

2020 年 12 月 6 日　于北京

《湘女梦》诗丛 谭清红 主编

青红印

谭清红 著

团结出版社

图书在版编目（CIP）数据

青红印 / 谭清红著 . -- 北京 : 团结出版社，2020.12

（湘女梦 / 谭清红主编）

ISBN 978-7-5126-8495-9

Ⅰ.①青… Ⅱ.①谭… Ⅲ.①诗集 – 中国 – 当代

Ⅳ.① I227

中国版本图书馆 CIP 数据核字（2020）第 251431 号

出　　版：团结出版社

　　　　　（北京市东城区东皇城根南街 84 号　邮编：100006）

电　　话：（010）65228880　　65244790

网　　址：www.tjpress.com

E-mail：65244790@.163.com

经　　销：全国新华书店

印　　装：长沙印通印刷有限公司

开　　本：210mm*145mm　　32 开

印　　张：100

字　　数：900 千字

版　　次：2021 年 1 月第 1 版

印　　次：2021 年 1 月第 1 次印刷

书　　号：978-7-5126-8495-9

定　　价：398.00 元（全九册）

（版权所属，盗版必究）

湘女有梦在文学

—— 序"湘女梦"诗丛

黄亚洲

我一向对湖南湘潭市的女作家协会这个组织极其活跃的工作，相当赞赏，就像我多次推崇我们浙江绍兴市的女作家协会的工作一样。不是所有的地级市都有女作家协会的，成立女作家协会的要件，是组织者的勇魄与情怀，以及这个地方确实有相当数量的热情而富有文学创作力的女性作者的存在。

湘潭市女作家协会的主席谭清红机缘巧合地成了我在杭州举办的亚洲学堂的一员，很多次以"学生"的身份，不远千里从湘潭赶来西子湖畔听课，于是这一次她要求我这个"先生"为她们协会组织的这套丛书作序，我也就不太好意思推卸了。按理说。我这个隔省的作家是不适合做这篇文章的。

而翻开作品集，倒是眼睛亮了。

这是湘江河畔的一群女诗人的群体亮相。此番亮相，确有湘女的风度与力度，飒飒有声。看谭清红的诗，语言颇见刚性，诗行之间呈现的硬气，也像她以前给我阅看过的那几篇散文的爽健。

她在《孤独与自由依然并存》这首诗中如此宣告："我可以裸着或半裸着，贴着黑玫瑰丝羽泥膜，偷油婆似的在故纸堆里穿行。没想找到什么，因为没想到丢了什么。黑蚂蚁一样的文字下面，条条点点线线，是我走过的路。"

以"没想找到什么，因为没想到丢了什么"来表达自己足够完整的人生经验，这份自信何其刚硬。

要说这是闻名在外的"湘妹子"的独有风骨，也不为过。

诗人危丹是一朵铿锵玫瑰。读了她的"原来生活中有一种痛，还可以哭着哭着就笑了"的诗句，再知道她的渐冻症患者的身份，能不为她的顽强、豁达与通透感动吗？

诗人凌小妃的诗歌善用"留白"艺术："走在异乡的风景，身边挤满了落叶。耳朵分辨不出另一座城市的语言，枯树上的老鸦一声哀鸣，"这种断裂式的语言，自有张力，可见作者追求艺术表现力的那种执着。

而诗人林韵的诗歌，则仿佛从历史深处走

来，"让人恨不够，又爱不够的风雪日头；让人哭不够，又笑不够的生死情仇。"诗人用语的那种遒劲有力，能令人回味许久。

诗人离若的诗作，就颇具"禅味"了。她仿佛有着佛家看万物的心境，再平常的事物也是一个圆满俱足的大千世界。"落叶收拢翅膀，枯枝一瘦再瘦。地底爬的，地上跑的，都回到大地的仓廪。"在她眼里，世界始终是圆融而充实的。

在诗人韵依依的作品里，我们能隐约看出她的"诗言志"的艺术格调，她善于沿着自己日常生活的指向，作出自己的思想提炼："今生，我是小溪的女儿，捧起通达、无私、宽容、理性，这些浪花般晶莹的词语；与乱石相对，无言。我们的内心里，却有一些东西在汹涌。"

诗人晓虹的诗作带有审美的自觉。她在《微风吹来的时候》里说，"美一定是向低处生长的。微风吹来的时候，河岸边的银杏树向我俯下身子。"句子朴素无华，明白如话，却是意涵悠远。

我们在诗人野鹿的作品里，能感受到她的对于形式创新的孜孜追求。"当影子捂起月亮，暖在手心；相思，又少了一夜。"这种细腻的情绪刻画，很容易在读者的潜意识里激起共鸣。

而在莲城女子合集里，我们也能看到女诗人们对诗歌艺术的各种既大胆又小心翼翼的追求。

小茵重视艺术表达"陌生化",彭万里作品中的"哀而不伤",肖潇的即景入诗,杨蕾作品的开阔与广博,欧阳湘平善用拟人化的修辞,罗银芝诗歌的主题多样,曾娟的借花写人,邹莹作品中那种典雅的"散文化"特点,王樱璇的画中之诗、诗中之画,李静民作品的长于对人生困境的思考,都值得我们充分肯定。

湘潭市的女性诗人群体,用自己独特的乡音,在辽阔的楚湘之地大声吟唱,这种艺术姿态不能不引起当代文学界的惊喜与重视。

我好几次对谭清红说,你们湘潭的女诗人们,真个是不一般的一群。现在读了这一大波作品,更验证了我的这一印象。

巾帼诗人集体地跑在时代的前列了,男性诗人朋友须加倍努力呀。

湘女有梦在文学,真是中国当代文坛之幸。

(序言作者为第八届全国人大代表,中共十六大代表,第六届中国作协副主席、第六届浙江省作协主席、党组书记。为中国鲁迅文学奖得主。现为中国电影文学学会副会长、中国作协影视委员会副主任、中国诗歌学会常务理事、《诗刊》编委。)

目　录

湘女有梦在文学
　　——序"湘女梦"诗丛

辑二 水之印

辑三 风之印

·印度行·

辑四 云之印

辑五 火之印

代跋

辑一

光之印

——疏影横斜　暗香浮动

孤独与自由并存

我独自注视窗外的川流
玫瑰与绅士没有出现

我裸着或半裸着
贴着黑玫瑰丝羽泥膜
偷油婆似的，在故纸堆里穿行
没想找什么，因为没想到丢了什么
黑蚂蚁般文字下面
条条点点线线，是我走过的路

泥膜蜕去，美丽没有出现
但我依然在做梦
没有谁知道，我在坚持什么
琉璃瓦片和电视屏，保持美丽弧线
阳光舞出影子戏后的影子
孤独与自由并存

允许自己虚度时光

允许自己虚度时光
温吞吞喝茶，喝上一下午
看一片茶叶展开，吐露心思
只管慢慢喝，不管茶叶
躺落平川
还是从容站立

允许自己虚度时光
懒洋洋晒太阳，任阳光按摩师
一寸一寸，走过背部爬上头
盯看蚂蚁，人模人样拖面包屑进窝
看累了就打盹
做做白日梦

允许自己虚度时光
慢悠悠吃一只蟹

取小工具，叮叮当当
像弹奏月光曲
抑扬顿挫，剔尽
丝丝雪嫩的白肉
点点油亮的蟹黄
艺术品似的留下一具空壳

允许时光，也这样
慢慢把我取走

落寞

走进繁华的中间
下一个钓

钓来一只呆龟，落寞
钓来一只蹦虾，落寞

人总是这样
落寞扯着落寞

越挣扎
越落寞

冥想

像月季一样患病，我痛苦
因为我拥有月季般娇嫩的身体
像藏獒一样失恋，我痛苦
因为我拥有藏獒般奔腾的爱
像母狮一样暴躁，我痛苦
因为我拥有狮王的狂野
像蛇一样扭曲，我痛苦
因为我有跃入龙门的奢望

快乐像雪花消失，我痛苦
因为我拥有快乐的记忆
我选择红色药丸，我痛苦
因为我改变不了真相
我恨蝉，我痛苦
因为我贪爱宁静
错买复制品，我痛苦

因为我追星很疯狂
迷惑于奖杯，我痛苦
因为我爱添上华丽的翅膀

我的鸟飞走了，我痛苦
因为我的天空无法"空"
乌云又降，我痛苦
因为我无法掌控
雨又倾盆，我痛苦
因为我无法涅槃，沉迷于幻想

也许，只能盘坐在佛面前
打坐，冥想
才能看到山清水秀
听见鸟语花开

铜镜

有人死了，活着的人
想要更好地活

有人活着，死了的人
才有可能永远活下去

人世宽阔到
让人忧伤
幸好，我有铜镜一面
让所有的来路照见归途

动物园（组诗）

东北虎

几乎不与人斗
敏锐，只留给黑夜

羊

实在不强大
却张开了头角

梅花鹿

傲如梅，晨昏独处
怀春方入群，一任群芳妒

牦牛

反刍，只为反复记忆
得幸识途

黑天鹅

天生并不黑，混淆犀牛灰
偏用燕尾织童话，变成事件

松鼠

长尾为伞，偷吃偷藏
看官在其后，一窝端

老领导

一群麻雀飞过繁华大街
落在老年大学的墙头

一个瘦金体长者，在拾荒
腰，折成一个墙角

我扔下去一堆废品
立马被带齿的棍勾去

忽地有人叫我的名字
麻雀惊飞

我握上他的手
无语，泪奔
拾荒者是我的老领导

酿酒（组诗）

曲

麦碎而粘合
微生物有了繁荣空间
灵魂有了附着处

酵

时光，泥窖封存
谷物，并肩打坐
麯是曲。渡。
芒消失。仿若灵伽

糟

糟，在不断增加浓香度
酒糟工，蹭着百年前石板
叩问地窖。像阿里巴巴
接通天地暗语。芝麻开门

甑

轻撒匀铺
腰胯扭出摇滚
燃烧激情
升腾出生命的香火

酒

以倾倒的姿势
进入层层叠叠的生活
除胎水，去打烊的尾声
哆瑞咪发嗦啦西
标识着人生段段音符
一段流给桃花谷浓浓的回响
一段流向五彩缤纷的舞台
一段流给忐忑的爻的分行
一段流向琐碎而逼仄的缝隙
一段流给酸酸失联的旧爱
一段流给衰老的救赎
一段流给回家的路…
容器有些冷硬
取一个甲子的苍老原浆
与曾经的故事勾兑
和美的酒花被激出
生活原来是这个样子

我变成了我的明月

酒瓶立在圆桌中央
不言语，即成为移动的仰望
如一轮明月
你的，我的
苦涩的，欢乐的；陌生的，亲昵的
塞上的，长安的；鸿门的，渑池的
都将倾泻，然后被和谐

我接过倾倒的月光
围着地球的轨道，个个敬献
像敬十八罗汉
高高的轻碰，我让它进入我的身体
变成我的身体
然后，我变成了我的明月
梦幻，皎洁，世界被辉耀
哈，都是我的

按："我变成了我的明月"为活动同题诗。

甩脂

是时候了。是时候起身了
是时候和拥挤的脂肪告别

秋天深了，阳光足够好
我站立成一棵树的模样
让一克一克的脂肪
如同一片一片叶子落掉

在这沸腾的人世间
我肉身里的热血，也曾努力
沸腾过

落日

六月，除了落日
除了一场火
再没有别的颜色

落日尽头
火势渐退，热望成灰
天骤然空了
而我，只是路过

那个时代

那个年代

单车轮子滚动成一道道清澈的辙痕

电视机的黑白，牵引一街一村的风向

喇叭裤墨镜街舞标配时尚前沿

带着琼瑶的一帘幽梦

带着三毛撒哈拉的故事去流浪

不理解堂吉诃德大战风车

骨子里却画满金庸的射雕

酷词还没有出现

箱底却藏着上海滩黑礼帽长风衣白手套

过剩的荷尔蒙歇斯底里地酣唱《一无所有》

邓丽君的靡靡之音，在被窝里挠痒

那个年代属于我们

粮食短缺，诗歌不缺

隐语

时间的钝口
在您千年屋门前暂停
一杯酒在屋的边缘
寻找告别的隐语

灯光下垂，是菊的悼词
孔明灯升天，照亮您
一路的行程

人生一溜烟似地走了
把脚印留给了这个世界
躺成一个省略号

千年屋，只是生命的
中转驿站。一声唢呐
缝合时间的钝口

玻璃屋

屋顶花园的玻璃屋
用来遮风挡雨
白天，阳光落在屋顶
晚上，躺在下面看星星
但有时，只剩玻璃，光怪陆离

闪着强灯的车流，粉墨登场
冲破霓虹灯、路灯
冲破流星一样的焰火
喧嚣充斥我的耳朵

玻璃的折射
是我的日常生活，无法阻挡
就像无法阻挡
被黑夜照射

碎片

时间的闹钟被闹成了碎片
知识的海洋被潮成了碎片
爱情的云朵被吹成了碎片
真相的地雷被炸成了碎片
我被自己撕成了碎片

风把碎片捡拾起来
再飞扬出去
这便是
瞬息万变的万花筒
花花绿绿的世界

春风更甚

总以为是秋风扫落叶
其实，春风更甚
新绿萌芽
要拱出属于自己的位置
老叶，似不受欢迎的书
统统下架

若有枯木逢春
定是幸运儿
逢上特别的机遇

有些东西
争也争不来，守也守不住

春风吹真相，也吹假象

变成我的树

我的思想
在身体里不断发酵
无名种子，枝繁叶茂
吐纳树的气息
散发树的气质
我变成我的树

今天，到了隐园
你说树上的蝉
长一声短一声
缝补夏的伤口

我晃了晃我的树
想告诉蝉，刚刚签的书约
正是平平仄仄的缝补线脚
伤口愈合的方向
朝着收获的秋

焦虑

荒山延绵，洪水淹过似的枯黄
口罩上的两只眼睛
慢慢寻扫
无望，成为积日的焦虑

一方竹子
安慰似地晃了一下
青得有些陈旧
一朵黄花
从灌木丛里探出半个娃娃脸
虽然稚嫩，但让人看到希望

我犹豫了一下
没有把它带回来

江边

一天又一天，江水
拍打两岸
拍打每座桥墩，每粒卵石
回响空空

是缺了什么
扳鱼的网、吃水的船
不怕冻的泳者
以及，江水一样
奔腾不息的车流

世界怎么沉默了
日子被捂嘴，星夜被禁足
人们躲避在各自的诺亚方舟
立春，连鞭炮声也没有

打捞时间

人的一生
是打捞时间的过程
我快乐，时间是快乐的
我丰收，时间是丰收的
我孤独，时间是孤独的
我悲伤，时间是悲伤的
时间一毫一毫成长
也一点一点死去

只有一次
心突然猛跳了几下
我从时间里
捞出了个月亮

交出办公室钥匙

文案、教案、专著
以及蚕仔一样的工作笔记
将年富力强的日子
垒成三堵厚厚的墙
人生的记录都在

墙的一角，蜘蛛吐丝结网
破灭了又重织
一只茶杯喝成了文物
玻璃窗上的阳光和星星
确认每天存在
确认门前的槐树慢慢老去

工作如拉链
从夹克的底端一直在拉
今天终于拉到尽头

同事笑问
书里是否夹着信封
也许，他暗指的是钱
我想象的是情书
工作像大多数爱情
阶段性存在

三十八年
我交出了办公室钥匙

走不出房间

半躺着
将窗帘的按钮关了又开
开了又关
将灯光调至昏暗

外面阳光明媚
篮球场上奔腾着青春的汗滴
我们曾经是这里的主角
但此刻，我走不出房间

朋友圈里，彼此的生活，随时可见
却无法走进别人的心
怯懦、封闭、孤独
不像我，却是此时的我

灵魂赤裸
身体反锁、翅膀折叠

她的一生

1937 年某月某日
她走出黑屋，迈向宝塔
沐浴了太阳的光辉

1976 年 9 月 9 日
她将所有衣服染成黑色
从此，为悼念而活

1976 年 10 月 6 日
蓝苹摘落，被带进黑屋
从此，列入黑色档案

1991 年 5 月 14 日
几条手帕，连接成绳
连接天堂，也连接地狱

本真

挣扎着出世，哭喊
承接前世最后一口气

跃出龙门，再生如鲤
咿呀爬行，然后打挺直行

如一粒细沙
即便曾海浪一样呼啸
终将匍匐在沙滩上

气息尚存，光芒永在
那是宇宙不生不灭的本真

静坐成一朵莲

五只小鸟，齐栖灵伽
收起满天飞的车轮
静坐成一朵莲

梵音袅袅，把魂儿招去
香熏温床
散发故乡门楣上的艾香
又把魂儿勾了回来

月亮是天上一口井

月亮是天上一口井
人类不过是井底蛙
时而跳入水中
时而蹦向岸上
直到累得躺下来
一边呱呱呱
一边在黑暗中仰望

原来
有无数星星占据着井
无数口井占据着星星

从对面的井口望过来
会不会也有
一颗颗星

木槿花

一

成长总与篱笆有关
齐刷刷的手伸向天
隐蔽了菜园的丰收
也隐蔽了故乡的贫穷

二

剪枝，曲成傲梅
却不与雪斗，宁肯朝花夕拾
选择前赴后继
烂漫开过春夏秋

三

花，盛开在千家万户餐宴
树，一步没迈开过
枝，插活在城市花园
故乡，一天没迈开过

断想（组诗）

星星

星星是宇宙下的雪
纯净天堂

雪是天上落下的星星
闪耀人间

高跟鞋

不见其人，先闻其声
传递一种低处往高处的铿锵
才为平房，立成高楼
暗藏村姑踮起脚尖
向往城市的一种造型
收腹。抬头。挺胸

心结

心，在结与结之间游动

不是东风压倒西风
便是西结推向东结

扭成扣的结，是联结
弯成拳的结，叫凝结

冰可融，死结何解
比如，这焊死的生铁

蒲公英

混沌。难得的糊涂
无光，起飞
无风，也起飞
生命，就是飞舞
即便割倒
冷落成干草
待放的朵儿
也仰望星空绽放

书

鱼籽一样，铺在岸边
我是读不完
那鱼籽里有高蛋白
自然有人
究读

吃鱼

骨头也不吐
当然要囫囵钙
可惜，照样
学不会游泳
学不会为爱选择回渡
学不会鲤鱼跃龙门

浪花

裸露的白
令人想起母亲
挠开充满乳香的衣襟时
柔美的指尖

辑二

水之印

——爱的荡漾　心的河床

我只要一块不到 4 平米的地

这个世界，有无止境的财富
却没有快乐超过 4 平米

这是一张 2x2 奢侈大床的尺寸
南征北战归来，即便四面楚歌
也如迎接阿瑞斯战神，方方是岸
亦可为半径 1 米的圆床
像狮子滚的绣球，滚到哪
还是在这个
以爱为圆心的版图

在这里
思想如石，坦然朝天
剪云为裳，天人合一
任何失意春风化雨

任何奇迹都可衍生

我只要一块不到 4 平米的地
置身坚硬城市最柔软的方圆
纵使四周栅栏肃立
纵使在孤独的锁眼里长眠
野草干枯，身体腐朽
我也将抱住我不变的诗和灵魂
在依样 4 平米的来世
复活

一朵花谢了

一朵花谢了
树叶无争了

一只鸟飞走了
天空无边了

一个人离开了
世界空了

冷梅

我不能像带走一块石头那样
带走你
虽然你冷得像石头
当然，我也可以把石头
雕成你坚强虬曲的模样
雕成一座孤寂的碑

但我还是宁愿留下来
等你。等一场傲雪
冷到极致
开出你石头里的寒
挡在春来的路上

只渡有缘人

那些被湖水围拢的心事
挤向了船
船却按兵不动

候守千年
心系一棵树
等待解绳人

你就是那船
只渡有缘人

抛锚

目光如探骊
你却没有那一刻对视
是你走得太远
还是根本不同道

潮水涌上沙滩
又回到海里
你是被抛在岸上回不去
也不愿回去的
锚

爱，来得没有季节

爱，总是无端地流出来
心桶封不住
才补短板，又现短板
才补空隙，有现空隙

爱，总是无端地流出来
违背耶和华的旨意
带着罂粟的原罪
带着探戈的酒醉

爱，长得没有规则
是不曾想过的方圆
爱，来得没有季节
是想蹦就蹦出来的反季

从每个毛孔欣欣然醒过来
从每条指缝嗖嗖地漏出来
从每眼心泉赶海似地喷出来
流吧，爱
流到春，就是蹚过冰雪的河流
流到大海，就是越过惊涛的方舟
流到下辈子，就是变成泡沫
也会浮出水面的
海的女儿

梦境

夜晚，你如约而至
似一头小狸猫
钻进被窝，趴上胸口

一道柔美的弧线，划过
山与谷，骨与魂
潮涌，泛滥
漫过七街八巷地下河床
漫过一望无际的平原
漫过千亩芦苇荡
漫过八百里洞庭

舐舐。放逐一波波幽蓝的光电
颤抖，颤抖成
温温软软的乳墨交融的水乡

梦醒，小狸猫哪去了
哎，你这该死的小狸猫

夜的深巢

一天之中
只有散步的时光属于你
只有在这段时光
你是属于你的
思想属于你
思想也可不属于你
还可把不属于你的
想成属于你的

你一步一个脚印地走
仿佛只有这样才能踏踏实实
你的目光跟随翅膀而去
飞到湖心
飞到晚霞边际
飞到谁也望不到边的
夜的深巢

火柴的笑靥

“哧——”，火柴的笑靥
照亮暗夜
却倏的熄了，留小小残骸
夹在人生这本书中
烬透纸背
恰好焦化了那三个字
形成一块洞缺

余生，通过它
仰望星空

桂花酿

不过是听了众多意见，唯一
对她点了头
不过是与她喝了一次酒
像横渡了一次长江
你说她借了你一次肩膀要还
她说只是靠在吴刚桂花树上
做了一个梦
你说天上一盹，人间百年
这辈子没有时间再做其他的梦

顺着阿波罗追赶达芙妮的路线
你追赶着她
赤脚踩在尖烫的卵石河床
走一步，痛一波
日夜不休。她跑不动了
化成一碗桂花酿
嗨，有什么可还的
全喝了吧

爱，是一种冥想

爱，是一种冥想
逆着时间隧道的方向
呼唤
透过沙石粘合的砖墙
透过潮湿的青苔
透过空灵的光影
回响之处
都是你的名字

爱，只能是一种冥想
锅碗瓢盆变奏曲
夹杂着隔世的婴儿般的啼哭
时钟沉默地拉着石磨
比石磨还沉默的
是你的沉默

荷尔蒙长成树上的桃油结

花没开就谢了
穗没抽就蔫了
荷尔蒙长成树上的桃油结
子宫最后的呼唤
嘶哑在凉秋

桥头锁住你，桥尾锁住她
落日余烬
拱出一道佝偻的彩虹

夕阳与朝霞隔着夜

当你与她远离的时候
雁正离开海面
当你计算着与她的距离
夕阳与朝霞正隔着夜

总以为多打几个电话，就近了
对饮一杯酒，就依了
送上 999 朵玫瑰，就从了

可是这些
又如何触摸她的灵魂
抵达她的世界

路断

夜幕中的高速桥
像是游动的一条条蛇
咬住光，嗖地跑了
紧跟着的你
也嗖地跑了

现在这儿杂草丛生
隐约一条小路
顽强地前伸
你是否记得曾经得意地背上她
如背着行走的春风

伴着一声长笛
秋风起
落叶铺天盖地
路，彻底断了

局外人

明知道是一趟浑水
这一场饭局，去还是不去

去。去才知道什么叫局外人
你自以为放下了
其实只不过是
背对上吊的绳子
再重重地
把门关上

海峡之间

她是老了
第二次又向你讨号码

干脆，你给了她两个字
"没有"
这可是你早请示晚汇报的进门密码
也是你音乐版晋级符号

二字一落
高楼大厦般的感情筹码
散落成一地鸡毛
不透风的铁色屏障无边疯长
一把利剑劈下来
"没"与"有"字之间
哗啦啦形成一道台湾海峡

其实，致歉就是良药
但你偏偏蘸满"错"的墨汁
自编自演
布下 100 个乌有之剧

背对海峡
她气喘吁吁，爬上微信楼梯
站到你把秋千荡给她的位置
截图，打还给你
她听见那垒起的 11 块卵石
滚下楼的声音

涂改后的无辜
不是爱的模样
爱的模样
从来无需层层叠叠的包装

越来越远

走得越近
却离得越远
在很远的无人区
心事拥挤
在很近的喧嚣处
心里满是苍白

还没有开始
就看到结果
这不是你想要的
坚持，只不过是野马的惯性
戛然而止吧
将奔跑摔个半伤

余霞尚在，她在

你又在湖边散步
不，是行走
行走你的错爱
你的脚步时而急乱
时而缓慢
乱如湖面放纵的水波
慢成寒风挪不动的苍白树丫

你的眼睛跳过行人
跳过花花绿绿的花园
落在烟波浩渺云湖的尽头
余霞尚在
她在

快意沉沦

脚步开始摇晃
黑夜快意沉沦
星辰坠落成两颗燃烧的心球
世界亮如白昼

醒来的公园
变成湿漉漉的沼泽
星空消失，晨曦初露

什么模样来
还是什么模样去

明月的裙角

明月，每每撩动大海
又抚慰一遍大地山川

大海，不断掀起最潮的浪花
但浪再高，也触不到
明月的裙角

最悲伤，莫过于月圆之夜

桃花夭夭

阳光进了屋，出门遇见你
桃花夭夭
像久别的粉红恋人

旧日的枯藤
还巴结在你的枝丫上
信手扯去
春风十里
会有新的缠绕、缠绵
勿言老
随时随地都可以展开
一场爱的秒杀

喜欢一些仪式感

有了仪式
最苍白的汤圆
总会包含一些甜蜜馅

人生最大的一场仪式
莫过于婚礼
让地球人都知道
月亮代表他的心
仿佛传播得越远，光辉越长远

光被黑夜反复抚摸
抹去了举案齐眉的记忆
纵容了雨露的缺失

好在有些日子贴有标签
不能忘却的表白，云拨开
今天转到了情人节
心在 520 与玫瑰的霞光中荡漾

渡

佛是一座高山，比山还高
是人心无法超越的所在
以慈悲度人

人是一条条长江
一直在走，在奔流
在自我泅渡

其实，每个人心中都有一尊佛
在沉睡

辑三

风之印

——无影无踪　且行且吟

· 印度行 ·

一个响指

孟加拉湾的一个响指
海水的一半落在沙滩，卷起千重雪
再一个响指
又哗啦啦归于大海

佛的一个响指
印度教会的一半，匍匐在浪潮脚下
再一个响指
又消失在"教"的海洋

世界诗人大会在这里，掰出一个响指
诗神的一半，飞鸟般集聚泰戈尔的海空
再一个响指
又各归窝巢，抹走一团圣洁的月光

此刻，一头神牛在夜游

在 kitt.kiss 大学门前，此刻
一头神牛在夜游
昏暗的视觉告诉我
一架绝食的瘦骨
在拄杖而行
毕竟，刚揭幕的甘地铜像
拐杖上还挂着飞撒的花瓣
刚完毕的 150 周年冥诞典礼
还定格着三万人齐刷刷向天的手

其实，在我认识的星空
做湿婆神坐骑是独立的一个高度
屠刀下的枪杆子是独立的另一个高度
源自喜马拉雅南麓的恒河
圣水般沐浴印度平原，宽广而缓慢
喜马拉雅北麓之北的黄河

九曲连肠，风吼马啸
咆哮过后，每条血管都是河山

两种古老的文明
各自扬镳
此夜，在 kitt.kiss 大学门前
一架瘦骨伶仃的神牛
正拄杖而行

按：牛在印度是湿婆神坐骑。甘地在印
度有圣雄之称，倡导非暴力抵抗主张。他曾多
次以绝食抵抗，1947 年印度实现民族独立，
1948 年甘地遇害。2019 年第 34 届世界诗人大
会在 kitt.kiss 大学举行，3 万人参加了为甘地
铜像揭幕仪式。

我披着乌鸦的圣色来看你

——致莫卧儿王朝沙·贾汗皇帝

大理石白，是你固执选择的
白玫瑰的白
乌鸦黑，是你国度神的本色
你梦想，黑白配
续写你 22 年的爱情寓言

晚霞并不晚。权力却被幽禁。
阿格拉城堡的一方窗口
定格着乌鸦飞翔的方向
亚穆纳河在奔流，亚穆纳河义无反顾
亚穆纳河一直把你的目光领到泰姬陵

泰姬在你设计的圣洁世界
等你，圣洁地等
十年百年、海枯石烂地等
等你乌鸦黑大理石连理

为你再生 14 个小精灵

即便香再消，玉再殒

即使小精灵鬼怪再设城堡重重

今天，我着乌鸦的圣色来看你

祭奠你铺张的玫瑰与梦

祭奠骄奢之后失色的文明

秦始皇的长城是一面长镜

挡得了千军，没能挡住孟姜女的哭

幸而

泪干了，不朽的标志还在

幸而

权力干了，泰姬陵与爱不朽

按：莫卧尔王朝沙·贾汗皇帝的爱妃泰姬 17 岁进宫，39 岁生第 14 个孩子去世。沙·贾汗建泰姬陵以表怀念，全用白色大理石，动用 2 万人建了 22 年，建筑恢宏壮观，成为世界新七大奇迹。沙·贾汗原计划自己的陵采用黑色大理石建在亚穆纳河对面，再用黑白大理石桥连接。因儿子夺权建城堡幽禁了他而落空。

投胎在印度的女人

投胎在印度
做牛，是神的坐骑
做乌鸦，做狗，做蛇
可直接供奉
做男人
阳具镌刻得比大地伟大

投胎在印度的女人
美如天使
纱丽遮住的却是一半忧伤
不列颠的自由之风吹不绿恒河两岸
雅利安人种下的姓氏等级
是生了根的向天宿命
童婚、顺婚、媒妁合婚
拒绝各种拼命的跪求
幸福指数等于嫁妆的刻度

投胎在印度的女人

喝着夹杂尸灰的恒河圣水

头顶砖头，顶着硬邦邦的酸甜苦辣

托付一个未曾谋面的男人

甚至，也将生命托付于萨蒂之举

金城杰伊瑟尔梅尔堡的宫门上

至今伸着 15 个血色的手印

曼朵尔花园穹顶纪念堂

回荡着辛格王公 64 个妃子

跳进火堆里的惨叫

讨生活的蛮腰越来越臃肿

纱丽再长

也缠不住另一半忧伤

按：印度神话中梵天之子达刹举办盛筵，唯独不邀请女婿湿婆，女儿萨蒂与其父亲理论，却招来众神祇对湿婆的侮辱。萨蒂伤心欲绝，认为是自己令湿婆蒙羞，投火自焚。后演变为萨蒂习俗：丈夫死后，寡妇穿婚袍与丈夫遗体一起焚烧陪葬，以映射神话中女方死亡、转生、与先夫重逢再度结合。

特蕾莎修女

我是一滴水
没有这一滴，大海是大海
特蕾莎修女也是一滴水
缺了这一滴，大海将枯竭

这滴水
母乳般滋润苦难的孩子
漫延在加尔的答最干涸的土地
漫延在芸芸众生阳光最缺失的一角

世界何其富有
她三身旧衣、一双凉鞋
连缀出穷人有经有纬的尊严
世界何其闹腾
她闯进科索沃的血腥战场
"救救孩子"，按住双方停火的闹钟

世界何其浩荡
她以诺奖与盛宴换美金
解救麻风病人，遏制病态以光明

她是从经书里走出来的神谕
额头常常贴着濒死的病人
她是光着脚走进天堂的圣女
穷人、富人
跪着将额头贴向她的墓碑

　　按：特蕾莎修女（1910.8.27–1997.9.5），世
界著名的天主教慈善工作者，1979年获诺贝
尔和平奖。逝世时，特蕾莎修女留下了4000
个修会的修女，超过10万以上的义工，还有
在123个国家中的610万名慈善工作者。印度
政府为她举行国葬，来自20多个国家的400
多位政府要人参加了她的葬礼，其中包括三位
女王与三位总统。

马丘比丘的传说

> 来马丘比丘的人，都见过我。我是龟缩在
> 城墙里的那只"猫眼"，似兔非兔，似鼠非鼠。
>
> ——— 题记

一

散石 羊驼 高峰
顺"之"字古道，三步一叩

打磨 修型 排序
如象形文字，叩接无缝

羽集成梯田、作坊，结绳往事
隐藏着贞女、神祇，祭祀天下
一座印加帝国的后花园
一幢仰视太阳神的圣殿

如金色神鹰，蛰伏安第斯山山脊
俯瞰乌鲁班巴河谷
长风浩荡

二

一千五百三十二年
冷不防的一声炮响
拴日石震落，太阳神灯熄灭
山外皇宫
羊驼遭遇战马，木棍遭遇长枪火炮
阿塔瓦尔帕国王遭遇皮萨罗冒险家
太阳神遭遇上帝
仿若时间穿越，两个朝代相遇

主在哪
铠甲盘踞皮萨克要塞
利剑直捅美洲豹的肚脐
三屋黄金不配做皮萨罗的小挂件
大帝国沙城遇水，溃成蹄下之蚁
国王的头颅，染就印加最后的血色黄昏
定格在教堂画布

仇恨与悲伤的雨水来不及下

土豆与玉米种下的希望还来不及收
尊严的犁已无法开垦
未砌完的文字被绞断，贞女的期盼被绞断
太阳神庙的信念被绞断
帝国文明被绞断，印加历史被绞断
神鹰惊魂断翅

三

小虫寂静地呜咽
兰草罕见地倒挂着红花
没有谁告诉，区区百骑
已将美洲豹践踏出新形态
西文像狂风一样横行
《圣经》锁住了太阳神

谁也不知道，挣扎
三百年的挣扎
美洲豹颤抖成一种新沙场
一个叫圣马丁的英雄
将太阳神脖子上的绳索挣脱

马丘比丘的天空，没有变节
百余朵留守的云，只有顶礼

四百年过去，布衣还给了大地
肉身还归于裸露，表达越来越苍白
骨姿却永恒

太阳每天来了，太阳之子没有再来
生命的繁衍断绝
孤城布满野草、青苔与岁月
文明绝崖于乌鲁班巴河谷

1911年，一个美国教授
岔入阿塔瓦尔帕时期
收走了当年的壶钵陶器、青铜
硕大耳环、脆弱白骨与帝国碎片
也将萋萋芳草
点燃他宾汉姆的名字
从此折翅的神鹰
认定他为印加派往现代的使节

四

一阵暴雨降下来
把当年最大的悲伤落下来
转眼又是阳光普照
自帕查库蒂的金杖

在群山中圈定第一个符号
我都在这
　昨天王者来，我在这
今天平民来，我还在
我是神鹰转世，龟缩旧城墙的"猫眼"
似兔非兔，似鼠非鼠
有些灰，灰如这石墙的古老
有些黄，黄自高贵的身世
眼半眯，睫毛已稀疏
无数枚太阳，点亮我的太阳
无数张夜幕，覆过我的夜幕
无数晕月魂，勾痛我的心魂
偶然，我会伸一伸僵直的朽脚
用力拉动自己的血液
因为当年没有文字
所以没有名字，正如卑微的
白色的羊驼，黧黑的印加人
但灵魂千年不死，将象形的伤痛
印记、叠加于，我这浮肿的眼
沉淀、托付于，我这无名肉身
见证古老的山巅
见证消失在云雾中的太阳之城
见证固守坚贞的废墟

也为见证明天太阳的升起

重展雄鹰之翅

我，在等待

按：公元 1200 年前后，国王曼科·卡帕克在安第斯山脉，修建了似美洲豹的首都库斯科城（意为肚脐，世界的中心），建立印加帝国，成为南美大陆印第安文明的最高峰。马丘比丘是印加统治者帕查库蒂于 1440 年左右建立的一座庞大的宫殿和供奉印加神祇的庙宇。1532 年阿塔瓦尔帕时期，西班牙冒险家皮萨罗率 100 多人征服秘鲁后，对它一无所知，秘鲁独立后 100 年里也无人涉足，直到 1911 年耶鲁大学教授宾汉姆的发现。

鸟岛，没有鸟窝

多么想找到
一个遮风挡雨的草窝
镜头一拉再拉
帕拉卡斯鸟岛寸草不生

三座石岛，布满白色鸟粪
芝麻一样多的鸟
压成一片乌云
仿佛印加人重演要塞练兵
在白骨堆

波澜不惊的海面下
冰川激荡。上千吨鱼
每天被六百万只鸟鲸吞
这样的数字
足以将想象压成化石

我担心，鸟岛
像印加帝国被鸠占鹊巢

海浪，拍醒我的视线
一只只海豹，胖妞样扭着肥臀
一只只海狮，懒洋洋地晒着太阳
穿着燕尾服的企鹅喁喁私语
而巨嘴鹈鹕列队飞舞
与游船一起冲浪欢呼

一切都很安详
详如前方安第斯山巨大岩画
赭色"烛台"安静祈福
不生不灭

鸟岛没有鸟巢
岛，就是最大的天堂

家里有杯南太平洋卵石

一颗一颗，浑圆浑圆
多少浪涛打磨，石头沉默

印加帝国，汹涌汹涌
多少力量整合，没有文字记载

谁知晓，那沙漠土城的故事
谁解释，那无法摧毁的石榫神坛
那"外星人"布下的，纳斯卡神话

浑圆就是浑圆，留存就是留存
过去，只有浑圆形想象

飞离南美，我坐在南太平洋海岸
把自己滑入浑圆
然后，带回这杯卵石

着陆皮乌拉海岸

蓝色的风，飞越大西洋
绿色的呼唤，着陆皮乌拉海岸

这里细沙，柔若羊驼
收走了五百年前滔天海浪
收走了西班牙最初的铁蹄
太阳火烈，一小时周游
便褪去一层皮
崭露出火炮、滑膛枪留下的
武器广场，与强者的文明

圣母玛利亚，和皮萨罗船只
一同靠岸。教堂钟声
与太阳神庙交织祷告
我自带黑眼睛黄皮肤的光环
欲与诗的和平鸽一起起飞

太阳神说

来吧，你想做什么

我要做皮乌拉大学孔子学院里

那只狐狸

嗅一茬茬青草芳香

演绎一幕幕东方古国

龙的传奇

按：皮乌拉建于1532年，西班牙殖民者最初在此登岸，为西班牙殖民者在秘鲁建立的第一座城市。

2014年，第39届世界诗人大会在秘鲁进行。中国诗歌代表团应邀在皮乌拉大学进行学术交流。皮乌拉大学环境很生态，竟然有狐狸出入。作者的第一部诗集《青红醉》首发式在皮乌拉大学孔子学院进行。

太阳神庙 月亮神庙

土坯残垣，残遗
最古老、最脆弱的膜拜
天然金字塔，嵌入
最原始、最顶尖的敬畏
莫尔文化，人类迟到的
南美最早的文明
在荒漠

用种玉米的良土，筑城
用织布的智慧，涂鸦
用珍贵的生命，血祭
年复一年
扩张规模
扩张心愿

祈求什么
就缺什么

一团米饭，在琅勃拉邦

至今，还是千年前的竹篓香
盛着热乎乎不变的虔诚
在鸡鸣前最空净的时辰
披一方绶带，静静地跪坐成
一条长长的等待

至今，还是千年前的袈裟金
挎着"佛空"的铜钵
在每一个冲破黑暗的黎明
赤脚轻点尘世，受施一羹一瓢
或反施于一只大篓

一团米饭
滋养人僧佛，凝结天地人
琅勃拉邦
只有布道，没有乞丐

　　按：琅勃拉邦，老挝古镇，被列入世界历
史遗产名录。每天清晨化缘，布施，千百年来不变。

大象

混沌断裂，种子落地
白象飞入梦境
遁入摩耶夫人之腹
从此，佛陀与大象相关

越过野生丛林，是否危险
只需大象踏上一只脚
越过湖水深潭，何惧之有
大象鼻，俏皮地戏你一脑水

此岸抵达彼岸
大象在渡
人佛之间
大象亦在渡

我与先祖如此逼近

让我嗜睡成碳十四
梦中寻找万年稻作遗迹
在大脑沟回般的地层堆积
寻找兽骨残片下
一万多年前驯化的稻种
寻找骨管上
记录多少罐稻子的划痕

让我用孢粉和植硅石的细胞尺
丈量万年陶罐的深度
在温暖如子宫的仙人洞、吊桶环
丈量人类生存的经纬
世界文明的高度

扇形稻作耕种
万年缘，已在冥冥之中注定

世界最早、最好的稻米
在万年这块土地上相会
质白如玉，满嘴生香
代代耕作，岁岁纳贡

仰望"世界第一罐"
夹砂圆底压着粗绳纹
一万七千年前
温情的手沁润幸运的泥
在荒蛮中点燃圣火
一群人，冲出蒙昧与野蛮

如果要建一座人类文明博物馆
它的基石，必须砌入一块来自万年的石头
不，更多
万年的先民创造的文明
不仅能承载博大的名誉
还让大地更坚实

万年之后的五千年前
炎帝神农氏率耒神、垂神
千里迢迢寻根问祖
五千年之后的五百年前

仙人洞旁的荷溪村彭家老屋
门槛留下稻米归仓深深的凹槽
五百年之后的五年前
万年大源镇电子屏刷新了
袁隆平曾经的亩产最高值

万年，人类万年的孕育
让你当之无愧拥有这个名字
中国的万年，万年中国
请铺开神圣的宣纸
接受历史选择

我站在与祖先如此逼近的田野
弯腰，弯腰，再弯
贴近万年演绎的土地
弯成一束沉甸甸的万年稻

按：江西万年县，世界稻作文化发源地，
拥有迄今为止最早的陶罐。

断裂成痕，也要站成道义

——走进三清山

三清山，有人离开你就发慌
似孩儿离开父亲，老人离开拐杖
一顶斗笠，一袭印花
一如"花千骨"守着"长留"

三清山，你是我偶遇必见的山
以文学的名义，今天五条雌蛇汇集
蛇聚，漫山遍野都是散句
蛇来，一藤一石都有了象征

三清山，你不言语
玉京、玉虚、玉华三峰
宛如道教玉清、上清、太清
应是你的得名

三清山，你俯视众生
"道士拜月""老子看经"

"猴王献宝" "万笏朝天"
应是你洪荒走来的写真

"都俞脱生"、"壶市安井"
争说建文帝隐逸真相
龙嘴被锁、身被困
令江苏说、湖南说、天下说失色

六百年来，猎犬似的追踪
追踪着家孝与国忠
一个个石刻密码
留后人破译

三清山，今天我们向你报到
扭着蛇步，沿着你的腰带
从西走向东，从东走到西
如绕地球，尽看云舒云卷、世态炎凉

三清山，今天我们向你报到
追逐这天然道家博物馆
最坚实的雄姿，化身"巨蟒出山"
断裂成痕，也要站成道义

　　按：三清山，江西道教名山，有人考证
为明代建文帝终隐之所。

中国最美地下水

一

山洞，似山人半掩的肚脐
风，亿万年吹过，九八洪魔
倏然而逝，黑洞？
有人称为消水岩

消失，是存在的另一个名字
这是又惊又怕的发现
黑幽幽，凉飕飕
"肚脐眼"通向谁的腹腔

炸药，为探险者开门壮行
电线，点亮找寻文明的灯

静谧，久远空荡的静谧

流水潺潺、蝙蝠惊飞
钟乳石各具情态，在黑暗中躲闪

象形文字，倏然进入典籍
神话在续写，中国最美地下河
从容蜿蜒而来

二

人类不是鸟，思想却长有翅膀
取名的联想，穿过周边的吊桶环
落在附近的仙人洞，回旋
在当年神农氏祭祖的路上
最后，"神农"驻宫

龙妃起舞
长袖一甩 460 米
定格了铜镜的长度
水，透亮、静美
照古也照今，问水也问人
你从哪里来，又到哪里去

　　按：神龙宫，曾相继命名为消音岩、盘
龙洞、神农洞，其地下水被评为中国最美的地
下水。

·西行记·

莫高窟

乐尊和尚的傍晚

西边装满晚霞，东边装满金色佛光

脚下装满佛杖咚咚的誓言

膝下装满金沙阔阔的使命

乐尊和尚的傍晚

装满他开窟修炼传道的传奇

装满丝绸之路蜿蜒商贾的故事

装满祁连山脉一样连绵的信念

黑暗陪伴的日子最安全

光亮遭人嫉妒

1900 年，政权比经书重要

白银，比寺庙重要

一个人，破了一扇窗

就连着一扇扇破窗

蠢蠢欲动与占有

敦煌遗书遗失
艺术被流放，历史被残缺
粘走的位置
留着空洞的痛心与苍白的仇恨

光芒令光芒耀眼
时空推开又凝固
横贯欧亚大陆
异国重塑的舞台
揭开支离、盛大的敦煌
历史的步履在此收藏
越盛世，越炫美
菩萨不语

"起驾"

一声"起驾"
皇位就是神位
至高无上的生命与众生区分
数不清的兵马俑
眼睛动了，车轮动了
骨碌碌骨碌碌
驷马奔腾，一个又一个方阵
从远秦走来，滚滚向前

一声"起驾"
把你抬上皇位，叫醒芸芸众生
区别不愿离去的魂灵
即便是千古一帝秦始皇
即便是另一种复活
喊杀嘶鸣不生不死一统天下
不如获得轮回
重生

　　按：有感于导游呼唤游客前往下一个景
点时叫"起驾"

遇上一个叫秦始皇的人

我在春阳下睡去
书卷滑落膝下
文字散落草丛
滚成行草，爬成篆书
退回象形字，落入甲骨文
遇上一个叫秦始皇的人
就此打住
小篆，华美如辇毂华盖

这个城市的记忆
总是与军事权力相关
那永久肃穆的古城墙
那埋入历史的兵马俑
即使有文庙抚平炮眼的沧桑
即使有百货商场小篆般井然
脚踩任何一块砖石
都能感受到两千年前的
铁蹄与狼烟

·四川行·

在成都鹤鸣馆

盖上茶的浓香，揭开发散人生
说诸葛孔明，少不了主公刘备
说刘备的蜀，不能不说桃园三结义
后来呢，川军的、蜀之外的
或盖或揭，或喧或静
都是当年状态

有人落座，看云卷云舒
一轮一轮的竹记，长得苍黄
抗日铜像、人民广场落成画面
蝉，纵歌序曲
突然又没了声响

梦醒来，什么都在
水依然，船在游
或嗑瓜子摆龙门阵

或酒后呼呼大睡
带着麻辣烫的浓香
漫长的呵欠之后，车马在等待
鸽子，落在残羹上
故事从哪儿说起呢？
鹤鸣千百年，馆还在

荡漾

无孔不入的光和风
啄开窗帘缝，啄进我的梦
云霞，悬崖般挂在天边
一轮红日，从双子高楼旁一跃而出
此刻，我正在一个叫旧舍的他乡
站成一棵树
每片叶子，写满霞光的旁白

拉开窗帘，臆想一个耀目的黎明
仅仅一瞬，红日不见了
仿佛从来没呈现，我无法解释
这突然的光芒，与突然的消失

楼下，风吹皱一池秋水
辨不出涟漪，向前还是向后
欢呼与失落交织往复
荡漾，原是生活本身的模样

游施可富酒基地

我与浑圆壮实的小麦高粱合影
与堆积成山的丰收合影
与大拉车奔赴远方的喜悦合影

碎若桂花，酶成曲药，踩曲成砖
季节正滋生益生菌
我与新出发合影

混入五谷，落入窖池，以泥封之
希望埋入酒糟尽情发酵
我与深埋的未来合影

撒醅上甑，糠粮烘托，圣火蒸馏
粮食的魂魄逸散出浓香
我与销魂合影

取酒入库，石墙生苔，暗暗静守
一坛坛，封存着古老时光
我与岁月静好合影

天生北纬 28 度
罕见的黑脸观音俯佑众生
我与妙品神奇合影

追溯我的源

沿着湘江，我的母亲河

溯源而上

湘潭、衡阳、永州……

一层层剥开莲花长成的

莲蓬、莲子、莲心

以禅的名义

追溯我的源

追溯我的内心，我的世界，我的故乡

追溯我的童年，我的襁褓，我生命中

第一声哭

卵子与精子神的结合，混沌前夜

我的前生

……

我是谁

我学着释迦牟尼的样子渡

在菩提树下听了七天七夜的梵歌

我只是睡着了

昭山古银杏

落叶搭在肩上
你慢慢向秋天的深处行走

想象两千年前
你也是这样走向秋天
想象两千年来的叶泥
变成厚厚的一丘沃土

若每片叶，印着一份宽厚的爱
该滋养多少成长的生命
若每一年叶，积成一卷书
将成就多少卷经文
若每次读叶，能普度一轮众生
将播种了多少福荫

周而复始的春天绿
念到秋天却成枯

幸有枫叶变红
更有这银杏转黄
写就这圈圈点点的文章
成就这黄袍袈身的模样
金佛、皇家、金榜题名
片片说着吉祥

花石古镇重游

来回走了 N 趟

不见那个格式化国营小旅馆

昔日的同伴不知去了何方

还记得那个善良的牌价

那朵莲花似的微笑

那张坚实的小木床

旅馆后面，银色沙滩依然

我们挖的地道、筑的城堡

被时间，被河水，冲走

月光曲还在重奏

玩沙子的已不是我们

我们曾经重复先人的游戏

他们又重复我们

传说，女娲补天，将"花石"落下
美好的东西长在身体里，总会绽放
观政桥还在观政
桥柱上狮象兔猴依然聚首
人们依然吃着热豆腐
不追看"西施"的模样
依然喝着石坝米酒
不追问"英雄"出自谁家
千年汉城桥，万年十八罗汉山
身边荷花仙子，亭亭玉立

今晚住哪
山庄，宾馆，大酒店
似乎都在说着小旅馆的名字

我们一直在转

——重阳节在三十六坊

染坊陶坊面坊

谷坊油坊酒坊……

我们一个个坊转遍

像一群孩子

像一群行星围绕着太阳转

好一个重阳，都被我们转乐了

一辈子想尝试的手上功夫

在一个叫乌石峰村的地方

一一做到

我知道，继续转

重阳会被我们转成晚上的月亮

五彩时光隧道会把我们

转到一个手工业时代

果然，上了湖边那只蓝色的船

我转入了清明上河图

我就是那个在酒坊

偷酒喝的孩子

守望

——醴陵瓷记

拆开。此瓷土、高岭土、石英石的
缘起，都是冷傲遭嫉妒的主
结合。失魂。落入冷宫
名声属于汝窑、官窑、哥窑……
最受宠的青花
被赐给景德年号
漂洋过海
"瓷器"就是"中国"

守望千年
等来叫熊希龄的瓷主
搓揉中日绝技
逼出筋骨里的寒与蛮
釉下，种出春
种出五彩梦

渌水托起梦之舟

将渌江书院的

扁豆双禽田园梦

种在釉下

挤进万国博览会

与茅台同取金杯

从此，家梦、国梦不断实现

太阳升起时，毛瓷诞生

初心不忘，有了红官窑

走进云霞瓷业

我种下一个青红梦

期待火中涅槃

岂不还要等上千年

——在渌江书院

朱熹不知道，千年后
时间会凝固在那一刻
著名的"朱张之会"
从这里移步岳麓书院
渌水长流，铸就了朱子讲台石像

今天，我们经过朱亭站
呆坐渌水边，只为遇见
遇见轮回千年，他再回来
天近黄昏，渌江书院大门紧闭
层层石梯
留下争相亲炙的树叶

一片树叶一个学童
岂不还要等上千年

·他乡行·

乌蒙大草原小记

一杆旱烟
一柱死灰复燃的希望
一座随时咕隆喷发的火焰山
春风吹，草又生

一瓶人民小酒
一原马背上驰骋的太阳
一生举起的誓言
瓶底尽，初心出

夜宿龙山山庄

这巨大的美，是夜晚突然的礼物
汽车点亮两只眼睛
蜿蜒射进龙山

山庄里，泉水异常叮当
似开场的交响
喝酒唱诗的人
一半熟悉，一半陌生

灯光静谧
台前两颗圣诞松
一颗穿着盔甲
一颗闪着尊光

我忘记了抢拍
瞬间为它们失了魂

西北一角的残缺

——观胡雪岩旧居

西北一角的残缺

是上天给人世间的留白

埋着官商的惊雷

携带洋商的闪电

倾盆而洗

"洗秋堂"成最后注脚

官帽轿没保官

太湖石寿字没保长寿

紫檀、酸枝、南洋杉成昨夜昙花

60年才生长1cm的金丝楠木屋

连同受宠的金丝鸟

都归属他人

唯留下胡庆余堂

治人生百病度众生

湘窖封坛行

酒，是翻山越岭
高山流水 53 度的隆回歌
是清香、浓香、酱香
没有文字的花瑶诗

酒为镜，是仙是魔？
悠悠岁月，咱不是玩情绪的江小白
咱是有仪式感的湖湘人
来了，洞藏没有开封的情
窖下敢为天下香的魂

让轮胎擦过进驻的跑道
让泥巴穿越时间的孔方，到了
3 年，你开启女儿红的喜宴成长
5 年，我开启给父亲 90 大寿的孝心
10 年，他开启司庆的盛大见证
一坛梦想，每个毛孔都是
开口笑

辑四

云之印

——一瓯梨白 满屋繁华

美食的偏好

美食的偏好，总与故乡有关
田埂山坡，抓一把白茅草根
一节，是糖样粘稠的儿时回忆
一节，在肆意怀乡时消炎降压

美食的偏好，总与母亲有关
鸡蛋无论蒸煮，都是世间珍品
是母亲塞给我的一个个奖励
是营养了一辈子的记忆

美食的偏好，总是与亲爱相关
拿起菜谱，不假思索
像学生脱口而出的正确答案
是恋爱时不停刻画的名字

故乡，是忽然冒出的那个泡

故乡，是忽然冒出的那个泡
那泡是只"瓮坛"
笔画繁琐，赘述热的过程
睡前，总记起母亲留下的
那瓮暖脚水

故乡，是忽然冒出的那个泡
那泡是一窝"蜜蜂"
一根小草，挠痒痒
挠进土墙上的小洞洞
然后，串串飞出
虽然，那时还没有他

故乡，是忽然冒出的那个泡
那泡是粒粒"蓖麻"
一直与童年比身高

比叶阔，比茎壮
归去来兮
故乡已是一片林

故乡，是忽然冒出的那个泡
那泡是兜兜"菖蒲"
挖下去是银角
是小人书，大故事
如今，余额宝里有余额
却换不回
那兜时光

爱的烛光
——献给父亲八十大寿

爱总在不经意中点起烛光
藤蔓已爬上被光照亮的心窗
我们就这样幸运地
印着神奇的胎记
与世界相遇

少年哪知愁滋味
您变戏法变来一条小花裙
让我们金鼓传花快乐穿
三根稻草，是您最严厉的戒尺
"抽"出四姐妹的担当

您的最爱，是带我们看电影
跑很远的地方，挤在人群中
或就看银幕反面
外面的世界像风一样

穿过人群，也穿过我们

于是，当有一天
学校所有课程都上紧发条时
老大香选择了赤脚孩子所缺失的
Abcd，也因此
世界之窗次第向她开放

青葱隘口，您递给我《描写词典》
像递进的春雨，种在空白大地
人生由此葱茏
您赡养的姨奶奶是我笔下首席人物
您说，她的故事和她的水烟壶一样
紫烟不断。来自民间的艺术氤氲
就这样熏香我的文字底色

文是您的小苹果
延续着您的梦想
"唯实惟新，至诚致志"
迈进您迈过的师院校门，桃李满天
追寻您所爱属相的太阳神
"马"到成功

辉仰望着您

仰望着您帽檐上的国徽长大

齿轮拉动，日夜兼程

长大后就成了您

挥舞镰刀，收获和煦的麦穗芳香

迎着红五星，和一座城楼的文明共成长

您和我们酒杯相碰

诠释中国式拥抱与理解

您和我们乒乓球对打

赛的是人生竞技状态与精神

您和我们一起周游

一起阅尽人生万卷书

您古稀之年学电脑

手写笔写坏一大捆

三年却写好了三大生命天书

一本是立德之根

一本是立功之干

一本是立言之叶

您传承的基因虎虎生威

您传播的种子、耕耘的责任田

生机勃勃地写着"为人民服务"

风，可以把石头吹裂
雨，可以把钢铁锈蚀
岁月，可以把大树压弯
但您的傲骨
像松，像白杨，像银杏
撑直着一代又一代的脊梁

儿女是父母的镜子
眼镜，顽固地架上谭家眉眼
却也吐露着书香
你看，当年谭家门槛被挤破了
他们是叼到幸福的狼
你看，他们一个个春风得意
更有重孙给您拜寿了

爸爸，今天是您的 80 大寿
感恩您和母亲
赐给我们润物无声的春天
让我们为您点燃爱的蜡烛
唱响生日快乐歌
共同祝福您
福如东海，寿比南山

中秋月

月亮挂在屋顶
美得像铜镜里正梳妆的那张脸
星跑到屋顶花园看
搬了一把小凳子
又搬了一把小凳子
使劲喊远处的轩

月色正摊开
一层一层，似乎要把黑暗盖下去
星每喊一声，月亮就闪一下
像是把她的蚕丝面膜掀开一层
再无限地摊开下去
星连连喊，月亮就闪光灯似的连连闪
闪过那花园，花园皎洁了
闪过那并蒂莲，并蒂莲皎洁了
闪过那葫芦瓜，葫芦瓜皎洁了

星喊轩的声音

在楼顶传得很远很远

像一盏盏灯传递着亮了下去

轩跑上楼了，脚步很急

越来越近，似乎踩着天梯

每踩一步

就能把月亮拉近一步

就能把可心的星揽在怀中

梓洵，今天是你的满月

梓洵，今天是你的满月
但其实，你已有了 11 个月成长
你约春天一起萌芽
梦想和梓树一样成材
妈妈兜着越来越大的肚子
怀抱着一个越来越圆
越来越暖的小太阳
走来走去，走来走去
丈量脐带离开母体的长度
数着小猴王蹦出的日子

梓洵，今天是你的满月
但其实，你已孕育了两年
帅爸爸揭开美妈妈红盖头的时候
枣子、花生、桂圆、莲子
铺成了"早生贵子"的摇篮

摇啊摇，摇到外婆桥
摇啊摇，摇到了洵美的莲花乡
爸爸像蜜蜂一样
飞来飞去，飞来飞去
酿成了蜜
酿成了你幸福的新生命

梓洵，今天是你的满月
但其实，你已被翘盼了多年
你看鹊爷爷奶奶喜得合不拢嘴
你看鹿外婆外公脖子伸得火车长
你看虎王姥爷姥姥早向你招手出窝
你看寿龟太爷爷奶奶抢着为你做小厨
你天生是一个天使
出生第三天就咧开小嘴笑了
第五天猴抱玉米般抱奶瓶
第八天会游水，第十天会跆拳道
你流淌着祖祖辈辈希望的基因
你的哭，惊天动地，不屈不挠
我要我要
我要做一个有能量的小猴王

梓洵，今天是你的满月

但其实，你已被梦想了一代又一代

你看，海上珊瑚伯伯鱼姑姑

竖起大拇指"聪慧机灵"

你听，林里松鼠叔叔兔阿姨

拍拍你的小屁屁"茁壮成长"

那都是爱啊

小梓洵记住、表态了

我是祖国的小梓树

端端正正

春华秋实

多少年以后

我就是国家的有用之才

我就是洵美莲城的顶梁柱

按：在孙子梓洵满月宴诵读

搬走了

咿呀学语声

哒哒机枪笑声

嗷嗷半夜哭叫声，没了

散落的积木

人高的投球架

满屋玩具车，没了

干净了，空荡了，孤寂了

鱼儿散仔一窝

如今仔仔在哪

羡慕滋养鱼儿的水波

长流长生

时光

——在梓园

这里的时光
深埋过豕形铜尊
深埋过几千年的文明
深埋过远古的丰盈与满足

这里的时光也曾
兜售过地理标志九华白，红菜苔
兜售过黄土地上的九九繁荣
兜售过华实的"篱笆、女人与狗"

这里的时光
一夜之间无中生有
生出新城与德园
生出曲径通幽的梅竹桂杉桃长廊
生出湘江飘带里中国式风雨桥独酌之舟

今天的时光太宽广
容别墅、小高层、高楼递进的风景
今天的时光太踏实
这前景、后院，桑梓之地我的家

按：梓园，为作者新居，又名梓轩阁。
位于湘江之滨、九华湖德文化公园之中的园中
园，中式别墅容园。

兜兜认字（组诗）

　　病疫非常时期，一家人陪三岁零三个月
的兜兜认字，偶得。　　　　——题记

亲

妈妈站立
伸开手臂抱宝宝
左边，妈妈亲宝宝一下
右边，宝宝亲妈妈一下

远

我离奶奶很近
我离爷爷很远
爷爷戴口罩上班了
我想爷爷

水

水从春天来，一线一线
水从寒天来，一朵一朵
水在江里长
水在鱼缸圆
水在锅里不见了
水是孙悟空

日

早上红
中午黄
晚上太阳黑黝黑
照得月亮白又白

鱼

鱼在水里看不见
奶奶说吃鱼聪明
我吃了鱼躲迷藏
你们都找不到

玩

小王子有一元钱
干什么呢
买玩具
玩积木，玩城堡
玩汽车，玩飞机
玩成一个超级飞侠
玩在一个童话里

东

东
东边的东
东南西北的东
日出东方的东
中国出了一个毛泽东的东

钓

爷爷不要钓鱼了
钓了鱼
小鱼就没有妈妈了

风

左边刮一下
右边刮一下
吱吱吱，吱吱吱
刀刀刮在窗户上
刀刀刮在我心里
妈妈快到家
不要受伤啊

老

皱纹，白发，手发抖
下台阶要人扶
奶奶，你老的时候
我扶你啊

明

太阳出来，月亮走了
月亮出来，太阳落山掉水里了
太阳月亮一起出来吧
那就是明啊
明亮的明，明天的明

与兜兜的世界（组诗）

兜兜的世界

认识的字装一盒
不认识的字另装一盒
好像河流生下来
就把大浪和沙子分得清
一个是自己认识的世界
一个是没有认识的世界

小宇宙

月亮围着地球转
地球围着太阳转
月亮小，地球中，太阳大
我是月亮，妈妈是地球
我围着妈妈转
爸爸是太阳，妈妈围着爸爸转

甜

兜兜挤进奶奶躺的沙发
一边抱紧奶奶"别掉下去了"
一边要和奶奶玩锤子剪刀布
谁输就亲赢方一下

这种快意
让每个干涸的毛孔都饱含露珠
人生可以亲昵的时候不多
输赢都惬意的时候更不多
小时候不懂
还有一段记忆已经遥远
初恋

香

爸爸说，香是禾苗一日日长大
变成稻谷、变成米饭的味道
妈妈说，香是埋在土壤里、长在花丛里
生在书房里，春娃娃的味道
宝宝说，香是闻了还要闻，吸了还要吸的
妈妈的味道

考

兜兜不断涨姿势
这是什么字
人字
这是什么字
大字
兜兜张开一边手和脚
这是什么字
奶奶，这是老外的文字
K
文字都是人变出来的

吹泡泡

太阳出来了
兜兜和臭美的奶奶吹泡泡
口红嘴，黄花衣，碧云天
都在我的泡泡里

抗疫

Bus 睡觉了
只有防疫援车在跑步
左眼闭上是红灯，暂停聚会
右眼睁开是绿灯，快快回家

黑夜把太阳遮住了

黑夜把太阳遮住了
花儿怎么长
快把小花盆放我房
我就是小太阳

旅游

碗打翻了
汤跑出来了
它们到哪里旅游去了呢

老就是魔鬼

奶奶为什么贴面膜啊
脸生病了吗
是啊
老，是一种病

奶奶贴面膜像魔鬼
取下呢
是老妖精
唉，老就是魔鬼

选择

——写在张伟、危丹"双胞胎"问世

帕帕蛀坏了你的苹果
你选择了与之共舞
上帝偷走了你的糖
你选择了将苦难榨出甘甜

生命错码的两棵树脱臼
选择了十指相扣根连根
骨血孕育小月亮
爱却选择了割离

残缺的生命不繁衍
你们选择了阳台上造梦
"双胞胎"问世
你们选择了感恩

星辉与星辉挂在树上
坚持给黑暗中的行走撑灯

按：张伟，帕金森患者；危丹，渐冻症患者，
面对残酷的遗传风险，流产了五个月的胎儿，
却以爱为源泉，以文学为河床，诞生了《与帕
共舞》《阳台上的梦》双胞胎，延续了他们的
青春骨血，激励同命人。

你有神一般自由

——赠阿布

回眸惊现

你身着印第安人宽大黑色的黎服

从马丘比丘太阳神殿走下来

像刚幸过妃妾后的满足

步下云梯

微风吹动你的长发

最后一缕夕阳

照着你栗色的脸

你的目光越过安第斯群山

心中根茎无限长大

这天地是你的

一种气焰海螺般旋转升腾

并海啸般吹响

你有神一般自由

如同峭壁下的乌鲁班巴河

海浪

——赠桂林兄

海浪
达达的马蹄
战火似地烧过来
又旋风一样席卷而去

冲浪人
从容地弄潮
滑板跃入大海
湿了岸边人的脚

你静坐玫瑰酒庄观潮
你说我就是那海浪
那静静的回响

炸弹
——致亚美

慢一拍
让你进入高危状态
快一步
幸有他候守在你身旁

炸弹在哪里
机场一片混乱

炸弹在每个人心里
炸弹没有在你心里

按：在秘鲁某机场候机，突发警报"有
炸弹"。

爱尚
——致容容

打开世界地图
你把洲洋列国的特色
积木似地搬到你的地盘
你容集叶片一样多的云彩
按梦想分类
五颜六色地分布在你的楼馆
取名"爱尚"

"爱尚"世界，从这起航
驴友、自驾、发烧友
抑或天上飞，海上游
都一样，出发是快乐的

以国粹旗袍为韵脚
是你我新的起点
航班出发了
我看到了更凹凸的世界
更婀娜的你

"艳"遇霸王花

——致周艳旗女士

你的盛开，云朵一样铺张
让我见识了莲城外莲花的霸气

霸王花的霸
可以包装母亲若桃，说嫁接能获新生
可以轻抽乌龙驹，只求孩儿无险
可以卧地剑生，只不要爱情背叛
可以酒后大雨，一次把沧桑洗空

金色花蕊，是你外表
纯洁信念，才是你本真
你与财神菩萨同日生
怒放的前夜，必经九道电闪雷鸣

今天，你25公岁
活成了一朵花的霸主
而我，"艳"遇了花丛中的
一面旗

江南"裕"竹

——致文志先生

上辈子，你应是
摇羽扇、舞风月的江南公子
文如竹志

考分却高不出竹林
你逃课于一墙之隔的锰都

无缘"裕牲"锰业
裕，成了你一生的追问

你选择了千锤万凿的石灰石
不要贫穷，搭档名字也带金
裕仁，与钢铁牵手
裕义，与祛瘟疫的槟榔饴糖同步

竹笋5年才长3厘米

只为"裕"根深厚
"锰"尽"都"散，而你的
裕石与裕竹同在
在转型升级之春，每天 6 英尺
"佰裕"上市，百花仰望
你拥有了鸟飞白云的高度

有人问你天空的味道
你眼睛朝下，嘴角上扬
那是土地的味道
是江南"裕"竹生长的味道

荷塘月色
——致朗诵老师曾昭焱

一张口，就吐出一轮明月
月光落下，便生出一片荷塘
你的声音是今夜的轻风
掀动荷的裙摆
红得浓重，白得轻盈
缤纷而静谧的莲世界
仿如天成，自然抵达

这月下荷塘，清香，朦胧
如青烟笼住轻纱，微风过处
身影婀娜，婷婷袅袅
是一场可以忘记一切的艳遇
幽径上走着的
就是自己了

山上的野花为谁开

——读奇志的画

你恣意地横冲直撞
在烂漫的山野
似鸟飞，似鱼游
这就是你八千里云与月啊
你欢歌如娶媳
山花张开唢呐
唱起信天游
为你开，为你开

你惬意地长驱直入
在文字裹成粽的古镇
似雁回，似箭归
这就是故乡与回家的路
你羞涩如红孩子
山花张开喇叭
读起了嘉奖令
为你开，为你开

西行伴（组诗）

独行，一直有伴

—— 致台湾 c 先生

这是一个浮躁的时代
你活得过于洁癖
三毛丝路，你已独行六次
每段地名，每个弯弯曲曲的变化
你都能翻书一样
翻到第一次来的模样
皓齿与地方美食相遇
一弯明月不断刷新
但《敦煌记》的留白不变
一半梦留日月潭
一半魂归月牙泉

你将她的衣冠点燃
尘落莫高窟外每一寸沙漠
灵魂光照辽阔的夜空
从此，你觉得和她的心在一起了
你仿佛，仿佛拥有了她

别人走了，你还在
一个背包，装着她的前世乡愁
她的名片、发夹、签名书
偶尔花落还惦记她的人
你是她流动的博物馆
她是你独行的伴侣

骆驼踏平的路延伸远方
晚上鸣沙山的细沙如期而至
像晒过的被子干净馨香地盖上来
和她刚来时一模一样

情愿，活在三毛的倒影里

——致冰冰

窗外，长发飘飘衣袂翩翩的
三毛云，在飘向你

多年的游走，你
游走成三毛的路线与模样
游走成三毛的感应与晕眩

捧圣经一样，捧读《撒哈拉的故事》
西班牙、美国、秘鲁……
至二十年后最后一站三毛丝路
每一段万水千山
都自愿淌成一条河流
虽然你没赶上游走的鱼
但你游进了鱼的石屋
看清了鱼的生活倒影
哪怕一片鱼鳞
你都会兴奋地与之对视
偶获一根水草
你会听到海的涛声
你活在诗一样长存的三毛长河里
却又活在不能复活的丝袜断想中

窗外，长发飘飘衣袂翩翩的
三毛云，久久不忍散去

牛

——致牛哥

照相的时候
你蹲得比大地还低
前台杀价时
你站得比沙漠更远
开车的时候
你像听邓丽君的歌一样专注
集合有人未到
你轻哼一曲小段
我把那个"西安的司机"叫来

牛哥，牛哥
比牛更牛的大哥

按：丝路行，遭遇拒载的"西安的司机"，
让大家哗然的人物。

遂梦

——致杨如意（子玉）先生

这行走，原本可以从时间的
任意一点出发
反正华清池的温泉已改流
莫高窟的飞天已飞去
但海魂衫离岸的方向
是你一生不可愈合的伤口
你来了
赶上这趟三毛丝路车
一手锁住生意场上的千丝万缕
一手愈合"如意"的肥美时光

切上西班牙的半个月亮
再切上一条火腿肠
烹出一场诗意晚餐

谈论文学
你的梦瘦了又瘦
直至瘦成两字经典
——子玉
孔子的子，璞玉的玉

唠叨

——致晓秋

换上你先生开车
你开始念经一样念叨
坐在 7 座车的最后一排
天鹅美颈，伸得像牵挂一样长
车速不能超过 60
你现在的速度是 55

"给妹一个大苹果！"
"送姐一个大口罩！"
你手拿佛珠
"哈哈，我就是高德导航……"

高德导航就是唠叨
其实，有些唠叨非常重要

按：写于 2019 年 4 月三毛铁粉丝路行。
同行者有中国大陆冰冰、台湾陈先生，西班牙
籍华人牛哥、晓秋夫妇，杨如意三人。

辑五

火之印

——激情燃烧　烈烈有声

祖国，我站在你国字的那一点

祖国，我站在你国字的那一点
就这样在异国舞台触摸你
虽然那么小，却因为您的强大
我就成了王者身上一块玉
异乡人仰望着我，仰望我背后的中国
玉，在我胸前跳跃
异乡人唱起了我们的国歌

而在二十年前
我来到歌唱自由的裴多菲的国度
黑黑白白的人从机场出来
行李被查的唯有中国人
祖国啊，我们就像无辜的小羔羊
无论站成美字的哪一点
也只是这个国家一块大大的斑
这还只是一个没落者
给我们的一个小小表情

从那之后，我才知道
"国"字，有没有骄傲的那一点
都叫"国"
而人，只有强大的"国"
才是支撑生命尊严的那把伞

时序翻开新的一页
2011 年，我和我的工人兄弟
外建在利比亚蓝天
政局血压高得没法控制
凤凰花瞬间成了血染的玻璃碎片
无论躲在黑暗中自认为最安全的哪一点
都抵挡不了子弹在飞
钢管自卫犹如稻草人
别说财物，连护照也护不住
3 万黄皮肤黑眼睛的游子
回不了家，我们要回家啊

如果崛起有颜色，那一定是中国红
这种红，流到哪
都是祖国身上的血，滴滴金贵
这种红，红在哪
都会是祖国心尖上的痛，声声叫急
说时迟，那时快

一向博大精深而温和的祖国
放出蛰伏甚久生猛的战狼
第一个冲到"撤侨"最前沿
中国雄鹰直奔 9500 公里
还有护航的鳄鱼大亨

在硝烟弥漫地带
手举中国国旗，就是通行证
会唱中国国歌的，就是护照
这一景象
让蚂蚁至大象之国，恭行注目礼
这一经历
让我和穿工作服、戴安全帽的工人兄弟
饱含眼泪，一下飞机
便趴在地上，深情地亲吻生他养他的祖国

我们没有处在和平的时代
但我们生活在蒸蒸日上、顶天立地的中国
祖国，我们站在你国字的那一点
不管多么微小，遇到危难
都有您一双巨龙的手护送我们回家

　　按：2017 年元月，带着湘潭市人民政府的
嘱托，作者带团出访尼泊尔参加中尼春晚、商贸、
采风"中国年"活动。其中有个节目，摆成一
个国字，作者正好站在国字那一点，有感而作。

我和毛主席是同乡

我和毛主席是同乡
来自红太阳升起的地方
这样的介绍，让我格外荣光
我被握的手陡增几多亲切、几多崇拜
仿佛我的头，顶来了佛光

我和毛主席是同乡
来自红太阳升起的地方
我用地道的韶山口音模仿他的宣告
"中华人民共和国、中央人民政府成立了！"
响彻寰球的历史回声
让世人热血沸腾
仿佛我是一位天使，声音来自天堂

多少次，我在他屋前的池塘
聆听少年的他

"春来我不先开口，哪个虫儿敢作声"

咏蛙的霸气

多少次，我仰望他旧居里的小隔楼

想象他推窗而望

誓将星星之火燎原成

中华人民共和国版图的宏伟志气

多少次，我穿越为他而建的纪念园

追寻他从南湖红船出发

蜿蜒成二万五千里长龙，登上天安门

平平仄仄走出"中国化"道路的雄伟胆气

我多想抒写这位伟大的老乡

我的文字太轻太轻

写不出我心中的敬仰

我没有足够力量，镌刻他

扭转乾坤的历史华章

我这位伟人老乡

通晓历史，通透人生，通悉世界

他是一个文字无法写尽

而历史永远记住的人

一个色彩无法描尽

却在全世界永放光芒的人

他是一个砸烂混沌世界，还我朗朗乾坤

让"东亚病夫"从此站立起来的人
我骄傲，我与这位伟人是同乡

虽然我没能早生几十年
紧跟他小米加步枪，但我们
是新世界的见证者与享受者
是他开天辟地伟业的继承者
是他天下大同梦想的建设者
忘不了，1976
我亲历日月失色、泪流成河
无法走出悲伤
如今的韶山
依旧是瞻仰的海洋
人人佩戴毛主席像章

一些山，注定要被撞开
一些陆地，注定从大海升涨
一些人，注定成为缔造者
我相信，一万年只争朝夕
毛主席的声音
依旧会在人间回荡

按：为建国 70 周年而作

你的名字叫霞

在漫山遍野的红杜鹃里取一朵
便染就你爱情鲜有的春色
血雨腥风中的蝶恋花，从来爱得不俗
不嫁仪式，不嫁金钱
你嫁的是一个叫毛泽东的人
嫁的是革命
是燕分离，是地震荡，是断头台
是推大山，夺江山，平天下的伟业
你把爱恋、思念、眼泪，塞在墙缝里
你把忠诚、大义、信仰，写进拷打白皮书
决不与毛泽东脱离关系
决不叛党
你的名字铺满爱的霞光
伴随着从地平线上冉冉升起的太阳

在漫山遍野的红杜鹃里取一朵

便生长成你革命鲜红的本色

火炬一样的使命之花，从来就懂得燎原

你是带头剪短发的花木兰，打开男女同学先河

是中国第二位举起誓言的女共产党员

你当然知道，破天荒的主义

意味着燃烧，挫败，甚至死

但革命，播下的是红色种子

是星星之火，是旗帜的烈焰，是胜利的霞光

你筹建韶山党支部，办夜校，组织农会

拉开中国农村革命最早、最坚定的第一缕曙光

你帮助整理《湖南农民运动考察报告》

担任杨柳坡党支部书记38个月

以"我的代号是杨柳"为信号

布下无数地下火雷

你的名字铺满革命的霞光

照亮黎明前的漫漫长夜

在漫山遍野的红杜鹃里取一朵

便活成了你生命的底色

鲜血染红的壮美之花，从来在烈火中永生

毒蛇一样的绳索把你缠住

你依然坚向闪闪的红星

儿子8岁生日与你同进监狱，你伤心

润之的革命尚未成功，你挂念
子弹狞笑地穿透 29 岁的骄杨，你不屈不挠
一颗，一颗，再一颗
历史的天空愤然开拆
你的名字铺满"就义"的霞光
染红板仓

在漫山遍野的红杜鹃里取一朵
便围成了你墓碑的基色
战旗凝成的胜利之花，从来云蒸霞蔚代代传
你和你的太阳，你的红色家庭、红色家国
为中国革命画出一条鲜明的路线
左边的岸英，血染抗美援朝
右边的岸青、邵华把最爱的红杜鹃写进课本
《蝶恋花 答李淑一》成为千古绝唱
你的名字叫霞
是太阳开出的
杜鹃花

按：为建党百周年而作

67年了，天山湘女回娘家

一

这个角色绝无仅有
胡子翘成一弯月，将军上演最牛红娘
这道命令绝无仅有
移种芙蓉花，八千湘女上天山
最小13岁，最大19岁
正是豆蔻梢头二月花

地窝子 红柳枝 冰壳子
回不去的故乡，拉不成曲的思念
习惯了狼踩枯枝的声音
习惯了天蒙蒙亮的窝窝头
身心植入组织的肌体
把春风拽得更欢
小芙蓉渐渐喜欢上了
有英雄虎胆炙热的火焰山
铁锹当笔，书写在空荡荡的戈壁滩

二

今天，芙蓉花最小已经 80 岁
一起回家，等了 67 年
67 年，博斯腾湖的水波
荡漾成她们深深浅浅的皱纹
博格达峰的积雪
早把她们的双鬓染翻
她们身着当年建设兵团灰蓝军装
操着未改的湘音
却再也找不回最俏丽的头绳
与熟悉的梓桑

站在村头，没有了儿时的呼唤
袅袅炊烟，迷失在最初离开的方向
扒开萋萋荒草，分辨墓碑上亲人
两行憋得太久太深的泪水
从当年离别母亲河的源头
一路滔滔
一行，为时时捶打起茧的孝心
一行，为长埋天山脚下的忠肝

三

今天，芙蓉花回来了
被岁月锤炼成的"红领章"
依次定格在毛主席铜像前
像万里长征胜利后列队的旗帜

精致的绑腿，步履不减当年
说是扭秧歌，跳的却似新疆舞
她们是湘女，她们是天山
她们是新中国第一代女教师
女护士、女拖拉机手
她们舍不掉湖湘甘露
割不开生命的种子
他们是骄傲的母亲
从此，天山不再是黄沙百战、断章的废墟
而是太阳朗朗、生生不息的长城
面对家乡，她们无愧于军功章

当华美的叶片徐徐落下
生命的脉络历历可见
八千湘女写就的历史
日月可鉴

　　按：参加 2017 年 11 月湖南省妇联、新
疆生产建设兵团妇联主办的"喜庆十九大·湘
女回娘家"活动有感。

抗洪赞歌

这个夏天
倾盆大雨，夹携电闪，风卷雷鸣
这个夏天
浊浪排空，卷走庄稼，扑向楼房

洪灾，惊响了生命的战鼓
一面面旗帜，从高高的河堤
呼啦啦生长
涛声，催紧了征战的号角
救生衣的荧光
像火把，在暴雨的黑夜中燃烧
帽檐上的国徽
如繁星，在惊涛间闪耀
湘钢湘机、江南江麓
民兵预备役的铁色汛装
挽成铁壁铜墙，抵挡着黄龙的猖狂

人民公仆那布满血丝的眼
防汛指挥部那彻夜不眠的灯
犹如大海灯塔，指明了航向
平时拿惯鼠标的手
铲起渗血的泥土和沙砾
平时握着方向盘的手
搬起沉重的石料与木方

6月29日半夜，杨梅洲
"家被水围，困在二楼，车子被淹……"
消息惊动了市委、市政府
惊动了应急办、公安、水务、社区
来了，冲锋舟
来了，最可爱的人
9名被困人员被成功营救
一位80多岁的老人、一名6岁的孩子
从洪水之巅抢救上岸……

兄弟，你又来了
27岁的社区芝麻官
做了一回大大的家长
转移，抢救，运送物资，防疫
瓦砾划伤了你的腿

晒红的皮肤
焕发旗帜的光芒

姐妹，你又出发了
将亲人慰问你的茶油、大米
送到受灾的寺庙
一位 99 岁的老人瘫痪在床
你及时送去药品与食品
敲响那一声声平安梆
多日不敢合眼的你，昏倒在抗洪现场

这个夏天
300 多处大险情，60 多处重大险情
未溃一堤一垸，未垮一坝一库
没有群死群伤
太阳下的家园，依然遍地是花香
这是一个奇迹，这是一种力量
这是一种精神，这是一种榜样
在这个夏天
融入英雄辈出、伟人故里的大情怀
写进大美湘潭的诗行

按：该诗为 2017 年 7 月 16 日湘潭市抗
洪赈灾"2017 我们在一起"义演而作

湖南，埋葬日寇的坟场

忘不了，那挖心的疼痛
北平、天津、太原
上海、南京、徐州、武汉
沦陷，沦陷……
蹂躏的铁蹄，冰雹似的空袭
扬起漫天尘土
黑压压，扑向湖南的天空

湖南人，永远记得杨度那句呐喊
"若道中华国果亡，
除非湖南人尽死"！
打脱牙齿往肚里吞
喷吐的，是烈火，是利箭
是砸向日寇的一只只铁拳

湖南人，流血不流泪

手挽手，肩并肩
倔成铜墙，倔成铁壁
宁成焦土，寸土不让
三战长沙、常德会战
血战雁城、湘西抗敌……

八年，二百一十万铁血湘军
铸成前赴后继的血肉长城
八年，上百个抗日救亡组织
融成滔滔不绝的后援江水
让十几万日寇精锐
在这里赶赴黄泉

芷江，湖南的芷江，中国的芷江
让雪峰山，见证了日寇的白旗
洗净了中华民族的屈辱。受降纪念坊
铭刻着中国人的血泪与尊严
人类历史上那永不磨灭的一页
七十年没有泛黄
七百年，七千年也不会泛黄……

　　按：写于 2015 年 8 月抗日战争日本投降
70 周年。

塞罕坝的秋

秋，是火红的太阳
印记在禾上壮实的皮肤
是风把成熟吹弯
稻草人挺直的丰碑

塞罕坝的秋
是辽阔的水漫金山
是颗颗丹心
矗立成兵马俑式的斑斓

走过热河
证明显赫的避暑山庄
原来什么也不是
只是，康熙的猎场
需要一条暖流歇息
需要一片随时祈福的庙群

时代永远超越最初的想象
清帝秋狝 105 次，天下第一的浩荡
却未能抵挡住哪怕一次的耻辱条文
31 岁的咸丰，闭关在这最后的乐土
以泪洗面，悲秋而亡

亡的却不只是木兰围场
凋零的也不只是国悲
树木遭一轮轮砍伐，黄沙一层层掩盖
掩盖成一丘丘一波波坟茔
步步逼进，步步沙化
逼进成越过万里长城的风尘暴

风尘暴最终没能掩盖一个
主义的信念
新世界诞生了一个新的名字
知识青年
就在这机械林场
就在这风沙最暴戾的司令部
太阳埋下一颗颗种子

种下自己的万年松

不再依赖俄式树种、俄式种植

这松，是耐寒在零下 50 度的落叶松

每秋落一次，就金灿一次

每金灿一次，根更深沉一次

一棵又一颗，一片又一片

一秋又一秋，一代又一代

站成董存瑞家乡举起的巨臂

站成塞罕坝众志成城的信仰

站成新时代金灿灿的旗帜

蓝天白云，繁星满天

首都，秋高气爽

今天，我站在秋的一个历史拐点

纵览气象的变迁

当今的秋

来得比往年厚重

当今的秋

来得比往年壮阔

只因为有一个不能停歇的使命

叫中华民族的伟大复兴

按：写于 2018 年国庆木兰围场。

热，情的本色

热，情的本色
如同潮，海的唱腔
热，可以让情
升温成热恋
升华为热爱
升高为太阳一样的炽热、滚热、火热
并热血般掀起热潮

冷酷，便是无情
热烈，才是有温度的信仰
总会把你思想的潮水拉向
赤道，叫赤热
不断地把你口袋里的东东翻出来
不断地把你五脏六腑的霉蒸发出去
不断地把你放在热锅上，蜕去蚂蚁的属性
接受朗照，给弯曲的脊梁

补充钙

不热，即是无情
如同夏，热才是夏的气场
偶有插叙与倒叙
撸撸春秋凉凉词
回响冰雹铮铮誓
换一口气
为的是进一步热火朝天，引歌高亢

朵朵葵花向太阳
灿若星辰的生命，每一个毛孔
都生长着汗滴一样圆润饱满的种子
热烈的掌声，就是这样密集雷动
如同红，七月的铿锵

旗袍咏

春时，你裹着萌动
半虚半掩，隔着迷离的眼
如地膜里迸出的嫩芽
蜕出冬的蚕床

夏至，你风移影动
水波荡漾，亮出青春的旗
如出水芙蓉
泄露春的藕乡

秋日，你暗香浮动
东西岔口，流走万种风情
珠落玉盘
回响夏的叮当

冬来，你雪藏驿动

平仄有致，盘纽奢华矜贵
轻盈皮草大翻领
翻出秋的京腔

旗袍啊，你四季如花
朵朵妖娆，述说女人永远的深情
一支油纸伞如一叶青莲
瘦了思念肥了时光

旗袍啊，你四季如歌
款款生动，弹出属于自己的故事
一面团扇犹抱琵琶
露出下一个玉妆

旗袍啊，你一路走来
莲步轻盈，不改唐诗宋词之韵
流动的风景
演绎五千年礼仪之邦

旗袍啊，放眼望去
一行惊鸿，艳煞天边最美霓裳
梦想中国啊，因为有你
世界画满魅力东方

"装甲","装甲"

——口罩机在江麓集团临危诞生

潘多拉的魔盒被打翻
戴着皇冠的妖魔抖开了双翼
一个喷嚏，杀倒亲人无数
全民按下暂停键，隔离！隔离！！

口罩，就是护佑生命的装甲
防护服，就是抵挡看不见战线的千军利器
这个冬天
还有什么比短缺的口罩更温暖的人情
这个冬天
还有什么比稀罕的防护服更平安的长堤

2月12日傍晚，一个来自首都的号令
拉响了长笛
这长笛，不是躲进诺亚方舟的警示
而是出征战场的结集

湘江西岸韶峰麓下解放北路
那张蒙着长长口罩的神秘大门开了
这张大门，曾经开在汉阳
这张大门，使出一代又一代战车

3分钟内走进来11位大咖
像钟南山、李兰娟赶赴疫地的模样
口罩围成一个圆桌会议
围成一个同心圆
圆心上，一纸军令状闪着逼人的寒光
"口罩机、压条机各5台，时限30天"
圆心上，承载着与病毒抢夺生命
最硬核的试问，什么叫共和国长子
什么是军工人的使命与担当

陌生的基因符号构成一道难题
但难不倒生产装甲的军工战士
他们的骄傲多次写在天安门阅兵的方阵里
只是，抢夺生命之急，急在隔离的非常季

当然不怕！隔离的只是病毒
隔不断军工人的英雄之气
一个个堡垒，排列成一条巨龙脊骨
图纸、工艺、采购、加工

天线地线，全面开启

48 小时！ 1054 张图纸，2146 份工艺文件
闪亮出场，汇成一首雄壮的交响
这就是共和国长子，中国军工战士

兵马未动，粮草先行
262 项，15078 件外购件
往日商海，最少也需沉浮半个月
现在一切都是绿灯
中国人民已拧成抗疫统一战线
网店、门店、供应商停摆的时钟
都是逆行的壮士
专车，更是马不停蹄

同样是 48 小时
各路"粮草"如火线战士
一个个纷至沓来
还有 613 项 8165 件自制件毛坯
闪烁着月的风姿
这就是共和国的长子，中国军工战士

一支支接力棒，创下破天荒的神速
这神速，来自镰刀锤子挥舞的方向

这神速，来自插向瘟魔心脏的战旗

全国劳模唐银波，中国兵器技能带头人
刘文喜，还有罗军、卜伟伟……
一个个自带光环的名字
抢先报到，车、镗、刨、磨、铣
按下汉阳造传承的军工指印
喊响吴运铎钢铁炼成的誓词

一个不愿告知名字的九零后
挣脱暖暖的梦香，吻别妻儿出发
老军工父亲追上
手提一锅香喷喷的鸡"分给战友们吃"

一位三八红旗手，被封锁在偏僻的湘西
丈夫送她连夜翻山越岭 20 公里
双脚丈量降魔海拔
只为赶上火车，赶上这场战斗
这就是共和国的长子，中国军工战士

图纸资料不全，智慧线连起
将使命连进祖国地图
无专用刀具、工装，自己设计
象拿出治疫中药秘方拿出绝技

没有打卡，200余人黑夜不知夜的黑
只有加油，吃盒饭的站立姿势
怎么也像和时间在赛跑
口罩留在脸上的深深勒痕
媲美武汉白衣天使
勒出了病树前头的阡陌交通，鸡犬相闻
勒出了一个军工人压满枪膛的道义

追加5台口罩机又如何
追加的是通力合作、跨越式的冲刺力
第12天，所有零部件追上大巨磁
第15天，磁场调出最大爆发力
至此，危急之时国之重器正式诞生
诞生的还有，军工加速度
共和国长子抗疫新史诗

3月1日，护卫生命"装甲"的"装甲"
——抗疫新生儿披上战袍
噌噌奔赴，首都指挥部指定的高地
欢送的阳光、蝴蝶、花朵
像春风一样婆娑在工厂每个角落
歌唱的是，一首经久不衰的老歌
《我和我的祖国》

月意

——月意生态集团成立 20 周年有感

既然月儿注定与云为伍
那就转身出发
带着淘刮米坛子的最后叮当
带着四处借来的弱水三千
带着梦想与青春痘
一脑智慧与一身蛮力
不忍知会父母亲，闯入云海
一脚蹬在碎纸狼牙山
一脚踏入水写花果山

一千个长夜的追索
月儿浮出云雾
在桂树与玉兔之间
在绿色与生命之间
布下月意生态

既然月儿注定与星星结缘

那就邀太阳的光，共同发亮

行星、彗星、恒星、白矮星……

白天黑夜连轴转

承梅松竹菊之韵，布"湖湘公园"经典

托齐白石与毕加索中西对话之梦

绘"百姓家园"

用中国书法名城的大手笔

挥就莲城改革开放的"国道与高速"

月明星亮，相得益彰走过二十年

直到众星拱月

月意生态，星光灿烂

月意生态，四季花开

一盏没有熄灭的灯

1950年宝岛，一只鸟飞起
一翼，系着高山族雕满金猪的门楣
一翼，连着遥远的黄金树
一盏橘黄的灯
如鹤举翅

一场不可预测的海啸，劫了他去
救他的船，飘舞着五星红旗
盘旋、回望，乡愁撕裂
陌生而又熟悉的灯，点醒他的记忆
橘黄灯的黄、黄土地的黄、黄金树的黄
都是故乡的底色
都是炎黄子孙血脉情深的生命基因
大陆，就是长满黄金树的家

他成了一名优秀的轮机长

把船稳稳开遍世界各地
却独独不能开到等待他的海岸
多少次，他面向大海千万遍眺望
多少回，他千言万语对台广播
他希望，对岸橘黄灯里
能收到他和他的七个孩子
开金枝、散玉叶的故事

1979年的新年，来得令人震撼
《告台湾同胞书》
成了中国人的头条大事
十年金门炮声，转为三千响炮仗
"亲爱的台湾同胞"，多么亲切的呼唤
通邮、通航、通商，多么暖心的长笛
在习仲勋杨尚昆召集的首次台胞座谈会上
他说要做联系两岸的桥
两岸统一的轮机师
然而，轮机长没能等到两岸握手
只留下一个模型——

橘黄灯，契合回归梦
大陆——台湾的中华号圆满开启

这是一盏黑发熬白、白发成灰，

思念不灭、灵魂不熄的灯啊
埋在橘黄灯里守候的黄
皱成老茧一样厚重、血脉一样绵长的光苔
光苔里有轮机长的嘱托与希冀

这是一盏血脉割不断、两岸隔不断
梦想不圆、灯光不熄的灯啊
七十年的加油添力
守望着炎黄子孙一个不能割裂的名字——
中国

按：该诗为再读1979年元月《告台湾同胞书》而作。诗歌取材于省台胞联谊会理事、湘潭市政协委员赵丽的外祖父刘甲顺轮机长的故事。点灯，是台湾高山族人古老的思念与祈祷形态，不管游子走到哪，点灯等候游子回家。

·代 跋·

自然生命力的三重印记
—— 评谭清红诗集《青红印》

晏杰雄　陈璐瑶

　　《青红印》是"湘女作家"谭清红的最新诗集，从生活、爱情、地理游历、乡土人物、祖国礼赞等五辑展示了诗人的生命之旅——"光、水、风、云、火"是她为各段旅程所取的名字，化作印记深深烙在心底。这些自然元素与暗涌流动的禅意吻合，体现了诗人质朴纯粹的审美取向，使诗集充盈着一种清新恬淡之美，诗歌因此产生了律动不息的生命力。

　　首先，现代诗的生命力体现在意象的多样性上。谭清红作为湘文化的受益者，拥有梦幻的想象力，对于意象选择经常独出心裁。意象作为诗人情绪的直观展示点，决定了诗歌的基调。在《青红印》中，多数意象具有明显的浪漫性与天真性。例如："你说树上的蝉／长一声短一声／缝补夏的伤口"。针线与蝉鸣，在线长（音长）上具有相似性。诗人借助针线意象和通感技巧，把蝉鸣转化为具体的针脚，将听觉

"蝉声"（此起彼伏、一长一短）与动作"缝补"（穿针引线）相连，打破了听觉、触觉、视觉的界限，并且富有童趣色彩；同时把闷热咸湿的夏日比作破损的伤口，表现了诗人昏沉困倦的体感，此时蝉鸣作为背景声音全面入侵、无处不在，与冗长的热夏融合，使得整体场景设计富有电影质感。又如"如同潮，海的唱腔"。诗人将澎湃的潮水与高昂的歌喉唱腔联动，从音乐的角度完成了对大海的崭新书写，表现了对自然伟力的激越赞叹之情。再如"一个瘦金体长者，在拾荒 / 腰，折成一个墙角"。诗人选取的意象是字体笔画与墙角，与主体形象相吻合——年长者身形瘦削、佝偻，弯腰拾捡的动作呈九十度，恰好符合字体书写本身具有的动态特点；瘦金体道劲精瘦，与坚硬的墙体也存在暗合性；字体、硬墙都暗示了我对长者的敬重、爱戴，为后续揭露"老领导"的身份埋下伏笔。还有"成长总与篱笆有关 / 齐刷刷的手向天"。用"手"比喻"篱笆"，不仅形似，而且向天空伸出的手代表着生机与渴望，与成长主题吻合。篱笆是一道天然的保护伞，遮住了菜园与家，守卫"我"的成长记忆，表现了对故乡与童年的怀恋。通过以上诗歌片段可以看出，诗人善于把握事物特质进行联想加工，将主体感知寄生在自然意象上，以客体为情感承载方，并且有意识地消除主、客对立差别，使主体与客体（意象）间的联系更加圆融和谐，也因此找到了诗歌脉搏中隐隐跳动的生命力。

其次，诗歌的生命力体现在诗人的诗歌观与处世态度中。谭清红的文字具有中性美，她的诗句有别于传统女性书写的纤细、敏感、精致，而是将诗歌观与人生观相融，注重用诗意言说表现对外部世界的整体感受、体悟与思考，以坚定从容的处世态度作为诗歌创作的核心力量，故笔调清雅流畅之余伴有一份禅意。她擅长对日常题材进行诗性建构，从世俗生活的日常题材中发掘出被忽略的诗意，而且总体表现为坦然沉静、顺应自然的理念。譬如《允许自己虚度时光》一诗中，她在结构上采取"3+1"模式，前三节以"允许自己虚度时光"开头，陈列三种享受慢时光的悠闲场景，最后以"允许时光，也这样／慢慢把我取走"作为结尾，点明顺从时间慢慢变老的生命节奏的主题。喝茶、晒太阳、观察蚂蚁、吃螃蟹等都是花费时间的细致活，在当下追求效率的快社会已经成为一种奢侈行为。诗人将常见的生活碎片组合入诗，秉持偷得浮生半日闲的心态享受慢节奏，反映了都市人内心"慢下来"的渴望。此外，诗人还有一些富有调侃意味的率性写作。《甩脂》中，诗人涉及了诗歌创作中较为少见的减肥话题，重复说道"是时候了"，强调树和人都要顺应季节自然生长。她把脂肪比作秋天掉落的树叶："让一克一克的脂肪／如同一片一片叶子掉落"，这个动态联想即诗人内心的盼望，希望脂肪也能和落叶一样顺势而为、应季而落，表现了诗人的幽默天性，还隐隐达到了"物我合一"的谐美境界。在《隐语》中，诗人写下了对死亡的看法："人生一溜烟似地走了／把脚印留给了这个世界／躺成一个省略号"——这种漫画式写作和诙谐比喻反映了谭清红对诗歌美学的独特见解，以"求趣、和顺"的生存哲学化解了人类对死亡的天然恐惧；同时，用俏皮的打谜方式书写死亡又与标题《隐语》相呼应，表明只有坦然面对时间流逝才能无畏生活、活出精彩。诗人的随和心态一直贯穿在诗歌创作中，面对世事纷争表示"有些东西／争也争不来，守也守不住"，在观察生活时始终保持着一种自觉疏离的理智，在与客体拉开距离的基础上，更好地进行自我观照与反思。

最后，诗歌的生命力体现在诗人气质和精神追求中。谭清红在诗歌中流露了一份纯真天性，在如今浮躁的社会中显得极为可贵。在《交出办公室钥匙》中，她写到"也许，他暗指的是钱／我想象的是情书"。成人世界的交易离不开金钱，而她在此设置的对抗意象是一封青涩的情书：情书的常见场所是校园，和纯真爱恋紧密相关，本身含有青葱的少年意味，与代表着权力欲望的金钱相对立，形成了具有强烈对比性的互动张力。诗歌生发场所是办公室，而主体"我"的意识中却选择了格格不入的情书，表现了"我"对庸俗物质的鄙弃，内心保留着孩童的善与美，也即诗人的珍贵品质。此外，谭清红怀有对美的向往，执着于在繁杂现实中寻找精神栖息地，所以她的情感表露能够引起都市游子的共鸣。在诗歌《那个时代》中，她将单车、喇叭裤、上海滩、黑白电视机等带有复古色彩的意象排列组合，复原了专属于一代人的时光记忆、浪漫情结和热血青春。耐人寻味的是，她特地写到单车是"清澈的辙痕"———单车作为一个有关青春的意象，富有纯真懵懂色彩；用"清澈"来修饰地上的黑色辙痕，其实是一种虚写，是诗人内心真情的流露：上个世纪的家园和人们尚未被工业化进程侵蚀，这份纯朴正是诗人怀恋的根源。那个时代是诗人心中最美的时代，虽然物质相较于今天是贫瘠的，但是三毛、堂吉诃德、金庸等给人们带来了丰厚的精神食粮，诗歌和诗人层出不穷。除了记忆中远去的时代，她在诗集同样勾勒了当下社会。譬如《玻璃屋》选取了屋顶花园的玻璃屋作为写作对象，实际上"玻璃屋"所充当的角色就是繁华世界中残存的一个保护罩，为诗人遮风挡雨。"玻璃"能清楚地看见外部世界，精致且脆弱，为诗人提供了精神上的暂时避难所——她透过玻璃欣赏美丽的星星。但是随着现代社会高速发展，喧闹的夜生活打破了这方静土。诗人用"粉墨登场"这个贬义词来表现都市的车流灯光，暗中指出了自己的情感倾向：她想要逃离繁杂的世俗生活，向往返璞归真、自然静美的乐园。诗人不止一次表露了对都市生活的失望情绪，在《江边》中她也发出疑问"这个世界怎么沉默了"，并随即记录了眼中的现实，"日子被捂嘴，星夜被禁足／人们躲避在各自的诺亚方舟"。世界正走向割裂，人类之间、人与自然之间，都产生了难以愈合的伤痕。在这种情形下，谭清红多次写下"仰望星空绽放"，模仿数代人类仰望的姿态，试图从星光指引中找到精神净土所在的方向。

谭清红在繁杂的世俗社会中始终保持着一份可贵的诗人气质，她始终坚持寻找自己的精神净土——心中的"玻璃屋"，不断思考自己的精神诉求和现代人的生存境况，感受个体与社会之间的悖论。在对天然生活和质朴人性的探求过程中，她通过对不同时代的书写把握现在、过去与未来的时间维度，还原现代人之间的社交隔膜，试图在重复"仰望星空"这一动作中窥见诗意的前路，努力构建属于自己的精神乐园，这些都是她的成功之处。

回顾诗集，也能发现存在一些不恰当的写作：譬如写到游历三清山时引入了网络小说"花千骨"。虽然她的意图是打破诗歌素材的局限，将通俗日常纳入创作，但她选取的对象仍然是小众的、非主流的，在现代诗化用中仍值得推敲。但值得肯定的是，谭清红已经有了创新意识，这种与时俱进的写作态度值得鼓励，吸收生活碎片入诗不失为一种当代诗写的突破路径。以上种种表现，都说明谭清红的诗歌创作是一潭涌动不息的活水，她对自然生活的孜孜探索精神正为湘女写作注入新的生命力。

（作者系湖南省文学评论学会副会长、中南大学文学与新闻传播学院教授）

《湘女梦》诗丛 谭清红 主编

清风来处

林韵 著

团结出版社

图书在版编目（CIP）数据

清风来处 / 林韵著 . -- 北京：团结出版社 ,2020.12

（湘女梦 / 谭清红主编）

ISBN 978-7-5126-8495-9

Ⅰ . ①清… Ⅱ . ①林… Ⅲ . ①诗集 – 中国 – 当代

Ⅳ . ① I227

中国版本图书馆 CIP 数据核字（2020）第 251425 号

出　版：团结出版社

　　　　（北京市东城区东皇城根南街 84 号　邮编：100006）

电　话：（010）65228880　65244790

网　址：www.tjpress.com

E-mail：65244790@.163.com

经　销：全国新华书店

印　装：长沙印通印刷有限公司

开　本：210mm*145mm　　32 开

印　张：100

字　数：900 千字

版　次：2021 年 1 月第 1 版

印　次：2021 年 1 月第 1 次印刷

书　号：978-7-5126-8495-9

定　价：398.00 元（全九册）

湘女有梦在文学

—— 序"湘女梦"诗丛

黄亚洲

　　我一向对湖南湘潭市的女作家协会这个组织极其活跃的工作，相当赞赏，就像我多次推崇我们浙江绍兴市的女作家协会的工作一样。不是所有的地级市都有女作家协会的，成立女作家协会的要件，是组织者的勇魄与情怀，以及这个地方确实有相当数量的热情而富有文学创作力的女性作者的存在。

　　湘潭市女作家协会的主席谭清红机缘巧合地成了我在杭州举办的亚洲学堂的一员，很多次以"学生"的身份，不远千里从湘潭赶来西子湖畔听课，于是这一次她要求我这个"先生"为她们协会组织的这套丛书作序，我也就不太好意思推卸了。按理说。我这个隔省的作家是不适合做这篇文章的。

　　而翻开作品集，倒是眼睛亮了。

这是湘江河畔的一群女诗人的群体亮相。此番亮相，确有湘女的风度与力度，飒飒有声。看谭清红的诗，语言颇见刚性，诗行之间呈现的硬气，也像她以前给我阅看过的那几篇散文的爽健。

她在《孤独与自由依然并存》这首诗中如此宣告："我可以裸着或半裸着，贴着黑玫瑰丝羽泥膜，偷油婆似的在故纸堆里穿行。没想找到什么，因为没想到丢了什么。黑蚂蚁一样的文字下面，条条点点线线，是我走过的路。"

以"没想找到什么，因为没想到丢了什么"来表达自己足够完整的人生经验，这份自信何其刚硬。

要说这是闻名在外的"湘妹子"的独有风骨，也不为过。

诗人危丹是一朵铿锵玫瑰。读了她的"原来生活中有一种痛，还可以哭着哭着就笑了"的诗句，再知道她的渐冻症患者的身份，能不为她的顽强、豁达与通透感动吗？

诗人凌小妃的诗歌善用"留白"艺术："走在异乡的风景，身边挤满了落叶。耳朵分辨不出另一座城市的语言，枯树上的老鸦一声哀鸣，"这种断裂式的语言，自有张力，可见作者追求艺术表现力的那种执着。

而诗人林韵的诗歌，则仿佛从历史深处走

来，"让人恨不够，又爱不够的风雪日头；让人哭不够，又笑不够的生死情仇。"诗人用语的那种遒劲有力，能令人回味许久。

诗人离若的诗作，就颇具"禅味"了。她仿佛有着佛家看万物的心境，再平常的事物也是一个圆满俱足的大千世界。"落叶收拢翅膀，枯枝一瘦再瘦。地底爬的，地上跑的，都回到大地的仓廪。"在她眼里，世界始终是圆融而充实的。

在诗人韵依依的作品里，我们能隐约看出她的"诗言志"的艺术格调，她善于沿着自己日常生活的指向，作出自己的思想提炼："今生，我是小溪的女儿，捧起通达、无私、宽容、理性，这些浪花般晶莹的词语；与乱石相对，无言。我们的内心里，却有一些东西在汹涌。"

诗人晓虹的诗作带有审美的自觉。她在《微风吹来的时候》里说，"美一定是向低处生长的。微风吹来的时候，河岸边的银杏树向我俯下身子。"句子朴素无华，明白如话，却是意涵悠远。

我们在诗人野鹿的作品里，能感受到她的对于形式创新的孜孜追求。"当影子捂起月亮，暖在手心；相思，又少了一夜。"这种细腻的情绪刻画，很容易在读者的潜意识里激起共鸣。

而在莲城女子合集里，我们也能看到女诗人们对诗歌艺术的各种既大胆又小心翼翼的追求。

小茵重视艺术表达"陌生化",彭万里作品中的"哀而不伤",肖潇的即景入诗,杨蕾作品的开阔与广博,欧阳湘平善用拟人化的修辞,罗银芝诗歌的主题多样,曾娟的借花写人,邹莹作品中那种典雅的"散文化"特点,王樱璇的画中之诗、诗中之画,李静民作品的长于对人生困境的思考,都值得我们充分肯定。

湘潭市的女性诗人群体,用自己独特的乡音,在辽阔的楚湘之地大声吟唱,这种艺术姿态不能不引起当代文学界的惊喜与重视。

我好几次对谭清红说,你们湘潭的女诗人们,真个是不一般的一群。现在读了这一大波作品,更验证了我的这一印象。

巾帼诗人集体地跑在时代的前列了,男性诗人朋友须加倍努力呀。

湘女有梦在文学,真是中国当代文坛之幸。

（序言作者为第八届全国人大代表,中共十六大代表,第六届中国作协副主席、第六届浙江省作协主席、党组书记。为中国鲁迅文学奖得主。现为中国电影文学学会副会长、中国作协影视委员会副主任、中国诗歌学会常务理事、《诗刊》编委。）

目　录

湘女有梦在文学
　　——序"湘女梦"诗丛

清风来处

组诗

魅力湘西
——湖南湘西行组诗

吊脚楼

在河流中奔跑，慢慢变老
齿摇发落的时候，我从远方来
用蓝天白云，裹住你疲累的膝盖
温柔地呼唤，等你像蝴蝶破茧
在圆月中舞蹈

晨雾里撑着小船，你美丽的脸庞和身姿
从时间指缝，逃逸出来
红衣衫，蓝手帕，梳妆镜里，眼眸闪烁
铜锁锃亮，锁不住情丝飘逸
水流浮船歌，脂香醉心窝

深夜，允许我借助你的梦境，飞翔千万里

木桩坚守水中，就有回家的印记
满河沙石，满河阳光，总有源头
我仰头，聆听你踱来踱去的脚步
收集悉索掉落的尘土
安我的心，掩你的骨

蛊

只想让你的心，与我一起疼痛
如果我将花朵，一点点啃噬
将丢失自己清亮的眼眸
谁看得到，我千疮百孔的模样
恐惧，就在某片树叶背后
只牵住你的一根发丝
将我重重缠绕、包裹

到底多少改变和错失
多少致命的诱惑
非要让我，在炽热的火焰中燃烧
让无尽的痛苦，焦糊我的骨骼
参不透逃离，或者相守

我在山林中奔跑
捕捉那只名为爱恨的野兽
用蘸着情感的箭头
射过去，一箭穿过自己的心脏
倒下
你的脸，从云朵上掉落

傩

一

我在呼唤你，把我的祈求
放在山巅，放在树梢
放在湍急的河流里
放在祖母的衣襟上

我的村庄，被你释放的雾霭笼罩
其中，有母亲的炊烟
也有父亲脊背上闪烁的汗珠
稻米软啊，米酒香啊
你在飘忽舞蹈，你在踉跄踱步

山腰的岩缝，山脚的树根
无处不注视
汇聚成一张巨大的脸
堆满了慈爱，也堆满了恐惧

你用怎样的忍耐，护我迎风生长
又用怎样的不屑，让我随水流走
蓦然回首时惊叹：傩

二

你在召唤我，夜晚里
护着我这点随时熄灭的灯火
抽丝般吮吸光芒
又缓缓注进艰辛和欢乐

密林中，跟随你的脚步
你是树木花草，蛇虫野兽
是神秘的山洞，弥漫的雾气
是堆砌和切割山峦的巨手

我可以攀爬、采摘、猎取
可以观看、惊叹、羡慕
就是不许伤害，不能亵渎
只能轻声呼唤：傩

清风来处

三

我想成为你
拜伏在地，不敢抬头
用心聆听心脏的鼓点
想象你，在半空中飘逸的脚步
等待你，向我伸来抚爱的手

从未逃离你的注视
只是在人群密集的城市，遗忘了
你丢失，栖身的山林
我丢失，回家的路途

终于找到这里
你的山崖还在，我的高楼坍塌
草木岩石
面对我时，静止
背对我时，旋转，奔跑，组合

我想站起来，被藤蔓缠住身躯
我想飞起来，被时间的凝脂制成琥珀
嵌进你的眼眶
看见的一切，都是：傩

火塘

随便把我放在哪棵树的枝头
砍回家，挂在火塘上
做熏烤的横木
炊烟袅袅，用食物的香味
喂养我的寂寞

粗瓷瓦罐里，山泉在唱歌
山妖的歌，树神的歌
鸟儿和白狐的歌
祖母的故事烘烤得香气扑鼻

穿过暗红明灭的火光
到达河流与泥土的源头
火神端坐，家人围拢
一张脸庞一片花瓣
有新生，有舒展，有皱缩，有凋落

这朵永生的花，被你捧着
当我背起行囊，放入一把洁净的灰
就被烧灼得泪流
背着山水的重量，母亲的重量
从未走出火塘边缘
无尽的辽阔

哭嫁

泪水，洗不去生活的艰辛
涂一层善良、美丽和爱
把自己放进湍急的水流里
冲刷
也许，被剥蚀得千疮百孔
也许，被洗涤得晶莹洁白

悲伤的哭调，并不能深入真正的痛
浅浅的哀怨，装饰红线绣成的鸳鸯
逃不脱坚韧的网
唢呐，吹出凝聚的力道

移植一朵花，就有根须舒展的土壤
陪着新娘坐在嫁床边
泪如珠线

她咂到的，是带着希冀的涩甜
你品到的，是日子中细密的痛
光阴里柔软的酸
就算是泪的容器，也有倾覆干涸的时候

天还是蓝的，山还站在门前
笑着哭，哭着笑的时候
谁能看见

留着那条掩面擦泪的手帕吧
多年后再看
手帕上那朵细弱的花苞儿
正在怒放
将日月的精华，生活的滋味
吸收进来

木叶

含住你，就含住整片山林
山风起，根须在泥土深处舞蹈
大地的情感，被柔软的唇舌拨动
满树的叶子，等待属于自己的曲调
采摘的手，相通的心
同一个频率唱出

妹妹啊，我会送给你

充满树木清香的日子
为你收集叶尖的露珠，让阳光像蜜汁

哥哥啊，我笑靥如花
绽放在枝头，等待你用强壮托举

月儿亮在夜空，就是一片木叶
噙在相思的眼睛里
浮荡在梦境的门口
你是否懂得
每采摘一片，保持美妙的鲜嫩
记住叶纹的走向
我就等在那尽头，与你手牵手进入

像陶瓷一样站立
——湖南醴陵陶瓷组诗

像陶瓷一样站立

有水，有火，有旋转，有沉淀
都经历过了，你还要我经历什么
时间吗
我不惧怕，只要能给予
站立，我就能躲进流水的缝隙里

给我溪山，给我花朵
给你喷发的热情，给我整个世界
在我的表面，浅浅堆积

我素洁的骨，你滚烫的血
都融入平淡无奇的生活里
你很忙乱吧
纷繁、纠结、争夺、放弃

都与我无关

我的安静，就为了等待
恐怖的声响
清扫完碎片，你离去
我却永远站立在这里

去看瓷

涣散的时候，就去寻找凝固
肮脏的时候，一定要去寻找洁净

仰头，等待飞鸟落入眼睛
只需一瞬，就能理解
漫长时空里，你守着怎样的心

告诉我，还要走多长的路
经过山，秋山色彩在、形态在
经过水，水波清澈在、宁静在
经过树，树木枝叶在、风姿在
经过花，花朵娇媚在、热烈在

它们的魂，早我一步，向你狂奔
等我到达，它们早已聚合成一幅釉下彩
让我禁不住凑近，寻找自己
哪点色彩是，哪个斑点是，哪粒微尘是

遗憾啊，这一晚就晚了千年
我虚浮苍白的身影
转瞬即逝

瓷罐

一个绝色女子
徘徊在水边，照影哀伤
甩一甩衣袖，碎裂的响声
穿过流水，穿过时光
割破我的手指

血流出来，是白瓷的光芒
釉滑的情感啊
画在这胎上，没有呼吸
没有生长，却让心魂绵长

或者，是粗头乱服的母亲
粗糙的脸颊，粗糙的手掌
乳房鼓胀成瓶，成瓮，成罐
让我忍不住仰头
看炊烟袅袅，稻花飘香

金色的粮食，从指缝漏走了
沉在瓷的底部
像鱼儿回到河流
能咀嚼出真正的滋味吗

瓷，是岁月的牙齿
掉落了，残缺了
不改晶莹如玉的光

青花

将你深深呼唤
从时光之海，出浴
阳光吐出所有金色，做你的背景

枝蔓兜兜地颤
太阳落进瓷坛，被祖母抓住
端午节那天，点在我的额头
雕花木柜顶，搁着神秘的花儿
夜深时，悄悄生长
爬到我的床头，挠我的耳尖
黎明时，蜷缩回去
对我的背影，做鬼脸

女儿在花叶间长成
云儿盘成扣，撑住骄傲的脖颈
青花，牵扯祖母的魂
化作米香和炊烟
一朵朵数，一片片碎
盘绕成我生命的根

镂瓷

很神秘吧，玲珑的曲线里
藏着黑，藏着幽深

是大地上的井

探头、打捞、湿润、回声
被吸去了魂

荡漾着，沉默着
脆弱的壳、坚硬的心、粗粝的痛
抱你在怀里，倾进生命

河流与瓷，母亲与孩子
水光与月光，我与爱
你的手，让自己碎裂，让山峦滚动

粮食和骨灰，聚在同一个空间
在春天的花香中，呼吸
起——伏——，起——伏——

追着你的脚步，窥视你
怎样弥补透光的缝
在漏水，也在漏种子

若无其事坐在那里
底已空

宋朝的瓷盘

我的眼光到达你
被玻璃折射
光阴的折角，就是千年

他们都不能打扰你的沉睡
无论在黑沉沉的海底
还是在聚光灯下玻璃柜中

你的釉光将我的心刺醒
让我四顾寻找前生

在黄昏的灶台上
我沾着米汤的手，触碰你
你汇聚的天光，照亮了我的脸

炊烟绕梁，谷物芬芳
你的等待和注视，让我温暖
你的敞开和纯净，让我心安

漫长的失散
被大海收藏，被波浪催眠

我已成尘
你却逃过了破碎和磨难

看你千年前的容光依旧
看我面目全非，灵魂流浪

终于站在你面前
你似乎醒了，轻瞟我一眼
借海风送叹息，如浪涛灌入
冲得我泫然欲泪

瓷说

一

你离我那么远
看见你的形，捉不住你的魂
你穿透我，呼啸而去
消失在未来的时间里
那是我穷此生，穷来生
也到达不了的时空

你会面对神秘的珍视
还是冷漠的牢笼
环顾四周，寂寞又深一层
你会不会寻找，与我相似的眼神
如果能让我的骨血
化成你这样的瓷器
我愿意
只是，不要剥夺我感受的心

二

我惧怕凝固成形，又惧怕流散成烟
我惧怕炉火灼烧，又惧怕冷落蒙尘
我惧怕端正优雅，又惧怕碎裂歪斜
我惧怕脱胎换骨，身清洁，魂清脆
又惧怕陷入淤泥，捏不拢，扶不起
我惧怕站在岁月里，不生也不灭
又惧怕被时间的潮水冲刷，消失无踪影

你在外，我在里
你看见我外表的沉静
看不见我内心的忐忑
渴望的，是你的手
惧怕的，也是你的手
还有，你我固有的重量
必定坠落尘埃

三

你在喃喃低语，我凑近了听
我的脸，在聚光灯下
只不过是
飘落时间河流上的一片花瓣

你是否看见，我眼里的茫然
阳光和风，被阻挡在窗外
你抓着不放的，这朵花纹
那个故事
丢了魂，谁能把魂召回
就能找到那座山、那孔窑、那个人

你站在这里等，时间太长了啊
就算你把那个地址，悄悄告诉我
我也听不懂，就算我听懂了
我也找不到，进入那个时空的门

水罐碎了

从河里打水上岸
兴奋地大喊
罐中有你，也有我
水，逃离
想变成自由洁白的云

水罐碎了，各自拾起一块
坚硬的陶片，刺进彼此的心
血，来自混沌
此刻，特别清纯

水罐碎了，黑夜流淌
淹没我和你
我把泪，甩成满天星，为你照明

水罐碎了，从此
河岸边青草茂盛

骨瓷

其中一定有我的骨
不然不会，这么洁白，这么坚硬
如果有前世
我肯定是烧瓷人家的女儿
用瓷造我，用我造瓷

火焰埋在山川里
只有我能够，还原它们舞蹈的身影
通灵了吗？女巫
把青春磨成粉，放进去
就给予了爱情
把岁月磨成粉，放进去
就有离去的背影

最后，由我一寸寸
把自己的骨头磨成粉
放进去，就有神灵的眼睛

含泪了吧，不能滴落
不能让我烧出的太阳，出现裂缝
我要它完整地存留世间
盛放你的心

生活的流水里
——市集组诗

在做秤店

幽暗的门里，金星闪耀
在古镇的梦境
匠人聚精会神，敲打度量衡

谁给予树枝称量的权利
阳光、水光、眼光，有多重
放置在秤的哪个部分

秤钩，挂在潮湿的木板壁上
想象不到，将要钩起什么
我也在想
什么可称，什么不可称

我曾经幻想

成为一颗铜粒，嵌在秤杆上
却成为凿散的木屑
飘落入尘

在画像店

就是这个眼神
注视石板路上所有的脚印
在夜色里飘浮
或快速，或沉重

晨雾从河面升起
石桥沧桑，那一头
米粥、油条、馄饨的香气
还是那么浓
浮现一个微笑，就定格不动

我懵懂进入，缓慢退出
暗暗惊恐
纸张苍白，炭笔刷刷，停不下来
显现我的眉眼、颧骨和嘴唇

我被封印
看着另一个自己
转过街角，无影无踪

在棉絮店

我从棉胎的缝隙里
费力钻出，层层棉垛
是到达天堂的阶梯吧
站在顶端，俯瞰人间的温度

棉胎上，红蓝毛线
纵横经纬的图案
是田园，是水网，是道路
每条都是通向老家的路途

暄软、白净，足以让我沉陷
铺开棉胎，就是掀动
母亲的手掌、祖母的衣襟

阳光入窗，尘埃
在光柱里跃动
我背靠棉胎，内心特别宁静

在杂货店

生活的流水里
竟然沉浮着这么多东西
红、蓝、黄、绿、紫
这些颜色，原本属于天空和大地
此时，堆积在脚下，杂乱无序
揭示日子的真相

热水瓶、煤球炉，背弃的冷
菜刀、锄头，渴望的热
毛线团、拖把布，牵绊的软
塑料桶、尼龙绳，暗藏的硬

金木水火土，走马灯一般
从时间的暗影里跑出
抓住哪一个，保留哪一只
它们嘈杂、拥挤，挂住我的裤脚
都说自己，缺一不可

在钟表店

门帘、玻璃罩、修理台、放大镜、灰尘
谁能逃离
时间的内部，被一双眼睛盯住
乱了阵脚

镊子尖，卡住
跃上水、落下山
太阳的步幅，被人固定

摆动声、心跳声、呼吸声，混合
就能让车流、人群，叶落、花开
有序流动

嘀嗒、嘀嗒
知道隐形的齿轮，就在头顶
可我只能看见
自己的苍老和萎顿

钟表，始终光亮如新

梦湖边
——洞庭湖组诗

西洞庭看鸟

如此空旷，足够你展翅飞翔吧
水与天之间，你是延伸切割的刀
它们都痛得颤栗

看水波起伏、云朵聚散
便知道，我附身在你
感受孤独和浩渺

带我穿越千年
让我看一看，从前的落日
蕴含多少血光
让我去寻找，离散的某个身影

你被一根水草绊住了足
站着不动，假寐
我舞手、跺脚，呼你、喝你
你都懒得斜睨

你是否如禅者，看透一切
或者，你害怕
飞离这片水域，无法阻挡
砖石、钢铁、杂物
汹涌呼啸

夜里的水光

在看、在听、在微笑
夜空传递神秘
涟漪泛起，暗影出现又消隐
是通向另一个世界的入口

沉默，带着致命的诱惑
眨着眼睛
深夜的水面，吸纳暗处的阴冷

倾吐出没有遮挡的惶恐
那里，是比夜更黑的去处

我沿湖绕行，诉说心中的祈愿
我把部分时光献祭给水神
水面叠印我的身影
呈现善良，还是邪恶面容

此时，谁的陪伴都没有用
没有勇气应对细碎与轻盈
怎么可能进入底部的深沉

从岸边逃走，脚步声虚弱而空洞
故作镇定

梦湖边

我的心魂，在夜幕里
奔向那片闪烁光芒的湖
水汪洋聚集，有云飘升
那场飞翔
被我想象了一遍又一遍

一幅幅山水册页，出现在眼前
水波明澈，楼台廊桥倒影
白鸟掠过水面，像流星
天地万物，都激情荡漾

穿透我，用怎样的速度
去追赶时光
到达千年前的山，百年前的水
到达我和你的从前

我撑油纸伞，站在湖岸边
痴痴地等
你奔忙的脚步，从我的梦境上方
踩踏而过
我掀不开厚厚的积淀
划不开夜的深沉
看不到你的容颜

古城印象
——湖南怀化洪江古商城组诗

穿巷而过的风

看见，千年里的身影
投在砖墙上
如何承受这种重量

穿巷而过的风，翻出祖母的珍藏
将明丽的青春，附着于身
像嫩绿的叶子，长在苍虬的老藤上

丁香花雨，飘洒
能否破译长久的向往
在花香中走无数轮回
浑然不觉暗香

将我的长发，铺满巷子

就如当年的红地毯
谁敢做踩踏其上的新娘
来不及走到巷口
就腰身佝偻，白发苍苍

青石板

泪珠洒在青石板上
如深井里的月光
谁忍心，将梦想搅乱
抬起脚，心就痛得找不到方向

有个人的身影，刻在某个地方
踩碎每块石板，敲打每块青砖
剥蚀每寸灰浆
找出青苔、水渍，遇见蚂蚁、蝴蝶
看见朝生暮死的小虫
无奈的目光

走过巷子

一定要找到什么
走过巷子，只需短暂的时光
石板路光滑、悠长
婀娜的身姿，隐入尽头
晒楼上的裙裾
遮挡谁的视线，吸引谁的遐想
花影朦胧，谁敢抬头仰望

灰尘里，铜锁锈迹斑斑
那扇闭锁的门
拒绝用眼光擦亮
巷子里，光线晦暗
巷口却很明亮，走出去
即使像一片叶子飘落
也不肯丢失翠绿的光芒

天井

天井那么深
太阳，日日垂下金亮的丝线

钓不上深重的忧伤

日子，铺陈在每块青砖上
渴望如拳
如何砸开厚重和冰凉

在高墙之外，向里张望
变幻的色彩，在世界里流淌
跨过红，跨过蓝
就是跨不进青苔的深绿
跨不进黑色的瓦，白色的墙

时光的手，剥落厚厚的灰浆
忧郁怎样涨潮
也淹没不了高高昂起的马头墙

我在离你不远的地方

你携来陌生的气息
我怎样想象
也拉不近几百年的时光
我只能在陈旧中

绣那对，怎么也不会复活的鸳鸯

黄昏过后，暮色苍凉
你的背影，刻在我的心版上
如一粒石子滑行在
岁月之湖的冰面上
光影划伤，湖底的蕴藏

你不知道
我在离你不远的地方
在太平缸上的雕刻里
鱼龙际变时
只需一滴水的指引
就能让古井涌出甘泉
润泽生命中的枯黄

你站在门槛上
走进来，把痴迷的目光搅乱
退出去，将扭曲的向往拉长

情感，从泛起到沉寂
又要经历多少时光

雕花

你知道，这场雨下了多久吗
你离开之后，就没有停过
每一声雨滴
都是你归来的脚步吗
我坐在高墙内幻听

老墙斑驳了，廊柱腐朽了
老房子即将坍塌
如果古宅消失
我将要飘散到什么地方

你雕的花，还开在我的窗棂
我经历前生后世
多少轮回
一直不肯离开这个宅院
只为等你回来

你回到这里，才能找到
我温暖的笑

我把你弄丢了

当年，两个孩子
欢笑着，跑过青石板小巷
清脆透明，如两颗珍珠滚动

你走过我的身边，不再认识我
你的身心，涂抹现代的色彩
找不到那片青花瓷一样
清纯的釉光
泪珠，溢出我布满皱纹的眼眶

是我把你弄丢了
还是你自己迷失了方向
你穿过都市繁华
来到这个繁华已逝的地方
淘换古旧的情绪
却错过了千百年的守望

我的精魂，徘徊在古城上空
看你又一次远去
滚滚车轮，掀起红尘迷茫

行走在你的故事里

行走在你的故事里
留下这些痕迹，等我捡起
串成记忆

背景千百年不变
主角去了哪里
尘埃堆积，谁来清理

我的注视，让阳光射入
我的脚步，让荒草躲避
我的笑靥，捂热冰冷的心事

我是一颗陨石
砸在千年不变的凝固里
我的网络时代
为什么进入不了幽深的天井

幻想，可以化身石雕上的鱼龙
木雕上的花鸟，诠释你

其实，只需一粒尘埃

就能粘附你
只需一缕墨痕
就能渗入你的骨子里

印迹

马头墙与天空，也许有种默契
只有墙头草，透露微弱的信息

风筝在空中，凭借再大的风力
也扯不动你的根基

你微笑，看我演出自己的戏
泪珠滚落古井，平常如雨滴

情感再沉重，也轻盈如花朵
凋落了，谁会可惜

岁月的风霜，层层剥蚀
我的到来，徒增一道印迹

我消失，你依然站在那里

青苔

蓝天在头顶，阳光照着马头墙
触不到沉寂已久的忧伤

握住小巷的这一头
扯不散纠结的秘密

庭院深深，找不到开启的钥匙
就不知道深藏多少痛

残垣断壁下，荒草疯长
能掘到什么

千百年的时空
是否记得最初的守候

我被红舞鞋驱使，行走匆忙
踩踏青苔，水光涌动
里面竟然藏着情感的海洋

目光交汇
——湖南长沙马王堆组诗

漆器

藏在花纹里
在黑色与红色的交界处
在历史与现实的临界点
在云朵之下，枝叶之上
在线条和色彩转弯的地方
在水滑明亮的光芒里
在打磨滑动的瞬间
在你高高翘起的兰花指尖

陷入这个迷宫
走了几千年，没有走出来
太阳留下朱红的印记
黑夜框住飞翔的凤凰
从地府穿过，看生命汹涌如潮水

死亡沉静如泥土

把树的血液涂在身上
就能逃离时间的魔爪
再回到人间
赞美温暖如阳光，欲望灼热如岩浆

每一条花纹，严丝合缝
千万不要开启盒盖
华丽崩散后，会有一块碎片
扎进你的心，拔不出来

祭器

压缩春秋，铺开晨昏，成为你的画作
藏在页岩间，风和流水要掀亿万年
冲刷到河床上，被粗糙的手，凿成祭器

端起它，喝下我的诗歌
文字哽在喉头，滚烫起伏冲撞
血液的温度升高

为你吟唱赞歌，每个字闪闪发光
想让你的手，抚在我的头顶
我就不会从这个世间消失

祭器里，灌入情感，倾倒岁月
和上泪珠、缠上皱纹、裹上肉体
再滴上几滴血，这些远远不够

不如让我的灵魂和身体
直接变成祭器
等你降临、收取、馈赠、融入

你与我目光交汇
心照不宣

鎏金

我的目光，留在鎏金的缝隙
千百年后，到达你的眼里

当成黑夜里的星光，河流上的夕阳
看作她微笑时，贝齿的闪烁
或者她眼角汪成的泪光
这些都太肤浅

水渗进来，血流过去
战鼓咚咚，云朵簌簌掉落
箭镞嗖嗖，带着腥风穿过耳畔
我藏在黑暗的深处
躲避时间的追杀

我的痛沉默，我的心斑驳
我的眼光，依旧尖锐透亮
你的手指，温热，听见血液的歌唱
只有这个旋律，才会将魂灵释放

你是否应和，是否颤栗
通过你，我又回到阳光的故乡

墓坑

大地张开黑洞洞的嘴
等着填进泥土和骨头
夜深时，听见它咀嚼时间的声音

快乐的时间，像喷香的蚕豆
悲伤的时间，像苦涩的树根
咀嚼笑声，嘴角也有微笑
咀嚼眼泪，眉头必定紧皱
青春气息扑鼻
绿草茂盛，花朵鲜艳
泥土滋润，生机勃勃
沉暮的滋味弥漫
秋风萧瑟，树叶凋落
土地僵硬，冰冷颤抖

除了大地，谁会接受
所有时光，在泥土里再次活过
善的滋味，如清甜的水，似甘醇的酒
恶的滋味，有淤泥的腐臭，只能强忍吞咽

静下来，听听自己的心跳

蕴含多少芳香，多少污浊
多少丑陋的东西
会让大地，如鲠在喉

在地底千年

绝对安静，都在沉睡
只有我睁着眼睛

战争饥饿，命如草芥
白骨森森，地狱图景
繁盛富足，亭台楼阁
鸡犬相闻，桃花源中
千年前，千年后
人相似，情相通

水面上波涛汹涌，力量极速掠过
却未曾深入我的心
地面上风雨阴晴，时间流逝而过
也未曾触及我的头顶

静置千年
只为述说曾经的存在
看见魂的影，触碰立刻消散无形

成沙之前
等一双为之一亮的眼睛
打开黑暗中的门
阳光涌入的那一瞬
我才闭上眼睛

复活

活着，就是走向死亡
无论是归于泥土，还是付诸火焰

眼光落在尽头
肉体在坟墓中消失，灵魂在阳光下狂欢

青草啊，花朵啊，鸽子啊
孩子在广场上奔跑，摇摇摆摆

闭上眼睛，就能看见
树叶在风中摇曳，大河边浪花拍岸

知道，朝阳和晚霞，会照亮人们的脸
知道，青山会一动不动，等待我归来

风过大地，播撒的是上帝的诗情
我幸福地听到，里面有自己的吟唱

波浪的纹理
——福建行组诗

客家围屋

一
也许，我不该站在这里
不该走进岁月深处
这些泥墙和屋檐
存留人们生活过、浸润过
熏染过的气息

柴烟的黑，米饭的白
嘴唇的红，眼睛的亮
以及叮咚滴响的雨水和泪滴
还有射出的箭矢，抛洒的鲜血
挤满了我的心，被胀痛

我不能够将它们一一放回原处

它们从某个人的手指尖，脚印里
涌出来，就回不去了
可我确实无力承担它们

二

也许，我应该来到这里
寻找丢失久远的魂
春雨中的山色，千年前
就有这么苍翠吧

也许，我曾经是一只白鹭
沿着山峦起伏的曲线飞翔
被一声牛哞击落
被明镜般的稻田吸引
翅羽蜕去，身披蓑衣
挺胸渔猎，弯腰耕作
一帮孩子，一个女人
炊烟袅袅，狗吠声声

三

也许，我终将离开这里
清晰地听到我的皮肤在开裂
黄土片片崩落的声音

头顶的星空，不再围拢
而是散漫无形

逃逸了，失散了
磨盘沉寂，自己死去
陌生的脚步嘈杂
没有暖意，没有根
蟋蟀的挽歌，变成疯狂的节奏
浅薄得没有内容

千百年前迁徙而来
雪球一样抱团滚动
冲开山隘，成大河奔涌
千百年后迁徙而去
灰尘一样消散无形
悄然渗漏，留废墟遗存

古城墙

崩塌的那一刻
你还会站在城墙上吧
藤蔓坚韧的捆绑

细弱的力量，是这个世界上
无形的网

眼前的海水，经过多少次更换
捧一滴放在舌尖
早已不是当年的滋味
鱼儿们优游，浑然不觉

耳边战鼓擂响，呐喊声声
纵马横刀，阻挡身披黑战袍的死神
石头房子，墩实厚重
窗口漏出橘黄的灯
归帆云集，人们行走欢笑
海腥味冲淡了血腥味
平和安宁
丝毫不少地渗入了我的心

野草在马道上奔跑
一片草叶记录一种声音
一朵花儿回放一个笑容
只有你，上了城墙
就再也没有走下去
倚着墙垛眺望
海潮汹涌

晾晒的鱼干

一

阳光温暖，感觉内心，更加空旷
春天在背后退却，留下岩石洁白的骨骸

海水递进，这个港湾，不是世界的全部
我的时光银亮，洒出桶沿

你知道，我游过怎样的海域
遇见过什么样的利齿，漩涡和黑暗

就这样将我洗剥开，晾晒在竹架上
阳光补缀我网状的灵魂
晶莹的肉体排列成阵，等待你迷失其中

你有没有看见我
时而尖锐，时而淡漠
时而空寂，时而悲悯
的眼神

二

仍然呼吸着海的气息
咸腥的味道，停驻在骨子里
即使把我碾成粉末
也要堆积成海浪的形状

我粉红透明的肉体
多么像你的肺叶
你曾经经过我的生命
现在已经遗忘了

血液的滋味相同
我很坦荡
干缩也好，腐烂也罢
你翻拣过去的时光
除非用我的肋骨当梳子
才梳得清我经过的、所有波浪的纹理
或者取一根当剑
把海的喉头和你的日子刺痛

海岸边的树

一

我是一尾站立在岸边的鱼
风中游动的骨头，纤细而坚韧
撑开你昏昏欲睡的眼睛
你的呼吸就变得宁静
守望你的思绪，飞奔而来
似乎有吞噬一切的力量
却在我的脚下停步

远方的故事，呢喃不止
被我删减得枝叶全无
让狂暴的波涛
没有阻碍地穿过我的身体
柔软的心，可以将广袤包裹

月色里，为你牵一条
银亮的光路
等着你从海的深处，一步步
走来，在我洁净的枝干上
挂满泪珠

二

把帆拥在怀里
等着这艘化成石头的船
苏醒
海妖的歌声，凝固了船的魂灵
将桅杆栽进泥土，岁岁枯荣
做着在波涛上飞翔的梦

一遍遍回想那些号子
吱嘎嘎筋骨紧绷
数不清多少年了
在风暴中等待，在抗争中痛苦
船体碎裂，剥蚀殆尽
我还在坚持

浪花冲激，阳光下似有虹影
春天里，嗅到新鲜木材的气息
正好献出自己
站在这里，看千帆过
向每一片风帆送一片叶子
行千里

拜谒文天祥家庙

一

守在陆地的尽头

守住底线

即使是凡俗之人

也向往浩然之气冲天

龙背上，是蓝天亘古不变

凤眼前，是大海万年不竭

硬朗的骨头，撑开天地之眼

谁的灵魂能够凝聚得

如此久远

退无可退，只能背水一战

二

背负着伤心，痛心和你的精魂

远遁到东海边

你的遗骨发散的热

温暖凉透了的心

变得灼烫，将后人身体里的

铜铁，冶炼浇铸

钟声响起，铿锵悠远

海潮涌到这里，拜伏在脚下

有你站在身后，何惧外敌
一声呐喊，站立儿郎无数

三
这方天空平静
村落，房屋静卧在海边
有老人抱孙悠然来去
有女人洗衣笑声清脆
日光里，雕塑的线条弥漫祥和的
影子，有你微微的笑意出现
生了，死了
丹心与汗青闪烁金光
凸显在时间之海上
坚不可摧
浪花涌来涌去，终究不可淹没

　　注：文天祥家庙，在福建惠安县，
为文天祥部将后人张氏族所立，临近东
海边。

时光窗格
——贵州镇远组诗

秋山斑斓

用这种方式演绎
谁有权力评论，是否悲壮
盛装，裙幅拖拽如水
太阳愿意化成花朵，插在你鬓间

菊黄、叶红，草在枯啊
只留一滴泪，挂在夜空
让尽头，在你的眼底
变成一张绚烂的底片

这份美，山在尽力驮着
瀑布激荡，云雾缭绕，溪水潺潺
隐藏颤抖和紧张
向天边走去吧，千万不要回眸

我怕无法控制

朝你飞奔，用光速撞向你

扎痛进你的心

那些艳红的、橘黄的色彩

抖簌掉落，铺在我的路途

一片美，一阵痛

如何忍心

古廊亭

这里荒废多年

狐妖们风一样掠过

笑声诡异

咿咿呀呀的唱腔，萦绕不绝

悲凉的爱情

拖拽在青白的水袖里，烟云般上升

青石苔痕，黄花抖瑟

一管笔，一卷书，一个内心捂着

火焰，却孤独无处依的书生
走过去了

坍塌残破开始
黄褐的瓦当，釉色光亮
灰白的水雾，凉意漫侵
不需多久，木柱里长出藤蔓
砖缝里藏有森林
谁能告诉我，幽深向哪里延伸

有人等我，撑一把红伞
着一袭绿裙
人的气息，多么芬芳
刀一样，剖开凝固的时间
有的苏醒，有的成尘

石阶苔痕

停下来，看一块残砖
看一株瓦楞草，萧瑟秋风
看巷子弯曲过后

隐藏的时光故事，渗透成苔藓

墙脚潮湿，石头沉稳
石阶不愿显身，就在脚下
是山的骨节，踏下去
也会疼痛

市声在山脚喧嚣，祈祷在山顶缭绕
如果敲响檐下铜钟
悠长的声波，勾出你的泪
涤荡你的魂，悚然一惊

四周，是丢失了自己的陌生
把前赴后继的红颜，驱散
把遮蔽在草丛的花朵，剥除
还要熄灭迷幻的灯光

河水与岩石一起沉默
前面神秘冷清，了无人迹
是否有勇气走进这道门
寻找一个悲悯的表情

窖藏

还原当年的明媚春光
山谷间荡漾芳香
经你的眼神酿造
酒浆流淌成河
汁液浓缩，递给我，我却不敢尝

这一幕，演绎过多少遍
镌刻在我的心壁上
封门的那一刻，有束光线被囚住
它在那里奔突，寻找出口

苦涩并不可怕，怕的是
你的气息封存在这里
不是越来越浓郁
而是飘散淡漠

什么时候挖掘，都不会失望
穿透重重困境，到达阳光
谁说琼浆，只应在天上
即使深埋，不去触动
也不会遗忘

时光窗格

无处逃避，无从阻挡
用你的巧手，装扮时光
在我的皮肤上留下
篆刻的印迹，谁来收藏

曾站在这里眺望
河流蜿蜒，船樯林立
挥挥手，带心上人去远方

采集月色星光
倾倒进流水，晾晒成山色
晨露清寒，木楼空洞
时光攀爬在窗格的迷宫里
扇动翅膀

山外有千山，柔弱的双足
如何丈量
尘埃浮动，在廊上徘徊来去
对面码头，新船靠岸
人声鼎沸，已过千年时光

我在石阶上张望
江畔花前，情侣牵手徜徉
柳丝急切，摇酸了枝条
也没能把你牵来

飞奔上楼，只看见空空荡荡
一览无余的阳光

端坐在阳光里
——贵州西江苗寨组诗

西江苗寨

我行走在，村庄微醺的夜晚
行囊装满桃花瓣
沿着溪流和酒碗，去找春天
满目银饰的光亮，满耳情歌的嘹远
你的脸，藏在哪座峰峦的背面
让我追寻又追寻，疲惫中怀着渴望

风尘扑面的感觉，是我想要的
孤独地走或留
你会在哪个路口凝望
你的日子就藏在这密密匝匝的
屋檐下
火塘里的热量，传递到我的胸口
呵着，护着，保着

不会熄灭和冰凉

所以，我来了又去，去了又来
不能把火种遗忘
当我内心麻木，生活忙乱
就来找你
把我的心魂点燃

银饰

这种光芒，是神明送给凡间的礼物
从岁月深处伸出来
勾住我的眼神不放
少女娇嫩光洁，像百合花绽放
柔和入心

尘埃渗入，有着怎么擦拭
也去不掉的积垢
无数印痕出现，又被流水磨洗
月亮在精致的花纹里游动

收集所有歌哭

如何抒发得尽啊

酸涩和痛楚，无奈和悲凉

触碰肉体的柔软，也进入生命的死亡

从沉溺中拉扯出来

让你端坐在阳光里

看自己，背影摇曳

听自己，灵魂脆响

细数自己，曾经在谁的日子里闪亮

拜火

我跪拜，你在我的头顶燃烧

我看着，那么多柴棒投进去

下一刻，将轮到我

一段段慢慢成灰

很冷，它们都弥漫在

我的周围，进入我的肺叶

黑夜从未离开，就站在这里

看着
你不能退却，不能将我抛给
黑洞洞的大嘴
却不知，你其实是这嘴里的牙齿
灼烫的，通红的，蓬蓬勃勃
向上生长的牙齿
这种柔软的尖锐，防不胜防
咬下去
我想做那块，越烧越硬的石头
将你硌痛，让你歪斜
吐不出，吞不进
其实，我非常软弱，身体里
充满水分和油脂
我只能将你高高举起
让你看清我的头顶，替我扯出
袅袅青烟
不能让你灼痛我的影子，把我自己点燃
所以

我跪拜，你在我的头顶燃烧
我看着，那么多柴棒投进去
下一刻，将轮到我

在山旁边
——云南行组诗

马帮铃声

苍山，在云雾中奔涌
一粒红豆撒入，长出森林无边
云朵聚集，就会有雷电
阿诗玛的族人站立周围，弯弓搭箭
马帮的铃声里，堆着丝绸和盐
裹着自己的女人，留在自己的锅边

汗珠多么深重，洞穿亘古的堤岸
金沙江水出山，就浑浊
就绵软，就修饰着霓虹和花环

深山柴门结满蛛网，轻风无力斩断
在门外经过，想象摇曳
害怕纠缠

无法到达

逆江而上
可以到达雪山之顶
可以触到最初的时间
眼神，是转瞬即逝的闪电
抓住她会甩入黑暗

那是故乡
采芳草，牵藤蔓，沉入洱海
汲取甜蜜，打捞放纵
照一照自己的伟岸

说不清水流的方向
登不上倒映的青山
短暂的旅人，钻入时间空隙游玩
蝴蝶把花朵遗忘，何曾有过蝴蝶泉

如果没有被蛊虫咬过
没有在刀梯上舞蹈
没有让魂魄在山林中流散
不要说去过云南

空空行走

雪山的寒冷，刺入骨髓
女神抚过头顶，找不到回家的街巷
人家的雕花门窗，漏出修饰过的灯光
最后的象形文字，堵在喉咙
所有笔画，说着同样的欲望

神话里，太多因爱而死亡
背负不起，空空的行走
像云朵掠过山头，就转了方向
不肯陪山峦刻下皱纹
不肯陪流水凭吊落花
站在桥上把自己当风景
来了又离去

脚印没有重量
白族三道茶进入身体
不能进入灵魂
不如忘了云南

虎跳峡谷

此岸跃向彼岸
从凝固冰川，跃向春意盎然
江便开了，大水轰鸣冲来
回头聆听，巨大的山与流水的密语
吼啸的回声，拉扯出坚韧的弦
人怎能如虎，只敢用石头雕刻猫儿的形象
你锐利的眼光，从水花里射出来
栈道上游人如织，谁能抵挡

羸弱的，虚伪的，狡诈的，自私的
背负着无数欲念的灵魂落水了
被你的巨口吞没
颤栗恐惧的人，无法安然
我死死攥住栏杆，抵抗
你片片剥去我的伪装

你在对岸呼唤
不用怕，跳过来
丢掉了这一切，就身轻如燕

篝火燃烧

脸在火光里闪烁，表情明灭
黑夜睁大眼睛，牛羊睁大眼睛
草场里的每根草，每朵花都醒着
远处的山，深邃的天，不愿入睡
只因有这一团灼烫的内核

我的心是沸腾的
想呼叫，歌唱，想拥抱爱着的人
奔跑，这里应该是天尽头
我不知道，火焰就在头顶燃烧
自己就是一块木柴，紧挨着的另一块
正咧嘴笑，喷出火焰和烟雾

身体多么柔软
这时候，你一定在夜晚的深处
站在一片云朵上，看着我，出神
怕错过飞升的痕迹
怕我消失在光里，无法点燃你

纳西象形文字

我在山旁边，你在水旁边
站成一个字
我在屋檐下，你在田地中
站成一句话
鸟儿在篱笆上鸣唱，你口衔木叶表达
我们的情感，就挂在高高的树梢
被风翻阅，被雨朗读
收藏进山那边的天堂

牛羊向你凝望，太阳为你明亮
夜空中月儿如船
与时间一起，在河流里飘
那鱼儿叼一只铃铛
挂在马儿的脖子上

你披星戴月，劳碌艰辛
山神，水神，树神齐崭崭
高坐牌位，启示万物的形状
它们就在身边，奔跑生长
画在木板上送给我
看见生的欢乐，死的安详
天地间就是这样

跳锅庄

神的内心，广袤而空旷
群山如浪，无数生灵仰望
踏动大地，才能吸引他的目光
他会伸出慈爱的手掌
抚在我的头上，清凉

一起歌唱吧
驱散隐在黑夜里的野兽和灾患
围成圆圈吧，守护孩子和牛羊
让火神用桑烟告诉上天
我们在感恩，需要庇护
渴求吉祥

鼓声，把我从城市的残垣中挖掘出来
麻木的身体和心灵复苏
我的长发飘忽敏感
我的祈愿很简单，能够握着你的手
看你的眼眸饱含情意
满天的星星，就都为我闪亮

怀揣火焰离开
有盗火者的心态
离开高原的风，没有舞蹈的人

这点温暖能否照耀我未来的路途
阻挡红尘的掩埋

永远的云南

是我的前世
也是我无从填满的空洞
留在这片土地上
手中有烙铁，把日月山川烙在心上
远远不够 我还想收集腾起的青烟
古乐响起，灵魂得以安放

肉体不得不流浪
捧一片泸沽湖上的星空带走
就收集了养护内心的清凉
我是一滴水
只想流出雪山又回到雪山
轮回永不厌倦
我是一颗石
只愿留在玛尼堆上
经幡啊，草原啊，群山啊
还有你陪我走过的时光
或者，我成为一个象形文字吧
就刻在一块普通的木板上

蓝花花

——草原行组诗

蓝花花

你的头巾，被风掀起
惊艳你柔媚的脸庞
你的歌声嘹亮，呼唤天边的马儿
马上的汉子，粗重的呼吸
把你的长发撩乱
唿哨一声又离去
马蹄走多远，你都能听到
蓝色的笑容来自天堂

攀上我的袖，爬上他的窗
细细碎碎溜进帐篷
罩上承梦的枕套
羊群在某个神秘的时刻
同时抬头望天
便是离去的我，在思念你的容颜

用记忆复制花瓣的蓝
装点沉闷的生活
幻想与你在天穹下
撒着欢儿跑
总有风，会领我们回家

马儿静立

高原上，山峰奔腾
踏过我的心，抖落白雪和风
站在草原上无声，世界为之旋转
旗帜与火焰，皮囊和灵魂
雕塑的重量，将山脊压弯

谁让如此高贵的精灵臣服
站立就是到达，风浩荡
水蜿蜒，草场平铺到天边
如果，我能够让自己停下来
一定卸掉背上的重量，与你并肩
吞咽夕阳的光芒

用你明净的眸子，照一照自己
是否有足够的良善

时间从蹄下掠过
你静立不动，我身在何处
鞭影离我近，离你远

一地黄花

走到这里，黄菊铺满大地
我丢下在花丛中
纵情奔跑的、年轻的自己

白云在天空重叠泪滴
含噙住，不要落下来
不可进入污泥

说悲情亦无奈，就这样
把一生的时光虚掷掉
疼痛藏在心里

不敢发出呻吟
夜里挡住灯光，悄悄修补
心上的孔洞，跟不上
啃噬的速度

秋天的花儿，再也回不去
春天里

篝火

燃起的火光
是闪烁的钻石，镶嵌在时光深处
把我昏聩的心照亮

尘土簌簌，像雪
洒在我的头顶
灼烫的印迹，越磨洗越深刻
越雕刻越清晰

有风，鼓荡儿来
火焰呼啸、跳荡、奔忙
去远方——去远方——

那么黑的深渊，需要光芒
窥视的眼睛里
也许会出现贪婪的荧光
却被火焰的叹息，阻挡
噗！消失了

飞驰的平原

——四川行组诗

栈道

是一种缠绕，也是一种生长
不这样，如何让卑微的生命
锁住巍峨的群山
在岩石上开凿一个洞
插进一个木桩，垫上一块木板
就是时光上最美的绳结
记录汗水、智慧、坚忍
向往或者死亡

征战的烽火里，骨头像落叶
在山谷中飘
抢夺、砸碎、杀戮在这里上演
太阳都躲藏
车马铁衣，有人站在高高的祭坛上

惶恐、拜服，也不敢斩断路的延伸
一寸寸接通历史，一条条通往故乡

盐、茶、丝绸、铜镜、针线……
平常物什背后，藏着多幸福的笑
孩子的眼神多么清澈，充满渴望
还有她的娇媚在铜铃里脆响
卸下风尘，在温暖的火光里
做梦
身里身外，水声四起，有群山拥抱月光
你饱经风霜的脸
开放在栈道上

悬棺

凝固在时光中的核，比岩石更坚硬
睁着青铜质地的眼睛
就是不离开，轮回无限的人间

流水声还在，岩壁被风和水
改了容颜

山花年年开放
阳光，依然最早出现在那块岩石尖

血脉顺水流走，千万里之外的沙粒
如何回溯到最初的山体
守望空寂和荒凉
记不起鼓声最后的节奏
早就没有祭奠的烟火、祈祷的呢喃

即使站在神的肩头，即使灵魂不灭
如何寻找，几千年的离散
如何回到，变成泥土的村庄

总会有陌生的仰望
闯入生死梦魇
不知该选择再生，还是继续沉睡

生之孤独，死之寂寞
天梯断绝，探究悬挂的方法有何用
再也没有人愿意用这种方式
搁置肉体，晾晒灵魂

变脸

锣鼓激越，神的眼神迷蒙
终于逃脱了他的注视
让他抓攫的手，落空
惊叹、笑声，谁知道藏了多少层

与你擦肩而过，揩不完的油彩
回头就变成另一个人
秘而不宣的神奇
终归得出现在戏台上
只有人的脸，才是最深的黑暗

这时候，不需要唱腔
娱神的时候，众神就集于一身
到底需要怎样的眉眼
解开黑色或者白色的咒语
辨认心魂前行的方向

后来，竟然落在市井喧嚣的茶馆
水汽袅袅，到达屋脊
神就是那一缕最纯净的月光
怎么变，他也能看透你眼中的迷惘

清水洗脸，你是否知道
最真实的，是哪一张

古渡

离去，又回来
这个人世，多么广大
歌声沉在水底
什么时候都可以捞出来
爱情随水流走，去追也追不上

落日被归翅剪碎
花衣披在她身上
屋檐越来越老，睁不开昏花的眼
麻雀天天吵闹，也不醒
吹出轻微的鼾

背影隐进黑夜，就出不来
点一些灯
照着空寂和茫然
后悔了，当年繁华时
河面满是桅樯
却没有牵住一叶风帆

离散了，这条街像皱巴巴的
布口袋
阳光，把它翻出来
拍打出汹涌的尘埃

通往天堂的路途
——西藏自驾游组诗

我要去西藏

在刺我，在唤我，在硌痛我
身处南方小城尘埃中
我看到西藏的光芒，正穿过千万里的
云水波澜、月色山影
化成缠绕的丝线，捆绑我
不能呼吸，不敢叫喊
只能痴痴地向往

我渴望湖水的蓝，将我淹没
我渴望雪山的白，将我埋葬
我渴望在高远的星空下
想念你轻抚的手指尖
我渴望在草原上纵马驰骋
被你劫掠

我渴望歌声高亢，思接云天
我渴望匍匐朝拜，站在轮回的边缘
我渴望在世界的源头，让自己流淌分散

我知道，有西藏，就不会有我
我愿意，消失在雄鹰的翅膀上
即使到达西藏，我还是不会停止向往

出发

从庸常中跳出来
胸腔里充满自由的空气
这颗心，像雄鹰鼓翼而飞
蓝天足够大吗？
是否有我无法到达的边缘
和无法探知的究竟
车窗外闪过田畴房屋、道路人群
时光的细节和琐碎，纷纷扬扬
无数脸庞沉浮其中
眼里出现同样的亮光
嘴角露出同样的笑容

同样的麻木，同样的清醒
小城镇的房屋沉卧的姿态
像温顺的羊群，我吆喝着
不醒
像铁犁划过平静的水面
惊动了粘附在鱼身体上的鳞片
竖立的尖锐，旋转着
搅动身后拖沓、单调、漠然的气氛
只有冲出来，才可以回头
看一小时前的自己
留着僵硬的壳，机械的心

大城
　　——过武汉

在无数房屋、街巷的空隙里，穿行
看也许空洞，也许满溢的窗
密密麻麻方方正正的阴影
人的巢穴，复杂而坚硬
奇妙的构建，无法解读
背负陌生，尘埃的滋味如此接近

我是过客，刺穿无数人熟悉的生活
搅动了风，会吹落到谁的头顶
改变谁的命运
这里，幻灭过多少生命

有人站在高楼，远眺吟唱
心魂追寻仙鹤翅影，融入白云
有人沉睡地底千年
始终聆听编钟的轰鸣
有人徘徊东湖之畔
春去秋来，花开花落总伤情

长江流过，群山倒影，我如浮游
藏在斑斓的霓虹灯影里
仰望，星光穿透历史烟尘
到达我的头顶
即生即灭，还有脚步沉重
我的行走，不会将神灵惊醒
只是在城市的迷宫里
拍拍你的肩膀，然后隐身

江水流
　　——过宜昌

听见水的轰响
我的血液，就要奔流
水至此，山至此，路至此，我至此

让一滴水跳进我的手心
照见我虔敬的表情
如果，让我在峡谷中间
被奔腾的水流，冲刷千年
心魂将有多么洁净

山岩矗立，画屏上是否留存
我前世的眼神，认不出此生
蒙昧的心
我会漂在安静的水面，看山影白云
我会冲进飞溅的水花，触摸天空

在岸边，我抚过拉纤磨出的槽痕
在山顶，我承接甩落的伤心
筑坝而起，我慢慢聚集雄心
耐心等待，自由的雷鸣

水声无处不在

一片木叶，春天生，秋天落

我蜿蜒而过，带不走水的心

溯江而上

溯江而上，能否找到水的源头

能否找到自己

我不敢停下来，独自面对

山峦、河谷、溪流

不敢猜测，巨石崩落的内心

夕阳照森林，划出阴影和明亮

我站在任何地方

都无法阻止彼此的变幻

这条河，向我冲过来，来不及躲藏

就被踩踏、被淹没

山峰耸峙，水波汹涌

压出我蝼蚁般的渺小、水花般的短暂

如何能解读一条河的深邃和雄壮
岸边人家，炊烟袅袅
羡慕他们，可以守着桌上的粮食
满足地微笑
听时光奔跑，我追赶着，追赶着
溯江而上

飞翔的平原
　　——过成都

前世，我是这里的一只鸟儿
啄食水洼沟渠里，亮闪闪的天光
记住泥土和水的滋味
带着平原飞翔

然后，我就看见祭祀的火光
呼唤神灵，神灵就到达
站在扶桑树的枝条上
太阳抚过我的脊背
我急切盼望丰饶富足
平原赐予我活着的希望

再然后，我头簪大朵芙蓉
徜徉在乡村集市上
鸡犬啊，灰尘啊，一茬茬庄稼
一回回夜晚到天亮
心魂背负平原，不肯去远方

什么时候，我变成了一缕风
轻浅地掠过平原
轮回之前所筑的巢
是否还留在那个树杈上
发出凤凰的鸣叫

不朽的桥

　　——过泸定

一场战斗，定格在一座桥上
历史选择了这个方向
走在桥上，感觉铁骨铮铮
发出青铜般的鸣响
车轮飞速，兴衰不绝

大渡河怒吼，不肯停止流淌
切割山体成沟壑，你所在的山头
我如何到达
铁索冰凉，你在时光深处张望
精神的利箭，从来就很锐利
射过来，进入平凡的身体
掏空的漏洞，越来越大
洪流冲刷，就能换了人间
倾圮的废墟上，热血如映山红绽开
建造的高楼里，冷漠如冰川蔓延
前赴后继的人在哪
我不敢站在桥上，让它摇晃动荡
从此岸到彼岸，是通途
也是巨大的鱼骨，鲠在现实与未来之间
等待消化

蜀山

迷失在山的波浪里
我只能拜伏，无法飞翔
即使灵魂

被经幡指引，由云朵携带

站在山口，眺望峡谷
看见自己，从最低处攀爬而上
走不尽的山，一座座连绵
云气弥漫，修仙的传说
一定通往人间
我被神明俯瞰
山如青色莲花，堆挤成团

采蜜的蜂儿，停歇的蜻蜓
在雄浑与渺小之间，各有各的方向
山藏进云海，不让人看见
我倾情盘绕，也无法捆绑

背负着自己离开
山的光阴如此漫长
我的时间多么短暂
只能幻想
山是否会遗忘一块小石头
可以让我的心，充填其间

仰望贡嘎
——过康定

贡嘎山，为四川省最高峰，海拔7556米，
位于泸定县与康定县之间

情歌唱过，就唱过了
日子终归这样
草原、牛羊和毡房
白天劳作，夜晚屏息，听狼嚎

你细语诉说的艰辛和忧愁
入我的梦，清晨成冰花挂在门楣上
驱邪的牛头空洞的眼眶里
留有我当年的歌声
和你娇羞的应答
天女抛洒鲜花，仙境般美妙

柔情的羊鞭，在风中硬了
我的马，没有忘记那跑马溜溜的山上
多么甜的一滴蜂蜜
稀释进生活的琐碎里
我不会放弃寻找

风雪来，阳光照

低头看炉火熊熊

抬头仰望贡嘎神山

如果我不匍匐在地

怎能让神明踩踏在我的脊背上

举起我的灵魂，接近天空

洁净之后，化成雪水

听情歌代代传唱

风景·风景

　　——新都桥

一

跋涉千里，来面对你

却是无言

草坡舒缓的线条

推涌山的柔情，围绕水的温婉

牛羊点缀其中，水如明镜

倒映天的蔚蓝、云的洁白
我应该在哪，怎么有资格站在此地
满心麻木，满身尘埃
被你击中心脏

我的心中，有无止境的仰望
上帝手中的画卷，我是闯入的墨点
停留的时间多么短暂
身体走，灵魂留
与你一起沐浴，清晨和黄昏的天光

我从水湄走过
就可以关进你的眼帘
我从山脚绕行
就可以遵循岩石的方向
即使我的身体裹满了
人世的泥垢，并在上面
描出错综变幻的图案
我的心魂也养在这里
散发洁净的光芒

二

来到这里，我就可以消失了
回到平缓宁静的山坡草场
做一朵最小的花
被牛儿的舌头轻舔，被羊儿的蹄子轻触
我颤抖，引发的微波
让天空，敞开透明的蔚蓝
让白云，水面照影，朵朵安详
静谧的河湾，齐整整站立
属于我的金色杨树，我真想拥抱它们
羽毛般柔软的情感

来到这里，瞬间失去方向
一切洁净圆满
我愿意，躺在草坡上，看斗转星移
听马蹄声响
我愿意，捧圣水浇洒在脸上
熄灭心中喧闹不止的欲望
我愿意，等候在你的毡房外
看阳光下的你
红扑扑的脸庞，散发爱的光芒

来到这里，我就不想离开
愿意做一只羊，一条鱼

或者做草丛中蹦跳的昆虫、飞舞的蝴蝶
也是身在天堂

路的尽头

右边山体，割裂的伤痕正在愈合
左边深谷，袅袅的雾岚正在弥漫
将我的心，悬挂在悬崖上，风干
撞击，是否发出铜钟般的声响
嘹亮、明澈，到达我的凝望
路的尽头，无限的神秘，无尽的变幻

有山逼视我的到来
显现豁达的岩石，时光的色块
转一个身，又泰然离开
我触不到，山真实的内心
眼神在风中一荡，就被甩往另一个方向

有树静默等待
枝条舒展，叶子轻摇
托起朝阳霞光，指向星空深广
勾连黄昏炊烟，迎接鸟儿欢唱

走过去，才能仰望树的独立和傲然

路的尽头，刻经石突兀而起
风马旗风中飘扬，玛尼堆肃穆庄严
还有牛羊安静的草场
点缀黑色的毡房
路的尽头，就是天的尽头
不说终点，只说飞翔

高原，我来了

高原，我来了
触摸天空，金属般干燥而坚硬
草场般柔软而舒展
我的马，迷失在南方的街道上
我的歌，丢弃在人群的嘈杂里
只能背负自己的帐篷，在哪里安放

这儿是你的胸膛，大地深处的心跳
日夜不停，敲打我的太阳穴
这儿是你的额头，皱起眉头成山

绽开笑纹，任牛羊撒欢

让风砍削掉我的虚伪吧
裸露内心坚硬的质地
让我仰望，神山顶皑皑白雪
是神明留在人间圣洁的光芒
让我拜伏，圣湖水波荡漾
将我的肉体融化，灵魂化作一只白鸟

让这片土地上
所有死去的人、活着的人审视我
让漫长古老的时光
电流般从我渺小的内心穿过
我祈祷，留下我的脚印吧
让雄鹰背负，放置在天堂的门槛上

缺氧

谁扼住我的咽喉、捏挤我的心脏
眸子里，黑影一掠而过
大口吞咽，空气怎么那么空洞

我搁浅在血脉的源头
使劲回忆，来的路途去的方向

疼痛、眩晕，谁在我的耳朵里尖啸
我的血液饥渴，细胞饥渴
谁把我的生命抽离
在繁华之地，漠视神明
还是会得到无形的眷顾与恩赐
在这里，份额是公平的
给予我，给予你
给予牛羊和树木，雪山和草地
它们呼吸得舒畅而优雅
我却如此躁动而贪婪
我不能扑打，不敢挣扎
无从掠夺，只能祈求

一口氧气，就是生与死的距离

康巴汉子

星空下，你在我身旁
牛羊驯服，草原安详

把我掠到你奔驰的马背上

你的手心，没有捕捉过城市的烟尘
只有弓箭、缰绳、风雪和阳光
你的脊背，没有背负虚伪
只有敞开的胸膛

让天空扑下来，让草原涌过来
让羊群滚动而来，让马儿奔腾而来
全都进入你的袍袖，舞在你的襟摆

活着
就是黑红的脸膛，洁白的牙齿
灿烂的笑容
就是彪悍的舞蹈，纵情的歌唱
真情的呼唤
就是大碗的酒，大块的肉
熊熊火塘酥油茶飘香

鹰是你，仰望，让云朵变幻吧
山是你，倚靠，让时光流逝吧
你的行走，停驻
风一样迅疾，石一样简单

草原

被尘埃、疼痛追踪
从高楼、村镇、市场里生发
浓雾般的眼神
盯住我的脊背，发冷
从田园、河流、山峦里涌现
刀片样的闪光
直刺我的身心，惶恐
不知道，背负、缠绕了什么
举步维艰
用手拍肩，又那么空

谁站在半空，向我撒下蛊惑
让我向这里，狂奔
一头扎进青草的行列，隐身
春来绽绿，风吹起伏
叶片的形状，汁液的味道
洗涤身心

铺开牛羊，点缀花朵灿烂的地毯
抖开蓝天白云，高远明澈的斗篷
唤我听，苍茫中的宁静

喊我看，辽阔中的永恒
却不知，这幅天地的绣品
我是里面最普通的一针

玛尼堆

抚摸每个经文
灼烫里，触到心脏的跳动
里面灌满高原的风
掠过苦难、悲怨和哀鸣
神明聚集，护佑无助的疼痛
支撑不屈的抗争

它们在黑夜里放射光芒
岩石里，藏了无数足音
收集太阳光，归还给迷茫的眼睛
埋得最深的那一颗
附着前生的情感，从未丢失心魂

等了这么久，我终于回到这里
身体里雕刻的经文，立刻显现
玛尼堆怀抱我的体温和气味

诉说人间爱愿
我愿意做经文里的一粒尘埃
面向天空

高原阳光

能离你更近些吗
我愿意像蜡烛，在高原阳光的炙烤下
融化
几千米以下，人群黑压压，蠕动
头顶上细微的光
被阳光，耐心点燃
他们中有谁，真正看见太阳的脸庞

抬头是雾霾，低头是尘埃
前面是一片迷茫
情感的碎屑难以完整
我紧抱属于自己影子
不肯示人
被阳光的直接和坦荡，照得无地自容
逼我交出身体和灵魂
涤尽脏污和水分

我将变得像哈达，洁白轻盈
献给高原
该下沉的，抛下雪山，泥沙俱下
含情、含欲，也含痛
该上升的，交给白云，送达天堂的门前
含哭、含笑，也含魂

拉萨河边

找了这么久，走了这么远
我逆水、逆风、逆时间
追逐水中月，太美
捞一回，心就碎一回

我无法抵挡爱的魔力
忍不住一头扎进河水
再浑身抖颤，爬上岸
浑身伤口，堵不住的泪

或者，我该以幻为真
捧月在手、举月照影、饮月为醉

遮蔽心魂的痛，只品舌尖的甜

可是，没有哪滴河水，会为我停留
我从晶莹无尘中开始
滚一身泥垢，干硬成岩
等拉萨河在我身体上凿出经文
涂染
太阳的黄、天空的蓝、雪山的白
夜晚的黑、草原的绿、血液的红

风马旗

高原风吹，我的眼睫颤抖
万里之遥的眼神
在风中读出我的气息
高原雪色，江南水光
风穿行我所穿行的、到达我所到达的

马群奔涌
将我踩踏进草原最深处
我的脸一定要朝上

看草叶交错间鲜艳的格桑花
传送交给神明的祈祷
让爱沿着风的轨迹，向上攀升
让善顺着水的流向，向下播撒
总有一丝，落在我的头顶
总有一片，留在你的心上

风马旗，飘扬在天堂与人间的缝隙间
由鲜艳到陈旧，再消散成魂
为了风，为了你
为了离开，也为了到达

酥油灯

一步步接近，眯缝这双蒙尘的眼睛
光芒一直亮在路途
我的心，曾经被黑夜压得生痛

如果，以这样的微弱
放置在巨大的岩石底，炙烤多久
才能熔成岩浆，或崩裂成尘

千万不能熄灭啊
完全的冷寂，会生出
无量的绝望和惊恐

把岁月熬成油添进去
我愿意做那根燃烧的灯芯
会有焦灼，也会有痛
就为了唤出内心的光，劈开冷漠的冰

我会摇晃着隐忍
即使被寒冬的雪灾围困
你一定会看见这盏灯

桑烟

苦海无边，我一定可以站在上面
升向天空
你看我，拥有一张多么幸福的脸
那光芒，灼痛了你的双目
我是否甩开了污浊痛苦的人间

草原绿，牛羊肥
我放歌、奔跑、追逐
滚动在花朵间
桑烟在身边
我疲累、苍老、疼痛
磕长头匍匐在尘埃里
桑烟也在身边

我愿意用血肉之躯
将粗粝的地面打磨光滑
让神明悄然降临
我仰望，泪流满面
摩顶加持，佛光牵引内心的祈祷
穿透生死

桑烟聚拢，成帆，渡向来世
此生有多难，来世就有多美

磕长头

尽可能贴近大地
用我的四肢和身体
我的额头，触到你的额头
我愿意钻入尘埃里，最低
我用心跳，叩门
将我的祈愿贴上风马旗
挂到你的窗前
风一来，我就飘，吸引你的注意

把我的心摊开，这一生的苦
必须晾晒在你的眼光里
答应我来世的幸福吧
我祈求，你踩踏我的脊背行走
去雪山、去圣湖
去到我停留过的每一个缝隙

飞翔中的鹰，就是通向天堂的钥匙
我伸手，抓不到
你伸手，就停在手心里
所以，我必须匍匐而行
群山连绵
就是我身体的弧线和隆起

各自的菩提道

这么多人，摩肩接踵
为了内心的祈祷，还因为你在中心
路面被脚步踏磨得光滑清亮
照见我的前世今生

每个人，都走在属于自己的路途上
他的和我的
为什么无法交汇在同一时空
脚步可以杂踏，也可以齐整
被内心的悲欢指引

高原阳光，横在眼前
斩断情感，又何必留下生命
背后追赶的雪山，圣洁而宁静
你所在的须弥山，从未离开我的头顶

转经筒旋转不息
我在这边，他就在那边
各自的黑夜和光明
你全都看见，全都悲悯，全都心痛
脚步踩踏在你肩头
力道不同，心魂不同
通向的门也不同

羊卓雍错湖

扑向你，掬一捧水
指缝间漏掉，无法放进我的行囊
当年，她在湖边放牧牛羊
牧歌高亢
背负水罐汲水，身影婀娜美妙

一滴水恍惚迷失
跌进千年后的玻璃杯
清亮透明，与其他水相同
这水，真的来自你的怀抱吗
湖光云影呢，月色星空呢
飞架的彩虹呢，起伏的山峦呢
缠绵的水草呢，守望的湖石呢

与你隔绝，水就失魂
何况让我与你相距千里
一念回归，念念不绝
只需一秒，你就嵌入我的瞳仁
她燃起的桑烟，尚未散去
我却留不下来
心生恐慌，山外尘埃铺天盖地
幸而终于明白
泪滴的源头在哪里

高原星空

我想用身体、眼光和发丝
去解读星空的神秘和繁复
躺在草场上，时间流淌，清凉
我抓住时间的尾巴
它回过头，狠狠咬我一口
昂头，骄傲地游进草丛

金黄而细碎的光，撒在我的脸上
允许我痛痛快快哭一场
篝火边点燃的热量，散了
歌声被风甩在地上
星空的深情，离我这么近
我领受、感动，却存留不住
像水过竹篮，一晃千里

我宁愿抱着星光站在荒原上
也不敢带回
实在没有什么配得上它的美
接得住它的爱

此刻，我坐在高原的星空下
想死亡之后的事情

狠狠地，牢记最后一眼
宝蓝色的静谧和空旷

献给珠峰

凝望你，神情恍惚
似乎看见，自己从湖水中沐浴而出
站在蓝天下，没有羞涩，只有圣洁

另一个自己拜伏在地，不敢抬头
直到云朵飘来，遮住神秘
每座山，一个神
我把自己献祭给你
就像躺在天葬台上，将一生的光阴
条分缕析，足够干净吗

鹰徘徊，不肯收取污浊横流的血液
我跑了千万里，就是想寻找源头
也是为了陪你
祈求你，让我的每根骨头
都变得透明吧

点一滴水在我眉心
我就可以长吁一口气
毫无遗憾地，躺倒在地

月照雪山

喷出积攒的光，捧在手心
放进湖水，银鱼般散了
又浮上来，隆起成雪山
洁白圣洁，高耸云天

听见它缓慢悠长的叹息
感受它无所不在的悲悯
我仰望，被月光穿透一秒
胜过风尘打磨万遍

我是一只布偶，被月亮用银针
钉在世间，藏有忧伤，困住真情
想在雪山面前炸开，不惜迸裂四散
踏歌而行，自由畅快

可月光还是痛得抖颤
被黑夜捂住不能叫喊
高原骑黑马，挥寒光，踩踏我的头顶
我已准备好，被收割而去
决不动弹

纳木错湖

就是这里，停下来
脚底生出根须，头顶长出枝叶
心，特别安静
云想跑就跑吧，风想追就追吧
让时间从我身边呼啸而去
让世界在我身后变化无穷

我在这里，等晚霞披上肩头
星光闪烁在头顶
我在这里，轻轻地唱着歌
等湖水里幻出你的眼睛
我在这里，重新经历一遍疼痛
就像捧一把泥土

只有渗入你的魂，才能捏出我的形

答应你，在这个地方
不溅出一滴泪，搅乱水面的静
任夜色汹涌
将坚硬的身体，消融

藏羚羊

看到你，就想到我的来世
你尖锐的蹄，急速踩踏我的心
高原的草，汁液鲜美
必须一生找寻
严苛的环境，孕育善良脆弱的生命

如果不是因为高原的广袤
你不会来到这里
也不会有如此迅疾的奔腾
如果不是因为蓝天的高远
你不会凝望不息
也不会有如此清澈的眼睛

在苍凉中拥有自由，多么幸福
追逐风，追逐水
追着、追着，就追到自己的前生

满面尘埃和被阴影囚禁的心灵
我必须脱下重重盔甲
露出柔软洁净的身体
才能灌入你的灵魂

格桑花

这时候，我只能依偎高原
静静仰望，星空正激烈而无声地旋转
往事薄而锋利，砍削出来的碎屑
溶化成爱
我背着，穿过大半个中国
却找不到可以掩埋的地方

这场不管不顾的飞翔
会失重吗
湖水在不远处呢喃
时光纷纷扬扬，落在水面
早没有了值得回顾的模样

星星们啊，我在祈祷
你们中谁听到了，就眨巴眨巴眼
这辈子，就需要一场这样的匍匐
然后高举双手
摘一片深蓝，一朵灿烂

如果我不肯走上回去的路
谁愿意收留我
是星空，是湖水，是雪山
还是一朵刚刚开放
不曾经历风雨的格桑花儿
当我从天空收回目光
她正轻轻触碰我的指尖

青稞酒

靠青稞酒涤荡体内的伤
逃出这么远，还是没能逃出醉的欲望
如果是你举杯，我喝得毫不犹豫
即使心炸裂，泪横流

你的歌声，把高原包裹
用情感为薪柴，炽热地熬
酿出唯一的一滴酒，就是太阳

我在阳光里生着、死着、爱着、痛着
酒海中的浮游、追溯的，一定是纯净和
酣畅
只有这样，才配得上天空的蓝
雪山的白

匍匐，才能听见神的心跳
行走，才能挺起自己的胸膛
于是，放肆让青稞酒流进我的身体
像河流冲刷大地

戈壁上生春草，荒凉中有牛羊

我奔跑，我飞翔
我躺在满湖的青稞酒里
啜饮、鲸吸傍晚的霞光

与你对视
　　——骷髅墙

疲惫的我，站在你面前
你会微笑吧
能感受到，人世间身体和心灵的劳累
你叹息的声音，太轻太慢
我听不见，也无法守候那么长时间

你的眼睛里，黑暗深邃
我走进去，能否进入你的生命时光
或者，我就成为你
经历你所经历的一切

那里面，有草原雪山，有花朵牛羊
有歌声爱情，有信仰磨难
或许还有一束奇幻的光

是你真正想指引的方向

我伸手，触摸你的额头
感觉高原阳光的灼烫
我的心跳慌乱，血液冰凉
你是否想拉扯我，进入墙体

守望高原雪山，你曾经存在过
并且，点缀在死神的衣袍上
我呢，即使细微挣扎
必定与你撞个满怀

离开时，你轻唤
我回头，满墙森森的白骨
全都流露悲悯的眼光
温柔的气息，吹拂我的身体
我像一叶扁舟，漂浮
回到波光闪烁的人间

胡杨

没有谁，能夺走我的姿态
站在最单调、最荒凉的地方
表达最坚定、最丰富的内心

当年，拥有雨的滋润，风的柔情
盛开在，神山洁白、纯净的掌心
一场多么值得回味的生命盛宴啊
鸟儿斑斓的羽毛，虫儿不同的歌唱
身体闪烁彩虹的光芒，像悬挂无数哈达

我看你骑马来去
一茬茬青春，一茬茬苍老
我的瞬间，多么漫长
我嗅到，你身体里汁液充盈的芳香
听见，血液流淌的声响
感觉，光阴的鲜嫩和温情
看见，你的脆弱和迷幻

地老天荒，不是神话
我愿意，为你标明白天和黑夜的界限
我愿意，为你撑开天空与大地的边缘

不必说苍劲和坚强
也不必说时光和风霜
无处不是离开，无处不是到达
活着，站立成这样的姿态
死去，就成了灵魂的模样

盐粒

　　——茶卡盐湖

洁白，是每天不可缺少的滋味
咸，不仅仅因为泪水
还因为你站在云端
俯视，翅影掠过如镜的湖面
我真的不敢站在你面前

你是女神手中的水晶球
照见城市繁华荒芜
照见我瞬间苍老
每个人离去时，将魂浓缩成
一粒盐，留在这里

我不敢聆听，粘附在我指尖上
盐粒的呐喊
我能否将盐粒带回人间
寻找粮食蔬菜，和温暖的身体
进入炊烟
变成血液，融入灵魂
再次经历精致璀璨的轮回

站在盐的眼波里
等风过后，水平静，倒影出现
那是我的颠倒，还是我的真实
即使我无比美丽
也会被腌制进岁月

或者，留在湖里溶化、析出
再溶化，再析出
纯净的路途，没有终点

油菜花海

顺着春天的河岸，追你千万里
你在我的地头，陪我抽完一袋烟
灿然一笑，就转身离去
雁向南，你向北
终于汇聚成海
我奋力挣脱羁绊，气喘吁吁
呆立在花海边
却找不到哪一朵是你

一山一生死，一垄一轮回
花魂何曾寂灭
这儿一定是你心目中的天堂了
蓝的天，这么高远
白的云，如此洁净
还有这青海湖，碧波无尽
一朵花呼应一滴水
找到它，一定是
你酿的蜜，我酿的酒的滋味

羊从我的内心走出

就是这种眼神
世界因此温柔、平静
退到最低处，不避刀剪的寒光
只用清澈的注视，让我于心不忍

走得缓慢，却有尊严
什么都能承受，就不会惶恐
我们可以主宰羊的生死
谁又主宰我们的来世今生

活着，必定有各自的磨难
我们渴望得到悲悯，羊却不需同情
我们仰望天空，羊面对大地
我们泪流满面，羊咀嚼柔嫩
我们欢庆舞蹈，羊献祭自身

羊从我的内心走出
向篝火，向刀尖，向烤架
从容
脊背上驮着雪山，皮毛里藏着温情
是否看见，内心这双羊的眼睛
睁开时，身就安，心就定

预谋一场千年后的私奔

——清明上河图组诗

清明的空气

细雨属于春天
淡绿的雾，笼罩天地
也笼罩我的眉睫
一只小飞虫，钻进眼睛里
泪滴，谁在半空中注视
刹那间惘然

从哪里来，要到哪里去
脚步该怎样提
奔忙着，无论阳世阴间

浮尘一颗，飘来飘去
降落到哪里

随便伸手，就可能
抓住一个精灵或游魂
惊愕的眼神，穿透我
总有一根弦颤动
从最初，拉扯到最后

泪会淡、痛会浓
固执，不停息
张开自己的嘴，呼吸

挑担者

我走在他身后，不敢拍他的肩头
怕看见祖父的脸，布满皱纹和愁苦
我牵着他的衣襟
力气在他身体里奔跑
就要接续不上了
在微驼的脊背，坚持着

扁担上，坐着另一个我

石板路，反射圆润的光泽
街市充满麦香、酒肉的气息
所有人都饥肠辘辘
无数我的脸，被河水映照
眼花缭乱，心跳如鼓

千年前，或者千年后
担子落在辈辈轮回的肩上
表情从未变过
人间，就是在这条街上生活
唤住你
将挑选的东西，放置在肩头

骑马者

怀揣锦绣文章，将自心灼痛
拿出来，又恐飘散如烟
街市上，人们都在梦中
茶楼酒肆，满是笑语、笙歌

低头，用缁衣遮住复杂的表情
无人看见，暗中垂泪的孤独

春风沉醉，芳草杏花，无尽愁
冷雨瑟缩，楼台宫阙，在半空

曾经豪情万丈
双肩扛万里江山，云霞璀璨
却酥软在
柳含烟翠、烛影摇风的眼波
繁华到底能支撑多久

我忧心如焚，想振臂高呼
清冷的空气、凋残的花朵，堵在喉头
信马由缰，马蹄代替自己的脚步
围困在这座千年不破的迷宫里
该向何处走

奔走者

是谁，将你放置在街心
让奔走，成为宿命
如此，你寻觅缺失的米粮
牵挂卧病的亲人
你的脚步，急促而慌乱

一片乌云，落在头顶
谁看见你内心的无助和悲哀
一管柔软的毛笔
就能将困厄，降临给你
巷道复杂、命运多舛，无法逃离

我看见你所在的时空
虬然的老树，叶子已凋尽
流淌的河水，岁月已远离
你却看不见，我所在的时空
也有奔走的疼痛
也有不肯放弃的爱意

到底是谁，寥寥几笔
将我留在这个世界
不久后，抹除
不留痕迹

汴河桥上

有人，在桥上走了千年
怎么也到不了彼岸
无奈，看行船
河，跨越不易
桥墩上的青苔水痕
砖缝里的衰草黄花
记录无法解读的故事

名字，被对岸的人呼喊出来
就莫名缥缈神秘
月光，洒在空桥上
不敢听孤寂的跫音
灯火，亮在屋檐下
等待门轴吱扭响起
街市，演绎人间悲喜
在汴河桥上，潮来涌去

河水交织无数魂灵
粘附在桥底的穹窿空间里
船过桥下，不敢抬头
垮塌的意愿，一直在颤栗

叫卖声喧闹，欢腾着人间气息
市集里的货物，象征着生之意义
我回首，你隐入人群

在行吟

你在行吟，行走的轨迹
由我收集
展开卷轴，流云飞瀑间
点缀泪滴
到处都有情感寻觅
烟火气息、车轮卷起

你的脚印，钉进街市的心脏里
与其在河边，潦草地看春光
不如一头扎进水里
溅一个浪花、舔一支秃笔

河堤上，孤独的身躯影接千里
街市在你之外，还是在你之内
一点点揉碎，洒在河面上
水鸟衔着飞
薄雾一卷，又回到墨渍里

箫声

箫声穿过雨幕，穿透夜晚
收拢羽毛，轻卧在心，温暖
夜空中的精灵
随他的指挥棒吟唱
深情的歌声，充满华彩
他的指纹，留在神秘之门
得到印证，就出现光芒

那么多花朵，开在指尖
轻触人世间的寒凉

内心，是多么昂贵的一管箫啊
在文字的空隙里穿行
收集现代和古典
吹奏，到达我的酒杯
甘冽中，把醇香洒在琴弦上

就站在这里
用一管箫的姿态

泊船

风浪摇晃，纤夫长成柳树
便见含笑的船娘
桥头拥挤，市声喧闹
截断生活的孤寂漫长
人群聚集，华美无限
把自己抛给放纵温软

这时候
说什么千山万水、历经艰辛
说什么生死莫测，山高水长
山崖上的黄花，险滩里的岩石
等在前方，需耗尽生命抵挡

有什么关系呢
此刻，酒香引人张望
收风帆、卸货物
缆绳被谁隐藏
减一笔风、增一线波
河水遵从谁的方向

投身其中，迷失

一座城，到底能给予多少欢悦
值得携带，慰藉家人的祈盼
灯火无尽，让梦境浮在水面
自己增添的繁华，终究与自己无关

送别

赋诗、喝酒，都已做过
此刻，站在柳树下相对无言
无尽波涛，无以抵挡寒意
无边落木，无法逃避摧折

留在漩涡的中心
继续做力挽狂澜的梦
远遁山野林泉，遥盼大地回春
寒鸦聒噪，故人难见，明月思君
浮名浮利，本是注定

站在这里，再也不能移动
眼光，随着画幅
穿越到千年之后纷乱、浮躁的时空
会惊讶，还是会失望

也许，真有千年不醉的人
酒楼坐不穿
治国安邦的理想
腌渍成漫长的岁月
会变成什么滋味呢

凭栏

登楼，凭栏眺望
落日云霞艳，残照如何收
无情汴水赴远山
你所在的城市，是否亮起灯火

春寒起，衣衫和内心都感凉薄
暗自叹息，时光逝去，美景难留
百无聊赖，站在桥上
向水里扔一颗石头
水声响起，音波传千里
涟漪无限，回荡牵一生
已是白头

俯窗独坐，无人共醉
此刻，你从楼下经过
我能否认出你的背影
追赶那段最美的年华

用宋词中
雅致的姿势、浓郁的相思
画梧桐、等惊鸿，珠帘卷、翠帷垂
写一首蝶恋花
唱一曲水调歌头

预谋一场千年后的私奔

千年以后
我是一缕月光
落到你的床前，凝视你的面容
我是一丝微风
摇动你窗前的风铃，呼唤你的姓名
我是一团泥土
烧成瓷，捧在你的手心

千年以后

有蝴蝶绕你而飞

有柳枝牵你衣袂

有雨滴落在你的头顶

你会被太阳光，引出泪珠

你会被飘飞的雪花，舞起浪漫

你会被满城的灯火，勾动温馨

你的灵魂里，融入了我的灵魂

不信

听听此刻的心跳声

归于何处
——西安行组诗

西安，你好

黄昏时，我被片段切削成
灯光
这座城，怎么可以在我之外
存在千年
层层街道叠压，谁在我之上
谁在我之下

我只拥有可以忽略的薄
不像你们，用陶器、铜器
兵戈、箭矢和军阵，来支撑
生死血肉

霓虹圈住的钟鼓楼，魂在夜空里飞
多灿烂啊，这样解释历史的沉淀

这样遮蔽我的足迹
我想念的人、寻找的人
一起吟诗喝酒的人
一起鼓乐舞蹈的人
早已消失千百年

我来晚了，什么都打捞不到
不甘心地奔忙
能触痛什么呢？除了我自己

古城墙

我一直在想，该用怎样的姿势
站在城墙上
与我并肩而立的，有谁
他们正对我说着什么

风，不会放过我
无论是现在的，还是历史的
我从中嗅到的滋味
太复杂，太真实，又太虚幻

从明晃晃的阳光里
听见人喊马嘶的声音
血肉和骨殖从天而降
将我掩埋
幸存者，为什么是我

穿过漫长的时光，将历史遗忘
谁平复了仇恨和苦难
谁让墙缝间的青草，黄花绽放

我无言以对
眼前只有苍凉和空旷
城里道路纵横，弥漫着烟火生机
市声喧腾，召唤着我
可我已经下不来了
我的半个身躯已经化成城砖

过华清池

接住吉光片羽的爱情故事
太轻浅
人世间，处处是凡俗的欲望
有人是露珠，有人是花瓣
有人是地底的温泉
有人是池边的青砖

神给予的途径，就是不肯完美
袒露，娇柔，集所有宠爱
又能怎样
阴影拖长，精灵游弋在边缘
任何人的手掌尽头，都是深渊

托着你的时候，尽情舞蹈吧
此刻，你掀动的空气
围绕着我
我却不知该沉醉，还是该幻灭

你当然不会听
千年之后我的故事
即使那渴求，那绝望，那悲伤

是一样的
我把头埋在水面之下
就进入了你的眼

羊肉泡馍

我和羊一起，饥饿着
馍却饱了
我追溯不到哪片土地，哪根柴火
哪些青草，哪口锅
喂养我，让我活下去
让我知道疼痛，笑着说
把脸埋进热气里，看见
求生的呼喊，迁徙的路途
看见无数悲愁的脸
在尘埃里浮动

浸润着汁液，辣着、酸着
我没有资格说动荡，说苦难
只想细细咀嚼
感受食物充满身体的暖意

头顶腾起袅袅的魂气
然后留空碗在桌上
没有牵挂和担忧
面团、羊肉和汤汁
谁吃下去，谁就是我

兵俑

你的征裘，是我缝的
你的鞋底，是我纳的
我站成望夫石，你塑成兵马俑
各自占据时空的两头
我被风雨侵蚀，容颜剥落
化成温软的黄土颗粒
包裹你
你青春英武依旧
留我的倩影在瞳仁里
没人可以剔除
你站立着，阳光洒在肩头
忧伤而寂寞
我无数次，去了又来
唤你
你就是不肯复活

华阳老腔

我坐在门口，打板凳，跺门槛
把自己撕成碎片，远远不够
我在吼，在砸
像黄河，像黄土，痛啊，重啊！
不这样，你听不见
不这样，伤口不会愈合

把每条骨缝都拆开
不藏虚伪尘垢
酣畅淋漓地唱一场
天地鬼神都听见了
孩子落草就跑，庄稼落地就长

让人恨不够，又爱不够的
风雪日头
让人哭不够，又笑不够的
生死情仇
冲不破你的围困
也要让你心惊胆颤
改不变我的命运
也要让我气冲牛斗
然后，我沉默着
过活

门楼上的雕刻

花纹罩了满身，在心里攀爬蔓延
在骨头上敲打雕琢
言说不出的意味
该诉说痛，还是痒

精灵飞升沉降
我的魂，出窍了
奔向渴望的方向
我的身体，抛在人流拥挤的街头
痴了

不知该赞叹什么，只知道神明来过
在平凡的光线和时刻里
在你的指尖上和眼睛里
缭绕舞蹈，灵光闪耀
穿过千年时光，落在我的身上
让我不知所措
哭不够、笑不能、呼喊根本不足

真想回到那时
做不得，雕刻出来的花纹

也要做，从花纹上剥落
废弃的石头

归于何处

非要如此问吗？
像烟尘，散了，就消了吗？
我还是踩在寺院的青砖上
苔痕、水渍。花朵开落、树木葱茏
翘檐挑动阳光和云影
没有一处是空
将我挤在其中，动也不能动

谁能解释，我所承受的磨难
谁能解脱，我挣扎痛苦的内心
就可以站上云端，悲悯俯瞰

我从繁华街市而来，眼花缭乱中
皆是人间盛景
浮荡、忙乱，摆放的需求，都是真

天与地，从未将落叶扫尽
你和我，从未想过抛却凡尘
不如这样吧
走进山门，不羡
走出山门，不动

游大唐芙蓉园

此刻，我在演出
把千年前的唐朝，当成真实
亭台楼榭在模仿
水用涟漪，花用色彩，模仿
我用衣褶的走向，行走的步态，模仿
风的向度和滋味，人的心境和眉眼
是无从模仿的

那场梦，浩大无比，海市蜃楼般
你在城里，我徘徊在城外
无尽的繁华，无边的美，失传
你湮没之前，向我招手
背影，引无尽想象

我无法表演出你的风采
只是僵硬地在布景中行走
像招魂的巫者，等待你抛出一缕牵念
环佩轻摇，云鬓香影
你在火烧云的霞光里
对我指指点点

失散的墨滴

——江南古镇诗歌

一个人的周庄

我走进周庄，丝绸立即裂帛
上面绣着的鸟儿
跳到地面，亮出尖锐的脚爪
向我的脸，抓挠而来
我惊慌，跌入水中
小石桥便断了，青苔和石块
将月亮砸成碎片，水汽迷蒙起来
被钻出巷子的黄狗追捕

小黄花与柳丝，在飘忽
红旗袍与雕花窗，在眺望
它们等待的人，不是我
又不能将我驱逐
白墙黛瓦，已经陈旧

却不愿放下韵致
浸泡在骨子里的东西
就是不肯传授给我

拿一支毛笔，蘸水渲染
天空一笔，水光一笔
小船一笔，倒影一笔
还有一笔，具有莫测的力道
将我甩出青石板街道
像失散久远的墨滴

月光下的西塘
——西塘古镇组诗

含水

枕河而眠，水声蚀骨
河面反射的夜光，正在站立
向我的窗前聚集
演出一部皮影戏，故事的碎片
悬在树梢，挂在翘檐

随便在人间何处，落落脚
就有底气

码头前，夜船静泊
桅杆高挑不眠的眼
河街上，神明来去，各有生意
水吞咽气息，藏进青苔
年年描画，徒添沧桑
消化生死悲喜
红盖头与油纸伞
互相对视，又互相远离
只有这一脉水，牵在彼此手里

含烟

不相信，这里没有忧伤
生活的苦痛，到了这里
会轻一些、淡一些，不留痕迹

鱼米富足、丝绸锦绣
谁人收割享受
绣幔粉红，画舫魅惑

愉悦的歌声里，也有呜咽残留

无处放置的愁，飘忽如水烟
清晨，敞开轩窗
在河面上、花草上放牧
黄昏，晚霞照眼
怎么都驱不散，必须回收
夜深，柴棚中与高墙内
都会有哭歌

压抑有多重，悲哀就有多深
在画幅外游览、观望
填入美满的梦境，都无用
捧起一缕烟
也会从指缝间溜走

含云

我的心境，并不闲适
虽然采取飘浮的姿势
抵御重量的压迫
无奈，挣脱不了下坠的力道

向人间靠近
那么多人，集中在河街上
抬起皱纹仰望，牢记蔚蓝
并感慨，云卷云舒

河岸边的房屋，貌似沉静
其实苍老，在岁月中跑得气喘吁吁
透过半圆形的桥洞
与我对视
漂洗的白，涂抹的灰，各有启示
幸而水中有荷，让我安心

窗前探看，你正梳妆
我沾一点红晕，抹上你的脸颊
便悄然离开
让你去嗔怪花朵

含月

水蒸腾的气息，就是月光的味道
将月色，灌入精致的玉壶

竟然倾倒出一条河街、一座村庄
我像一片浸泡太久的茶叶
粘附在青石板路上
影子又长又浓
在月色中飘浮
索然无味，再也回不去
翠绿青涩的春天

小船欸乃出现
应和我踩踏石阶的脚步
我想站在最高的塔尖，拥一怀清凉
沿飞鸟的痕迹
穿越、到达任何时光

我不是去找你
即使找到前世的你
此生也会离散
我是去看月亮
舀一瓢月光，品咂一下
是否包含人世间所有的滋味

西塘左岸

我遥望的右岸，停留在千年前
你布衣荆钗，掀动烟火气息
脸上，有忙碌和无奈
挎着的竹篮里
汗水的气息混合食物的香气
让人安心
你所张望的爱情
朴实得，像靠在一起的瓷碗
你所依赖的日子
从容地进出，木质斑驳的门槛

我行走在左岸，感受温润的风
和灿烂的阳光
车鸣嘈杂，人群拥挤，脚步忙乱
我的肩头，堆积的落叶，正在枯黄
我的手上，粘附的泡沫，正在破灭
无数闪烁的片段，切削我的记忆
我的表情，无所适从
也许，回到对岸
才能拼贴出完整的自己

河水，不动声色地流淌
容纳所有时光
翘檐，无可奈何地苍老
消解所有忧伤
石板路，乌篷船
承载生死轮回、传奇和平淡
我离开，你守望

月光下的西塘

我在你的身体里行走
你像卧在夜里的小兽
紧绷的血管里，响起我的脚步声

眼睛，留在灯盏熄灭的窗口
叹息细微，潮湿
像青苔爬出砖缝
月光流过我的影子
嘱咐了什么，你听不到

影子颤抖，点头

魂灵围住我，窃窃私语
议论我将要面对的疼痛
将要经历的过错，言之凿凿

有人在高墙内，闷闷地咳嗽
镇上活过的所有人，从未出错
泪滴的重量
决定木雕，金漆斑驳
砖雕，刻痕残破

月光照着
猫儿悄无声息，踩踏墙头上的草
狗儿转过街角，狐疑地张望
我从某扇门里闪出
去寻找自己的光
只要走出迷宫般的巷子
天就亮了

时光空隙
——杭州行组诗

灵隐佛颜

坐在岩石里，微笑
看我把梦境展开，将哭笑当真实
阳光和雨水都来到
每片树叶发亮，让我站立叶尖
随风飘

你和山一起永恒
用我的脆弱和易朽，与你碰撞
刻痕，活了
在时光里游
被鸟鸣唤醒，在我的身体上奔跑

看得见走过的路径，经历的煎熬
看不见微澜深处不肯显现的渴望

如果，我祈祷
你就从岩石上走下来
护在我的身后
成为无处不在的依靠

西湖远山

装点过多少画舫，聆听过多少歌唱
欢乐在水面飘
人世间，就剩下这些了吧
你静默不动，若即若离
我的容颜，千年里没有变动过吗？

从动荡的时光空隙里
长吁一口气
足够琴瑟笙歌慢慢荡漾
将金戈铁马挡在门外
将离人的忧伤，不肯展翅的抱负
挡在门外

只留一段浩渺的爱情传说
你举着油纸伞，出现在烟波里

我的心里，有温香软玉般的柔情
像湖水，铺展到你脚下

责怪我吧
没有雄心壮阔
没有先天下忧而忧的担当
甘心让这淡扫的峨眉
牵住我的目光

湖面倒影

与你牵手，沿着堤岸走
像钟表里的指针，作为记录还是分割
光线与时光有关吗
折射是否可以当成穿透

湖水里，隐藏无数命运，无尽传说
分一丝翠给柳，匀一点红给荷
挂一缕风在黛瓦翘檐上
留一份梦境给人群穿梭

反射的天光，看似空白

画上涟漪，就可以网住我的心
树木张开翅膀，就是不肯放飞

月色朗照的夜晚
堤岸是一支射向夜空的箭
让我披着月光
站在飞行的箭杆上，回溯时光

眼前闪过
人的死与生，景的毁与建
你设计的轮回，我都走过
云来问，鸟来闹
我不会泄漏
这里是另一个世界的入口

问茶

哪种滋味是真的
山，放一片树叶在手心
春天生出无染的绿，单纯的心情
都想拥有吗？

真水无味，浸泡出我的一生
山道上，树荫浓密
尘嚣无从入侵
全部鸟鸣，都化成雀舌
不够摘取

漫山遍野的折断和疼痛
嫩或者老，只对春光负责
紧紧捂住，想看的颜色
慢慢释放，想尝的滋味

万年一季，千年一瞬
让我在山的身体里穿行
寻找破土的契机
在山的皮肤上，覆盖茶林
寻找不到最初的茶树，没关系
只需坐在清风里，向我一问

烟云、风雨、山泉、时空
一切了然于胸

六和塔

穿过整座城市繁华
把自己，晾晒在阳光下
抽掉虚饰和纷乱的欲望
就可以与你一起，站在江边
你所穿行的岁月，我所经历的琐碎
都是早已安排好的
江水滔滔无尽
每一滴都有自己的方向

问自己，到底有什么割舍不了
江天开阔，浪头高耸
就如连绵不绝的时光
被覆盖、被捶打、被淹没
我努力挣扎
伴我走一段路，为我斩断疑惑
就走

我仰望，心中溢满感激和感动
远离的背影，干净极了
没有任何牵挂
天地四合，有你支撑
看江潮奔涌而来
轰然如雷，心已无惧

映月

面对月，只能缄默
湖水荡漾，你无声陪伴
这短暂的，被世间遗忘的时间
真的属于彼此吗
看似唯一的月，也有分身
只为迷惑上天注视的眼
幻境当真，烦扰无尽
需要刻意的角度，固定的时空

谁能砍削月的自由呢
去建造，去适应
点一盏随时熄灭的灯
我想要的，是坦荡无碍的水面
将满湖的水，灌进我的血管
也感觉不到沉重
月光照耀下，我蜷缩成蚕
吐出时光，向空中飞
月在天，月照千江，在我头顶
月在水，月映露珠，在你心魂

断桥

桥，断便断了
何必分辨，我是人是妖
情感的质地不变
我愿意化作一座桥，让你踩踏

从此岸到彼岸
经历的磨难，自己知
如果世间没有爱情这朵花
我会安心做妖，畅游湖山如画

恐惧和自私，散发黑雾
侵入纯净的心地
还是看见头顶，光的通道
指引我，脱离潮湿黑暗的洞穴

守片刻的红烛高照
经历你，才可以取到仙草
耐心在塔底，炼掉怨恨和痴妄
等倒塌的那一刻，冲天而上

你还在凡俗红尘，埋头过活
我已脱胎换骨，不坠轮回
桥，断便断了

地下铁行走

——上海行组诗

时间围拢过来

等待的、丢失的、围拢的
都是时间
各种表情，强弱不同的灯光
紧缩或放松的身体，淡漠或热烈的心情
一个洞穴、一条轨道和一辆地铁

我的身边，出现很多人
他们全都背负属于自己的时间
等候地铁运送

有人被时间，窒息得悄然无声
有人被时间，重压得气喘吁吁
有人被时间，榨出芳香
有人被时间，抽出寒凉

不能将我看见的、听见的、嗅到的时间
指给你看
它走近我、压迫我、消磨我、啃噬我

真希望地铁立刻出现
带我逃到地底深处
可是，一头扎进去
会碰到怎样的时间呢？
会不会被它抓住
胁迫着，寻找出口

闪现与模糊

瞬间太长，恒久太短
我被地铁携带，疾奔如风
去抓捕什么
我不知道

砍削哪块岩石的梦境
斩断哪条山川的血脉

按捺恐慌和茫然

我的身体，成为一团模糊的雾
回到地面，在阳光里
才会聚合，有重量能行走

我趴在地铁的窗口
偷窥变形的时间
被推搡、拉扯，面条样揉捏
再也不能复原

骨节散乱，只有快速捡拾
才能连缀起这个
或深情款款，或愉悦无边的
人世间

地铁车窗里的脸

收下城市里，所有的表情
再敷到每张脸上
此刻是我的，彼时是他的
无数次混合之后，又是谁的

空气里，许多气息搅拌在一起
我看见长长队列里，自己的影子
向前，却唤不回

我的魂，丢失
不是在沉寂的黑夜里，而是
在汹涌的人潮中
在城市喧闹的白天
在迅疾闪过的光里
在你与我擦肩而过的一瞥

一块洁净的玻璃
非要看成如山的堆积
将我的脸收摄进去
就甩进另一个空间
悬挂在一棵树上，被风翻阅

我四处张望，才发现
朝夕相处的
是另一张陌生的脸

上下地铁的瞬间

只有几秒，让我走进走出
红灯警示，嘀嘟急促
人与人交错
一脚踏入未知，一脚走进茫然

谁能确定，自己的方向？
谁又知道，没留下遗憾？
地铁倏忽消失
似乎从未存在过
留下轨道和幽深的空洞

它夺走的情感，扯断的牵挂
让人愕然
来不及疼痛，无从回味

总有一部分，留在地铁车厢里
是气息，还是影子
是发丝，还是时间
就这样，毫不留情地切割

触摸海浪
——广东阳江海陵岛组诗

海岸

你的舞蹈，跳给谁看
大海，是铺展在地的帷幕
皱褶推涌，波涛无限
从天边到天边，何处驻足
千万不能将帷幕拉开
旋转，海面瀑布一样竖起、冲击
海岸横卧，弯一个漂亮的弧
伤痕，到达别处

水声灌入我的头顶
弹出几只海鸥，像灵性的泪珠
我怕变成岩石
用伤痕累累，千疮百孔
表达站立的滋味
还不能逃脱，成沙成尘

我在笑，我在说，我在行走
用短暂的生命，脆弱的身躯
看不懂海岸的线条
只能机械地划过

寂寞的贝壳

热闹中，我看到了荒凉
知道欢乐的人群，会被一只手抹去
像海浪冲刷脚印一样

这时候，我站在礁石上眺望
只看见空旷，根本
不存在为我驶来的船

你笑着，饮着人间的琼浆
像一只贝张开硬壳
享受太阳

却不知，壳里面是空的
我紧闭自己的幽暗
下决心，等到沧海桑田

瓶装海

蓝的水、蓝的天
白的云、白的浪
还有羞怯惊惧的寄居蟹
都被我装进瓶中

摇晃一瓶海水，能听到涛声
静置一瓶海水
可以看见阳光折射人鱼泪滴

把海放进怀里，呼应我的心跳
做成漂流瓶，放逐给空阔无际

永恒在这里，无边在这里
像沉船一样埋在海底
等千万年后，用我温暖的手开启

多么甘甜的一滴水
像珍珠一样
藏在海与岸组成的贝壳里

触摸海浪

在海滩上四顾
找不到同伴，回头看陆地
高楼冷漠空洞，吞吐出的空气
毫无热情，擦肩而过
孤独，陪伴无边的海
迟疑，伸出手指，触摸海浪

有脉搏的温热，有鱼儿的眼光
有水草的纠缠
有留在大海中的魂灵呼唤

有狂风暴雨中的挣扎，风和日丽时的欢畅
还有无边无涯的寂寞，无休无止的眺望
无穷无尽地询问

你是岸吗，你是岸吗
是放置爱和温暖的地方吗
拖拽我，牵引我
让我走出深渊，让我看见灯塔的亮光

麻酥酥地，血液与海浪交融
惊惧地缩回手，逃避海浪

听涛

一

深沉的夜里，你在呢喃、呼唤
引诱我走向你，像神秘的魔笛
让我抛弃身后的霓虹
抛弃红尘的气息
让我背长鳞片，脚生尾鳍
让我聚集月光，身形柔软如波浪
让我张开嘴，也呼吸不到空气
独自面对无尽的空旷和深远
被无底黑洞，吸出恐惧

突然发现
已经变身的自己，正被浪潮冲击
浪花飞溅，轰鸣如雷
咸涩的味道侵蚀
我的身体，正慢慢解体
不在乎成沙粒，还是成泡沫
知道，死神就藏在你的袍袖里

二

波涛起伏，爬进我的梦
冲掉我白天所戴的面具

模糊的一团光，浮在海的手心
被抛上抛下
在星光与月色之间，我认不出自己

沉重坚硬的外壳，碎裂成沙
铺在脚下
平坦柔顺时，不要说坎坷
虽然身在咫尺
温柔缱绻时，不要说冷酷
即使立刻背离

我能听懂，大海说了亿万年的话语
归——来——，归——来——
我在恐惧中，想逃离

不急，我沿着纠结的海岸线
张望漫长的时间
海已扯住我的衣襟
缠住我的裤脚

被海水冲洗过
就有灵魂落进海里
我祈求，带走一部分
总会有重合的时候
真的不要急

日子的鼓点
——欣赏画作组诗

日子的鼓点
——陈小奇《乡村乐队系列》

张大嘴，唱腔喷出
惊醒老天爷的瞌睡
悲喜化作狂风，让他打个寒颤
人世间，竟然有他拨弄不了的剧情

一张脸，就是一座山
七窍里，藏深邃和坚硬
还有笔墨的闪电和雷声

如斧砍削，线条扭转
日子底部，垫苦涩的表情
如犁耕地，回旋延伸
时间深处，留苍劲的脚印

锣鼓啊，铙钹啊，唢呐啊
不为死，就为活
抽丝般，抽出自己的命
缠绕、温暖别人的命

一滴墨，悬而未落
谁在画
一曲歌，余音未尽
谁在听

睁着眼睛的石头
　　——陈小奇《失眠者系列》

就是一块石头，硌得黑夜生痛
想吐出来，却无处张嘴

蘸夜的墨汁，画自己
里面布满针尖和刀锋

试着，将你的影子，从脑子里剥离
却幻化成无数个，让我窒息

夜色冲刷，灌进耳朵，流出眼睛
该用怎样的线条，画你的表情

草木茂盛，从树叶底，从花朵芯
纷乱的欲念攀爬而出，抓不住

涂不满的黑呀，留白处总是自己
用水煮，用火烧，石头不肯融化

除非用柔软的笔涂抹
画幅上，有人目光如炬，盯着我

奔跑的山林
——萧意忱山水之一

第一眼看山，山在这里
山石安静，山林深邃
雾岚缭绕，鸟鸣婉转

第二眼看山，山已奔跑千里
光影转了方向，褶皱浓淡变幻

泉水流淌成河，山风簌簌激荡

第三眼看山，山到了另一个时空
仙人松下对弈，世事棋局山外流转
山鬼精灵应答，花开叶落轮回不变
隐者篱下采菊，逸气清朗心境淡泊
雅士月下对酌，诗情长啸悲悯苍生

再一眼看山，山峰直通天空
千沟万壑，广阔无垠
一片叶，一颗石，一根线条，一个墨点
全都入心

最终，山被一管笔牵引
定住在笔尖
墨落笔起，山，再次飞奔

笔墨家园

——萧意忱山水之二

菜花开时，稻子黄时
鸟儿驮我来到这里
山峦的形状，田垄的走向
池塘里的波光，早已刻进骨子

每次描摹，它们流动、变幻
有犁铧的力度、牛背的弧度
有肩膀的厚重、炊烟的眺望

笔如千钧，向下坠
失重，眩晕
青绿、赭黄、艳红，色彩生漩涡
深黑而刚，淡灰而柔，线条在缠绕

惊醒，无限思念
留在欲落未落的笔尖

高举的岩浆
——王奇志《向日葵系列》

黑暗里蕴藏力量，多艰难
黑夜里寻找光明，多渴望
从地底向上喷涌
每一朵都是火山

岩浆冲击这个世界
冷漠、阴暗，无处遁形
无数张脸、无数个人在呐喊
手挽手，肩并肩，向上仰望
高举自己的火焰
灼痛太阳

谁在乎，夜色有多深，有多广
谁在乎，戈壁有多空，有多荒
谁在乎，世界有多杂，有多烦
只在乎太阳的位置
在乎那一束光

我就是其中一朵
正炸裂自己的心
给你看

什么不是花

——王奇志《暗香系列》

铺天盖地的花朵呀
内敛宁静，又肆意张扬
哪根枝条都不能缺
哪朵花儿都不能少

交织是花，扭结是花
延伸是花，密网是花
那么，什么不是花

暗处是花，明亮是花
深处是花，缝隙是花
鸟儿的眼睛，是花朵上的露珠
鸟儿的翅膀，是花海里的波浪
因此，佛祖拈花微笑

走出画室
我在城市密集的高楼和人群中行走
眼睛看见，脑子里出现
就是这些花

《湘女梦》诗丛 谭清红 主编

阳台上的梦

危丹 著

团结出版社

图书在版编目（CIP）数据

阳台上的梦 / 危丹著 . -- 北京：团结出版社，2020.12

（湘女梦 / 谭清红主编）

ISBN 978-7-5126-8495-9

Ⅰ . ①阳… Ⅱ . ①危… Ⅲ . ①诗集 – 中国 – 当代

Ⅳ . ① I227

中国版本图书馆 CIP 数据核字（2020）第 251429 号

出　　版：团结出版社

　　　　　（北京市东城区东皇城根南街 84 号　邮编：100006）

电　　话：（010）65228880　65244790

网　　址：www.tjpress.com

E-mail：65244790@.163.com

经　　销：全国新华书店

印　　装：长沙印通印刷有限公司

开　　本：210mm*145mm　　32 开

印　　张：100

字　　数：900 千字

版　　次：2021 年 1 月第 1 版

印　　次：2021 年 1 月第 1 次印刷

书　　号：978-7-5126-8495-9

定　　价：398.00 元（全九册）

（版权所属，盗版必究）

湘女有梦在文学

—— 序"湘女梦"诗丛

黄亚洲

　　我一向对湖南湘潭市的女作家协会这个组织极其活跃的工作，相当赞赏，就像我多次推崇我们浙江绍兴市的女作家协会的工作一样。不是所有的地级市都有女作家协会的，成立女作家协会的要件，是组织者的勇魄与情怀，以及这个地方确实有相当数量的热情而富有文学创作力的女性作者的存在。

　　湘潭市女作家协会的主席谭清红机缘巧合地成了我在杭州举办的亚洲学堂的一员，很多次以"学生"的身份，不远千里从湘潭赶来西子湖畔听课，于是这一次她要求我这个"先生"为她们协会组织的这套丛书作序，我也就不太好意思推卸了。按理说。我这个隔省的作家是不适合做这篇文章的。

　　而翻开作品集，倒是眼睛亮了。

这是湘江河畔的一群女诗人的群体亮相。此番亮相，确有湘女的风度与力度，飒飒有声。看谭清红的诗，语言颇见刚性，诗行之间呈现的硬气，也像她以前给我阅看过的那几篇散文的爽健。

她在《孤独与自由依然并存》这首诗中如此宣告："我可以裸着或半裸着，贴着黑玫瑰丝羽泥膜，偷油婆似的在故纸堆里穿行。没想找到什么，因为没想到丢了什么。黑蚂蚁一样的文字下面，条条点点线线，是我走过的路。"

以"没想找到什么，因为没想到丢了什么"来表达自己足够完整的人生经验，这份自信何其刚硬。

要说这是闻名在外的"湘妹子"的独有风骨，也不为过。

诗人危丹是一朵铿锵玫瑰。读了她的"原来生活中有一种痛，还可以哭着哭着就笑了"的诗句，再知道她的渐冻症患者的身份，能不为她的顽强、豁达与通透感动吗？

诗人凌小妃的诗歌善用"留白"艺术："走在异乡的风景，身边挤满了落叶。耳朵分辨不出另一座城市的语言，枯树上的老鸦一声哀鸣，"这种断裂式的语言，自有张力，可见作者追求艺术表现力的那种执着。

而诗人林韵的诗歌，则仿佛从历史深处走

来，"让人恨不够，又爱不够的风雪日头；让人哭不够，又笑不够的生死情仇。"诗人用语的那种遒劲有力，能令人回味许久。

诗人离若的诗作，就颇具"禅味"了。她仿佛有着佛家看万物的心境，再平常的事物也是一个圆满俱足的大千世界。"落叶收拢翅膀，枯枝一瘦再瘦。地底爬的，地上跑的，都回到大地的仓廪。"在她眼里，世界始终是圆融而充实的。

在诗人韵依依的作品里，我们能隐约看出她的"诗言志"的艺术格调，她善于沿着自己日常生活的指向，作出自己的思想提炼："今生，我是小溪的女儿，捧起通达、无私、宽容、理性，这些浪花般晶莹的词语；与乱石相对，无言。我们的内心里，却有一些东西在汹涌。"

诗人晓虹的诗作带有审美的自觉。她在《微风吹来的时候》里说，"美一定是向低处生长的。微风吹来的时候，河岸边的银杏树向我俯下身子。"句子朴素无华，明白如话，却是意涵悠远。

我们在诗人野鹿的作品里，能感受到她的对于形式创新的孜孜追求。"当影子捂起月亮，暖在手心；相思，又少了一夜。"这种细腻的情绪刻画，很容易在读者的潜意识里激起共鸣。

而在莲城女子合集里，我们也能看到女诗人们对诗歌艺术的各种既大胆又小心翼翼的追求。

小茵重视艺术表达"陌生化"，彭万里作品中的"哀而不伤"，肖潇的即景入诗，杨蕾作品的开阔与广博，欧阳湘平善用拟人化的修辞，罗银芝诗歌的主题多样，曾娟的借花写人，邹莹作品中那种典雅的"散文化"特点，王樱璇的画中之诗、诗中之画，李静民作品的长于对人生困境的思考，都值得我们充分肯定。

湘潭市的女性诗人群体，用自己独特的乡音，在辽阔的楚湘之地大声吟唱，这种艺术姿态不能不引起当代文学界的惊喜与重视。

我好几次对谭清红说，你们湘潭的女诗人们，真个是不一般的一群。现在读了这一大波作品，更验证了我的这一印象。

巾帼诗人集体地跑在时代的前列了，男性诗人朋友须加倍努力呀。

湘女有梦在文学，真是中国当代文坛之幸。

（序言作者为第八届全国人大代表，中共十六大代表，第六届中国作协副主席、第六届浙江省作协主席、党组书记。为中国鲁迅文学奖得主。现为中国电影文学学会副会长、中国作协影视委员会副主任、中国诗歌学会常务理事、《诗刊》编委。）

目　录

辑二　渐冻人生

辑三　自吟

阳台上的梦

辑四 清晨的时光

辑六

辑一

微风和微尘

云在天上写诗，
风在水面写诗，
雨在秋季写诗，
我在心里写诗，
只因为你总在我的梦里写诗。

微风和微尘

一句"我陪你"

我便陷入你的牢

你说现在很辛苦

以后会让我很幸福

我信你

就像飞鸟相信天空

就像游鱼相信大海

你是太阳

我就是向阳绽放的向日葵

你是微风

我便是随风起舞的微尘

生命的奇迹

那一次遇见
我相信了生命的奇迹
你的出现
照亮了我的未来
喜欢你的长睫毛
喜欢你的大眼睛
喜欢你冰冷的唇
我还喜欢你温暖的手

那一次遇见
我感受了生命的奇迹
你的出现
确定了我的未来
喜欢你的长头发
喜欢你的小酒窝
喜欢你甜美的笑

我还喜欢你乐观的心

生活啊
你有多残忍就有多仁慈
命运啊
你有多坎坷你就有多精彩
爱的路上有了你们
从此我的生命不再孤单
是你们创造了我们鼓励了我们
给生命的奇迹
一个生命的奇迹

爱还是不爱

一

我真的沦陷了
在你编织的叫做爱的牢笼里
我真的爱上了
你不顾一切的温柔

我应该不够爱你
要不然
怎么会胡搅蛮缠
丝毫不顾及你的尊严

你应该是爱我的
要不然我说到未来
要先一步离开的时候
你为何总是那么缄默

二

爱你是我的事
无关你的事
你在愧疚什么
即使爱你让你沉重
我也不会减少爱的分量

如果我忘记了我是谁
还会铭记一件事
我深深地爱过一个男孩

我死去的时候
会轻声告诉你
我不爱你了
你会不会高呼万岁

三

我应该不爱你
要不然
你每次摔跤时
我怎会心急地询问并不存在的蚂蚁
是否安好

我应该不爱你
要不然
你每次熬夜不按时吃饭时
我怎会大发雷霆
一点也不理解你当时的心情

可是 倘若我真的不爱你
为何每次你要离开的时候
我泪水就止不住地往下掉

最美的烟花

只要把灯熄灭
窗外的烟花就会
在眼球里——绽放
你问我
哪朵烟花最美
我把问题还给你
你最爱哪一朵

你亲吻我的眸
告诉我——
你眼中的这一朵
你的情话
就像绽放的烟花
好美，好美

你的名字

我睡得太沉
与你在梦里面对面
我绞尽脑汁地想
你的名字

天啊
我居然把你的名字忘了
我像个十恶不赦的罪人
等待你的审判

黎明唤醒我的时候
你的名字脱口而出
我笑了 你的名字
我怎么可能忘记

情人节

你的一世温柔
比绽放的玫瑰更夺目
香浓的巧克力
怎比得过你的蜜语甜言

多幸运
时间没将我们冲散
我们携手到了今天

这个情人节
下个情人节
以后每一个情人节
我们谁都不许缺席

只留下你

天旋地转的感觉再次袭来
好像世界末日降临
为什么连眼泪都凝固
没力气流下来了呢

黑暗中
我听到一个很轻很近的声音
在呼唤：别哭
一切都会过去

是你，我的爱人
在为我传送力量
无边的黑暗终于褪去
只留下你

刚和柔

你用咕哝的嗓音
诉说你的不满
在我听来
不过是蚊子的低吼

你愤怒地扬起手
又轻轻地落下
在我看来
不过是棉花的重击

我的笑可以让你缴械投降
我的泪可以让你丢盔弃甲
你是我的刚，我是你的柔

找 心

我问你爱我的心还在吗
你告诉我自己去找答案
我在漫天纷飞的微尘中找
我在掉落一地的落叶中找
一无所获
我懊恼地书写
把你的心弄丢了的事实
却意外发现
你的心藏在我的诗行里

情敌

阳光在窗玻璃上张望

趁我打盹放松警惕的时候

想要悄悄偷吻你熟睡的脸庞

怎么能让她的阴谋得逞

我一扬手

把你的脸庞团团围住

睡眼惺忪的你一脸困惑

你还不知道

阳光在向我挑衅

你应该明白

我比阳光更灿烂

看海

曾经你信誓旦旦
许下陪我看海的誓言
你知道我没有忘
我知道你不会忘
我拉着你的手指向窗外
看，天空映照着大海的蓝
那飘来飘去的白云
不就是海的浪花吗

以后每天

半眯着眼睛目送你远行
不打扰只是害怕会流泪
装睡你才能走得更安心吧
渐行渐远的脚步声提醒我
一个人的生活开始了
以后每天只做两件事
想你，想你

为了你

痛，是自己的事
面对疾病偶尔的挑衅
也只能沉默应对

相拥的时候
会在对方的眼神中
找见救赎的光芒

你怎么哭了
亲爱的，别哭
为了你，我会努力活

五月恋曲

五月的风吹散了哀伤

五月的雨弥漫着快乐

五月的日出染上幸福的曙光

五月的夜被月光照亮

五月，我遇见了你

也爱上了你

我们

骨头碰撞地板的声音
是你摔跤发出的信号
除了默默注视用语言给你力量
我似乎什么也做不了
伸出的手终于还是被空气阻断
原来
疾病早就让我们间的距离
如隔千山万水
庆幸的是
两个灵魂的缠绵
让我们并不陌生

我的泰戈尔

用你诗意的人生

激发我无尽的灵感

文字刻画出你深情的眸

读懂了你的一世温柔

我骄傲地撇过脸

不要心急

我刻画的泰戈尔

有你倔强的影子

我们的约定

晨曦照射窗台的时候
你说我们要在一起一辈子
斩钉截铁的誓言让天宫为之一振
观音拂动手中的杨柳枝
向人间洒下玉净瓶中的甘露
——赐给我们爱的祝福

华灯初上的时候
你说下辈子我们还要在一起
为了这个约定
我砸碎了孟婆盛汤的碗
下辈子
我们一定可以在一起

一起白头

如果有机会和你一起白头

怎么舍得中途放手

我们继续扮演恩爱的角色

一切都没有变

唯独多了一个称呼

——幸福的老人

我们还躺在那张狭窄的单人床

编造我们的童话

或许早已发音不全

四目相对的时候

却所有心思都得到回应

爱的记号

颤抖的手胡乱地在你脸上画圈圈
你发出宠溺的警告：别闹
嘘，别打扰
我在努力描绘爱的形状
如果有一天我触摸不到你的脸了
感觉不到你的温热了
你会不会怀念
调皮得如孩子一般的我
曾经在你脸上留下过爱的记号

多想和你一起见证

我们的生活

少了柴米油盐的繁琐

却多了生死相依的缠绵

你描画的未来太美

美得不太真实

多想和你一起见证

可是我怕撑不到那一天

请不要哭泣

你不会孤独

春暖花开的时候

我会请风儿转达我的思念

长进骨子里的爱情

那一天我独坐阳光下
飞针走线描龙绣凤
那一天微风细雨中
温润如玉的你与我相遇

不知什么时候开始
我拿不稳任何物体
你也丧失了平衡的能力
时光带走了
本该属于我们的健康
可是它永远无法带走
长进我们骨子里
根深蒂固的爱情

给你的遗书

如果有一天
我忘记了剧情
被迫提前下台
请不要悲伤
你嘴角 45° 微笑的样子
在我眼里永远最帅

台下没有掌声也没有鲜花
不是我太小气
只是不愿打破
你好不容易才平静的生活和心湖
许多许多年以后
你会和我在台下重逢
再次牵手拥抱

仿若初见

我想——
我一定是困在鱼缸里的鱼
只有七秒钟的记忆
因为
每次看到你模糊的轮廓
听到你温柔的呢喃
我都会感觉
莫名地怦然心动
仿若初见

我们的童话

当音量受到疾病的限制
我变得越来越沉默
开始学会用表情包代替语言
还好，你都懂
并小心翼翼守护我苦中作乐的笑
为我擦拭不小心跟着滚落的泪珠

我喜欢你为了我一本正经地胡说八道
你也喜欢我故作幼稚的孩子气
因为我
你无视疾病的摧残越来越优秀
因为你
我也活成了童话故事里公主的模样

天空又下雨了

杭州的风凉吗

路边的花朵艳丽吗

偶尔我是说哪怕有一瞬会想起我吗

会不会怀念有我在的小房间

会不会回忆我们编织的童话故事

听说杭州可能邂逅白娘子

但你终究不是书生气的许仙

我也无法执着地等你一千年

回家好不好

天空又下雨了

我不会想你

我真的做到了
你离开的时候没有哭
微风吹进房间想要给我安慰
我捂紧被子拒绝它的怀抱
阳光照射脸庞试图为我蒸发悲伤
我微微上扬的嘴角
是我满心欢喜的证明
我不会想你
因为你一直在我心的位置
从未远离

如果手机铃声响起了
那是手机对手机的想念
或许你还会接到视频通话
请不要笑话我太黏人
是微信在寻找微信
我怎么可能浪费时间去想你

陪伴

当无力的感觉在蔓延
好像身体被掏空，无所适从
当呼吸变得沉重
仿佛氧气被抽干，末日来临

你在旁边
静静地陪着我，没有言语
却可以感受到你的温度
我用笑容告诉你，别紧张
只是疾病的恶作剧而已

谁说我无药可医
你无言的陪伴
就是最好的良药

最后的心愿

被限时的生命
怎么能浪费时间去沮丧
疼痛的感觉在蔓延
给自己一个微笑
就让身体继续痛
至少它证明我还活着
难忍的时候
我的爱人，给我你的手
若是我的生命不再苏醒
人生的赌局我还是赢家
枕着你的手臂离开
是我最后的心愿

辑二

渐冻人生

阳光随着风在墙壁摇摆，

邀请我做它们的玩伴。

疾病可以冻住我的身体，

却无法冻住我的想象。

渐冻人生

一天中大部分时间
都被冻住
疼痛，麻木，无力
在煎熬中
我爱上了写诗
用美丽的词藻
点缀惨淡的生活

透过诗歌，能看见蓝天白云
字里行间，行走着生命的气息
人生就像苦黄连
可是只要加入点点糖
就足够覆盖所有的苦

痛

一滴泪珠滑过
湿了眼眶
是风迷了眼睛
让泪追随

我没有哭
我怎么会哭
上扬 45° 的嘴角
足够掩盖泪水的痕迹

温暖的幸福片段
一遍遍在脑海循环
可是疾病
你怎么就不被感动呢

心能转境

我常常忽略
极差视力带来的不便
遥望远方的时候
感觉一种朦胧的美

一定是太任性
小脑才摆脱掉大脑的控制
双手乱颤，喜欢不停地说很多话
即使舌头打了结
也要倔强地调整呼吸
解开被束缚的声音

被疾病掠夺的一切
心在一一帮我找回

活着

一

闭上眼睛静静地感觉
呼吸
不疾不徐的呼吸
心跳
铿锵有力的心跳

头昏脑涨以后
四肢分解以后
浑身乏力以后
我忘记了害怕
这是我的日常
早该习惯

二

全世界都安静了
床上躺着的是谁
妈妈抱起她的时候表情那么悲伤
我还看见了什么
老公的眼睫毛一颤一颤
是的 他在哭

是谁让我的家人那么伤心
我气势汹汹地走近
那个人 分明就是我
不对 她是假的
只要抬头 你们就能看到我啊
一滴泪掉落打湿了我的梦
反身抱住老公的手臂
原来我还活着

上帝，求求你

给我一个爱的期限
我不奢求生生世世
十年就够了
用十年编织一个童话
足以让爱人回味一生
这就够了

我不想死我想活着
我想和他一起好好活着
可是自欺欺人的把戏
在现实面前无处遁形
我不闹了不喊痛了
再给我十年的时间好吗
上帝，求求你

哭，笑

眼眶太柔弱

一点点的小伤感

一点点的小烦恼

都可以让我

明明刚刚还快乐着

一转眼笑着笑着就哭了

被泪水浇灌的脸颊

因为有了滋润

又绽放出灿烂的笑容

才知道原来生活中有一种痛

还可以哭着哭着就笑了

生命进入倒计时

语言依然含糊

视力依然模糊

无力的感觉一直在蔓延

只有我知道

生命进入倒计时

我却找不到害怕的感觉

因为 只是睡一觉

只是这一觉会有点长

苏醒的那一天

我又可以绽放笑颜

我又可以拥抱阳光

听见死神敲门的声音

夜已深 他在痛苦地呻吟

房子在转怎么停不下来呢

受他情绪影响

一阵剧烈的头痛传来

不服输的我开始了

和他比惨的较量

被我痛苦的眼泪淹没

他终于缴械投降

这一局我又胜了

可是接下来

我怎么听见

死神敲门的声音

我的天堂

偷听小鸟的窃窃私语
我想知道鸟儿是否在说——
大地少了我奔跑的身影也会觉得空旷
空气少了我的温度也会觉得清冷

我记得阳光洒下的温柔
我记得雨滴落下的清凉
所有的所有
都被疾病无情地阻断
我把美好锁进心房
告诉风——我的向往
请它转达我对大自然的依恋
我相信
一定会有一个疾病自愈的地方
那里是我的天堂

笑着哭最痛

以为用笑容点缀
就可以让人忽略深入骨髓的自卑
以为用坚强装饰
就可以忘记眼泪的滋味

可是一次次向命运妥协
又一次次向病魔挑战
失败后假装微笑的无奈
终于让自己明白
原来——笑着哭最痛

中暑

我满心欢喜地以为
在风温柔的怀抱中入睡
烈日也会无奈我何
可是我好像高估了自己
是醒来的方式不对吗
即使开着风扇
头痛与鼻塞依旧结伴而来
联合欺负着我
到底是哪里出了问题呢
让我这么难受

想

想穿越时空回到元朝

拉住成吉思汗射箭的手

翱翔天际的大雕

不应该成为他功成名就的牺牲品

想梦回大唐看看杨贵妃

吃荔枝时的陶醉与满足

是怎样的娇媚

竟然让一代帝王爱美人不爱江山

更想穿越明朝拜访一代医圣李时珍

问问他

我的痛是否可以手到擒来

会走路的椅子

他靠近椅子
椅子便不自觉地哆嗦着后退
终于椅子被制服
他坐上去了
不服输的椅子
还在做着最后的反抗
终于
一人一椅仰翻在地
无辜的地板
还没明白发生了什么
就被狠狠砸到

与撒旦的约定

我越来越闻到了死亡的味道
张伟说我越来越嗜睡了……
睡着了多好
感受不到身体的痛苦
可以随心所欲地在梦里游荡

不承认是疾病的捣乱
我说这是疾病的温柔
夜深人静的子夜
听到了来自阿鼻地狱的呼唤
那是撒旦发出的呐喊
他在与我约定
我不悲伤，他不纠缠

疾病的恶作剧

额头被手机砸到八次
双手乱舞自伤十二次
尝试侧翻失败七次
这一晚上也就这样过完了
即使这样我依然没有流泪
这是老天善意的提醒
独处的时候我不是一个人
还有疾病的恶作剧

疾病是什么

疾病是个什么东东
又长的什么模样
我猜应该是个调皮的小孩
用恶作剧戏弄得人身心俱疲
或者是位严苛的长者
用了特有的武功秘籍修炼我们的心智
让你明明厌倦了他的残忍
偏偏拒绝不了他的到来……

我的一天

将时间画上分割线
上午浑身充满力量
我会忙碌于上网

下午力气被抽空，身体被冻住
便闭上眼睛，听听音频
在脑海里捕捉文字的气息

夜深人静的时候
我喜欢用文字
记录幸福的一天

倔强

若是有人问我
被痛苦笼罩的生命
你厌倦了吗
我会告诉他
你不是我
怎能断定我的生命是痛苦的

我的心田洒满了阳光
我的心间萦绕着花香
我的心海爱的种子已经发芽
偶尔不小心溢出眼泪
不是对命运示弱
是泪水在浇灌笑容

夏的福利

我依然深爱着夏天
喜欢大汗淋漓的畅快
只是闭塞的毛孔
释放不出多余的热量
我想把太阳装进冷柜
为炎热的天气降下温
风该也是清凉的

气温每上升一度
脑浆就不安分地翻滚一次
哪怕静静躺卧
也能体验过山车式的旋转
这个夏天没有大汗淋漓的畅快
只有天旋地转的晕眩
那是独属我夏季的福利

被驱散的寒

黎明不止是黑
还有深入骨髓的寒
我蜷缩进被窝
万物都是静止的
就连风也冷冻成冰
我在梦中呓语
卖火柴的小女孩
可否送我一根取暖
爱人的掌心紧贴住我的手
有温热在蔓延
心中瞬间燃起熊熊烈焰

不死的灵魂

年轮飞速旋转

过完年

离生命规定的期限更近了

命这个东西

不能保鲜 无法冷藏

我却始终相信

生命是可以再利用的

当肉身腐烂

与泥土融为一体

我相信

灵魂无处不在

终会化作鲜花的养料

痛的艺术

比起不愠不火的熬
我更渴望淋漓尽致的痛
当痛被唤醒
我听到每一个细胞在咆哮

很痛很煎熬的时候
也会幻想着
它们在唱响生命的乐章

附和高歌的旋律
我也会随着节拍起舞
这不是向病魔屈服
这是痛砺练出来的艺术

与疾病的较量

脑浆开始沸腾
牙齿发出呲呲的哀叫
无情的疾病指使头颅
变本加厉地晕眩

手脚已经冰凉
心脏加快节拍
我不知道
它在安慰煎熬中的肉体
还是在为突如其来的痛助威

把疾病当婴儿

从梦中醒来
轻轻地拿起手机
又轻轻地放下
就连呼吸都变得小心翼翼

把疾病当襁褓中的婴儿
如果不吵醒它
它会不会就一直安睡
忘了我是谁

佛说

对于疾病的不请自来
我不恨了
死亡的钟声敲响
我也不再恐惧了
因为 佛说
死是另一种新生

失眠

窗外一片死寂
没有了虫鸣听不见蛙叫
就连街边的汽笛声也消失了
只剩下房间内的风扇
还在任劳任怨地旋转

思维还在跳跃而我还在挣扎
新的一天还没开始
现在应该睡了
眼睛却始终不愿合上
如果每一次睡着都是一次死去
就让我用失眠的方式延长清醒

阳光之约

阅文的时候
思绪常常潜入海底
寻觅文字的踪迹
惊奇地发现
海洋生物——为文字让道

阳光潜入
它们在指引我前行
我低入尘埃的自信
就这样被激活
携文字浮上海平面
去赴阳光之约

阳台上的梦

缺一不可

我把脑袋分割两边——

一边任它疼痛哪怕晕眩

一边留给想象充满活力

当疼痛难忍时我便将它们整合

神奇的想象有治愈的功能

当疼痛再犯时

它会挥舞手中的大刀

毫不留情向沾沾自喜的疼痛挥去

生命就这样完整

痛和梦缺一不可

请不要

当我编织浪漫童话时
请不要讥笑也不要打扰
因为这样的梦一惊就散
当我笑着流泪时
也不要惊慌不要心疼
因为其实我只是
心在诗海里遨游
灵魂在空中展翅

灵魂的寻找

日渐消瘦的躯体

终有一天

承载不了日渐丰盈的灵魂

那一天来临

请不要哭泣请为我祝福

看 漂浮在半空的灵魂

正在努力寻找

下一个健康的体格

去托付起我的来生

太阳为你而来

一抹带着温度的阳光

破窗而入

我问爱人 明天还会有太阳吗

爱人回答 会有

那明天的明天我还能见到太阳吗

我又问

能 因为太阳为你而来

我想逃

年关越来越近
我羡慕为了团圆匆匆赶路回家的游子
我羡慕为了喜庆张灯结彩的老人
我羡慕为了糖果喜气洋洋的小孩

离预言的期限越来越接近了
我想逃
逃到时间凝固的死角
待春暖花开再绽放最美的笑

上帝，可不可以

痛的感觉越来越强烈
张伟说这是痛觉神经在恢复
那为什么要流泪呢
又为什么要苏醒呢
一直沉睡多好

以前固执地坚持
痛是活着的最好证明
现在才懂得
快乐才是活着的唯一意义
上帝啊我可不可以不要痛
又或者早点为我打开
极乐的门 天堂的窗

无视它

我没有以病为师的智慧

也没有与病为友的气度

天生散漫的我也不屑与病为敌

明知无法消灭它

何必费尽心力去对抗

不如无视它

做个没心没肺的病人

活出云淡风轻洒脱的姿态

你怕了吗

模糊的视力，含糊的语言
笨拙的双手，石化的双脚
莫不在向我示威，逼我投降
可是天性倔强的我
不愿屈从命运的摆布
灵魂向疾病发起了
一波又一波的挑战
病魔，你怕了吗

夏天来了

没有预兆

高温就这样降临了

太阳尽情地炙烤着大地

连风都好像一点就会着

半眯着眼睛看向天空

多想问问她

曾经的温柔哪去了

却被火辣辣的颜色灼伤

用温度给予的答案

竟是如此无情

会长大的幸福

小时候在手腕上绘画的手表
是静止不动的
就好像自己是会魔法的精灵
可以让时间暂停

长大了再名贵的手表
也找不回那时的满足
滴答的旋转声
也一并带走了曾经的美好

我怀念天真烂漫的小时候
但也不愿时光倒转
因为现在的幸福
正是我儿时的向往

疾病克星

从疾病降临那一天开始
我就是它永远的俘虏
我不怪它霸占我的健康
也不怪它剥夺我的自由
一直以来都视它如知己

它似乎也很懂我
不吵不闹让我放低所有防备
然而当我开始得意自己的大度时
它的阴谋却又一个接一个
占领我全部的身体
但是它忘了——
我与生俱来的微笑是它的克星

你永远都在

差点就要忘记你的存在了
精神抖擞的夜
每每遨游在梦幻的国度里无拘无束
不就是健康的证明么

然而最近是怎么了
明明已经很小心翼翼
每次进食还是会被卡住喉咙
哪怕只是一口白开水
也能把我噎着

我猜这是疾病的抗议
我不应该忘了
我活着你就永远都在

辑三

自吟

我的遭遇，
让我戴上了苦难的枷锁。
不服输的我，
更想用笑容诠释幸福。

自吟

清水有灵魂所以流淌
鲜花有灵魂所以开放
树苗有灵魂所以长高
知了有灵魂所以歌唱

清水流动滋润大地
鲜花开放四季芬芳
树苗长高挺拔坚强
知了歌唱幸福欢畅
滋润大地啊四季芬芳
挺拔坚强啊幸福欢畅

星星有灵魂所以闪烁
云朵有灵魂所以飘荡
雨滴有灵魂所以晶莹
鸟儿有灵魂所以飞翔

星星闪烁播撒光亮

云朵飘荡自由徜徉

雨滴晶莹美丽漂亮

鸟儿飞翔放飞梦想

播撒光亮啊自由徜徉

美丽漂亮啊飞翔梦想

我喜欢

我喜欢
用文字描绘曾经
把回忆装束成一朵花
也喜欢
用文字临摹未来的模样
有含苞待放的娇艳

我喜欢
用文字刻画生活的点滴
如花朵绽放的模样
也喜欢
百花齐放的季节
酸甜苦辣的人生

下一秒

我的爱截止在下一秒
我不会告诉你
下一秒发生在什么时候

我的生命终结在下一秒
不要告诉我
下一秒呼吸还在

我无法确定
下一秒会如何变化
把握当下的每一秒
我笃定 奇迹会发生在下一秒

午夜的精灵

每到半夜

我像一只回归大海的小鱼

自由又欢畅

又像一只折翼的小鸟

找回了丢失的翅膀冲向蓝天

寻找美丽的童话

白天的苦难是为黑夜伏笔

情节有多曲折结局就有多灿烂

我开微店了

医生说我生命即将画上句号
可是 我一点也不怕
爱让我浑身充满力量
不被束缚的灵魂
自由欢畅

捧着一台手机
就好像握住了全世界
经营一家网店
和我亲爱的一起
服务大众也受益于大众
生命被爱点燃
渐冻的生命重新焕发活力

逆风飞翔

飞吧 飞过黑夜

就可以到达黎明

别去管夜有多长

也不要管会不会太累

前方有一个声音在不停向我呼唤

生命被点燃 才会有无穷的力量

我知道 那是爱的魔力

带我冲向蓝天

去体会逆风飞翔

心愿

仰望夜空对着皎洁的月光
虔诚地许下我的心愿
愿我的耳朵听不到疾苦的声音
愿我的眼睛所见之处全是光明
愿我的声音可以传递幸福与温暖

通过文字我可以熟知世界
通过文字我还可以向世界发出爱的信号
于是，播撒爱
成了我一生的追求

向上的种子

摘一束油菜花
捧在手心虔诚地供养
闭上眼睛
在心中描绘春天的模样
迎面吹来的风
带着不容抗拒的暖意
有细雨也无法冷却的温度

我在春天的怀抱
我在爱的怀抱
看见了春暖花开
相信吧 这个春天
有一颗向上的种子
正开出不败的花朵

我要飞

无法预知的明天
我不愿多花时间去防备
可以把握的今天
我应该多点快乐不颓废
被倒计时的生命
再没了时间去浪费

我不是雄鹰不能展翅
我不是鱼儿不能遨游
但谁说一粒微尘
就没有飞上天空的可能
我要飞，飞得比雄鹰更高

一刹那的光

太阳不懂我 藏了起来

风儿不懂我 一掠而过

雨儿不懂我 滴答弹奏专属自己的乐章

一声惊雷后 天空划过一道闪电

我知道了 闪电在告诉我

哪怕一刹那的光

也足以打破寂寞很久的黑暗

自由飞翔

在那个春天
在一片绿色的田野上
我放飞过一只风筝
让它在空中与风自由嬉戏
我和风筝一样快乐

可是后来
疾病禁锢了我的自由
望向蓝天的时候
白云微笑着告诉我
心在哪 自由就在哪
我舒展了眉头
在心中放飞了一百只千纸鹤
让他们在心的旷野自由飞翔

我

我太骄傲

宁愿笑看云淡风轻

也不哭着我见犹怜

我太倔强

命运赐予的苦难

我偏要织出幸福的曙光

一粒微尘与诗和远方

我曾一度以为

家庭破碎，生活窘迫，身体残缺

我就该是卑微的

就像低入尘埃的微尘

直到有一天

邂逅了埋在心灵深处的

另一个自己

它把我唤醒牵引着我

挣脱了自卑的束缚

用爱，用真，用善

开启了我人生新的篇章

才知原来与生俱来不服输的个性

一直都潜藏在高贵的灵魂里

引我飞向诗和远方

奋斗吧，我的梦

清晨的第一缕阳光
温柔亲吻我的脸庞
半眯着眼睛回应一个慵懒的笑
亲爱的太阳你惊醒了我的梦
梦醒了但我的梦想才刚刚起航
奋斗吧，途中会遇到很多的美
奋斗吧，苦难的生活已经过去
我已经看见了春暖花开的未来

小丑

台上的聚光灯一闪一闪着
我陶醉在美丽的光环下
台下一浪高过一浪的掌声
是在提醒我要将欢乐送达

我是小丑
播撒欢乐是我生存的方式
我不是小丑
爱与善良是我永恒的坚守

习惯

我太倔强
命运赐予的苦难越多
脸上的笑容就越灿烂
时间长了
习惯了痛也习惯了笑
所有被辜负了的白天
我愿意花更多时间在夜间找回

生活很苦，生活很累
但那又如何呢
只要我还有呼吸还有心跳
就还有诗歌，还有欢乐

咏梅

做一枝在冬日盛开的腊梅
越冷冽越艳丽
没有妥协没有柔弱
只有倔强地点缀银装素裹的大地

待到百花齐放
便褪去一身芳华
静静地伫立
守候那片曾经绚烂过的土地

倔强的幸福

颤抖着手
倔强地在手机屏幕滑动
无力的时候翻阅文字
那里有我需要的解药

疼痛难忍时
坚持着也要完成一首小诗
努力后的成就感会翻倍
此时的喜悦是最有效的镇痛剂

愿我是一汪清泉

流淌的清泉
有血液流动的速度
环境越险峻
画出的弧度越美丽

人如水
有人是大海
磅礴大气
有人是死水
了无生机

愿我是一汪清泉
无论山路如何崎岖也一往无前
从不后退

自由之歌

天边升起第一缕晨曦
环绕身旁的黑暗之花开始陨落
爱的力量幻化成翅膀
冲破禁锢自由的牢笼
与小鸟一同冲向蓝天

远处传来汽笛声
我收拾行囊整装待发
等待那辆满载自由的车辆
携我的梦想去远航

辑四

清晨的时光

闭上眼睛，思索，

幸福的片段如潮水般汹涌……

他、她、他们，

一齐撑起我曾经灰暗的天空，

共同描绘彩虹的色彩，

让我相信——

天空不会一直灰暗，

还会有蓝天，白云！

清晨的时光

我把清晨撕成几瓣
一瓣闭上眼睛冥想
听落叶飘舞飞鸟掠过虫蚁行走

一瓣留给早餐
豆浆面包鸡蛋
呵护苏醒的胃

一瓣品读文字
看书吟诗写作
将生活编织成一束花

一瓣祈福
为天下为朋友为家人
让风把我的祝福传送

爱的力量

我把太阳藏进心的位置
夜深人静的时候
可以听到花开的声音
静谧的夜
大自然的乐章我独享

我把爱装进生命
烈日不再灼烧
空气变得清凉
疾病开始向我求饶
疼痛从此消失不见

国之骄傲

有一种依赖
叫我是中国居民
有一种保障
叫我有中国户籍
有一种关系
叫中国是我母亲
有一种骄傲
叫我是中国人

爱的形状

我无数次地勾画爱的形状——
没有间隙，没有死角，光明圆融
聚集的爱越多
被守护的幸福感就越强
可以抚平忧愁
足以抵御所有的风雨
像唐僧的保护圈
环绕我们让妖魔不侵

向上生长

曾经我是一张布满灰尘的白纸

突然有一天，一阵风吹过

拂去我满身的灰尘

让白纸重回世人的眼球

一笔，两笔，三笔

在大艺术家们的指引下

白纸描绘出一幅幅希望的蓝图

又一阵风吹过，给我疗伤

风停了，灵魂被唤醒了

我不再沉迷黑暗

面向太阳，向上生长

我的莎莉文小姐

有一种关系
没有血缘
却凌驾亲情之上

我还处在迷茫的境地
她出现了
45 度角的微笑
就这样向我靠近

我做好一切防御的准备
她是谁 要做什么
我不怀好意地猜测
她伸出温热的双臂给我拥抱
轻声问我 孩子你还好吗

她是一名中学教师

我问她
为什么愿意走近我
她没有回答

在以后的日子
她默默地陪伴着
我开心时陪我笑
我难过时逗我笑

她说我会一直爱你
就像爱自己的女儿
她就像我的母亲
不计回报地为我付出

没有谁比她更懂我
因为她是我的莎莉文小姐

慢慢地

慢慢地，我不爱说话了
只是脸上的笑容
越来越灿烂

慢慢地，我不再凝视你的目光
只是心中的爱
溢满了心怀

慢慢地，我越来越懒惰
只是日渐活跃的思维
却越来越勤奋

我真的能接受疾病的摧残
我真的愿意
用倔强的笑容温暖这个世界

爱的翅膀

我没有晕厥
只是不小心睡着了
我没有中暑
只是太阳为我涂抹了一层红晕
地球转得太快有点点头昏而已

这是我的常态
与疾病的较量
只是一场游戏而已
亲爱的 请相信
健康行走真的不算什么
在爱的世界
我会长出翅膀
善良能助我翱翔

最美列车长

我躺在一片勿忘我的花丛里
等待那辆载满回忆的列车经过
它也没有忘记我
万籁俱寂的夜里
总是听到它在路过时
长而深情的呼啸——
是在喊我吗

而我也永不会忘记
那个怀揣一颗炽热心肠的
身穿一身素雅工作服
特意为我送来免费 VIP 服务的
脸上笑容始终如一的——
最美列车长

安置房里的日子

我不知道　原来月亮可以彻夜不眠

我不知道　原来阳光可以苏醒得这么早

搬进了安置房　心是那么地踏实

在宁静的夜里早睡

在阳光的照耀下早起

用幸福感延续少女的花期

用爱浇灌少女心培育的花朵

我是再也长不大的青春美少女

沐浴着无处不在的阳光

远方就在我心中

借别人的眼睛看世界
借别人的双脚行天下
借别人的语言听传奇
然后用自己的思维勾勒美好
狭小的房间
便时常可以听到海浪拍打沙滩
看到飞流直下的豪迈
甚至闻到百花齐放的芬芳

这个世界好美
曾经那么向往的远方
如今就在我的心中

阳台上的梦

向幸福出发

风雨飘摇，带走我的彷徨

微风细雨，送来我的期盼

带上欢乐，带上笑容，带上绚烂的爱情

忘记坎坷，忘记残缺，忘记疾病带来的

痛苦

我们踏上向幸福出发的旅程

途中也许会荆棘密布

但一路的温暖却足够披荆斩棘

彼岸洒满阳光，鸟语花香

所到之处，皆世外桃源

把妈妈写进诗里

把妈妈写进诗里
多少华丽的文字才能体现
她伟大的万分之一

把妈妈融入音乐
多少美妙的旋律才能演奏
妈妈含辛茹苦的酸甜

十三年的不离不弃
四千七百多个日日夜夜
妈妈用沉默的照顾告诉我
我从不可怜

因为爱

枯黄的树叶在枝头摇摆
随风而去
晶莹的露珠在草丛歌唱
被黄土吸收
握紧你的手
我不愿被病魔吞噬

笑容感召而来的善良
为我们竖起坚固的防护墙
墙内永无冬日
唯有鸟语花香
生命和美好同时在爬高

与死神之战

一粒小小的花生米
却差点成了要我命的毒药
卡在喉咙口
咳不出也咽不下……

爱我的人儿开始分工忙碌
弟弟赶紧端过来水杯
老公轻轻为我拍打后背
妈妈在旁边细语安慰

爱的环绕下
死神望而却步了

阳台上的梦

视力触及不到的地方，

都是远方；

心之向往的地方，

就是天堂；

有一扇窗，

就能见到阳光。

阳台上的梦

于我，阳台是最接近天空的地方
也是最接近梦想的所在
整日躺在床上望着阳台
就会生出无数个的幻想
终有一天我也可以张开双臂
站在那里去拥抱蓝天白云去放飞梦想

于是我学会了安静等待
等下一个春暖花开
等窗外暖风习习
等有朝一日
风会为我解密自由的咒语
让我能在广阔的蓝天下
恣意奔跑甚至展翅翱翔

深海鱼

我是一条深海的鱼
只有七秒钟记忆
常常在水中苦苦寻觅
丢失的记忆都去哪了

海浪是我唯一的朋友
它总是会将我抛向天空
我看见
蓝蓝的天藏着一片海

在海中自在遨游
我再也找不到悲伤
海水会吞没我的委屈
海浪会给我温柔的抚慰

我把自己藏进风里

我把自己藏进风里

谁能找到我

我把自己藏进童话里

谁能找到我

我把自己藏进春天里

谁能找到我

风是自由的

童话是浪漫的

春天是美丽的

如果我藏好了

请不要那么轻易把我找出来

我把自己藏进星空中

我是哪一颗

我把自己藏进花丛中

我是哪一朵
我把自己藏进雨露中
我是哪一滴

星空是浩瀚的
花丛是绚烂的
雨露是晶莹的
如果我藏好了
请不要那么快就惊扰我的美梦

蝶

一

我是一只破茧的蝶

眼泪与悲伤和着蛹一齐脱落

生平第一次生出向往

迎着阳光的方向飞翔

我有一对五彩缤纷的翅膀

那是专属我的记号

扑闪出比阳光更耀眼的光芒

跟着芬芳的味道我飞进了花丛中央

花朵争相绽放娇艳的模样

我俯下身忍不住一亲芳泽

我看见了它们的一脸娇羞

还有大写的问号——

天空飞翔的是什么花

二

亲爱的蝴蝶
你为什么趴在我的窗台
久久不愿离去
我看到了你焦急的身影
被窗玻璃挡住了路线
你只能苦苦张望

我猜
你一定是听到了
我心花怒放的声音
要不然怎会如此急切
要一品心花的芬芳

我爱

一

我爱
春天的风 夏天的雨
秋天的寒霜 冬天的雪

我爱
蓝蓝的天 白白的云
漫天的繁星 皎洁的月

我爱
起舞的蝶 辛勤的蜂
欢快的飞鸟 鸣叫的蝉

我爱
娇艳的花 翠绿的草

挺拔的大树 飘零的叶

我爱
大自然赋予的一切圆或缺
我爱
生命赐予的所有泪与笑

二

我听懂了风的清凉
看懂了雨的沉着
读懂了阳光的温驯
可是我听不懂风的怒吼
看不懂雨的狂躁
更读不懂阳光的灼热

但不管他们以何种形态出现
我都愿意一并接受
因为我爱风爱雨爱太阳
爱大自然赋予的一切……

海

——听海迪阿姨《轮椅上的梦》有感

闭上眼睛

我能看到海的澄静

捂住耳朵

我能听到海的缠绵

极速狂奔的心跳

在波涛澎湃的文字中荡漾

多么伟大的生命

像海一样平静

像海一样波澜壮阔

接纳百川的海

温柔地把最美的蓝

回报给天空

假如

——听《假如给我三天光明》有感

假如我能奔跑
我要与阳光赛跑
我要与微风嬉戏
我要去拥抱雨露

假如只剩三天光明
我要涂鸦七色彩虹
然后用心记住希望的色彩

假如明天我就会死去
也会微笑着告诉我的家人
不要悲伤，不要想念
因为我与微尘同在

如此幸福

说一句 我累了
清风就屏住了呼吸
拂过的时候
悄无声息

小鸟站在枝头
轻声歌唱
宛转悠扬的旋律
终于将倔强的思维
交给了梦神

在梦的国度里
风信子竞相开放

演唱会

一

夜幕落下以后
一场来自大自然的演唱会
拉开帷幕

繁星点点
闪烁聚光灯的光芒
青蛙各就各位
放声高歌

风儿激动了
掀起一阵阵掌声
空气中弥漫着 28° 2 的热情
花朵悄悄绽放

二

房间里放音乐
窗外的鸟儿听见了
跟着音乐的节奏歌唱
风儿听见了
随着旋律起舞

这场演唱会
又歌又舞精彩极了
我有了足够快乐的筹码
再没了悲伤的理由
余生只愿微笑

如果

如果我沉默了
请一言不发地陪伴
窗玻璃上你的倒影
有温暖的力量

如果我流泪了
请不要试图为我擦干泪水
任它流淌
无奈会和着泪水倾泻一空

窗外又响起了滴答的交响乐
多想去雨中奔跑
为刚刚展露新芽的小草
撑起一把伞

太阳花

嫩绿的枝叶
托起一朵小小的太阳花
阳光撒下来
照亮她欢快的脸庞

她都不记得狂风暴雨的摧残
她都不记得荆棘密布的困境
她都不记得寒霜酷暑的严苛

为太阳而生的花
被阳光拥抱
她幸福地笑着

借

借我明亮的双眸
我要欣赏
鲜花绽放时是怎样的娇媚

借我矫健的双脚
我要感受
脚踏实地时是怎样的快乐

借我灵活的双手
让我为爱人
抚平紧锁的眉
找回久违的欢笑

我的眼睛懂音律

眼睛像蒙上一层薄纱

模糊的视觉

让我常常不能直视这个世界

阳光撩拨着我的视线

忽闪忽闪的

于是半眯着眼睛以示回应

当白光铺天盖地涌入眼球

配合鸟鸣的啼叫

我的眼睛也频繁地

附和着节拍翩翩起舞

静

像笔尖触碰纸张发出的沙沙声
微风吹拂窗玻璃
开始了写诗……
万物寂静
偶尔的停顿
该是在思考……
照射窗台的阳光忽明忽暗
它在品诗，也在读风

星星都去哪了

夜 皓月当空

却没有星星的踪迹

我凝望天空

试图寻找星星的下落

星星都去哪了

找啊找

终于找到了答案——

我在月光下睡着了

星星悄悄藏入了我的梦中

踏月漫步

踏着月光
我要和你牵手漫步
我们飞升月球吧
那里没有地心引力
再也不用担心会摔跤

广寒宫的桂花树
现在该是花香四溢了
或许还能看到飘扬的五星红旗
那是中国人留下的足迹
这一夜
我们将抱着玉兔入眠

日月

我不知道

太阳什么时候悄悄退的场

它离开时

带走了炎热

也带走了鸟儿的欢唱

房间充斥着白光

我知道

是月亮登场了

那就笑

都说眼泪是珍珠
我信了
生命赐予的特殊
怎舍得共享

那就笑吧
把快乐传染给所有人
再也没有了眼泪
脸上绽放出花朵般灿烂的笑容
一朵接一朵

风在示爱

换上红装的时候
太阳便暗淡了几分
鸟儿飞进窗台驻足凝望
花朵羞红得低下了头

问老公——
我是不是最漂亮的
他说：太阳已经给了你答案

望向窗外
一阵风迎面而来
在向我示爱

风

一

我无数次地想象你的颜色——
春天的你是绿色吹绿了草地
夏天的你是红色娇艳了花朵
秋天的你是黄色收获了硕果
冬天的你是白色装点了大地

多想定格你的模样
手机镜头却无法捕捉住
你一闪即逝的风姿
只好在心里一遍遍描画
你的模样

二

你的一生从不停留
却又是多情的
给人温柔的抚慰
让人全身心感觉舒适

人们都说
渴望像你一样地自由
可是你真的自由吗
又有谁真正知晓

三

你吹过田野
禾苗便绿了
你拂过树林
花儿便红了

你矫健地迈过大地
一缕缕清风从生命身体穿过
生命的源泉便向上涌来
神奇地装饰出一个
越来越美丽的大地

赏月

夜幕降临
黑暗覆盖大地
月亮升起
光明开始驱逐黑暗
一寸，一寸

我的灵魂漫无目的
在星空下的绿草地穿梭
只为寻找月下嫦娥的踪迹
一阵清风拂过
忽明忽暗的树影
随风摇曳
是嫦娥在婀娜起舞吗

云

天空偶尔会有乌云密布
那是因为它
承载不了雨水的重量

当雨水倾泻而下
你会发现
雨后的彩虹那么耀眼
被洗涤过的天空更加明媚

看到了吗
天上的彩云
在飞着向你招手

美好

太阳挑逗我的眼
忽明忽暗
让人无法捉摸
它是去是留

微风亲吻我的脸
还携带一抹花香
让我沉醉
它的浪漫，它的温柔

窗台的勿忘我又绽放了
慕名而来的小鸟
停落枝头
再也不愿离去

追剧

追一部剧
为跌宕起伏的剧情落泪
为峰回路转的情节喝彩
接近尾声
反而没了观看的兴致——
害怕被定格了的结局
徒惹人失望
不如给自己留点想象的空间
结局如何？我说了算

要下雨了

"要下雨了！"
庄稼人一片欢呼
大地没有雨水的滋润
已经干涸太久了
鸟儿在天空盘旋
寻找最佳的藏身之处
我把窗户打开——
飞进来吧
房间里没有雨

听

思绪总在午夜游荡
我知道这是老天给我额外的奖励
于是传说中的失眠不复存在
活着的每一分钟都倍感珍惜

充满光明的心
穿透无边的黑暗
我听到了——
呼啸而过的汽笛声
途经窗口的风鸣声
地面吃力爬行的蛐蛐声
玻璃窗上滑落的水滴声
……
一场自然界赐予的混合交响乐
正在悄然奏响

美梦

一步一步
赤脚走在谷粒上
我在锻炼
即使很辛苦
依然满满的幸福
恢复自由的我开始计划——
脚好了该去哪里找份工作呢
一阵敲门声把我惊醒
眼前不见了阳光
没有了金黄的谷子
是谁惊醒了我的美梦

是谁

清晨，是谁放飞一群白鸽
看它们迎着朝霞
向着阳光的方向展翅翱翔
将和平带向四面八方

傍晚，又是谁赶着一群山羊
沐浴着晚霞的余晖
披着落日唱着歌儿
将快乐带回了家

夜色

太阳落下的时候我没有挽留
夜幕降临的时候我没有拒绝
月光笼罩大地的时候
我就这么安静地抬头凝望
星星感应到我炽热的目光
眨巴调皮的眼睛以示回应
月亮感应到我温情的注视
悄悄地穿过白云向我移了过来

鸟儿懂我

失去健康是我最大遗憾
失去自由也非我所愿
还好窗外的鸟儿懂我
被束缚住自由的无奈

它们用优美的嗓音
歌颂窗外的美丽
带着我的心
尽情在田野奔跑
在山林穿梭

晨曦

我笑着醒了
一阵清风迎面袭来
夹杂着淡淡桂花香
我惬意地享受着
这沁人心脾的芬芳

太阳冉冉升起
窗玻璃反射的白光照在我的脸上
像摄影师一次又一次按下快门
将美好的清晨定格

遥望远方
——听《斯卡布罗集市》有感

谁还在步步高广场徘徊——

那个手提花篮的卖花阿姨

你的玫瑰、茉莉、向日葵……

已经找到了它们的主人吗

那个捧着一摞报纸的小男孩

那个斜挎布袋的清纯小女孩

那个牵着好多气球的大叔啊

那个举着好多糖葫芦的大伯啊

……

看你们还在左右徘徊

像是有大把的时间

可是在找什么人啊

谁愿意为我送一串糖葫芦过来

让我舔一舔童年记忆中的那一抹甜

夜

房间被银白色充满
鸟儿拉响夜幕的弦
微风想要混进月光
偷窥我的梦
却被玻璃窗拒之门外

风儿请不要哭泣
我会等你
钻进我的梦乡
我们一起追寻快乐

计划外

说好的外出游玩呢
一场突然而至的大雨
浇灭了预谋好的所有计划

那就隔窗听雨吧——
听雨的快乐
也听风的自由

熬 夜

我像一只蝙蝠
喜欢潜伏在黑暗的角落
顾影自怜
却又幻想着，憧憬着
重见黎明的曙光

拼尽全力却发现
黑夜好长 黎明好远
我累了
天 怎么还不亮

四季的爱

一

杜鹃为清风
艳丽了春天

栀子为艳阳
雪白了夏天

菊花为简爱
淡雅了秋天

腊梅为寒霜
惊艳了冬天

我和你
书写着别样的四季

二

春天
和你漫步在田野
和青蛙比赛跳远
路边的野花是我们的裁判

夏天
在一个炎热的午后
咬一根冰棍
和你一起分享冰凉

秋天
钻进一片果林
我们光脚坐在树丫上
品尝酸酸甜甜的味道

冬天
全副武装地包裹
在腊梅树下
等待一场大雪纷飞

这样的四季
轮回一千年都不够

四叶草

窗玻璃折射出春的模样
小鸟路过窗台的时候
你的种子已经萌芽

根茎与黄土合为一体
任狂风暴雨侵袭也无法动摇
倔强地挺直腰杆
等待风雨过后的彩虹

当晨曦洒下第一缕阳光
被照耀的你绽放了
要向全天下送去
希望的色彩

绽放

被阳光照耀被微风吹拂
那一株娇羞的花朵
散发出迷人的芬芳
闻香赶来的蜜蜂
蜂拥而至的蝴蝶
怎愿错过绽放的模样

瞄准摄像头
将美丽定格
从此,花儿再无花期

最美不过春

一

亲爱的小燕子
是不是你剪刀似的尾巴
剪断了我奔赴自由的路
我再也听不到
脚踩地面欢快的交响

亲爱的蝴蝶
可不可以再靠近一点
让我看清楚
你色彩斑斓的翅膀
携带四季的颜色

亲爱的风
无法忍受你冬季的冷冽

更受不了你夏季的热浪
却爱死了你现在的温柔

沉睡的花仙子
舒展枝叶随风起舞
含苞待放的花骨朵儿
回赠春天一缕接一缕的花香

二

打开窗户
捕捉阳光的影子
一缕清风迎面扑来

我伸出手
要搜寻风的踪迹
蜻蜓扑闪翅膀，在我的指尖停留

它在说话
滔滔不绝地说着
说风的柔，阳光的暖，花的娇
说生机勃勃的春
说美如画的春

我勾画出春的模样

告诉它

我心中的春就这样鸟语花香

三

猫咪摇动一下尾巴

小草就发芽了

蝴蝶扑闪一下翅膀

花朵就绽放了

青蛙唱响生命的恋曲

河流就奔腾了

阳光照耀万物

大地就绿了

春风拂过湖面

水面就倒映你的笑颜

鸟儿飞过天空

太阳就火辣辣地红了

你欢呼着

春天 就真的来了

我把春穿在了身上

青苔爬满墙角

柳树披上绿色的新装

桃花尽显妖娆

蛐蛐爬上枝头歌唱

青蛙跳出音乐的节奏

鸳鸯戏水在池塘

小鸟在河畔欢呼跳跃

川流不息的河流

映照出生机勃勃的春

在头顶插上一朵金黄的油菜花

我把春穿在了身上

春还在

又是一个艳阳天
我却再也没有了
拥抱太阳的勇气
只能任凭
夏天的脚步
一步步逼近

夜幕降临
一阵凉风袭来
方知春还在

太阳是个贼

把手伸向窗外
将阳光攥在手心
滚烫的温度沁入肌肤
我误以为
温柔可以覆盖炎热
后知后觉我错了——
太阳是个贼
偷走了所有的清凉

夏好可怕

春天刚过
太阳就换了新装
褪去一身的火红
披上洁白的婚纱
假装她是温柔的新娘

只是扑面而来的热浪
却无不在控诉——
变本加厉的夏好可怕

一直都在

电梯把我带上九楼
离太阳更近了
我刻意接近主动示好
只求这个夏天温和以待

微风细雨却先她一步
告诉我
她们一直都在

风没有说谎

风没有说谎

他生性清凉

只是被烈日炙烤

他只能屈服

一波一波的热浪

在诉说他的委屈

六月的风不再温柔

夏夜

寂静的夏夜

只剩蛐蛐还在尽情欢唱

房间里的风扇

依然卖力地旋转

我却开始怀念

屋外那一缕缕

带着温度的凉风

喜迎金秋

一

褪去一身火红
换上金黄的外衣
秋天还是来了——
飘飘洒洒落下的黄色枫叶
在道别
也在欢庆

二

落满一地的银杏
铺天盖地的黄
点着了了无生机的大地

一阵风吹过
漫天飞舞的杏叶

跟着风的节奏
像长了翅膀的蝴蝶

我把梦藏进这金黄的翅膀
飞扬的时候
我能感觉自由的曼妙

三

搬家后的第一场秋雨
空气中透着湿意
仿佛时间凝固
弥漫的桂花香久久不愿飘散

大地贪婪地吮吸
来自大自然的甘露
庄稼人笑了
种下的菜苗都活了

四

月亮爬上天空的时候
照亮了菜园的桂花树
被月光环绕的桂花
尽情在枝头绽放
空气中弥漫的芬芳
是桂花发出的信号
——金秋来了

枫叶的归宿

秋风终于还是毫不留情地
吹落了最后那片枫叶
鸟儿在枝头窃窃私语
不会飞翔的叶子
怎么可能在空中展翅

殊不知——
枫叶掉入泥土
是它最好的归宿

桂花的宿命

一场秋雨毫无预兆地落下
空气中弥漫的桂花香
夹杂着泥土的芬芳
慢慢被雨水冲淡……
桂花在枝头翘首期盼
一把带着温度的伞
来为它遮风避雨

我见犹怜的模样
连微风也动了恻隐之心
怎么舍得让它凋零在泥泞的尘埃
在阳光下绽放才是它的宿命

小草的轮回

狂风呼啸
将满身泥泞的小草
连根拔起

暴雨倾盆
要把小草洗劫一空
奄奄一息的小草
拼死守护怀中的籽粒

小草变成了养料
孕育着 陪伴着
它生命的延续
在它的保护下
新的生命开始发芽

冬

乌云遮挡蓝天

为肆无忌惮的寒风做掩护

无所顾忌的北风

尽情咆哮，嘶吼着

我冷眼旁观

跳梁小丑能奈我何

直到我的鼻腔被占领

我也成为了冬的战利品

终于如梦初醒

冬的味道越来越浓了

太阳，快出来吧

太阳，你真淘气
又躲进了云层打瞌睡
我已经失去了把你唤醒的耐心

风还在四处穿梭
要寻找太阳的踪迹
我没有告诉它太阳藏身何处

树叶蜷缩瑟瑟发抖
河流忘记了奔腾冷冻成冰
它们都在祈祷
风，快点把太阳找出来

雪

一

被彤云包裹的雪花
在梦中沉睡
暗灰映照雪白
像深情的眸 那么沉静

六片花瓣的雪花
绽放在天空
连风也忍不住亲吻

是天空的眷恋
还是人间太暖
雪花迟迟不愿降落

二

漫天飞舞的大雪
为年画上一个完整的句号
南方的雪
终究不及北方的冷冽
却多了几丝温婉
外加一份缠绵

雪地里打滚的小孩
雪中央起舞的少女
在用特有的方式表达着
对雪独一无二的爱恋

三

你们不该留恋
这本该温暖的土地
回去吧，融化成水
回归大海的怀抱
那里才是
属于你们的天堂

北风

北风呼啸而过
不见了树叶的踪影
它们早已沦为风的战利品

天空没有了白云的踪迹
它们早已被风吹散
变得灰蒙蒙的

小孩的脸捂得再严实
还是被吹得冰凉
上下牙齿在相互作战……

这个冬季
北风成了战无不胜的英雄
无影无踪却谁都害怕

心 语

痛
会跟着远去的旋律飘散
在朦胧中
看见幸福的颜色
时间在一笔一划的文字间
溜走
偷偷潜藏在字里行间
要找回丢失的光阴
品读一段带着记忆的文字
哦，逝去的时光
早已在脑海中
生根发芽

1

摘一朵小花，占为己有，
春天，被我收入囊中！

2

妈妈告诉我，我又瘦了。
怀疑的目光转向老公，
是不是偷吃了我的面包？

3

太阳映照脸庞，笑容就绽放了！
给我一个拥抱，我们一起等待，夕阳的
美丽。

4

不要遗憾，太阳的不告而别，
星光璀璨的夜，才刚刚开始。

5

梦境与现实，只隔着一段，
清醒的距离。

6

风拥抱我的时候，太阳羞红了脸。
雨亲吻我的时候，月亮笑弯了腰。

7

如果饿了，就用文字充饥，
你会知道，美味佳肴也不过如此。

8

疾病让我的身体残缺，诗歌让我的生命
完整。
是人生锤炼了诗歌，还是诗歌丰富了人
生？

9

鲜花总是把残枝败叶，深深掩埋，
却将芬芳与美丽，留给人间！

10

比起无为却漫长的一生，
我更愿意成为那朵绽放的烟花，

——即使转瞬即逝，精彩的瞬间仍然可
以，被永恒定格。

11

夜，不应只有黑色，
它还有希望的绿色，梦幻的紫色……

12

即使是遗漏在玫瑰花瓣上的露珠，
也要努力圆融，变成美丽的珍珠！

13

被笑声感染的笑声，更加轻舞飞扬。
生命给我设定异于常人的起点，
那我就活出截然不同的终点。

14

用幸福填满余生，不给悲伤趁虚而入的
机会。
没有忘记，我是无所不能的幻想家。
明天要如何上映，我说了算！

15

读万卷书不如行万里路，行万里路不如
阅人无数，阅人无数不如高人指路。

16

比起失败，我更害怕止步不前。
人生总有起起落落，苦没尝尽，甘怎会来？
真正的快乐，不是不流泪，而是擦干眼
泪以后，可以继续微笑。

17

在时间的隧道，让年轮推动岁月，
把日子过成一首首诗。
云朵只有拥抱太阳，不惧灼烧，
才能绽放更多的精彩。
不经历寒冷，怎懂温暖的可贵？
没经历风雪，怎知阳光的明媚？

18

我向往的爱情，不要轰轰烈烈的誓言，
只要平平淡淡的相守。
一辈子有多长？也许就在下一秒终结，
那就让我们相拥这一秒吧！

19

只要有足够坚定的目标，"不可能"是
不存在的，有梦就有诗和远方。
"因为"，是懦夫常用的挡箭牌，"所以"，
疾病不是苦难的代名词。

20

疾病让我们的生活，每天都充满了仪式感，
连喂我喝一杯水，老公都要给我下跪！

21

用慧眼观，用慧耳听，慧命无处不在。
要看春暖花开，何须一定置身大海？

22

再苦的生活，其实并没有那么糟糕；
再美的生活，也会有点点瑕疵。
只要在你身边，哪里都阳光灿烂；
病痛很苦，但我们要活出病乐来。

23

我愿意用十年的寿命，换一天的自由行
走。
生命如此，我只想任性一回。

24

有人说："婚姻是爱情的坟墓"。
我却说：找到坟墓也好过死无葬身之地！

25

醒来后，会突然微笑：原来我还活着。
痛，是活着的最好证明。
活着一天，就离奇迹更近了一天。
每天重复：今天状态比昨天要好！
不要小看了暗示的力量，你给老天一个
微笑，老天会还你一个晴天！

26

谁说极乐在西方？
一张床，就是两个人的全部世界：
牵手，就可以在阳光下"奔跑"；
累了，就可以躺在"草地"上，
看星星、看月亮。

27

忧伤是镜子，展示忧伤，
它便再增你一份痛苦。
快乐是雪球，越滚越大，
渐渐大成幸福的模样。

28

生活是一道加减题：
减掉抱怨，快乐就多了；
加一份豁达，悲伤就少了。
衣来伸手，饭来张口，
还能呼吸，还有心跳，
我还奢求什么呢？

29

我不敢睡，怕睡着睡着就忘记想你了，
原来，不明归期的守望最煎熬！
如果有分离那一天，我想：从此以后，
我都不需要被照顾了。

30

张开双臂，整个世界就被我拥入怀中。
读一本书，心就插上了自由的翅膀。
我问自己：明天会好吗？
太阳告诉我：努力知道答案。

31

我们好像都陷进了本末倒置的思维里，
追名逐利着。
还记得，小时候自己的梦想吗？
是实现了呢，还是败给了现实，为了金钱，
早已忘记了？

阳台上的梦

32

笑得太用力会流泪，

那就用珍珠犒赏爱笑的眼睛。

路过的风景遇到的人，

都是我足够快乐的源泉，

这一生尝到过微甜，

便再也品尝不出苦涩的味道。

33

我是寄居屋檐的青苔，

我是依附大树的小草。

偶尔阳光，让我直达爱的天堂；

有时雨露，让我徜徉爱的海洋；

我很渺小，却也绽放生机！

34

用眼泪换来的感动，不一定持久；

用笑容换来的鼓励，才是终生财富。

一句话，一个眼神，有时能拯救一个人。

不争，不贪，不攀，不妒，

低微若水，才是上善！

35

我是无所不能的幻想家，窗外的喧嚣，
闯进脑海，构思出一场场烟火盛宴。

36

夜幕降临，被盛夏偷走的清凉，
秋风——送还。
雨水悄然，弹奏着乐曲；
风儿静默，唯恐扰我梦。

37

我的笑会为我证明，难忍的痛也不过如此。
每一次睡着都是一次死去，每一次醒来
都是一次重生。

38

说走就走，是人生最华美的奢侈，
也是最灿烂的自由！

39

我们虽然都坐着轮椅，
展示的绝对不是苦难，
而是苦难中的幸福。

40

身边再热闹，没有你，也会冷清。
如果你离开了，我就不好好吃饭，
不好好睡觉，也把微笑戒掉！

41

每一次呼吸都小心翼翼，
生怕吸取冰凉，让心从此冷却。
人，最怕的不是死亡，
而是活着，却像个木偶，没有灵魂。

42

留住根的植物，下一季，还会发芽；
留住心的根基，下一世，还会重生。

·代跋·

生命不了，奇迹不断

—— 两首歌词背后的大爱故事

朱仙辉

危丹近年来一共创作了现代诗 500 余首，其中有两首被知名音乐家看中，主动给她制作，成了脍炙人口的歌曲，被广为传唱。

这两首歌曲，背后都有着感人至深的大爱故事——

2004 年春，一场持续的暴雨摧毁了危丹的家，从此，一家四口漂泊四处：父母外出打工，弟弟寄养在姑妈家，危丹不久也辍学来到武汉一家打字复印店里学技术。

然而，她怎么也没想到，小脑共济失调也悄悄盯上了她。

2006 年 6 月 25 日，危丹 15 岁生日，这本该是个快乐的日子，妈妈也特意打了一百元给她，让她随便用。哇！危丹的心都要飞起来了。当晚，她就在亲戚陪同下，去附近的香港路给自己买礼品。回来的路上，突然，她脚下一软，倒在地上就起不来了。

后来，危丹不得不坐车回来。她本以为，自己只是太累了，休息休息就会好的。万万没想到，这个"软脚症"从此就缠上了她。接下来的十年间，她辗转湖北、安徽、湖南等地多家医院求治未果，病情反越来越严重。接下来，她只能彻底靠轮椅代步、右脚又因病截肢。即便这样，噩运还是不肯放过她：2014年年底，父亲中风猝死在长沙……接连不断的打击下，危丹终于崩溃了，于2015年5月11日下午割腕了。

命运对危丹又是眷顾的，她被妈妈破门救下。接下来，在湘乡市关工委王君斌主任的关怀下，她与网络上邂逅的公益偶像、青年帕金森患者、湘潭市关爱帕金森病协会会长张伟见面了，二人一见钟情。8月2日，张伟带着危丹和湘乡市爱心之窗书画义卖会捐献给他们的善款来到长沙湖南省脑科医院住院治疗。10日，遵医嘱转院至湖南省湘雅附一医院。14日，湘雅附一神经罕见病专家会诊下，"小脑共济失调"终于藏不住了，被发现了。医生告诉他们，此病又名渐冻症，目前无药可医，丹丹寿命可能只有三十几岁。危丹不禁悲从中来，号啕大哭，张伟也忍不住抱着她痛哭失声。他一哭，危丹反而明白了：如果一味沉浸在悲哀中，不仅于事无补，反而会给关心自己的人徒增苦恼。她停止了哭泣，这一夜，在张伟的陪伴下彻夜未眠，一气呵成，写出了《生命的奇迹》。

陈后华，男，重庆著名音乐制作人、网络歌手、志愿者。张伟把《生命的奇迹》发给他后，他顿时被歌词的力量震撼了：一个绝症女孩，还能发出这么强有力的声音！顿时灵感来了，对着歌词就清唱起来，唱完就发给了张伟。

2016年6月25日，一场名为"将爱情进行到底"的大型慈善公益婚礼在长沙金辉大酒店举行，湘乡音协特派李陈靓、王德耀老师亲自去婚礼现场为张伟、危丹小夫妻俩无偿献唱这首歌，并送上祝福！

宋洪波，男，全球华人总会副秘书长、著名社会爱心人士。主动为危丹演唱并制作了音频，他的歌声极富磁性，青春、阳光、向上，很好地诠释了这首歌词、曲的内涵！

2018年12月底，《生命的奇迹》在湘乡本地网刊《湘军源地诗音苑》发表了，并附有短文介绍这首歌的创作背景及后面的大爱故事，在家乡湘乡激起了不小的波澜。诗音苑主持朱亮老师决定乘势而上，由他筹资帮助二人出版他们的长篇报告文学《与帕共舞》，将二人的励志、爱情故事、及环绕在二人身边的大爱故事弘扬和传播开去。

侯基明，中国音乐家协会会员、著名湘乡籍作曲家。危丹的身体失去了自由，她就用自由的灵魂来感受、创作、飞翔，这种身残志坚的乐观精神，经诗音苑的宣传，引起了他的高度关注。侯老师主动为危丹的《自吟》作曲，当作他们出书的礼物，陈后华老师帮忙制作成了音频。本地音乐家易武老师也主动为危丹制作了这首歌的伴奏带。这些默默无语的爱心和壮举，再次温暖和感动了危丹"渐冻的心"。

内蒙帕友清风，主动为危丹制作了这两首歌的 MV。

2020 年 12 月 10 日，危丹和张伟夫妻合著的长篇报告文学《与帕共舞》新书首发式在湘潭市委、湘潭市文联、湘乡市宣传部的联合支持下，于湘潭市电视台举办了。节目最后，电视台播放了由湘乡市起凤学校孩子们合唱的危丹的励志歌曲《自吟》，引起了极大的反响。此后，全国多地志愿者们在网络上自发组织演唱了这首歌，并制作成视频送给了危丹。

两首歌词，都是爱的结晶，也是危丹热爱生命、生活结出来的硕果！它们既是危丹对自己生命的总结，更是她对未来美好生活的憧憬：生命不了，奇迹不断！

后记：春天的故事

危 丹

有时候也会想，我这样的人，寄生虫一样地苟活着意义在哪？可是，某天午睡，被一阵小鸟的叫声吵醒，抬头在天花板上看到一团黑乎乎的东西——是窗外的鸟儿飞进来了。终于明白：每一次晕厥过后，都会努力地清醒，那是对生自然萌生的渴望啊！谢谢你小鸟，可爱的小东西！

曾经，当我腹中五个月的胎儿不得不遵医嘱拿掉的时候，我心中满腹怨气：对妈妈、对张伟、对自己、甚至对张伟的家人。但是，在志愿者们的启发和引领下，我学会了"接受"，懂得了"付出"：哪怕是一个残疾人，也可以做一根"慈悲和智慧拧成的灯芯"，像蜡烛一样去点燃自己，照亮他人！

不错，我是不幸的，但我又是万幸的：一直以来，一批又一批志愿者们像天使一样，前赴后继在我们身边默默守护着我和我的幸福，让我不再孤独无助……我闭上眼睛，听真正的自己。慢慢地，我听到了越来越强而有力的声音在脑海里回响：丹丹，你一定要学精卫填海，在自己的小世界里缔造属于自己的神话！

摆正了自己的心态，再也不怨天尤人了，相反觉得：我和别人没什么不同，只是行动略微不便而已，只是视力很差而已，只是说说话就会感到很累而已，只是经常会头晕而已，只是生命流逝速度快一点点而已……但，我也可以在文字里追求美好，我也可以拥有自由的灵魂，我还可以用手机追逐自己的文学梦想！

2015年8月，湘雅附一医院神经内科罕见病专家确诊我患的是"小脑共济失调"（又名渐冻症）时，曾经说过，患者从发病起寿命一般不超过二十年，且无药可医。我也无数次幻想过自己离开家人之后他们的反应，但是很快我就明白了：与其等死，不如把活着的每一天都当作最后一天来珍惜。

我很开心，原以为不能办到的事情现在办到了，当身边的人都称我为"微笑天使""轮椅诗人""湖南小海迪"，当我也能拥有属于自己的《活着》而且是两本——这样的好消息传来的这个春天，我好开心！我终于有了自己的"孩子（书）"

了，而且还是"双胞胎"！生命如此，夫复何求？

"白日不到处，青春恰自来。苔花如米小，也学牡丹开。"妈妈说过，我名字里的"丹"就是"牡丹"的意思，当然了，她给我取名"丹"的本意是希望我长大后像牡丹一样美丽。现在，我想把这首小诗，转赠给所有不够自信或者和我一样身体不够健康、行动不够方便，却一样有着美好梦想的同命人：加油，你可以的！

2020 年 4 月 6 日

危丹写于湘乡市酒铺安置屋

《湘女梦》诗丛 谭清红 主编

怀香满衣袖

韵依依 著

团结出版社

图书在版编目（CIP）数据

怀香满衣袖 / 韵依依著 . –– 北京 : 团结出版社 ,2020.12

（湘女梦 / 谭清红主编）

ISBN 978-7-5126-8495-9

Ⅰ . ①怀… Ⅱ . ①韵… Ⅲ . ①诗集 – 中国 – 当代

Ⅳ . ① I227

中国版本图书馆 CIP 数据核字 (2020) 第 251424 号

出　　版：团结出版社

　　　　　（北京市东城区东皇城根南街 84 号　邮编：100006 ）

电　　话：（010）65228880　65244790

网　　址：www.tjpress.com

E-mail：65244790@.163.com

经　　销：全国新华书店

印　　装：长沙印通印刷有限公司

开　　本：210mm*145mm　　32 开

印　　张：100

字　　数：900 千字

版　　次：2021 年 1 月第 1 版

印　　次：2021 年 1 月第 1 次印刷

书　　号：978-7-5126-8495-9

定　　价：398.00 元（全九册）

　　　　　（版权所属，盗版必究）

湘女有梦在文学

—— 序"湘女梦"诗丛

黄亚洲

　　我一向对湖南湘潭市的女作家协会这个组织
极其活跃的工作，相当赞赏，就像我多次推崇我
们浙江绍兴市的女作家协会的工作一样。不是所
有的地级市都有女作家协会的，成立女作家协会
的要件，是组织者的勇魄与情怀，以及这个地方
确实有相当数量的热情而富有文学创作力的女性
作者的存在。

　　湘潭市女作家协会的主席谭清红机缘巧合地
成了我在杭州举办的亚洲学堂的一员，很多次以
"学生"的身份，不远千里从湘潭赶来西子湖畔
听课，于是这一次她要求我这个"先生"为她们
协会组织的这套丛书作序，我也就不太好意思推
卸了。按理说。我这个隔省的作家是不适合做这
篇文章的。

　　而翻开作品集，倒是眼睛亮了。

这是湘江河畔的一群女诗人的群体亮相。此番亮相，确有湘女的风度与力度，飒飒有声。看谭清红的诗，语言颇见刚性，诗行之间呈现的硬气，也像她以前给我阅看过的那几篇散文的爽健。

她在《孤独与自由依然并存》这首诗中如此宣告："我可以裸着或半裸着，贴着黑玫瑰丝羽泥膜，偷油婆似的在故纸堆里穿行。没想找到什么，因为没想到丢了什么。黑蚂蚁一样的文字下面，条条点点线线，是我走过的路。"

以"没想找到什么，因为没想到丢了什么"来表达自己足够完整的人生经验，这份自信何其刚硬。

要说这是闻名在外的"湘妹子"的独有风骨，也不为过。

诗人危丹是一朵铿锵玫瑰。读了她的"原来生活中有一种痛，还可以哭着哭着就笑了"的诗句，再知道她的渐冻症患者的身份，能不为她的顽强、豁达与通透感动吗？

诗人凌小妃的诗歌善用"留白"艺术："走在异乡的风景，身边挤满了落叶。耳朵分辨不出另一座城市的语言，枯树上的老鸦一声哀鸣，"这种断裂式的语言，自有张力，可见作者追求艺术表现力的那种执着。

而诗人林韵的诗歌，则仿佛从历史深处走

怀香满衣袖

来，"让人恨不够，又爱不够的风雪日头；让人哭不够，又笑不够的生死情仇。"诗人用语的那种遒劲有力，能令人回味许久。

诗人离若的诗作，就颇具"禅味"了。她仿佛有着佛家看万物的心境，再平常的事物也是一个圆满俱足的大千世界。"落叶收拢翅膀，枯枝一瘦再瘦。地底爬的，地上跑的，都回到大地的仓廪。"在她眼里，世界始终是圆融而充实的。

在诗人韵依依的作品里，我们能隐约看出她的"诗言志"的艺术格调，她善于沿着自己日常生活的指向，作出自己的思想提炼："今生，我是小溪的女儿，捧起通达、无私、宽容、理性，这些浪花般晶莹的词语；与乱石相对，无言。我们的内心里，却有一些东西在汹涌。"

诗人晓虹的诗作带有审美的自觉。她在《微风吹来的时候》里说，"美一定是向低处生长的。微风吹来的时候，河岸边的银杏树向我俯下身子。"句子朴素无华，明白如话，却是意涵悠远。

我们在诗人野鹿的作品里，能感受到她的对于形式创新的孜孜追求。"当影子捂起月亮，暖在手心；相思，又少了一夜。"这种细腻的情绪刻画，很容易在读者的潜意识里激起共鸣。

而在莲城女子合集里，我们也能看到女诗人们对诗歌艺术的各种既大胆又小心翼翼的追求。

小茵重视艺术表达"陌生化",彭万里作品中的"哀而不伤",肖潇的即景入诗,杨蕾作品的开阔与广博,欧阳湘平善用拟人化的修辞,罗银芝诗歌的主题多样,曾娟的借花写人,邹莹作品中那种典雅的"散文化"特点,王樱璇的画中之诗、诗中之画,李静民作品的长于对人生困境的思考,都值得我们充分肯定。

湘潭市的女性诗人群体,用自己独特的乡音,在辽阔的楚湘之地大声吟唱,这种艺术姿态不能不引起当代文学界的惊喜与重视。

我好几次对谭清红说,你们湘潭的女诗人们,真个是不一般的一群。现在读了这一大波作品,更验证了我的这一印象。

巾帼诗人集体地跑在时代的前列了,男性诗人朋友须加倍努力呀。

湘女有梦在文学,真是中国当代文坛之幸。

(序言作者为第八届全国人大代表,中共十六大代表,第六届中国作协副主席、第六届浙江省作协主席、党组书记。为中国鲁迅文学奖得主。现为中国电影文学学会副会长、中国作协影视委员会副主任、中国诗歌学会常务理事、《诗刊》编委。)

目 录

湘女有梦在文学
　　——序"湘女梦"诗丛

辑二　一纸诗梦韵江南

辑三　我要活在青山绿水里

辑四　提一篮阳光去看你

怀香满衣袖

跋

怀
香
满
衣
袖

辑一

叫我如何不歌唱

叫我如何不歌唱（组诗）

一

在火里萌芽，在火里生长
十月的温度
要用心才能精准测量
一片红，覆盖了 960 万平方公里
并辐射着十方八方

多娇的江山装在锦心里
绣口一吐，就一个崭新的中华
乐章，划过了 70 多年
音符，一个比一个高亢
14 亿人奔跑在小康路上
祖国啊，叫我如何不歌唱

二

五千年长路漫漫，血汗泪
奔腾了黄河长江
声声号子在岁月的水面上波动
河姆渡人和半坡人的肩背上
一绺绺血泡，已经结痂、愈合
他们留下的脚窝里
水土很肥沃
供我们躬耕渔猎
他们递过来的骨器木器石器
与国徽的灵魂高度契合

三

十月以惯有的热情，诚邀
江南绿水、天山雪莲
五湖的初阳、四海的明月
星辰、人杰、英魂
历史的风雷、长征的雪
合唱一曲 70 年的康靖

四

70 年的飞跃跨越，红旗风
催发了炭泥层的古莲
在实生苗的抑扬顿挫声中
我们仰视

天宫天舟嫦娥北斗
我们追光
中国高铁在一路领跑
走向繁荣走向富强走向复兴
祖国，踩着最美的时光
一路高歌

五

十月，是个硬汉子
用血与火，擦拭了百年屈辱
握着尊严与自信
在世界博弈中
有仁心，更有铁拳
醒来的雄狮
必要时，会用利爪捧起和平之花

六

《义勇军进行曲》正在播放
在被激励的十月里
我仿佛又看见，黑洞里涌出
杀红了的眼
那是惨酷的白刃战场上
军魂在浴血……
"越过高山，越过平原"
14亿人一同歌唱
祖国，从此走向繁荣富强

红彤彤的名字

火是我的性格
红是我的追求
一个红彤彤的名字——中国共产党
是从血海中捞出来的
自带了澎湃和英勇
经过烈焰的煅烧
淬炼了坚毅与刚强的特质
这个名字扎进了国土
无论肥瘦
泼一瓢民族风
浇一壶中华情
这名字
让五千年的古桩，衍生出
茂叶繁枝，荫盖五湖四海

七一，一个生动的日子

仿佛，又听见摇桨击水声
细雨蒙蒙，游船上
谁，在水葫芦和青萍之间捞起
硬扎扎的红色精神
天晴了。谁蘸着阳光写就了第一个纲领
通过了第一个决议
从此，有一个日子生动起来
有一个新名字——中国共产党
光芒四射

一束光，操着先进的船棹
所有的艰辛，曲折，激流，险滩
都以血色淌过来了
一匹马，一匹岁月的马
卓立船头
从寻常湖泊，闯进
长江、黄河、东海、南海、云梦之海
没有理由不自信呀
东方风来
幸福与自由，都根植于民间

八一军旗红

霞光、红叶、玛瑙、铁血、爱
凝成军旗上威严的"八一"
虔敬的手心承接星星的滴露
晶莹里记起曾经的春花与冰花
八一里的撇捺横
以刚强的姿势挑起了民族的魂梦
这一副担子
一头挑着救亡，一头挑着振兴
挑过了枪林弹雨
把血与火挑到橄榄枝茂盛的地方
履行了跟白鸽的约定

岩浆、钢铁、苍松、长城上的砖
打造了军人铮铮的质地
如坚固的屏障矗立在
高原、沙漠、海疆、边陲

挺拔的身影扛着和平安宁
这是军人独有的风采

那种大无畏
一般的歌吟无法抵达
只有长江黄河、苍狼猛虎
才具备这种激越歌喉

向祖国的山川河岳敬礼
向祖国的蓝天白云日月星辰敬礼
向祖国的海涛海浪敬礼
向父老乡亲敬礼
以军人的荣誉、英勇和尊严宣誓
人在，旗在，军魂永在
磨剑千年，只为那道锋芒
烈火百炼，利刃闪闪亮
手扛豪迈脚踏雄壮
能打仗，打胜仗
对胆敢来捋虎须的獠子
"扫了它"！

岳麓飞歌红枫里

不可思议，一条晚唐的石径
还斜挂在远山
红彤彤的歌声已找到了回家的路
穿石湖畔，我在敲诗他在洗墨
你把丹心挂满红枫的枝头

一曲沁园春从橘子洲头飞出来
缭绕在岳麓书院
问一问，激扬的文字
红源在哪里
谁用素心调雅琴，谁用锦时点秋色

云磨月洗，浅淡不了与生俱来的殷红
凭着一枚赤胆，足以威慑
拿枪与不拿枪的杀手。豪情
从湘江奔来，烫一壶白沙液

与山水，对唱一段火辣辣的情歌

红叶摇情，一个短语羞红了脸颊
风在笑，雨引赤子上麓山
傍着那个独立的人，捏紧初心
跟秋阳打个招呼
梦长，路远，借一条金色的跑道

此刻，岳麓山上漫天的红色粒子
正用中国速度，把时空穿透

红叶点燃的十月

突然有了骑枣红马闯十月的冲动
空降的境遇，红色意象蔓延
缤纷早已从南湖上路
捻起一根红飘带，就开始跋涉

避过滚地雷，躲过黑色闪电
青春的叶
在水与火中趟过来，抢滩十月
积攒了足够多的炽烈
冲出十面埋伏
红叶与凯歌相会于十月的川原

黑暗百般利诱，未曾改色
夏严刑拷打，不肯叛逃
唯十月一声轻唤
摇枝的红彤彤，便一触即燃

红叶灼灼的热度不容蠡测

十月，且放低身段

迎接从枝头流放的深情

十一，中秋，重阳，十九大

一盆火红过一盆火

淬炼过的十月空间里，王气长盛

十九号港口，好梦（组诗）

一

一只红蜻蜓在南湖上轻轻一点
撒下了复兴梦的种子
13 个造梦的脑袋，碰出了火花
他们用太阳元素，勾去夜的黑
撰写一部典籍的序言
无数的追梦者
用血与火，添加熠熠生辉的情节
穿越 96 个冬夏后，梦
又在第 19 号港口昂扬击水

二

身后，镰刀依然肩负收割使命
锤子更具有工匠精神
远道而来的初心
在新的港口里找寻新的落脚点

无限生长的美好生活需要

驾驭装饰一新的红船

拥着一面旗帜，源源而来

三

永远给力的是，舵手和水手

沉着应对十方八方的诡谲

随时检修保养好红船

北斗星依然明亮

航标灯依然灿烂

远航的梦安上翅膀

飞翔的姿势真好

四

乐水乐山，无尽的没有炒过的好日子

自然宁静、美丽和谐

翻一翻中华传奇，翻过 96 页

每一页都有其独特的智慧和艺术魅力

浪花飞溅的 19 号港口

迎来了从站起来，富起来，到强起来的

飞跃

五

寻求最大公约数，彩绘最美同心圆

春水秋水，人民利益始终高举在头顶

国家利益永远在心头

决胜两个一百年

梦在塑形、强体、铸魂、着色

篇章的大格局

无际无涯，广袤辽远

汨罗江，一条丰衣足食的河

羡慕你也嫉妒你，汨水罗水
其貌不扬的河泊潭
只因偶得一个人的灵魂
成了屈潭成了怀沙港
成了一个伟大民族诗歌的上游

他衣裤里怀的哪是沙石，分明
是瑾，是瑜，是金子
鸟落洲渚，寻声天问九歌
疯狂的淘金者
差点挖塌了湘君湘夫人的宝殿

曾经不问世事的汨罗江
自从骚风刮过骚坛
浪高浪低，娴静中带有野性
吞吐与收放蓝墨水

也攒足了红人的清酒动人的财帛

我好衣紫，他好剑客，你好细腰
汨罗江最爱的是千帆竞渡
经历了忧患与哀伤
她举起了富强的旗帜
内蕴中华精神，外披万丈锦袍

怀香满衣袖

江山千里行

绿水骀荡

惹愁情，也惹风雨

秀山千重

沾烟霞，也沾尘梦

你是

席卷了光阴的书生

还是

廊桥上看风景的美人

梦总是不老

我逆风执炬而行

炙痛了手、脸、眉头

心，在痉挛

峭壁上

有只结了无情游的孤鸟

在听松针落

泪，隐入坠地的松果

渔樵之歌绕颈脖

泣不成声的浊浪，如我

云磨雨洗月自明

棋未下

谁称楚汉骄雄

酒未尽

谁是坐上嘉宾

身前身后，心事乱纷纷

不若放马尘外去

花似雪落

半入泥淖半入空蒙，香渐远………

辑二

一纸诗梦韵江南

潭宝汽车站

是窑湾的大礼帽
是金湘潭的钢盔
是时间的堡垒
是实实在在三百六十度的美

而今的潭宝汽车站，重门紧闭
千万吨斑驳
掩了你另一张青春的脸
当年的你，在
开启现代交通先河时
湘江，送你一船一船的秋波

错过了你的末班车
干脆把远方再丢远些
绕你三匝
一辆老经典在时光里回车
嘀嘀——
穿越沧桑的回声
以闪电的墨迹
写下了潭宝汽车站的一段
传奇

唐兴寺与唐兴桥

那天，石头寺山门一开
诸遂良撞了进来
他狼毫横扫，大唐兴寺便
谋夺了石头寺的天下
至今，时光里还有墨迹淋漓

山下，一座单孔石拱的壶山桥
也被墨汁浸染
"壶"与"山"，禅让给了"唐兴"

那年，唐兴寺
被人间烟火撑得难受
信仰坍塌
作了光阴的过客

唐兴桥有一颗江湖心

扛着千人踏万人跨的使命
一直守着窑湾这泓碧水
桥柱上的狮、象、鹿、猴、兔……
用湘水，擦拭眼耳
阅览着锦湾里
清清浊浊沉沉浮浮的文字
听华年欢奏锦瑟

在望衡亭上

石头挺举亭子
亭子载着日月
陶公，你望罢衡山又望麓山
一定看到了一片红
是的，这片土地
从来不缺浩荡的热血
秋瑾，你并入了江流的汪洋泪
澄碧了锦湾的江天

此刻，风静默水静默
我却听到了万千涛声汹涌澎湃
是的，窑湾人的身体里
都有一条江流，奔腾向北

旧码头

江水在，码头在
旧日的风，吹向了风之外
日复一日
远浦的帆，一航也没有着岸

码头下，有人来
湘江，是老故事里当然的主角
看遍十方
最不饶人的
还是这千里湘江第一湾

等一等，再等一等
涛声中，有鸟鸣脆脆
有些期待的事物
一定会，随渔歌一同归来

滨江新城——九华

湘水，在千里长跑中
一个任性的西拐
便铸就一块马蹄形徽章
奖给金湘潭，然后
摆了九华一道
倜倜傥傥，向北去了

青山长川挟尘烟
九华，是渔樵清唱里
一个高高的颤颤的
音抖

江心岛外
小溪呼朋引类而来
供养岛主鸥鹭
谁用直钩子
钓起兴马洲上的沪京高铁

用浪逐梦的九华人
用浪，堆起一个复兴的高度

湘水一虹——万楼新城

像一只蜻蜓在荷花上饮露
又像一位思想者，在
湘江西岸，静静地伫立
万楼，就这么不动声色地
点缀金湘潭

经历了四个世纪的无量悲欣
五废六兴后
杰灵台与观音阁依然长伴左右
壮观的万楼，以
内九层外五层的结构
彰显一种独大至尊的霸气
将辉煌再续

摒退了夜的苟且
莲城人，以莲花的路径
往万楼的斗拱飞檐里
注入了光明

巍巍乌石峰

"乌飞将近月，石乱欲撑天"
乌鹊依然栖息在斜枝
乱石越过了峥嵘岁月
缕缕忠魂，在万仞青葱上摇曳

山顶有座小石庙
麻石外墙上密布弹孔
山风从孔洞里进来
檀香从孔洞里出去
菩萨说，爱就是放任自由
他只须看紧
山门外，那面迎风大纛

山下的田畴里
一条公路如龙脊一般
两边分列着九座小山包

像九船采莲
在采撷盛世里的安宁祥和

楠木冲水库里，绿波漾漾
还记得，曾经
有个少年，在这里砍柴饮牛
德怀寺里，几卷经书
把历史风云，翻成了红色

山路弯弯，伸向邈远
信仰
还在石级上不断攀登
广场上那座雕像
虎目炯炯
还能大杀四方妖孽

飞翔的涓水

从九峰山逸出
向北，一路向北……

天生的放荡不羁，涓水
不筑巢不定居不用储蓄
身体里那么多的鱼
是她最大的财富
给鱼自由。任凭他们
顺风顺水，或逆流回游

允许水草对她亮剑
允许泥沙玷污她的身体
唯一不能容忍
盆地里布下的百万气馁

在衡山的新桥、白果

谢过平沙落雁

在花石，与精美的石头

来一支山吟泽唱

古塘桥的拦河大坝里

云天之宴很是铺张

与水客豪饮后

听从心的召唤，飞赴湘江

履行前世今生之约

鲸波万里中

看东方日出，西方日落

一颗素心，笑入韶华深处

黄昏中，那一抹紫红

斟起黄昏，痛饮逍遥醉
梦里的向家坡，你
昧了我的蓼花，我的水红
留下一池渗血的花梗
一池心疼

鬼拍手一个劲地怂恿
——快意恩仇
残蓼如血
谁造孽，谁造梦
谁一声令下
浅淡了红蓼的妆容

抡起花的骨头，敲碎忧悒
跌倒了就爬起来
面对火烧云的咄咄挑战

残蓼，挺直纤腰

颤抖着，喘息着
但决不放弃
握住紫韵，笑一笑
让微躯从血池火海趟过去
与繁华，再度相逢

河流

施施然，宛宛然
纤腰一摆，风流尽显
人间的动静，天地的虚实
生的抑扬、活的苦乐
你全都了然于胸

投个石子，试你的深浅
你把答案抛给白云
纵身，想融入你的身体
水花四溅
呛水的名字，随波，随萍

喝不够，你的淡酒
三月飞花，九月落叶
无论春秋
都陷入了，你深情的漩涡

一个浪迹
足足追求了半生
岸柳惹不起无根藤
我，惹不起你
只呆看着，你众星追捧的
人生，襟飘带舞

西风吹不老心中那泓碧水

老是想起水府庙那一泓碧水
像你的心，深不可测
西风一吹
会荡漾成什么光景

那水又深又绿，好多湾湾
一叶小舟趁西风
潜入了梦之秋
光阴多深哪，夕阳将老
唯有你这潭清碧水
永远，绿鬓朱颜

鹭巢时光

也许，来得不是时候
鹭巢时光里，有巢，无鸟

我不是鸟
一片随风飘荡的落叶
不需要巢

或许
把路赶到路之外
空巢的心
才有鹭，归来

一纸诗梦韵江南

——石鼓油纸伞（组诗）

青花瓷

模仿心中那朵青花，默默地

描一把油纸伞，等你

等你在烟雨路口

续一段天之缘地之缘人之缘

水湄、河洲、心之岬角

伞骨撑起你梦之蓝

一个侧身微笑

定格了你千年风雅

山水画

带着一片风景走，无论

海角，天涯

明月在怀，江山在手

那个夹一把油纸伞去安源的人

一路上种下火苗

山依旧，水依旧，人
在时空中疾走
九州风云收在历史的口袋中
而今，天已放晴
油纸伞有传人保管

连年有余

一朵莲
低头温柔，抬头娇羞
穿艺的彩线
在伞中，缠缠绵绵

鱼，为掠美而来
用水编花冠，用荷叶作伞
莲很宽宥，尽管
芳香的府库里备足了子弹
烟雨中，她的心晴着

我完败于你这一汪水墨
还搭上一块块青石板

大红

倾世的颜，就这么红艳艳
嫉妒也好羡慕也罢
遇到值得托付的，就舍命相陪

摘一朵晚云插在鬓角
油纸伞不再招惹许仙和白蛇
只在良辰美景里
把红和潇洒，一再抬高

喜上眉梢

喜上眉梢啦
一枝梅，哼着粉红的歌谣
岁月很薄很薄
一个大笑，就把花苞撑破

袅袅娜娜，走出雨巷
就到了伞轱辘的春天
未来不遥远
红梅花白梅花一样的女子
冬倒着走了
你的回眸，就是春光

隐山寻梦

你起居在烟云深处
安静地编织自己的花冠
不怨艾，不叹惋
与一朵山花谈一场灿烂的爱恋
吹气成岚，曾迷住了帝王
万卷白云，把流年安放

龙王洞，蛟龙不知所往
只住进了一个传说
白云庵隐身石岩
已寻不到一块，断瓦残垣
经卷灰飞，青灯烟灭

慈云寺十八罗汉二十四诸天
渡人渡心渡情
渡不过"破四旧"的劫难

空留下一座香炉
让沉香泛起

一庵一寺于山上山下相望千年
只落得梨花映春水
缘错，岁月成殇
风烟尽，一塚无语

三贤祠里，胡公安国父子
秉笔《春秋传》
创立了湖湘学派
莲花池畔
一篇《爱莲说》，端足了
不蔓不枝、不染不妖的情怀
濂溪祠的老青砖
自出淤泥后
于岁月里，停驻了几多风采

四池八桥，默默然
只抬头望天，低头看水
不说昨日辉煌
不问今朝寂寥
失落的隐山，谁能寻味
眼底眉间，点点淡愁

奇幻九潭冲

你是岁月深深里夺尊的鳌
八亿年前的海啸
飘零了你浅海湾里所有的荣光
蜚语，摧毁了海市
流言，砸了蜃楼
不再有人陪你声色犬马走天下
而今的九潭冲，安心于
细水长流，烹茶酿酒煮红豆

龙王山下，一堵关门石
封闭了世外桃源
静心感知高山流水的雅意
任世间，喧嚣繁忙飞渡

震旦纪的蓝藻
酣睡在你碳酸锰的矿床上

一些火烧火燎的痛
沉积在你的煤层

愚人金眨着狡黠的眼睛：
暂时幽囚的黄铁矿
总有一天
会把觊觎者请上囚车
钼钒在等待知交
一起追寻一种刚性的风与自由

百里红妆深林中
一杯老酒桃花醉
请撩开九潭冲神秘的面纱
仰望她惊世的明媚

隐山下那片鸢尾花

除了惊艳还是惊艳

彩虹之神下了江湖令

各路妖娆如云霞一样涌来

温柔乡里，英雄

陷落在鸢尾花的关隘

斑斓之外还是斑斓

彩蝶般的鸢尾花，睁开

一万五千多只小眼睛组成的复眼

活成一种沸点状态

在这一方喷吐火焰的热土上

自燃，自华

连空气都缤纷乱眼

鸢尾花用各种颜料

泼洒了一幅

绚丽得呼啸的没骨水墨

所有的理智都被颠覆
美色当前
狼性、虎性、狐狸野性
恣意饕餮

浪漫邂逅浪漫
田埂上，散漫着
许多自由的腿
那是行走的鸢尾花

一个男孩在拱膝求婚
女孩浸在花蜜里
彩虹之光照耀下的生命与爱情
热与烈
唯有心，才能安放

辑三

我要活在青山绿水里

嗨，腾格尔塔拉

抓一把炒米

抿一口你斟上的下马酒

嗨，腾格尔塔拉

接过你举过头顶的蓝哈达

嗨，天堂般的草原

我尘染的身心

经过你深情的洗濯

纯净得如同蓝天上洁白的云朵

我思想的牛羊，成群

撒腿向四野

寻找风中的格桑花

撒欢的想象力

挥舞套马杆

飞驰在苍茫的云天

追逐旷世里

父亲的草原，母亲的河
来一个酣畅淋漓

相会敖包
以永恒的名义敬你，爱你
我的圣歌
浴过日月，浴过圣火，浴过沙浪

嗨，腾格尔塔拉
今夜，掳你到我的梦里
你的奶味
你香酥香酥的风情
醉得我，摇摇晃晃

心中的篝火

夜幕下，几声炮响
舞蹈的萨满率众迎来天界的火种
点燃的篝火，圣洁
与我心中的那一堆，重合
洗涤污秽的火焰
直抵生命之魂、思想之魄

尘世一片洁净
一抹亮光来自远古的远古
没有杀戮、血腥、创伤
忘却镜里拈花，水中捉月
唯有那达慕的欢乐与祥和
溢满毡房溢满草原溢满天地宇宙

《赛马》的激烈
掠过碧草掠过远树掠过敖包
掠过千千万万牛羊
我与王者一同归来
一起把豪情和绮梦，投向心中
那堆又红又热的事物

响沙湾

扬沙扬尘扬起歌声
我这一粒微不足道的沙尘
只一个舒缓的旋律
就没入了沙浪
曾经的海子曾经的绿洲
如今，枯涸如我
其实，我的野心很小，很小
远不如一株芨芨草

沙子又响起来了
像沙漠鹰生命的断章
回想从前，抓甲虫捉沙蜥
在背风处建沙堡
做自己的汗，封自己为王
我的思想就躺在骆驼的脚窝里
听沙鸣，晒太阳

沙枣沙柳不关注驼铃声
依米花不理睬远方的呼喊
风摘谁的帽子
沙浪葬谁的沙靴
那都是时间该操心的事
我小小沙尘的身体里
只有一个巨大的声音，在鸣响

那拉提草原

我是逆着巩乃斯河奔腾而上
不亢不卑的石头
风比马、牛更放肆更狂野
它们驮着辽阔的绿
把那拉提里里外外的沙尘涂抹

多好听呀。清泉吹出的凉凉
脆而又温柔
马背上安详的我
宛如雪莲谷森林里那只鸟
全不在意，知音和对手

心中的长安

掠过西安
睥睨天下的不是秦皇
是天边那弯刀明月

兵马俑呛了阿房宫的烟火
华清池漾沉了大唐帝国
夜舔着无字碑
脚步声隐入八百里秦川
唐玄奘的袈裟
被大雁塔的月华氧化
胡姬酒肆寻不见少年李白
如水一样的诗歌
找不到岸
骊山，在清宵中孤绝

天亮了。车窗外
那一树一树火红的石榴
恰似我心中的长安

醉梦飞

一路上，火焰喷射蓝光
一路上，心花怒放
走起，同学们，直奔宜昌
拜问神农，拜访巫峡
拜谒那株萦怀的君子兰

风动，叶动，云动，心动
阳光爬上记忆的金顶
曾经的稻香荷香
都在浅浅岁月里鱼贯上岸
我们的香花之王
趟过湘江趟过长江把根扎在夷陵

常青藤手捧锦时
连起两湖情结
顺着藤蔓，我们入了醉梦
越来越浓的友情芬芳
香溢了过去而今
山高水长
向着远方和未来，推送

中堡岛的牺牲

长江之水从雪山飞越而来
曾经美丽的中堡岛
是大禹治水的舟楫所化
青木，绿草，记忆
随中堡岛一起
化作沉默的江底石
挺举三峡大坝龙一样的脊梁

相对于永恒，雄壮
不是简单的虎啸与龙吟可以描述的
纤夫石凝成的长江号子
嵌进截流石的三角四面体
越陌度阡，与江流契阔成说

一曲新词一江酒
岛上的远古神话，岛上的生灵
都化作生命的航标

依旧在三峡大坝上风流倜傥

我也想化作一粒细沙
融入沉静的中堡岛
举起飞云，举起咏叹
举起一江东流水

（注释：中堡岛，像葛洲坝一样，都做
了大坝的基座，永远没入了长江中。有
它们的牺牲，才有惊世的水利工程。）

一坛老酒

坛子岭上

一坛美酒一坛梦

都倾入了高峡平湖

醉了大禹

醉了毛公

醉红尘，醉清风，醉相思

醉了二十四洲诸

站在人生的制高点上

啜饮

长江的桀骜

深斟

万年江底石的桑田沧海

浅酌

截流石的砥定中流

品读

被江风翻开的绝版天书
以及浮雕上
巴人楚人的远古悲壮

微醺中，一只巨臂挽起江水
横断了野性，造福人间

神农秘境

思想矮入层林
抵近神农谷
抵近人间仙境

那些嶙峋的怪石
如剑如柱如指如掌如朝圣
等待我的造访，静默中
我执剑
断云断雾断心事浩渺
然后斜靠石柱
与神农聊天，休憩

经过一道道石之门
请了生死命，指度迷津
山石们都任情率性
高低错落

藐视人间规则
石的世界里
没有荣宠尊卑
神农君民并耕的要旨
石头认可，执行

转瞬生烟，起雾，一片迷蒙
素问走入了云海
只有森严抱紧我，发呆

神农祭坛

千万年的时光在身边流转
凝眸间，你
绸缪缱绻在烟云草色里
神话牵手现实
你从山上走了下来
陶罐里熬制了神秘浓汤
尝草别药，以救民夭

杉王上系根红布条
山神树神赠我文王一支笔
五彩石赤黄白黑绿
相生相克金木水火土
虔诚祭拜太阳神
有点诡异，也有神秘氤氲
十分原始十分古朴
撞开一部史书

尝草别谷，以教民艺

有钱人，在山凹认养了
一株株珙桐。刻入
石头上的名字，一天天发绿
民夭尚在，神农
疗得这痼疾么
面向始祖三叩首
求一架犁铧和一个生长季
将我的名字点进深土
天地方圆中
问日，问月，问稼穑

醉在酒壶坪

贪饮了阳光的红酒
那热情煨得发烫的壶
灼痛了痴心妄想
我终于知道，你的酒有毒
狂醉醒来
脚步还在飘飘忽忽
忧郁与孤寂，陪我独舞

扔掉装满风烟的背包
隔世递过来一只温暖之手
醺醺中
平辉给了我坚挺的脊背
小兰爱华为我推拿
噙泪感激这些天生之缘
余生，我簪满头友谊之花

吐出来吧，不属于
你的爱之饮料
火焰由红而蓝而白
一颗珠一枝花，还给神农
啜饮那一碗清浅的水
握住那支笔
此生不与酒纠缠了
躺进诗怀里
享受，清风明月的爱抚

丢

亲爱的，弃我去者不是你
醉倒在酒壶坪的
是我的往昔
是那团火，是那个谜

你在阳光之上奔跑、虎啸
到达了神农顶
把热情挂在生命之根上炫耀
我在雾中彳亍、嗫嚅
寻找爱的一线天
是前世之旅吧

还有什么不能丢弃呢
连影子都抛到了板壁岩上
山雨骤然汹汹
用一袭雨衣，裹紧孤单
你向苍茫匆匆收回的成命

野人谷早有了和声
野人们学着你的神态，款款

神农谷的雾戏弄我
所有的山岩都挤压过来
无法退却，招架中
小我，跌破了头颅
爱的肝脑涂地
所幸，大我宿醉醒来了

还要去追赶么，够招摇的了
提着日月两盏灯笼
黑与白太分明
金猴溪猴王厌倦这红尘扰扰
小龙潭里大鲵容不下污秽喧闹
63 号游览车与 83 号
只差一个跳跃
另一个我，微笑时
天空刚好泛晴

亲爱的，无须担忧
水流千里不回头
泥沙淘尽后
鹅卵石的花纹更好看

巴人部落

踏进巴人部落

明艳，挑了我的灰暗

奇洞奇桥奇瀑奇花

迷魂阵主

缴了我半个世纪的铠甲

白虎和蛇的滕图

在巢居、石室、岩隙、岩厦

储存魔勇与传奇

历经磨难冲出地面的巴人符号

高过老君山，拽住云朵

挽起巴蛮茅屋的小木篮

奔向廪君堂屋

采下战争与爱情的蘑菇

端起巫夷寮舍的法器

竞走土司王府
攫取本该属于人民的最高权力
茅古斯戏台上
巴人部落在一唱三叹中，落幕

水车作坊里豆浆摄魄
那是巴女的乳液
酒窖里陈酿
是巴人的慷慨激昂
油水从古老的榨油机里汩汩流淌
巴人之恋，散入香溪

太阳鸟一声啼叫
惊走了巴人的挽留
四顾茫茫
不见了同伴，车撤已远……

嚣张的红，向八荒之外席卷

铆足了一年的劲
阳明山的杜鹃花发飚了
嚣张的红，像火
不分上下左右
不分东西南北
南风一吹，便向八荒之外席卷

七彩云车运来了惊喜
赏花、嗅花、与花合拍
恨不得把红嚼碎吞入肠肚
心，柔成了花瓣
一种爱，向四野流曳
依本风流，甘愿溺死在这花海

就这么恣意汪洋
拽拽的红，君临天下

风与阳光助长了她的霸气
烧灼了
我的衣裙、腰肢、心胸、眉眼
这丹燎烛天的美
是治愈忧郁悲愁的终极良药

赶紧的。风一把，火一把
人生拒绝天地悲
把心疼捏成一捻红的温柔
擦干沙子捥出的泪水
风云台上，一只杜鹃鸟的啼红
有玉壶盛着，至于遥远

秋醉松雅湖（组诗）

一

鹭、鹬、雁都在打量这一片水域

莎、荻收敛了草莽

蜕变成碧水、游鱼、沙滩

秋香、秋韵、静气

这湿度温度风度气度，恰恰好

二

我是千手观音伸向松雅湖的手

轻轻地触摸她的心跳

手把风雅

香岛上有书卷气飘逸

惊叹号如一枝秋花

挽着秋阳，在一湾八景里溜达

三

松雅湖早已禁止垂钓

我悄悄地把钓线隐入烟柳

爱是很好的饵料

不钓自拘囚，只钓秋的深邃

钓一把不羁的秋风剪

裁剪最美的晚晴天

四

隔山闻到了巴俨的重阳酒

杨梅湖已经熬干

团结垸还有点陈酿

友谊林里品一品红枫，何妨醉秋

年青貌美的松雅湖

我懂你，宠你的诗情画意

五

置身湖光潋滟中，任她修饰

不用载饥载渴

湖泊湿地饮水充足

沼泽湿地和人工湿地

让你饱餐秋色

醉吧，我竹篮里

有足够多的，解酒秋果

我要活在青山绿水里

我在耒水仰望你时，泉水湾
你正在观海搭上瞭望
离太阳很近，很近
拎着一篮子山歌，在等我

我登萍踏水来会你
渴慕，向往
去蔡伦竹海搭个小竹楼
只为听你的心跳

你的气色像出水芙蓉
宽袍大袖里，绿元素领导着
蓝粉黄红紫
我们就着竹筒酒，品尝
山岚灌满的日子
竹筒饭里，有香喷喷的山清水秀

红狐白鹿山羊野兔鸟鸣
奉上佐餐的节目

我有萤石心，你有修竹伟岸
一缕思绪搭在远方
蔡侯纸里
有生活的原浆
也有新时代的元素

与泉水湾击掌而歌
而叹，而笑
阳光，紫气，爱
包围了我的竹寮

莲花湖

最先荡漾的，是我托生的莲
湖水涨起来时，莲叶顺势
把花骨朵举过头顶
就像小时候
父亲举起我淌过齐胸的河
看世界的辽阔

游船挤挤搡搡
像一朵莲撩逗另一朵莲
鱼与鹭在悠游
我把艳羡递给椰风
洗洗手，不染片尘

秋，还在远处
湖边落羽杉的金羽毛
在等待有缘人
开启她的宝藏密码
游船疾速行驶
水珠和笑
挂在宝藏男孩女孩的脸颊
像一朵朵初生的莲

椰风

不疾不徐。穿梭在尘世中
遇见阳光，遇见 2018 的椰
我步你的椰韵，挺一挺脊梁

椰，你站得高，看得比我远
2018 的诗歌路上
谁在抚琴，谁在簪花
过了那座桥，可有我的雪泥鸿爪

翻过刀山剑雨
椰，你入了我的梦
那一串椰花
就酿成了最动人的诗酒

思无邪，也不去想什么因果
加入椰的初生组织
我也有了正直的茎干高瞻的叶
和不容分裂的脊梁
允许倾城墨客，摘椰香

在雨林溪谷

静。由藤蔓牵着
暂离了闹

两股水从高处跌宕而下
净了，清了
左右了大半生的尘垢

串钱柳依着石头
深深思念，垂到了泥土
顺着蒴果的纵裂纹
把一些最最重要的东西
置于串钱之外

隐身雾谷
放过一树千层红
不想再惹繁华

空着手
步入生态体验通道

向东而立，心中的
漾日湖，在招手
捧一把阳光之水洗濯尘心
带点光芒，再入尘世

晓风漾日

最能浇愁的，莫过于
漾日湖这清缸酒
幽，从雨林溪谷延伸过来
绿茵茵的诗笺
在湖，在岸，在心底
像鱼一样的文字，自在欢游

曲桥状的木栈道
走过了人生的曲折
一壶凛冽，经时光淬炼
有了秋的成熟
那边的夕阳红广场
最适宜在冬季
遥想曾经的春夏

斜倚栏杆，跟湖水聊了聊
有些短语长句太重，沉入了水底

风筝广场

感谢逆风，托起了一份飞翔
心与心的距离，更遥远
再来一次发力高飞
风筝在疼痛中回望来路
如果，断了那根线
是飞得更高还是跌得更惨呢

顾忌太多，让风筝驻足不前
其实，顺风才是她的期盼
有一双手捧着护着，晒晒太阳
唱一支温馨的歌。然后
跌入一个怀抱
任白马的蹄声，踏入她的梦船

1868 书吧

雷雨越来越大，海边的浪涛
把我送到 1868 书吧
海涅迈着进步的长腿，与我不期而遇
他一边喝烧酒，一边吹嘘
他的闪电很出色，还有打雷的本领

他饱蘸火焰写诗，韵律泼辣
在老德意志烂醉如泥时
他是当然的王
山与海是惬意的宝座
太阳是沉重的皇冠
幻想是弄臣，幽默是传令兵
可供驰驱的机智
佩着刀剑，迷失在混乱的人间

我不喝酒，柠檬水续了又续
剑与火焰渐次消失
尘外叹息声邈，我渴望雨后彩虹
酒杯打碎了，他认命
我却依旧期盼美好的事情

文昌塔

零丁洋零丁了文昌塔
在凤凰古村的路口
你让水雾踏着自己的身体
步步高升后，泽惠民间

因为有清溪的陪伴
塔影舒展
很想流浪在你的时光里
洗濯清奇的骨骼

塔内的木梯
还载得动新时代的脚步
塔刹被雷火毁掉了
是谁偷换了她的钢骨

红尘，在阳光里颠来簸去
不过是塔眼的过客
天开文运，气韵生动的你
狂吐浓墨，重写丹心

水上漂

奇诡从有到有，杂念从无到无
水上漂着的忧悒，如水草

我是孤零零的"一"
无论斜倚，还是躺下
都难以融入
情人岛欢愉的翡翠绿

还是扶风立正。浪头
拍不碎，渐渐坚强的骨头

呆坐岛礁

郁闷堆积起来的岛礁
是累了、倦了，还是放下了
就这么趴着
晒太阳，听风，听涛……

梦，一定有
纵使敷贴加敷贴、疤叠着疤
也会化作彩蝶、蜂虎鸟
把一片蔚蓝
飞得很远很远……

细沙

像若有若无的思想
在这逝水之湄，卖慵懒
任浪洗涮，任风针灸

灰，被雷电砸碎
又被波浪卷走
留下那些质感的东西
跟上前进的脚步
让每一个日子都有光泽

辑四

提一篮阳光去看你

老井

从小就不敢与父亲对视
他的眼眸，像老井
没有胆量去摇他的辘轳

那是个凛冽的日子
北风中，有一片枯叶
在冰天雪地里，飘……

从一座座水库边游荡
终于挪回老井身边
枯叶经历了，死去活来

水面吞下的碎金碎银
像占住心底的某人
带来的刑罚，高贵又残忍

想起下去就不上来的冬泳
想起李白骑鲸捉月
想起老井的深与清洌

一念天堂。那一刻
抓紧了父亲辘轳上的井绳
一匝一匝地收
从深潭，提水提气提温暖

阳光洒在父亲的脸上
——写在父亲八十岁生日的时候

1940 年的 3 月初 2 日
正是莺飞草长的时节
您一个心动，奔向人间
开始了荒原草木般的生活
您自带春光
点亮了我们的荒溪荒野

六七十年代
您被时代的潮流裹挟
在神秘中耕种
风风雨雨，有老天管辖
丰收歉收，由不得您左右
推石头上山坡
您咬牙咬牙再咬牙
奔走在缠手缠脚的小路上
您心中有坦途

八九十年代
春风吹开了九潭冲的锰砂洞口
您开始了矿洞大冒险
矿洞塌了
您如一根顽强的支撑木
吓退了阎王

跨过世纪的门槛
您拽一把火焰净身、伐骨、洗髓
用素年锦时
筑起一垛八风吹不动的佛墙

今天，正逢您的八十大寿
阳光洒向您的脸颊
我端起酒杯祝寿
竟一个低眉
任泪水哗啦哗啦。哽咽着
来生还做您的女儿

夜半醒来

老父亲像一个陈皮枕头
枕着他，梦也香甜

小弟是父亲的一枚果子
我是父亲的小鸟

夜半醒来。父亲的眼光
正梳理我，再次启程的羽毛

父爱

用父亲送的骨针
挑开了冻土层
于是，地厚了；天低了
有清泉流过的日子
清纯又清爽

不知道该拿下多少风尘
才垒起小台子
那个基座俨然父亲的肩背
不知道该洒下多少血汗
才育成小林木
根须吮吸的是父亲的骨髓

站在父爱的山头
用笊篱打捞星星
光阴像小鱼一样漏网了
只有一片秋叶
于光年之外记得父爱的味道

该如何孝敬你，我的父亲

父亲的水面
又被秋雨弄皱了不少
父亲的容颜
又被秋风刮出好多沟壑
下弦月
下沉了他的薄暮
一片片枯叶
枯了他的残阳

我挡不住秋雨
遮不住秋风
就在岁月的斜坡上
种一株松柏
画一弯上弦月
拼他的月圆
抵挡越来越近的雪花

父亲和母亲

我是父母枝头上那颗歪枣
享受着母亲绿叶护卫
依托父亲坚强的树干

一阵悲风拂过
母亲的叶子瑟瑟飘落
盘旋不去的，是她的眼眸
母亲倾尽香甜
注入枣子的血肉里

父亲的树干在风雨中孑立
铮铮地挺着脊梁
不肯倒下的信念
一点一滴，植入枣核

空谷幽兰

——致小兰

一朵无人自芳的幽兰
被东风撞开向往
驾行云，乘流水
扛着兰骨下隐山，走宜昌

读你的人生兰章
我懂，故乡的泥土懂
经营建筑公司多年
从破局，有序，造局
到持续发展

脚手架上的兰花
是舞者，更是好风光
花瓣上背负一栋栋高楼
汗水擦干后，是芳香

总有一种豪情
像江水流过夷陵
总有一种企望
离蓝天近些，再近些

你鹰一样的眼眸
透视到了地产板块的前景
风在吹，太阳在笑
王者之香找到了施展抱负的地方

兰心兰品绘蓝图
万千广厦万千梦
与兰客畅饮三千盅
与魔魅拼酒也拼小命

无论水深水浅
兰馨在握
所有的波澜
半是宁静，半是壮阔

两只蝴蝶

——致周慧

昔日，那张旧书桌上
停着两只蝴蝶
阅读、思考、讨论、憧憬
是触须对触须的轻颤
是翅膀对翅膀的呼扇

起风了。时光
冷不丁甩过来一鞭子
双双腾空而起
寻找各自的栖居之地

曾经的花香
化作了最美的音符
曾经翻过的花绳
一头系住晨曦一头系住暮色

曾经的抬杠、较劲
曾经的会心一笑
点点滴滴浸泡在时光的酒坛里
窖藏了整整四十年

青山，夕阳，红尘，紫电
云走了八千里，风挽不住往昔
青春以远，不约旧课堂
只想问一问你的归期

重逢

——致小池

四十年了，我们依然深邃辽阔
你青山依旧绿
我小溪浅浅，一如从前
曾经绽放的花朵
你的结了金果，我的风中留香
一起燃烧过的篝火
你那面还璀璨，我这面余温灼灼

从黄荆坪出发时
你拎着刀，佩着剑
背着乡井、乡情、乡音
在诡谲的江湖里
打出一片天地
青春的激情荡起了悠悠岁月
理想与现实之间
纵然有点鞭长莫及

却不遗余力，策马向前，向前……
而今，你凯旋归来
芬芳馥郁了你踏花的马蹄

我茕茕然，斟着诗酒
独坐春秋里
读罢绿肥，又读红瘦
有些高歌，至今还在梅枝上傲骄
有些低吟，已随雾露追凉去了
珍藏着的声声长吟
寻你，在山之阿水之湄云之幽深处

你的花开，灿烂又妩媚
我拈花作笔
描一条通幽曲径送给自己
画一条直线无限延伸，给你
一个个像铁环一样的圆
就陪伴着我们，滚到路的尽头

我们重逢在家乡
天下隐山依旧挺拔雄伟
是谁，又吹响了登峰的号角
上吧！人生的山峰

我们不必下来

任鸟鸣惊飞暮色

在晚晴里

我们共饮一杯西风斜阳

不吞云烟，不吐无奈

我满怀深情

把一个"明"字放到"天"边

你拾你的好日子

我就掂取，那一轮皓月

母亲节致满池

童稚时，她如一只幸福的小鸟
年轻的单亲妈妈
你是一竿亭亭的修竹或一株傲立的树
即使枝条孱弱
也足以供她依傍，栖息

男人的南拳北腿
让你跨越了从乡下到城里的距离
树挪死，人挪活
幸而，你的根顽强
硬是扎进了城市的水泥缝隙
开米店，炸油条，卖布匹
血、汗、泪，以及对她的期望
硬扎了你的木质部
你用枝枝叶叶的深情
努力筑造她童话世界里的宫殿

西风散漫了白天鹅的歌

刚出象牙塔

尿毒症就向她张牙舞爪

骤雨摧花蕾

悲伤逆流成河

你用身体里的韧皮纤维

为她生命的小舟制作白篷乌篷

把危难抵挡在船篷外

岸上，还有温馨的竹楼木屋

你的手掌如张拉棚

抗击风雨，拓展生命的高度和宽度

从冰里取火
——致法律诗人

蓝冰一样的你，手握蓝冰
极致冷峻的表象下
吸收了红光黄光
因此，便有了阳光的炽烈

法槌在尘世回响
你用心打磨冰镜，取出火
引燃诗歌柴薪下
那一团小小的干苔藓

是非人间，曲直人生。有你
安暖着尺山寸水
草木与文字，都在聆听
你用体温捂热了的绳墨之言

总有一些乱风
吹卷光阴里春秋的边角
总有你的蓝焰
以上帝之眼，在自然界坚守

怀香满衣袖

偶遇
——致青葙女士

一回头，在古典里遇见你
那个叫青葙的女子
曾经错过了你的小芒尖
今日的偶遇
是给我很好的补偿

月之柔日之刚花之骨
打造了你的芬芳
你宛如一阙婉约的宋词
又如一首温柔如水的小令

一颗种子自然而然地萌发了
朗阳招至的紫缘
不用斟茶不用酌酒
只浅浅淡淡的一杯凉白开
就把友情升到某种境界

沃野里黍稷离离
青菥子在云深处高蹈
一段高亢一曲低回一抹青碧的畅想
都是岁月里的深深的铭记

你说，一日成友
永生不弃
我想，玉石碎了
纯粹，依然是一种态度

阳光少年刘锦

你一路飞奔而来
扬起的七彩
落入花蕊
岁月会以果子的方式
回报你的明媚灿烂

你的歌声清越
飞出的梦想
让天空湛蓝湛蓝
一片明霞回应你
双翅掠过长空的矫捷

喜欢看你握笔凝思的样子
和咀嚼知识的姿势
那是你在蓄势，准备起跳、起飞
你脚下的高峰湖海
会告诉你，什么叫辽阔高远

清风徐来

——致徐湘平女士

短诗从溪边红湿的摇枝上滑下来
住进了芳草的小屋
清风推开柴门，来探看
那个穿红旗袍的女子
如诗，如火
在水波不兴的时候，独自红着

太阳在树枝上
道着早安午安晚安
我在漫漫长夜里
听一曲轰轰烈烈的红尘情歌
更远处，一双眼
在仰望苍茫的天路

不用理会，石头那
阴谋论的心，不承认巧合
霞飞与坠落都有预谋
说坏比好重要，有点居心叵测
上帝之手带走了红叶
兰心陪伴着，眷恋人间的我

与君歌一曲

——致《将进酒》的朗诵者许国尧先生

"君不见……"，你一声高亢

倾泻了九天滔滔水

三千里青山挽不住万里奔流

"君不见……"，你一声低回

风摇着朝夕的羽扇

我三千丈青丝，就结了雪花愁

荒漠摇孤烟，黄河晃落日

你卷起的排空海浪

都用酒灌醉。光从哪里来呀

朦胧中，只见鲜衣怒马五光十色

我痴立在高坡上，听

秋水、牧歌、酒韵，被你一一召回

时寒时暖的诗剑在疆场驰骋

我的情思染了血色

你的声音，有温柔也有残忍

如裂帛如惊雷

动了女娲补了又补的天

殇绝。久久的，久久的……

一缕清香

让我邈远的魂魄渐渐归来

诱惑

——致鸟与鸟人

林鸟，是精灵，也是前世情人
你姣容夺魄，娇音摄魂
只静静地看着你，静静地
不敢惊扰了你的云水

千百次，想握你于掌心
万万回，愿放你归山林
为你挖的水坑中
注入一池清冽，一往深情
涟漪荡开远逝的昨日
倒映的山色，端着鸟鸣与你对饮

用水诱你深入的，是左眼
他躲在丛林中，偷窥你
洗澡，说爱，谈情，恣肆寻欢
都入了他的艳照门

你的娇俏魅惑了众人

七份淡然扔给山

三分悲喜沉寂到水底

枯枝草茎上，有你自在啼鸣

左眼怀了清风心，思远……

银碗盛雪
——与田放女士共勉

暴雨，洪水
一时浑浊了眼睛
可是我们的心底里
始终流淌着汩汩清澈的泉水

泪，让梨花去接收
从现在起，我们
去开疆拓土
种下忘忧草与望日莲
不种一瞬千年的昙花
不种末路之美的荼蘼

我们一起喊风喊云喊月
把秋置换成春天
只一个莞尔
眼角的那一滴泪落下
便是自己颁发给自己的奖牌
即便是霜雪
也要落入我们用心捧着的银碗

为你接风洗尘
——致洗车工

眼，看不到；手，够不着
远方，却清晰明了
撒野的宝马
发飙的猎豹
带来了远方的尘垢

梅子还青，酒很烈
尘烟里浸满远方的味道
火焰，舔他的胸脯
风，撩他的腿
一水枪扫过来，弹压住躁动

这贼尘，欺罔人生的轮毂
芳华不容辜负
洗尽苍凉，等待飞驰
人生难免有退步、拐弯的时候
所幸，后视镜很明亮

你是我一生的魅惑（组诗）

一

那年，月迷离，人迷离
你在梦外
如风，如鬼魅，破窗而入
我在梦里
心，被鬼罂粟一般的喜悦填满
忽略了你的毒性

二

你一杯沆瀣，就收买了
向来忠诚于我的梦
还有清高的星星
天，都被你敞开了
何况小小的心扉

三

拜梦所赐

一失足

坠入了情之深处

四

我是山上的野蔷薇

你是那条捆山的小路

是相爱

还是相互折磨

得花一生的时间去探究

五

你的笑容是迷幻药

没有花轿，没有车马

傻傻的，就跟你走

六

你自封为摇花郎

桃花开了

你摇落了一地的红

七

菊花爆满山

蝴蝶，不过是
落在菊花上的生态音符
竟遭遇了摧花手

八
狂风骤雨，出乎意料
慌不择路的人
陷进泥淖

九
雪，着火了
雪地里抱我入怀的双臂
是比火还热的情
还是扼杀灵魂的毒藤条

十
把爱附在夕光中
不甘坠落
频频回看你的江山

十一
天不嫌长，地不嫌久
爱，一旦入了骨头
就万莫能赎

生日感怀

不想问列车从哪里发来
赶上了这一趟
就随缘，搭载上全部的晨昏
我曾经路过
一个特别火车站——
结了冰的池塘。我的童年
还在板凳列车上唱歌

阳光，卡在昼夜连接的缝隙
苍茫在车顶上发懵
仰仗流星与萤火虫的微光
看透了一些黑的勾当
经过生死匝道口时
一只蓝鸟，用忧伤的眼神扳道
我的汽笛声，绊倒了又爬起

在有轨或无轨状态中，孤独行驶
被时间甩了的青春
追不回来。不若继续前进
"桥都坚固，隧道都光明"
水里波平，空中安稳，试试呀
爱与恨都翻不了车
风雨压住世界，列车会抵达晴天

祝她生日快乐

有些东西是覆盖不了的。生日的前夜
在湘潭到深圳西的列车上
闭着眼，放空思想
依然，有蓝色光焰烧灼梦境

一觉醒来。看见了深圳蓝
她喷洒了一些晓临送的查瑞尔香氛
一种超物质的纯粹
让旧日的灰烬有了炽热和芬芳

此夜，暴风雨袭扰了家乡
暗自庆幸，栖身鹏城
躲过了一些泛滥
张杰送她一捧滴水鲜花
在晚晴里，跃动新生活的序曲

忘了许愿，蜡烛已吹灭

德操和情义的光华

烛照今日来日，追及遥远

有什么纠结的呢

落幕后，好好的准备下一次开幕

深情地活下去（组诗）

一

石头，石头，让水试试你的轻重
重的沉下去沉下去沉下去噢
那是一颗心，一往而深的情
轻的浮上来，浮上来
长满苔藓，依偎苦情花而生

二

莫名其妙的雪来自哪里呀
太白了，太白了
擦红了石头的眼睛。痛
雪盲不是你要的结局
你愿意红着，痛着
让炸弹崩溃腐烂的殿堂

三

石头之心，不要由暖变冷

埋到地下的，往下扎呀

去感应地心温度

缓过气来了，就向上看

有阳光、鲜花，掌声一定会响起来

四

无限向往冰玉的德行

在光阴的河渠翻腾

小心地照顾好自己品性

身上美丽的石纹

掩住了曾经那些习惯性的伤痕

五

有阳光真好，有玉露真好

他们都替石头思考

爆炸声，能震醒执迷么

断裂纹与花都好看

你那颤抖里，有妩媚也有妖娆

这一刀

相比于漫长的黑夜，这一刀
不痛。只可惜断了情分

那么久的痉挛都挺过来了
她不会在黎明前走开

泪，能止痛也能板结红尘
她不哭。自己供养自己的灵魂

怀香满衣袖

好想有一颗心暖着

湘潭站。23 点，微雨，1 度
冷，静，恰恰好
拖红箱子的黑衣女
长长的影子，有点颤抖

这一箱子的心事，分量很足
托运到彩虹城，去吧
能兑换一些快乐，就是赢家

深圳西。11:29。微雨。14 度
湿湿的潮热，如亲人的问候
眼睛上的水溶液，像溪流

明天会是个晴天吧，渴望着呢
她想去紫荆花园，看落花
那里一定有一片红，与她气味相投
她们对视，用眼神点燃感动

风雅是你的注脚
——致王念斯先生

你在自己的盛世里侍弄着文字
饱蘸湘江水
把江边这个湘潭县，细细描摹
山，一脉一脉为你着色
七彩安下营盘
水，一波一波映出你的相
高调载舟低调向北

你用墨客心中的块垒
装饰自己的丘壑自己的文苑
光阴，跟紧了
坦途、阡路、陌客
与夕阳同沉，跟月亮同醉

笑那春风秋风，舞起你的长袖
多少局在袖笼里破了

怀香满衣袖

九万汉字驱驰上高坡

风雅是你的注脚

谁用六经换你的迎风独立

蓦然间

有了宽度高度，有了精彩……

您还好吗，天夫先生

您还好吗，天夫先生
在江山一片菜花黄的时节
您簪满头的菜花香
撞我一个满怀
您说天空未种
扔给我一枚菩提子就走了
从此，我苦苦参悟
我微尘里的三千世界
绵长的思念挽成的千千结
一个也打它不开

烛光里，火焰要赶走黑烟
炼成紫红、黄、白
直指纯青的境界
石头想唱歌也想开花
赌石高手，赌出了极品翡翠

怀
香
满
衣
袖

我依然是那
深山里无人问津的顽石
您说天不在意
好吧，我就泡好禅茶
等您来切割，打磨

提一篮阳光去看你

水榭上，茶未凉，酒正温
你们坐回了幽静
像煊赫的春花皈依绿荫
回归无忧无虑的曾经

山因水而不老
水因山而奔腾
有爱的日子不沾烟雨
我提一篮子阳光来看你们

四方城里
坑多，路滑，老井幽深
阳光进不了城门

城外的人，执一壶清宁
把天聊成了蓝色

怀香满衣袖

一缕阳光俯身池塘
不用饵
居然也钓到了惊喜

篮子里的阳光
在寻找灵气霸气匪气
一些未了的梦
被隐山的白云轻轻托起

佛陀——致父亲

那个中秋月
惨白惨白
在水中
三晃两晃
就把母亲晃到了墙上
父亲的山一下子就矮了

从此
一只孤独的狮子
总是呆在水样的月光里
水样的眼神
水样的物语
偶尔的微笑
像佛陀……

梦，遇见了光和酒

——致《湘女梦》

一群莲一样的女子
把笔插入泥土
诗梦，萌成缘荷
在千里湘江第一湾里依依袅袅

泥里生，水里长
光，醉弹了一曲出水莲
情动，心也动
梦自光中醒来，向嘹亮进军

一群莲一样的女子
在湘江边熬诗，熬酒
诗歌的水袖散发梦幻般的酒香
微醺半醉了。光，敬你一杯

披红巾的气质女，是虹
跟美酒相比
更添了酽酽的诗意
浅浅笑，像一朵娇羞的水莲花

韵依依，是一朵
沾了尘惹了雨染了夜色的睡莲
往事佐不得酒
轻舒一下在光中羞赧的花瓣
握住那片带梦的云彩

怀香满衣袖

辑五

怀香满衣袖

骆驼不哭

骆驼背着两座山峰
向人屈下两条前腿
你若高尚
就倚靠低峰攀登高峰

四野茫茫，沙暴遮天
尘暴的黑风威胁靠近阳光的人
骆驼心有清泉
眼里始终有花木，有鸟鸣蝶舞

一浪一浪的沙线
淹没不了叮当作响的驼铃
翻过崎岖与曲折
把帐篷支在梦的楼阁

沙漠玫瑰火红火红
胡杨逐水而生
苦难逼不出骆驼的眼泪
以生命作证，为了
绿茵茵的信念，负重前行

反噬黑夜

据说，阴牌来自黑夜
阴料来自乱坟岗
一些内心灰暗的事物
被黑得体无完肤

夜露凝集深情
一份厚意赠送给了清晨
她的水滴弹珠
能击穿夜的黑

一把能在黑夜发光的剑
反噬见不得光的勾当
打下三更弄墨天
将贪墨者，交给朝阳

清风，自带光芒
斟一杯星月
撕下块块黑夜下酒
隔着雾帘向太阳举杯

夜游

在月光下漫无目的地走
游荡，不需要理由
就像桂树突然散发芳香
并非兴奋，或者悲伤

想坐，就坐一会儿
石头是个冰冷的家伙
曾经的激情已消磨殆尽
沉默是不错的选择

月色撩起灰色的皱褶
万籁萧萧，山也虚无
不存放在心的诺言
比雾，更缥缈

进屋去吧。假如母亲还在
会抹一抹归人的额头
那种温暖，早就交给了凉露
唯搂紧影子，享受孤独

梦中的拜访

梦里去拜访你
经过曾经的花径
去摘旧日的玫瑰时
扎得满手是血

你照例在看报纸玩手机
别说呵护，连白眼也省下了
还是放下了背包
绾起袖子为你生火做饭

你走近火炉，丢一把
湿漉漉的过去
烟尘呛倒了现在
未来恐怕也在劫难逃

人生，煮成一锅夹生饭
香甜的滋味在哪儿
风躲避问询
隔着春夏，看秋叶瑟瑟

过去

最先暗淡的，应该不是我
我的心里还开着荷花
蝉翼在振动，蛙在击鼓
你在夜的对河沉默
我的萤火虫寻到你时
你灭了她的灯

自从你进入我的梦以后
便捏疼了我的命脉
碧荷上那些脆生生的誓言
早就被虫子吃光了
只留下空洞与苍白，不知所措

多年以后，你的船
像天边的月牙
我种的藕，依然
撑着伞，打开花苞
结苦心的莲子
像一种凭吊，在淤泥里挣扎

院落深深处

心底有一座院落。深深的
小径上，枯叶千层
白墙，黛瓦，绿苔藓
光阴凿出了一口枯井

繁花已开过。锦笺
被梦雨漂旧了
两三缕光线
跟轻尘作过几番交涉
挥挥衣袖，走了

门，没有落锁
自己竟然进不去
庭前的水磨
磨不碎，夜的粗糙
一院子的花好月圆

却磨成了齑粉

为了冲一冲庭院的晦气
愿天堂着火
或者，让火舌
吻遍我的宅子、梦和名字
烧出一个花满楼的春天

活下去

跌倒了，赶快站起来
像迁徙中的小麋鹿
不想成为血淋淋的故事
活下去，奔跑
所渴望的，才能靠近自己

把老茧还给手板脚板
心窝里留下些硬核的东西
沙果在尘暴里成熟
小麋鹿在危机重重中成长
自救才是最好的救赎

遍体鳞伤又陷入沼泽
仰躺着才能活下去
挣扎只会让灭顶来得更快
一如误入了人性黑洞
闭着眼，反而能看个通透

怀香满衣袖

150

下弦月之夜

是幻灭，也是升华
下弦月的一半
摆脱了时间饥荒
这一半还在向黑夜挥刀

弯刀磨得亮闪闪的
夜已焚汤沐浴，等候剃度
一些纷纷扰扰被收割
余下的便有了质感

锋利的刃片
最擅长削掉夜的黑
被藏起的路与方向
又弹起了弦歌
为自己舞一曲破阵子

生命与爱

这是个多么严重的错误
洪水淹没了四野
腆着大孕肚的女子
在风雨中摸索着出行
更离谱的居然信赖一堆枯草

投奔一个漂浮物
无异于自陷一场阴谋
草并不一定长在土地上
他可以掩藏大粪坑
那根本给不了她踏实和安全

跳上草垛，差点溺死
弄得浑身脏污臭
必须自我救赎
大雨或许能洗清一些什么
宝宝是力量的源泉

伤逝

花瓣飘进来
打一个旋，又走了
那一潭寒水
承接不到春天

你想要回一些什么
好吧
除了彻骨的凉意
如数奉还

遥远的乡音

恰似一缸熟透的糯米酒糟
打着酒嗝的乡音
在唇齿间散发香香甜甜的味道
两颊已酡红
那叫唤乳名颤颤的韵尾
越发绵长越发清晰

乳齿抛在记忆里的茅屋顶上
恒牙脱落丢入了垃圾桶
嘎嘣脆的乡情，嚼不动了
缕缕乡音与袅袅炊烟
带着梦幻的土腥味
都散入了生活的五彩云天

池塘里，谁在摘菱角
谁在踩蚌壳，谁在打水雷公

清清的小溪里，一只虾耙子
一捞，就有蹦哒的虾米
螺头趴在河卵石上
螃蟹在石头下耀武扬威

用家乡的泉水煮家乡的日月
那沸腾声，融入了血液

秋，别偷袭我

思和想在织云锦
惹着秋字，织了愁网
我如黏在网上的飞蛾
越挣扎，束缚越紧

请秋风来帮忙梳理
某些结，或许能解开
学那千万秃枝
卸下平生的负累

无题

月亮坐在轮椅上，你说
推她一辈子，讲相声
逗得她咯咯咯，笑弯了眉毛

立秋前夜，月儿又在等你
你在另一条路上，编辑新故事
她从轮椅上踮起脚，跌入了秋天

摔在岩石上，痛吗
更有那一刃尖锐，直插心口
风叹息着低入了幽泉

夜，凉了万顷水
玉兔隔空递过一粒药
止痛安眠

努力已是徒劳
那一颗潜入夜的泪滴
换不到你的然诺

心中的石头

不成方圆不守规则的东西
分量不够，质地也不硬
飞不起来，也做不得墓碑
添堵是它最大的功劳
提不起搬不动炮轰不走
心被它碾成了泥
狗来撒泡尿，鸟来拉坨屎
落满一身脏污臭

不应雕琢立佛坐佛卧佛
石头之心比铁硬
就站成石山
凿间石窟避寒避暑
云端里看世态
石缝里的长小草小花

搬起石头会砸自己的脚
你说，从不搬石头
很好，让它烂在心底
做自己的搭石，度一度来世
也算是有了个着落
赤着脚踩吧，它不雷也不电你

七夕

今夜的月光如巧言，铺开令色
也像一只竹篮
提起了老故事里的忘情水

平生谨慎，竟疯狂起来
把"人"字写得太大，出了格
头伸到鹊桥边
一脚在银河东岸，一脚河西
怕踏不到实处，落入万劫

恐惧，源自心明如镜
太清楚哪里有空缺
哪里的黑洞痛得皱眉
哪里有凉薄在拦截
这个"人"字，悬
普天下的眼睛看你的西洋景

忘了在来路上种姓名

篮子里的水，因为无根

不可承接七夕里

风铃摇响的——大悲大喜

揽着你

你寄来好多稀罕
拆封时，飞出
风，花，雪，月

独怜那一朵雪
揽你入怀
心寒了，痴情不改

初秋，雨打蝉鸣

秋风是个好郎中，夏禅
红过了火过了，烧得厉害
一番望闻问切，开个方子
雷公尿三两，玲珑心一个，

烟尘和灰烬熏得焦黑的歌
交给秋雨去处理
秋蝉，喑哑着蜕下蝉衣
在黑土中熬过那么长久的岁月
只为这一夏爱的轰轰烈烈
竟忘了人间的秋寒

捧着一颗心来

捧着一颗心来
杂草让了道
让每一朵小花，都
追赶自己的节令
每一个理想步入云梯
每一个音符，都能
在春风里得意

没有大年小年
桃李一年比一年丰硕
粉笔灰飞中
青丝与银发都记得
爱的方程式，多解

很好的阳光照耀着心田
有一片蓝天、白云
还有充沛的水，最适合播种
种春风春花，种夏雨夏荷
种玉、种翅、种船帆
种一池一池的七彩

幻相

霞在飞，晨星婉约
白衫裙沉溺于昨夜的皓月

花还在考虑开不开
就被阳光挑破了闺帏

幻相中，我不是我
采花的手采撷了大风歌

通缉令

遭遇 A 级通缉
只因为一介秋树，竟
拥有了那么多美好

扔了果子，骑上赤兔马
叶儿揣着爱恋不老的秘笈
开始胜利大逃亡

卓越，是一种不懈的追求
冬用铺天盖地的雪花银
赎回她如花的过往

秘境有约

老山羊啃着桑叶
白胡子被桑葚染红
你咀嚼，我回味
在这秘境里，彼此默默

可叹，童年叶青春花
没有结出好果子
弄丢了时光的金币
就用所剩不多的中老年毛票
买把锄头，多种些蔷薇

我们一同淌过沼泽穿越岔道
在这人间是非之外
搭个缀满花朵的简易帐篷

离座

黑客黑了白鹭的航班
如离座的红叶
跟金秋失了联

也许是因为深爱
蹈入了人生的波涛
抑或是中了光怪的邪
栽在秋水深处

老树和旧巢里
还有雪白的羽毛
天空上陈墨点点
是凉秋涂鸦的无解答卷

和谐

不世故也不高深
弱不禁风的粉黛乱子
作为一种草
也可以拥有一颗飞翔的心

白纱裙大长腿撩拨粉黛
一只老牛，紧了紧
鼻梁上那根约束自己的绳
这些浪漫妩媚妖娆
比老虎还可怕
一只白鹭落在牛背上
老牛抬头看看天空
白鹭啊，你去留自由

万物宁静
我坐在这一片粉黛下
默想着该用怎样的微笑
来匹配此时的美好
一块满布青苔的石头
以为来了新伙伴

行走

破镜上的裂缝，扭曲了
去年的路去年的脚印
一滴血被拉成长河
蚂蚁爬上来，遇见了流动的痛
我在黝黑的罅隙里
看蚂蚁如何搬走深重的忧伤

小木偶只会莞尔
心里的孤独，凝固成疤痕
她试图走出荒凉
双脚竟挪不动毫分
从有痕的断面到无痕的梦
只不过一抹猜疑

走是必须的。用碎玻璃
割断缠手缠足的叹息

风是绝妙的坐骑

告别喧闹，告别变形的影子

阳光、落叶、雨雪、污淖

每一个际遇

都是行程上的恩典

牵手岁月

一根纤绳，牵手生命的河流
蜿蜒了坎坷的河岸
不可回头，岁月太薄
幸福缥缈在烟尘外
那些曲曲弯弯，与岸柳纠缠

青春已跟流水私奔
就将一捋任性的中老年枯藤
用这一绺一绺的悲喜
绾一朵黄昏花，为
生命谢幕前的每一场精彩
献礼

雪中越狱的树

给过的温情，给过的憧憬
雪，一夜收回

花树上，蜂忙着采写
果子在酝酿情节
秋的报告正慷慨激昂
歌声与微笑，全遭到雪的拘禁

爱，来自河岳山川
雪能禁锢红，禁锢绿
禁锢不了奔放的生命热情
雪中的树
一定能完成自我救赎

等待美好

一片一片的红叶数过来
数着数着，十月就着了火

有人在等一个眸光
只一眼，就能把岁月燎亮

今夜，月色真美
愿月的圆，能补人间缺

坐在十月里，静待
陌上，那一首火红的欢歌

醉恋心底那条河

你来自高山，我来自峡谷
两条小溪交汇时的激荡
如相拥时的喘息声
计算着幸福的指数
多么希望，我们的结合
成就能量最大的乐队

时有默契的击掌
时有争锋对决
一个浪头拍到了尴尬
更有最柔情的时候
为一朵花一片云一滴雨
沉醉

不能拱手江山
必须应对城头的烟火

自己的清流
岂容他人墨染
动用咆哮和漩涡讨伐
因为看不穿三国
就这么溺死在
没有倒影的梦幻昨天

沐浴未来的阳光

"一个不少，我也不能掉队"

摇一叶舟来迎你，小康

太阳跳出海面，陪你玩收获的游戏

出海，捕捞，挂网，拾海

用渔歌换取螺号

海星海胆海贝，是你秋水文章的标点

江天寥廓，你手握蓝图

借你的好颜色和清气

炼一枚宁静率真

去你的小康港，添加阳光补给

共同富裕，你用浓墨一笔，提速

前方到站：幸福湾

美丽富强的目标高地，必须拿下

一盏旧马灯，提走了昨夜

光明谣，知音知味划过山脊
在新时代的沙场上
你身披七彩光，致力于伟大复兴
身后，十四亿大军砥砺奋进

看，世界上最美的星座，中国
用一片干净的云，擦拭五洲风雷

葬我于远方的月色

总想以梦为马，追逐大草原
在那远方的远方
坐在月色里，与风相偎
在我的小心里
这是一件大事情
每每想起，就有玉露滴落

入夜渐微凉
不住客栈不搭帐篷
独坐于辽阔中
读天的高远与深邃
读星月的莫测
读马蹄踏碎的格桑花

月色如银，我如盗墓贼
掘开寂静的夜

清点自己的殉葬品
这一冢的青春、爱情、理想和梦
似乎还有生命特征
一出土就氧化成粉齑

这些廉价的东西
再也拼凑不起
长满了苔藓的人生
再次下葬吧
深埋紧筑
葬于这远方的月色

嫁与秋风

静坐于流丹的山崖
等待一场盛典
红地毯已铺到天边
秋帏，揭起来
秋雨的红高跟鞋
踩着喜乐的节奏走来

问枫叶荻花
红花轿抬到哪里
惊叹，旋转，舞蹈
嫁与秋风
物情何其潇洒

老年，是秋天的一首诗

老年，清淡如菊
抱着一拳秋色
不争鲜妍，不抢风头

老年如超脱的闲云
拥一片湛蓝心
不再呐喊和挣扎

狂乱的马蹄声已远去
幸存一沓老年诗笺
描摹夕光下自己河山

熟透了的果子更红更甜
采摘时，请你
拎着那装过春情的花篮

不再沽名卖直
解开利益的枷锁
让夕阳和秋果，自然坠落

铺开薄暮晴岚，静静地
喝一杯寒露秋凉
山水不惊，光阴不扰

抿一口曾经的涛声
那秋风的情诗里
跌宕着另一场波澜壮阔

醉倒花丛风来扶

花潮从心上漫过来
卷起梦中的云彩
格桑花一样忘我的人
像鱼，筑一道心堤
独自聆听绯红的澎湃
像蝶，翻越心墙
眺望下一个过往的摇曳

期盼，纤弱又挺拔
像格桑花一样开成花海
一想你，风就来
花浪出没中，你的芬芳
像箭一样射中诗眼
按捺一下欲飞欲翔的诗心
让辞藻染上妩媚

我喜欢被快乐的事物砸中

比起披挂上阵
我更喜欢安享甜蜜
就像此刻
阳光、草地、紫荆花
布置了阔大豪华的铺盖
而且有足够的时间
做"缓缓归"与"不思归"的选择

一片片粉红色的花瓣
落在肢体上
这是件快乐得要死的事
如果灵魂可以出窍
用神秘力量
摇花，扫花，然后
用这些艳骨安抚好臭皮囊
归于虚无，无憾

归林（组诗）

一

夕阳装饰鸟，鸟装点晚晴天
向晚的风，夹道
还要飞多远才是曾经的林子呢
旧草窠不是幻影
看那风风火火的飞翔姿势
鸟雀们，归心似箭

二

赏阅远方，赏阅云海
赏阅人间无数
不妨赏阅赏阅自己
火烧云比黄酒红酒更酽冽
别熏醉了归巢的路

三

披漫天彩霞，衣锦而归
水镜映着晚风得意
一只鸟直入水中

像木棉花，坠落也是壮美
今生无憾醉一回
况且是醉在归途上

四

家，不过是枯枝里
一点残存的旧日气味
鸟们把暮色当饮品
品亲情，品乡愁
小翅膀拍打着归林的韵律

五

秋叶张灯结彩
星星扶杖，月牙倚间
晚风手搭凉棚
爱在黄昏里雀跃
只有老树吧嗒老烟筒
他想，天明后
离情别绪，会更美

六

云霞已谢幕，今夜
有天使投资好梦
在花枝装扮的鹤辇鸾车里
演一出天荒地老
可怜玉露，落入尘埃

你在梦里，我也在梦里

你曾负过多少，曹丞相
我只是你的十万分之一么
你在梦里，我也在梦里
负我，这个理由足够

时间啊，请把刀磨锋利
留下些残忍下的温柔
乌鹊南飞，你的斜枝不可依靠
也不敢随意栖落

我的荆州守不住
我的赤壁被烧得一塌糊涂
那一江沸水
烹煮了记忆的鱼贝

我的青梅不想再煮你的酒
你践踏过的碣石
还在乜斜澹澹水面
对岸，是否又有桃花飘落

怀香满衣袖

我躺在一笺花语里，读
诡谲的秋天。红妆女
在秋花丛中绰约
吐纳，顾盼，摇曳……
给诗歌下情蛊
每一笔画每一字句
每一个气息
都散发出令人心跳的芬芳

众多的花，在山涧汲水筑巫寮
煮茶，研墨，铺开生活
秋香搔痒了小蛮腰
那个花径般的长句子，咯咯笑
走入秋的深处
暮暮朝朝，拼醉花前
一些洁白的事物，只得去冬天借宿

在花果山摆好走心的文案，写
飘香的奏疏，有些修辞犯了糊涂
秋风唯恐天下不乱
隐身红叶，潜入别苑
无人处，翻
衣袖里的信物和鬓角边的私语
与合欢花在诗歌中厮磨

· 跋 ·

像山泉水一样轻轻歌吟

人生乱云扰扰，凝成的无根水也有点自视清高，比如汗流，比如泪流。它们在坠入人间时，拒绝灰头土脸，绕开心之乱石，潜入心之深处，形成潜流。一种情绪日积月累，就需要寻找宣泄的出口，那些晶莹的翅膀，便把飞翔再次举高。一些叫诗歌的东西，附在上面，喷涌而出后，又极自然地找着自己的低处和静处安歇。

不可否认，我的诗歌在酝酿过程中，肯定沸腾过澎湃过高亢过。但是，天生轻轻歌吟的小格局，注定了她们像山泉水一样，吐几个小泡泡后，静静地隐入草木深处。偶尔有几片花瓣几丝鸟鸣，在清浅的水面打几个小漩涡，便又忙不迭地逃离人们的视野。

流淌过，吟唱过，没带走过一颗石子一粒红尘。鸟语在别人的诗歌高地得意，唯有淡淡的花香落满我诗歌的衣袖。因此，这些小诗便以《怀香满衣袖》之名结集起来。愿得云水漫客，于宁静之时，抚起心之琴弦，与我一起轻轻歌吟。

诗集一共分为五个部分。

第一辑：《没有理由不歌唱》，是对祖国深情的讴歌。"……曾经不问世事的汨罗江／自从骚风刮过骚坛／浪高浪低，娴静中带有野性／吞吐与收放蓝墨水／也攒足了红人的清酒动人的财帛……"(节选自《汨罗江一条丰衣足食的河》)。

"……云磨月洗，浅淡不了与生俱来的殷红／凭一枚赤胆，足以威慑／拿枪与不拿枪的杀手。豪情／从湘江奔来，烫一壶白沙液／与山水，对唱一段火辣辣的情歌……"(节选自《岳麓飞歌红枫里》)。

这两首小诗曾分别获得过2017年湖南省诗歌学会举办的"诗酒年华·白金世家"同题诗赛，第八期和第十期两个一等奖。

第二辑：《一纸诗梦韵江南》，是讴歌美丽的家乡。

第三辑：《活在绿水青山里》，是讴歌各地风物。

第四辑：《提一篮阳光去看你》，是歌咏亲友深情。

第五辑：《怀香满衣袖》，是对生活对人生的点点感悟。

　　"……一群莲一样的女子／在湘江边熬诗，熬酒／诗歌的水袖散发出梦幻般的酒香／微醺半醉了。光，敬你一杯……"（节选自《梦，遇见了光和酒》）。

　　这里的光，是时代之光，是诗歌之光，也是扶我走上诗歌之路的一个个导师和文友。

　　在此，我感谢给予我谆谆教导的罗鹿鸣先生和张天夫先生；感谢引我入门的鄢德全、鄢爱华先生和周利群、陈晓临女士；感谢湘潭市湘潭县作协的领导与文友们；感谢摄影家左眼提供了许许多多引人心往神驰的图片启发我歌咏的灵感；感谢所有诗友们的帮助；感谢湘潭市女作协主席谭清红、副主席兼秘书长凌小妃女士为诗集出版所付出的辛劳！

韵依依

2020.11.08　于深圳

.

《湘女梦》诗丛 谭清红 主编

莲花镜里香

莲城女子合著

团结出版社

图书在版编目（CIP）数据

莲花镜里香 / 谭清红编 . -- 北京：团结出版社 ,2020.12
（湘女梦 / 谭清红主编）
ISBN 978-7-5126-8495-9

Ⅰ . ①莲… Ⅱ . ①谭… Ⅲ . ①诗集 – 中国 – 当代
Ⅳ . ① I227

中国版本图书馆 CIP 数据核字 (2020) 第 251420 号

出　　版：团结出版社
　　　　　（北京市东城区东皇城根南街 84 号　邮编：100006 ）
电　　话：（010）65228880　65244790
网　　址：www.tjpress.com
E–mail: 65244790@.163.com
经　　销：全国新华书店
印　　装：长沙印通印刷有限公司
开　　本：210mm*145mm　　32 开
印　　张：100
字　　数：900 千字
版　　次：2021 年 1 月第 1 版
印　　次：2021 年 1 月第 1 次印刷
书　　号：978-7-5126-8495-9
定　　价：398.00 元（全九册）

湘女有梦在文学

——序"湘女梦"诗丛

黄亚洲

　　我一向对湖南湘潭市的女作家协会这个组织极其活跃的工作，相当赞赏，就像我多次推崇我们浙江绍兴市的女作家协会的工作一样。不是所有的地级市都有女作家协会的，成立女作家协会的要件，是组织者的勇魄与情怀，以及这个地方确实有相当数量的热情而富有文学创作力的女性作者的存在。

　　湘潭市女作家协会的主席谭清红机缘巧合地成了我在杭州举办的亚洲学堂的一员，很多次以"学生"的身份，不远千里从湘潭赶来西子湖畔听课，于是这一次她要求我这个"先生"为她们协会组织的这套丛书作序，我也就不太好意思推卸了。按理说。我这个隔省的作家是不适合做这篇文章的。

　　而翻开作品集，倒是眼睛亮了。

这是湘江河畔的一群女诗人的群体亮相。此番亮相，确有湘女的风度与力度，飒飒有声。看谭清红的诗，语言颇见刚性，诗行之间呈现的硬气，也像她以前给我阅看过的那几篇散文的爽健。

她在《孤独与自由依然并存》这首诗中如此宣告："我可以裸着或半裸着，贴着黑玫瑰丝羽泥膜，偷油婆似的在故纸堆里穿行。没想找到什么，因为没想到丢了什么。黑蚂蚁一样的文字下面，条条点点线线，是我走过的路。"

以"没想找到什么，因为没想到丢了什么"来表达自己足够完整的人生经验，这份自信何其刚硬。

要说这是闻名在外的"湘妹子"的独有风骨，也不为过。

诗人危丹是一朵铿锵玫瑰。读了她的"原来生活中有一种痛，还可以哭着哭着就笑了"的诗句，再知道她的渐冻症患者的身份，能不为她的顽强、豁达与通透感动吗？

诗人凌小妃的诗歌善用"留白"艺术："走在异乡的风景，身边挤满了落叶。耳朵分辨不出另一座城市的语言，枯树上的老鸦一声哀鸣，"这种断裂式的语言，自有张力，可见作者追求艺术表现力的那种执着。

而诗人林韵的诗歌，则仿佛从历史深处走

来，"让人恨不够，又爱不够的风雪日头；让人哭不够，又笑不够的生死情仇。"诗人用语的那种遒劲有力，能令人回味许久。

诗人离若的诗作，就颇具"禅味"了。她仿佛有着佛家看万物的心境，再平常的事物也是一个圆满俱足的大千世界。"落叶收拢翅膀，枯枝一瘦再瘦。地底爬的，地上跑的，都回到大地的仓廪。"在她眼里，世界始终是圆融而充实的。

在诗人韵依依的作品里，我们能隐约看出她的"诗言志"的艺术格调，她善于沿着自己日常生活的指向，作出自己的思想提炼："今生，我是小溪的女儿，捧起通达、无私、宽容、理性，这些浪花般晶莹的词语；与乱石相对，无言。我们的内心里，却有一些东西在汹涌。"

诗人晓虹的诗作带有审美的自觉。她在《微风吹来的时候》里说，"美一定是向低处生长的。微风吹来的时候，河岸边的银杏树向我俯下身子。"句子朴素无华，明白如话，却是意涵悠远。

我们在诗人野鹿的作品里，能感受到她的对于形式创新的孜孜追求。"当影子捂起月亮，暖在手心；相思，又少了一夜。"这种细腻的情绪刻画，很容易在读者的潜意识里激起共鸣。

而在莲城女子合集里，我们也能看到女诗人们对诗歌艺术的各种既大胆又小心翼翼的追求。

小茵重视艺术表达"陌生化"，彭万里作品中的"哀而不伤"，肖潇的即景入诗，杨蕾作品的开阔与广博，欧阳湘平善用拟人化的修辞，罗银芝诗歌的主题多样，曾娟的借花写人，邹莹作品中那种典雅的"散文化"特点，王樱璇的画中之诗、诗中之画，李静民作品的长于对人生困境的思考，都值得我们充分肯定。

湘潭市的女性诗人群体，用自己独特的乡音，在辽阔的楚湘之地大声吟唱，这种艺术姿态不能不引起当代文学界的惊喜与重视。

我好几次对谭清红说，你们湘潭的女诗人们，真个是不一般的一群。现在读了这一大波作品，更验证了我的这一印象。

巾帼诗人集体地跑在时代的前列了，男性诗人朋友须加倍努力呀。

湘女有梦在文学，真是中国当代文坛之幸。

（序言作者为第八届全国人大代表，中共十六大代表，第六届中国作协副主席、第六届浙江省作协主席、党组书记。为中国鲁迅文学奖得主。现为中国电影文学学会副会长、中国作协影视委员会副主任、中国诗歌学会常务理事、《诗刊》编委。）

目　录

湘女有梦在文学
　　——序"湘女梦"诗丛

小茵的诗

莲花镇里香

邹莹的诗

肖潇的诗

欧阳湘平的诗

罗银芝的诗

曾娟的诗

王樱璇的诗

李静民的诗

莲花绕里香

小茵的诗

小茵，又名肖音，系中华诗词学会会员、湖南省作家协会会员，湘潭市女作家协会副主席。有诗歌、散文等发表于《诗刊》《星星》等，散文《茶客》被选送央视"电视散文"栏目，同时致力于翻译文学，有文艺评论译作发表于《洛杉矶时报》等媒体。

雪

一滴水，究竟有多轻
才能这样轻易地飞起来
飞向天空
又飞下来
不胆怯，更不堕落

究竟有多轻
才能这样毫不费力地开放
不需要借助阳光
悬浮于尘世，又高出尘世
一朵一朵填满枯瘦的冬天

轻到此时，它在意念里穿行
好似梦影，好似碎片
时而绵软，时而冷利
如一柄透明的剑
从寒冬刺向春天

合欢树

一年中三个季节它只是安静地站在那里
有时整理一下自己的叶片，用一阵风
只在夏天它开出花朵
带着芳香和喜悦的颜色
这些花朵，像一团团小小的云彩——
没有对错
却有它自己的哲学
它只是开放，谎言般
最后化为虚空
有时这情景，还发生在
湖畔的路上。那时候，我一个人走着
想起某一段往事
我也会如它一般，轻轻，充满喜悦的
开出一两朵花来

是真的吗

那些点燃山野的木棉花
一片火焰般的大海
它们无声的奔涌
是真的吗？

厮守过冰雪的香樟树叶
在春风里飘零了
它们曾经的隐忍
是真的吗？

鸟儿在树梢相互叫唤
翠绿而纯粹的誓言
它们愉悦的停顿
是真的吗？

河床消失在河水里
那些铺满堤岸的夕阳，和
缓缓拉长的两个身影
是真的吗？

雨点沾满了衣裳
一个微小透明的念想
已经淹没了我，这
是真的吗？

蔷薇

白蔷薇落了
一瓣一瓣
落在红蔷薇里

红蔷薇落了
一瓣一瓣
落在白蔷薇里

终于不用各伫枝头
隔着光影和红尘
暗递幽香

呵，一场冒失的风
居然可以让我们彼此拥抱
从此相依

十六月夜

风，凉了
想到你还在那里
微微的笑容。沉默着
没有说出的话
真好

月，圆了
就在最满的今夜
桂子迟开。静静的
而我们，拥有
真好

水，涨了
鱼儿沉入水底
荡起细小的波纹
在你的心里。低回着
真好

夜

把喧躁熄灭
让星星亮着

把灯火熄灭
让月亮亮着

把念想熄灭
让瞳孔亮着

把我小小的身子也熄灭
让一小点微温的烬火
在长夜，在冰寒里
亮着

雨中的声音

雨中传来孤寂的声音
早晨不愿醒来的灵魂
眼皮抬起又缓缓合上的声音
有草木在窗外呻吟或者大笑的声音
有花瓣掉落的声音
诗人叹息着将湿漉漉的句子写在纸上的
声音

雨中有低沉的喘息声
洪峰即将到来前的堤坝
暗流涌动的声音
等待者的脚步在墙角突然停下
打火机点燃一支烟的声音

雨中也有消逝了的哭泣声
懊悔时眉头紧锁牙关咬合的声音

别离时握紧的双手微微颤抖的声音
亲人的身体被时间慢慢啃噬的声音
鸟儿背着沦丧的家园
在雨中艰难扑打着翅膀的声音

流浪的声音。独处的声音
一本书轻轻翻开又合上的声音
关掉昨夜打开的一盏灯的声音
停留在旅途的一段迷茫里
无处告别的声音
心的声音

初夏微雨

固执的宁静
宛若细细的呼吸
汇一片波澜不惊的海
等待潮涨，才借助它
去暗地里汹涌
表里不一

飘，在你的海上
一边是青藤环绕，一边是回廊空寂
在柳风与花丛之间，绿色的水面
我看着你，以静以慢、
以厚重的沉默，一点一滴
沁入我的心底

柳絮在通往夏天的途中
留下洁白，我在通往你的路上

淋湿了小小的翅膀
而你的忧郁和渴望
略带着傲慢的醉意，隐藏在
最秘密的措辞里

雨堤

那么，这都是我的
这延绵的河堤
这河堤上如注的雨水
这雨水里的树木、花草，
暮霭，以及
尚未亮起的灯火

你是，我的
我的风雨故人
我的山河疆土
这雨中无人的河堤
此时，我和你一起奔跑
从这里，到那里
从那里，到这里……

漫无目的就是目的

雨水将我淋湿，也将你淋湿
直到我们汇成了
最大的一滴，消失在
秋天的第一场雨里

橘子

时辰到了
松开手吧
放下我
整个儿的

还想什么
那些青涩的光阴与爱情
已长成沉坠的丝瓤
火焰燃烧到身上

来不及了，告别
你细瘦的手指
终于卸重，成全我
向下的飞翔

落地的一刻
我带着小块的伤疤
贴近草根与泥土
获得了，你的全部

晚霞

多年以后
当你想起我
想起我们，会不会
如同此刻西天的晚霞
温柔而铺张
只在一瞬，便照澈了我
葱茏的眉眼，然后
潮水般退却
留下漫天的灰烬
萧萧而下

雨雾樱花

这些被打湿的蝴蝶
此刻收起小小的翅膀
附着在干枯的枝丫上
安静无息
或许累了
或许睡了
雨雾微微 仿若梦呓
是她兀自把春意挂起
谁料春寒 如我的薄衫
不合时宜

彭万里的诗

　　彭万里，笔名露西（木西），湖南省作家协会会员，现任职于湘潭大学。兼任湘潭市雨湖区作协副主席、湘潭大学韶峰文学社社长。作品曾在《诗刊》《湘江文艺》《湖南文学》。诗作入选国内外多种文学选本。著有诗集《镜子里的火焰》《屐痕》行世。

春天又醒了

万物都在做梦

春天又醒了

鸟儿比黎明醒得早

雨水比春风醒得早

花儿比树叶醒得早

白天比黑夜醒得早

江南比江北醒得早

我比秋天醒得早

虽然冷一阵热一阵

但身体里长满春树

左一棵右一棵

当左边那棵开始发芽

一只鸟儿又会躲进

我的浓荫安营扎寨

（写于2015年3月16日，2017年10月27
日发表于加拿大《环球华报》周末版B4）

卜卦

当某些事物无法用理智

摁压思维的浪花

去辨认一条河的脉络和走向

石子已沉入海底

波面如镜

水月不再是昨夜的水月

窗外，风留下缝隙

红颜与花朵相互割伤

我像一个占卜先生抛几枚硬币

将结局轻轻擦拭

（写于 2018 年 4 月 24 日，此诗登载于
2020 年《中国诗影响季刊第 18 期·两岸三地》）

荒 原

午睡之后，精力充沛

属于一个人的时辰不够流畅

常常在某个情节某件事上卡壳

此时有大量的阅读典故出现在荒原里

需要几滴甘露润色词句

用手指轻轻掰开那些磁性的标注

里面有大海有水手有教堂有贵妇人

还有国王巫师对弈者

与喝了迷魂汤的男女

同时听见坐凳上有流水声

一座荒原在阅读另一座荒原

（2014年7月27日，2017年10月27日
发表于加拿大《环球华报》周末版B4）

这是什么逻辑

当我读兴最浓的时候
我必须终止
为着深夜的睡眠
为着明天的秩序
在我心灵最激荡时刻
必须放弃我的情人
为着那些燃烧的措辞
为着那些姣好的面具

当我心灵最苍白
最无奈的时候
我喊不出声音
却假以逻辑来遮掩
用平静来替代
而当我日渐老去
守着一堆炉火
天空会突然下一场雪
那时去雪地捡回一些失落的岁月

一些曼妙的事物

亲爱的，一些曼妙的事物

不必拒绝，比如那个月夜

声音过高一定惊吓了嫦娥下凡

距离的选定残缺着温情的夜色

在月下也可以站成一棵梧桐

只要你一声哨子

或模拟一指禅

就可以从井底掘泉

让铁树开花梨花含笑

番桃开口芙蓉出水

我变成水仙或凤凰

（2014 年 11 月 12 日发表于湖南日报湘江
副刊）

等

等一场雨

河床已干涸

等一场雪

梅花独自飘零

等春的涌动

严寒中渐渐隐退

等黎明的鸟声

暗夜早已散落

等待中

时光无情地打在脸上

词语越来越稀

背影渐行渐远

等待中

我也看见加勒比海岸

金色的日出

飞翔的鸟类

蓝色的海浪

和柔软的沙滩

以及这个五味杂成的早晨

（2017 年 10 月 27 日发表于加拿大《环球
华报》周末版 B4）

月亮有齿

有月亮的时候
总想起母亲想家乡
想多年前那个中秋夜
月亮掉进水里
濡湿和染白我的裙裾

常常不理解月亮
怪她有时离我太远
有时镶着晕黄的毛边
有时干脆躲进云层
有时像镰刀失去温柔

月亮本有阴晴圆缺
除了掏空自己
把借来的光辉也一并献出
包容着万物苍生

覆盖天底下一切狰狞

有时她是那样无助

如果说月亮有齿

那是她的委屈

但不会碰疼这世间任何一物

醒来

醒来看见自己回到人间
头上又多出几根白发
我可以一一地挑出它们
但不知哪根是为昨夜的亲者痛
也不知哪根是为今晨的仇者快

妈妈，明天见了我
希望您的目光再近视点
岁月已经模糊了我的青丝
姐姐，明天见了我
请不要惊奇
我已不再是孩提时你眼里的妹妹
奶奶手中的绩麻线恰似我头顶的华发

女儿，明天见了我
请不要难过与心痛

也不要劝我去焗油
我依然可以结出少女般的麻花辫
她有另类的美

光阴给了我太多的回赠
以至于越来越觉得这人世在生疼

（2016年5月13日午后）

散步

天气冷得像钉子
把我钉在屋子里
好不容易象搬山一样
把双腿搬出大门
前方有个黑的人影
凑近看他是一棵树
再深入看时他仍是一个人
不如昨夜月光
把一切模糊的事物洗得发白
我在月光中背着自己的影子
左三圈右三圈顺三圈逆三圈
多想那些平行的轨道会两根并一根
这样，我和我的影子
也在同一条弧线上不再分离

（2015 年 1 月 10 日）

逃

我只想逃

让一滴眼泪逃出眼眶

用一张门逃脱威胁

用奔跑逃脱命运的追捕

用一首诗逃脱心灵的绑架

用力量逃脱女人的软弱

用安静逃脱喧嚣

用沉默逃脱心痛

用电话逃向女儿

用一束光逃脱黑暗

用未来逃脱过去与死亡

（发表于《诗刊》2016 年 6 月号下半月刊）

晨赞

用清晨的鸟鸣
歌唱我的后花园
用美丽的宁静
扑灭一场不期而遇的野火
用善良而慈悲的情怀
原谅世界一切丑恶
用清纯的河流
擦洗深埋的污垢
用我胸腔里呼出的爱
安抚一草一木
用我血管里流出的血
浇灌每一朵必须开出的花
在尘世走一遭
我让自己修成前世一朵莲

（2017 年 4 月 9 日晨）

我们迎着朝霞与夕阳

也许我们曾是海洋一分子

现在海洋离我们越来越近

也许我们曾是山林一分子

现在山林离我们越来越近

我们得到的越来越多

留给子孙的却越来越少

我们曾是大地上站立的骄傲

如今难以对付一粒幽灵的虫

生命从来就没有无限与永恒

迎接朝阳又无力挽回夕阳

总有一天要面对生老病死

活着就要尝尽苦乐甘甜

我们从大自然索取一切

大自然却暴力般剥夺我们

没有孤独的燕可以与海浪搏击

绿眼仙鹰也无法独占天空

我们必须手拉手珍惜彼此
珍惜天空赐予的万物生灵
土地、森林、海洋和我们自己

（写于 2020 年 3 月 2 日，收录于由徐英才、
冰花主编的《世界抗疫诗精选》）

杨蕾的诗

杨蕾，湘潭市作家协会会员，湘潭市女作家协会会员。2017 年加入湖南省散文学会，2018 年加入湖南省诗歌学会。散文、诗歌作品散见于《小溪流》《湖南日报》《长春日报》《长沙晚报》《湘潭日报》等报刊、杂志，以及各大网络平台。

心事

大雨洒下天空的心事
雷声夺走城市的心事
我心头的乌云停止集结

雨幕中上演另一番故事
镜子后面总有不同的人生

洗刷过的心事褪了色
路边的水凼折射出周围的明净

一个环卫工继续工作
你淋雨了？我问
下雨前就有这么湿。
他坦然的笑容就是他全部心事
我的心事？随着芭蕉扇带来的风
已飞越了火焰山

此诗入选《2018年湖南诗人年度作品选》

垫子上的灵魂

面容飘浮
遮挡的隐约在暗处等待
肌肉收紧、膨胀
水滴从西往东奔跑
偶尔飞升
枝丫的手臂挽留不住
与生俱来的指向

星星点不燃云中神灯
灵魂的烟雾
摇荡不出青春袅袅
边界明明灭灭
偷偷溜达的身体
重新潜入
日子、时间、往昔
可不可以一起 搅拌
再 打回原形

灼

初夏的落樱

跃上季节的泥坯

书院的颂读不理会历史的尘埃

古镇的春秋

惬意栖息在优美的器物

曾以曼妙的身姿

于窑中吟唱

取渌江之水

蘸釉

用前世今生的想往

灼烧

铭刻于心的五彩

来不及参透烟火

一缕裂变的梵音

已掠过渌江桥

带走多余的修饰

桥那头遇见的

并不是轮回中的你我

外婆家的桃树

桃胶粘住了童年的淘气

没有粘住我的馋嘴

桃子的甜度还在记录上来来回回

桃树下的秋千把我

荡进了中年

我发现自己缺席了年轮上的好些个圈圈

我想抱紧桃树

滑进圈圈往回转

转进过去的时光

解读圈住的密码

读懂多少算多少

我看见桂花甜如蜜

金秋十月的桂花　踩着舒心的步子
拥抱了百姓家园
我看见　在盛世情怀中
它们洒开如蜜的甜香
奔跑进生活的温暖

老桂花树下
少女时代的外婆　用辛勤的双手
捡拾日子的杂沓　捡拾安居的企盼
大地再次被桂花香唤醒
细密的金黄映出　外婆的慈祥
她为儿女制作桂花糖
劳动建设的歌唱亮太平世道

我醉在无数的芬芳间　醉在这幸福里
我看见一幅幅画卷展开

一个个奇迹生长
我看见桂花的甜美
跃过外婆的旗袍 浸染如歌的灿烂
欢欣鼓舞缀上我的旗袍
开出一朵悦目繁花

我内心停顿一下
去追寻长长久久

一场不太干脆的雨

雷声咚咚敲击

心脏的鼓

耳边的炸响在叫嚣

等待的透彻

缰绳已放开奔跑的触角

轻微摇动的尘烟

焚化了大地的浮躁

为一场不太干脆的雨

我们都在消耗

等它到来时

已过了高潮

泊

孤独爬上了开往春天的火车
思念使一本书越来越厚
上上下下的翻动
假装充实
一天一天过去
灵魂可能丰满也可能会消瘦
火车的节奏永远是轰隆轰隆
穿越的季节也不会放缓脚步
黑也好白也好
思念只会被长长地缭绕
然后等待孤独漂泊后
慢慢靠岸

提线

手指才是玩偶的中枢

线牵到哪它就走到哪

小姑娘的"仙气"也唤不醒灵魂

风吹草动提线就坍塌

妈妈轻抚她的身体

那根线怎么也无法注入她的身体

医院的预约号比疼痛有规律

疾病拎着她们的疲惫从夜晚到天明

阳光下人来人往

各随其身的影子们都拓着线

它们若隐若现不急不缓

它们或长或短或粗或细或有序或无章

或暂时抽离

古老的仪式

天葬台上的青烟

涌动神秘的讯息

深浅飘摇

吹过经幡的风

静阅烟尘

絮落批语

肉体穿过肠胃

读取密码

然后通往天堂

游移的灵魂

仍留念脚下一抔黄土

几棵绿草

在鹰眼中点燃

生命

没被鹰爪攫取的

生活

还在继续

醉在万古江河

老窖国玺浇透了灵魂
肠胃中留下了特殊的标记
呼出的湘女梦婀娜着
里面有青春
有江山
还有一幅长长的画卷

漂泊万古的故事
在心坛里酝酿 发酵
逸出橘香的
离骚
把一串串履印注释成
微醺的韵脚

洞庭渺渺
河山真让人沉醉啊
湘女依旧踏歌而行
于这长长的画卷上

秋

阳光献给树叶最后一个炙热的吻

果香将月亮充盈成圆盘

凉风终于忍不住

掀起了诗的裙角

词句轻轻碰撞

旋转、摇摆、带着醉意

跌入了季节的怀抱

链接

一片黑籽在地上喊破了肚皮
樟树籽跳下来
敲打了我的脑门

鞋底压榨到一颗黑籽
连接了我和大地
这些不断碰到的噼噼啪啪的
声音
渺小得几乎听不见
但我无法忽略它发出的香味

寻觅

时间穿过季节的罅隙总是在寻觅
没有始也没有终
变换的衣服翻出箱底的颜色
逃不出眼睛的桎梏

比如此时
苞蕊中溢出春原子
撩动池中的氢原子、氧原子
奔跑在雨滴中
眸中的季节任性地铺张
这许多的春色衣裳啊
寻觅哪一件？
最美妙的一瞬
一缕心动划过眼睑
可那一丝满意
又被一头时间领养的麋鹿
匆匆撞开……

醒来

这个季节
啥都醒了

耳朵被鸟啼叫醒
脚步被汽车喇叭叫醒
湖水被石头叫醒
我的鼻子被花香叫醒

风景被几树繁花叫醒
路边的野花却只默默馥郁
就像刚刚经过的几个普通人
常常安静地醒来
又悄悄地让世界醒来

五祖寺的天空

五祖寺落下一片苇叶
它长满天竺的指纹沾满天竺的脚印
叶脉上的经文蠢蠢欲动
即将撑开五祖寺的天空

男孩用苇叶画一条船
龙的黑眸升起禅的帆
经文与鳞爪交换了场地
抱不动的柴火也亲吻了天空

苇叶乘船划过幡
从此　天空下的幡
心动

邹莹的诗

邹莹，湖南省诗歌学会会员，湘潭市作家协会副秘书长。作品散见于《中国诗歌》《湖南日报》《语文报》《文学风》等报刊杂志。

如果爱

如果爱是一列列奔跑的银河铁道
请帮地上的花儿给天上的星星捎几封信吧
你知道吗
地上的花儿是星星，天上的星星是花儿

如果爱是一顶顶降落伞
请给远走高飞的银杏果娃娃遮风挡雨吧
它的银杏树妈妈由于过分伤心
已经掉光了所有扇形的头发

如果爱，请把它撒播给那些需要它的吧
让西边刚刚哭过的原野
嫣然绽开碧绿的笑脸
让苦夏似的耷拉脑袋的合欢树
欢快挥起无数细细的手臂
让山谷里不知名的小草们

也能拥有一首属于它们的诗歌

如果爱，请把它撒播给那些需要它的吧，
让迷途的船只躲过暴风雨的侵袭
迅速调整方向踏上归途
让最后一名却坚持跑完的乌龟
也获得鼓励赞许的掌声
让比大理石还要坚硬的雪地
融化成甜美清脆的小溪
让世界重新开始
所有的美好都抽穗发芽
所有的生灵都亲如一家

冬至

细雨如密密针脚般

裹着黑夜的衣裳

冬日的窗花

与孤独的目光凝视

我的思念

无停歇地涨潮

那座小城里的灯火下

我的老父母是不是

在窄小的厨房

忙碌地将肉馅与韭菜

编织成你中有我、我中有你的故事

有烟火气的家才是完整的

馥郁的乡愁早已镶嵌在

舌尖的记忆密码

有时候会问自己
为什么
要执意选择
长亭又短亭的远方
去追寻雾里看花的道程
即便现实给了一记记
响亮的耳光

莫问归期
有一天山会拉着我回家
陪着我看满天绚烂的红霞
让我不再害怕天涯
莫问前程
请相信
浸透奋斗的泪泉
穿越荆棘的跋涉成长
会迎来天地之间四季的歌唱

我们即使没有

我们即使没有
足够的冰糖
却能够喝到
纯净的清风
和早晨桃色的美丽阳光

我们即使没有
完美的童话
却能够网罗
从透明的秋风那里听来的
鹿群冲破熠熠夕阳光波的惊诧

我们即使没有
飞翔的翅膀
却能够穿越
没有国境的森林与海洋

自由自在地与一朵鸢尾花聊天

我们即使没有
神奇的魔法
却能够等待
辛勤播撒的稻谷种子
在日月的润泽下露出无限的微笑

晚熟沃柑

昼夜温差大
我们会不会变甜了
就像来自温暖南方的沃柑
从天空颜料盒中把绚烂的亮色
装进鼓鼓囊囊的皮口袋
将一朵朵洁白蓬松的蘑菇云
化作调皮游走的细胞
每一片叶子都不畏炎热酷暑
欢快地张开手臂
去拥抱光和热

那上天赐予的
不论是轻柔的银河摇篮曲
还是愤怒的风雨猎虎曲
统统都去接纳、体验和感受
让心一直向着明亮那方

即便是晚一点儿成熟的品种
又有什么关系呢
如果终点是芬芳沁脾的幸福的话
等待吧
那自由自在形成的黄金酸甜比
昼夜温差大
我们是不是变甜了

秋天是个新嫁娘

秋天是个新嫁娘
木芙蓉是淡淡的腮红
枫叶织成了大红旗袍
阳光驾着马车赶过来
镶嵌了一道闪闪金边

秋天是个新嫁娘
乡亲们吹着唢呐敲着锣鼓
把她从远方接进了门
推推搡搡，欢天喜地
孩子们嚷着向她要喜糖

秋天是个新嫁娘
板栗，提子，稻谷是她的嫁妆
她立志要让家里常有笑声
开始采摘田野里大朵白棉花

寒冷的夜里温暖孤独的灵魂

秋天是个新嫁娘
新月是她的眉毛
勾起了异乡人缕缕相思
想念故乡的云，屋旁的樟树
夜里她哼着细密的歌儿
如醉人的女儿红般揉杂着柔情蜜意
静悄悄地走进梦里心里

开春

春雷滚滚，雨水丰腴
是打开春天的正确方式
大地如同鱼鳞一般闪闪发光
油菜花、荠菜、地皮菇、艾叶草
点点芳菲、寸寸葱茏
是大自然质朴的真情流露
山涧的溪流四蹄生风、深吟浅唱
一不小心
就打湿了娇俏姑娘的脸庞

争先恐后，奋发图强
是打开春天的正确方式
你看，沉睡的希望在土壤里再次萌芽
你听，沉默的鸟语在天空中再次出发
你闻，凝露的花香在枝头上再次抵达
明日复明日，明日何其多

新年的钟声早已经敲响
站在春天的门槛上
一切皆有可能
打开山谷充满生命力的风箱
我们种桃种李种春风
让青春无限飞扬

常常是这样

常常是这样，我坐在秋天的心脏里
默默念诵着美丽哀愁的句子
拒绝睡眠，任由寒露漫过脚尖、手指
思绪随着风中的桂花香到处乱飞

常常是这样，我待在屋子里无所事事
绿萝、灯光都沉默，寂静生满苔藓
夜长天凉，大雁开始谋划着列队的飞行
我渴望繁星驻足在我的文字里，系满情意

常常是这样，我翻看以前的照片
轻轻拾起旧时光的记忆
羞涩欢喜，与曾经的自己对话往事
仿佛一朵朵水花在鱼群中盛开

常常是这样，在二十来岁的年纪

我们选择离家
执着探寻通往未来与远方的方程式
恨不得变成数学家
来一次大胆的哥德巴赫猜想
只是，在有月亮的夜里
泪眼依稀中响起了清远的笛

花与树的园地

——纪念在毛泽东文学院学习的日子

这是花与树的园地，是鸟的天堂

玫瑰艳如火，芙蓉笑盈盈

雪莲纯如玉，梅兰送清香

松柏茂如鬈，白杨挺边疆

日照、清风、细雨、暮霭

每一朵花都相互微笑

每一棵树都彼此敬礼

鸟儿们快活地弹奏着梵婀铃的动人乐章

这是花与树的园地，是绚烂的秋天

我们穿越于

杏黄覆盖的幽径

枫林染红的密林

鱼鳞浮动的湖泊

去收集时光、大自然的魔法

让那心中的白月光

一寸寸地亲吻大地的心房
从发梢到脚尖都感动颤栗
从睫毛到指甲都神采飞扬

这是花与树的园地，是梦想的舞台
是闪耀的星辰，汇集银河
一束光簇拥着另一束光
是一条宽广巨大的河流
载起无数的木舟奔向远方
你的，我的
我们的
声音和文字
系满情意
制作成一张张彩虹般的书签
在花与树的园地
偷偷把光阴的故事、吐露的芬芳珍藏

肖潇的诗

肖潇，湖南省诗歌协会会员、湘潭市作协会员、湘潭市女作协会员兼副秘书长。喜爱让梦耕耘在字里行间。有诗歌及散文在全国、省、市各级网络平台及杂志发表。

仲夏的河边

可不可以把夜色比作被夏天打翻的
墨水瓶，用喧嚣调配着色彩
偶尔会听到一句私语，化成路灯
拉长我的岁月，或让我把日子
踩在脚下

而河水还要昼夜不停地赶路
它令对岸的高楼在涟漪中弯曲
芦苇撩拨着我的裙裾，草地温情地
为我柔软

我眼里有液体的火焰
在夜色阑珊处，蓦然回首
会有受惊的椋鸟划破繁星密集的夜空
一行诗从我手中滑落
万物为它让路

今夜，我把体香还给花朵

把月亮还给李白，把自己还给自己

今夜，我在河边

鞋子是干的，身影是湿的。

剁辣椒（一）

必须选最好的红辣椒做原料
用菜刀将其剁碎剁碎
放上足够的盐，要比泪水咸
比血红，比性格辣
不要以为我是在写剁辣椒
你所看到的，是一个人的制药厂

她既当采购员，又做推销员
还是流水线上没有工资的夜班工人
我是她唯一的客户
如果在长途班车与绿皮火车上
看到用油桶装着剁辣椒的人
那就是我

像心脏病人必须随身携带
速效救心丸
出门在外，我必定带着剁辣椒
那是我家的祖传秘方，可以用来
治疗乡愁

剁辣椒（二）

这丛辣椒

最具悲悯之心

北风中

它替褪色的太阳

燃烧了自已

手起刀落中

粉身碎骨

仍以万千颗赤红的心

续写

一首眷念

不信　你再剁剁

止不住

泪眼婆娑

红包

母亲在家中位列老幺
每年都要储备很多红包
大大小小的红包
是年的祝福
也是母亲身在异乡的牵挂

今年却异与往常
红包大大小小向母亲送来
拉锯似地推诿不下
母亲慌乱地红了眼
泪涌如泉

我突然明白
母亲的哥姐已撒手逝去
她已是辈分最高的长者
山上的庙宇已成国学校园

山下有游客不断攀沿
我拉住母亲的手
久久不愿放开

操场边的父亲

许是倦了，缓缓地
父亲在风中坐下
目光沿着跑道蜿蜒迷离

跑道像时光机
拽回了他青春的回忆
剑气箫心是父亲那时的特写
运动场上的骄子
风采飞扬
老人常微笑着提起

父亲的目光望向高高的看台
那是当年万人齐集的宣判会场
父亲洪钟般的声音响彻云霄
震慑了罪恶　　让正义的旗帜
在幼小的心中飘荡

父亲是体校的著名教练
一届届运动健儿
忘不了当年教练鞭笞的目光
犹记得天幕尚未鱼白
操场上就有急促的抚掌声：
快，快..加速
脚抬高，臂摆起
这里，也影印了我单薄的身影
一圈又一圈地将岁月叠加

"人，是要有点精神的"
父亲的背脊依旧挺拔
同学转来的照片呵　这一刻
向我心里撞进了　一块石头

竹篱笆

花架下，紫藤燃起火焰
照亮被黑夜追赶的路
葡萄叶也松开紧握的拳头
向万物坦示爱的掌纹
一只黑白相间的鸟
在枝藤间交出久贮的啼叫

篱笆有竹的品格
足以将尘世的纷繁
挡在门外
门内　却庭院深深
那是篱笆为我开辟的
层层梯田

我会趁着春雨的淅沥
推开篱笆的门

让蚂蚁搬家，让鸟儿回巢
让蜜蜂来避雨。让蔷薇花和我

一起守候屋檐下咕咕依偎的鸽
——那根根亲密无间的楠竹
以及高挂于篱笆上的笑声

梵净山

一步步，终于接近了你

不敢喧哗，怕交错叠加的蘑菇石

会轰然倒塌

再走近一些，野花会为你护送，山风会

推你急行

梵净山是座佛名

虔诚诵念，她会回应

念得足够久，足够真

她会醒过来

引劝你告别过去，把握自己

遁入三世因果的循环

也会谆谆诱导

打开经书林立的页岩

等清风来　等你来

轻轻翻阅

无人的可可西里

黑夜背面的阳光苏醒了
率领一群白云
向天际漫卷

耳边有梵音在渐起
一寸又一寸　一阵紧一阵
浸入耳廓深处

反弹琵琶　　万千仙子从敦煌的
窟壁里飞来
在异域的万丈霞光里翩跹

入夜，还会有那么多月光赶来
在零下的旷野里
在无人的可可西里
按捺不住的　不止是
月光下的眼睛　还有不曾
原路返回的我

凌霄花的爱

晨曦还隐身在黑云里
露水轻薄
窥视了一场植物的
爱情

凌霄花不分昼夜地向前伸展着枝叶
脉管里澎湃着翠绿的血液
以初夜的情怀去追逐着他的爱情
——远在拱形花架的另一端

这是场本该秋季抵达的爱之旅
它却以每天二三寸的生长速度
开启了它急行的步履

只不过时至盛夏
当第一缕晨曦破甍而出
她以最动情的怒放迎接了

这跨山涉水的深情

我目睹了一场爱情
怎样提速了时光

昭山寺里的香火

一步高过一步
虔诚的心愿
盖过寺庙的烟火

千年银杏在寺院华丽转身
身披金黄盔甲
烧香的人比香略多

菩萨们端坐在高处
俯视着人间的每一缕烟火
和随烟升起的喃喃自语

人间的苦难需要仪式感
哗哗摇动的竹签
一支祈祷缓缓出头

长身跪拜而起，菩萨淡定的望着我
突然感同身受
人是未来佛
佛是过来人
菩萨和人一样，也熬过了
烟熏火燎的一生

欧阳湘平的诗

欧阳湘平，笔名风铃璇，湖南省诗歌学会会员，湘潭市女作家协会会员兼理事，湘潭市文学研究会会员。有散文、诗歌、新闻报道等散见于各平台和媒体。

脚手架上的人生

灯红酒绿

淹没了

撇离乡土的沧桑

以一种高姿态

行走在城市的脚手架上

圆膀子的雄悍

拿捏起钢筋水泥

吆喝着最响亮的节奏

铮铮铁骨

传递高度与速度

攀升的轨迹

刻印疼痛的里程

颤巍巍的恐慌

钉满一个个独立的十字架

长长的吊杆

操纵不了自己的命运

汗水收留通往云霄的路

静静嵌入城市的背面

寻觅渴求的那份微薄

夜晚伴着星星攀登

黎明随着地平线升起

揭开钢筋混凝土封堵的咽喉

攀上光束搭建的脚手架

每一棵青草的梦想

皈依故乡

行走在夕阳正染的万楼

太阳敛起炫目的光芒
行走在夕阳正染的万楼
从平平仄仄的古韵里
捡拾遗忘千年的诗行

凭楼西睇
九道湾醉美了一江湘水
隔离的记忆
一页页翻开

青瓷汉瓦的廊檐上
挂满了尘埃的梦境
陈旧的韵长
俯看世间沧桑

塔顶钟声回荡

讲述过往的故事

静默之中

细品世间炎凉

滋生暗香的青石板

拉回逝去的岁月

仰望飘荡的白云

捧着洒入间隙的阳光浅笑

村子空了

村子空了
老屋更老
断墙老银杏树下
老人们聚一起唠叨 打瞌睡

他们的记忆僵化
停留在黯淡的光影里
密密匝匝的线条文字
在风中呢喃复述着

老银杏树晃了一下
梵音琐碎的表达着万籁
就像老人嘴里仅剩的几颗牙齿
一去不复返

时间介入

断墙垒起几世几代的面孔

面孔之上出走的青春

已然忘却了"父母在不远游"的古训

葱郁生机的藤蔓

伸长触角

渲染了一方天地

渴望、期待、聆听、闻风而动……

故乡跌落在我心头

秋风，悄悄爬上故乡的枝头
试图俯身抱紧人间
在大地面前
它总是，挺不起腰

阳光在田埂漫步
金黄的稻穗
用虔诚的脚步浓缩一生的夙愿
收割的人醉倒在光阴深处

一棵古树伫立村口
数百年来被翘首的芦苇簇拥
一生的渴望
在它的心头徘徊

我伸手抚摸秋荷

弯腰亲吻丝瓜藤上的花
一阵风扯着我的衣襟
小心——
别弄痛了它的芬芳

那个叫故乡的词
瞬间风化为跪拜的泥土
美丽的云彩
跌落在我心头
生根泛滥

站在雾霾笼罩的街心

站在雾霾笼罩的街心
我审视着这缥缈世界

风裹着雨
撕裂着身体里的每个细胞
彻骨的冷
如硫酸般腐蚀五脏六腑

铺天盖地的透凉
肆意妄为地堵住路口
隔着目光所及的能见度
寻求喧嚣后的一丝暖意

默默对着自己表白
不放弃阳光
阳光就不会放弃你

春分

春雷吹响号角
集结一场倾盆的盛会
所有先行者
一路奔来
所有灵魂重生

握着剪刀的使者
飞过天空
掠过乌云
穿过时光的尘埃
将春天的长发平分

风由着性子
抛出长袖
载歌载舞
把所有的激情

络绎不绝涌向原野

太阳不再归隐
冲破厚重的袍服
一脚踩着雨水
一脚踏着火焰
载着春天的风景
一路向东

端午是从楚国流过的河

暴雨倾盆

竖直地砸在端午

滚雷声声

在天地之间来回悲戚

发酵千年的伤感

端午是从楚国流过的河

汨罗江水的呜咽

已被历史的风雨淹没

《离骚》的厚重

在失衡的雨季层层叠叠

五月是一本诗集

被一枚叶子带进尘世的杯盏

曾经包裹的忧心

抚摸千年暗伤

楚简和辞章如此厚重

我的名字
与诗人一起不小心跌入河中
四十八个五月初五
守着一池碧水
用淡雅青翠的莲香润笔
拨开那些芳香的字眼
滴翠成章

大雪，能饮一杯无

今日 大雪
气温摄氏十六度
太阳在蓝画布上行走
将阴霾燃烧

银杏交出最后一枚金币
满身瘦骨刺向天空
一世繁华
已成残梦

门前的玉兰树
抖落满身的倦意
撑起一把巨伞
所有的叶子都向往大雪的白

在这个草枯且天空发白的季节

种子叫寂静的词掩盖
合上泛黄的书
找出窖藏的女儿红
大雪，能饮一杯无

一朵消逝的云

一朵云
路过人间
飘走了
在苍茫的天际
谁会记得他的来去

他的名字很轻
挂在月稍
遁入黑暗
这熄灭的生命
竟怡然坠落

粉碎的云
像雪花一样飘落
扬起又跌落的一生
敲开　那扇
——古老大地的门

罗银芝的诗

罗银芝，笔名罗文曼，湖南省诗歌学会会员，湘潭市作家协会会员。作品散见《湖南文学》《风雅》《大地诗签》《东辽河报》《湘潭日报》《楚天文学》《岳塘文艺》等。

路口

当四叶草的光芒终于闪现

一千只云雀也奏响了庆典的乐章

回望来时的路

我的目光被一个路口锁住

在那一个路口

有过一场狂风骤雨

在那里我放下了一根

我曾经死死拽住的绳

在山谷里偷到一把清凉

大暑一来
山谷里的溪水就开始飞奔
我们穿上溯溪鞋
带上彩色的跟屁虫
去追逐飞奔的源头
蝴蝶五彩缤纷
点缀山
点缀水
点缀我们弯腰弄水的身姿
山是翠的
水是凉的
溯溪而上
我们在山谷里偷到一把清凉

一个疯子走在街上

他凌乱的长发飘着一股味道

嘻嘻 嘻嘻

他傻傻的笑

仿佛他的世界

就剩下这傻傻的笑

仿佛这傻傻的笑

在抚慰他的灵魂

他有过怎样的故事呢

父亲是这样老的

父亲老了
他的衰老
在很多年以前
就已经开始

那年
我正捧着高三的语文
读着海明威的《老人与海》
那时，我看见
父亲的额上就已有了一片海

那年
母亲病危
借遍了所有亲戚朋友
母亲在重症室里依然气息微弱
在父亲的叹息里

我听到了雨声

那年
我一个跟头跌进很深很深的夜
父亲淋着雨赶来
他给我送来明天的太阳
父亲转身时 我发现
他的背上又多了一层夜色

父亲老了
他的衰老
在很多年以前
就已经开始

致一只神一样的小鸟

那时我正洗着碗
两手油腻
你突然飞到我跟前
划个弧线又悄悄消失

那时我的头脑
正被一堆堆公文缠紧
你衔着月光
在我窗前一声叫唤
转身又融入夜色

神一样的鸟儿啊
请跟着我来
去林中或着海边
找一间
只容得下你我的小屋

我将丢开海市蜃楼里
所有的诱惑
只要你衔来的月光
只要你衔来的月光
擦亮的每一颗珍珠

槐花遍野

一簇琼花开了
又一簇琼花开了
接着一整棵树又一整棵树
一个山岭又一个山岭
素洁的琼花扮靓了五月的天空

我在唐诗宋词花鸟名画里
找寻这位五月新娘的芳迹
那时
她就已经被李白杜甫等
繁星点亮

一个放蜂人
一路追赶着她的繁华
于是她满怀欣喜
把一生的蜜捧出

翠鹫峰的四月

芳菲尽的四月

翠鹫峰燃起了一团团火焰

山下、远方

行程刚一点亮

灵魂就已先行抵达

在悬崖上开路

在岩石上探寻

攀住千年的古藤

就感恩神赐了一架梯绳

为这一场皈依 先做一个勇士

再用淋漓的汗水洗尽尘世的纷繁

云雾之中

登山杖惊叹号一样指向天空

海拔 1400 米处

百年杜鹃绚烂成火的海洋

好一场震撼灵魂的洗礼
来路的艰辛霎时洗尽
山在脚下
火在燃烧

题注：翠鹫峰，南岳72峰之一，海拔
1400多米，站在翠鹫峰顶，隔空可清
楚地看到南岳最高峰祝融峰峰顶的景
象。这里的高山杜鹃满山满岭，蔚为壮
观，不少树高达两、三米，树龄百年以上。
这一景点尚未完全开发，道路异常崎岖。

翠鹭峰也会喊痛

云之深处
美人一手舞动起亮丽的丝巾
一手握住一团火焰
是那一团火焰 狠狠地
灼伤了我的眼睛

那是一束啼血的杜鹃
是天地间百年的精华

我仿佛听到了
翠鹭峰喊痛的声音
一群大雁飞过
也留下一声惊呼

老屋

那日在山间游玩
一间低矮的老屋引我走近
主人或是去了远方
或是另建了华堂

老屋空空如也
盛满岁月的叙说
记得我童年时的老屋
也是这般模样

记得老屋里那些
从瓦缝钻进屋子里的
点点阳光 精灵一般
引过我多少遐想

在我走过天南地北

历过多少岁月沧桑之后
我血液里流淌着的思念
填满了梦中的老屋

诗与酒

一

阳光

透过玻璃门

像穿过一个人

悄悄停留在一瓶年代久远的

施可富特曲上

那瓶酒

便有了闪闪发光的诗意

那时

手握诗书的女子

眼中水波一颤

二

用精神食粮酿诗

用大地的文章做酒

一个是灵魂的心脏
另一个亦是灵魂的心脏
一颗心跳向另一颗心，是诗
一颗心跳回另一颗心，是酒
就像李白
诗仙是一个他
酒仙是另一个他

三

如果你想写一首诗
请接过我手中的干红
这热浪的液体
会像火焰一样引爆你

四

岁月是一条长河
如果你提前预备好了两口大缸
一定要在河流涌动时
用一个缸酿诗
用一个缸制酒

雨

隔窗看雨
雨在窗外
隔窗看雨
雨在风里
雨是失联多年的老友吗
那么急速敲打我的窗子

一段段尘封的记忆
在雨中升腾
像是一朵朵黄色的鸢尾
在园中璀璨盛开

有一些雨穿过了窗户
悄悄潜入到我的心底
有悄悄溢出来
捂热了我的眼睛

曾娟的诗

曾娟，湘潭市女作协理事，湘潭市作家协会会员。自中学始有散文和诗歌见于各级报刊杂志。出版有散文诗歌集《桃溪深处亦红尘》行世，为北京燕山出版社最畅销的图书之一。

秋

远远地
我听到你轻盈的脚步
我听到你温柔的低语
你一路逶迤
我一路跟随
你是房前那一排桂树
你是庭前那无尽海潮
花开花落间
潮起潮落间
万般景色，千般风景

最红颜

收起诗经的腰

和

江南烟雨的神态

随夜色

潜十里

在万物春色里

你

最红颜

日子

当年

夸父逐日

用脚丈量了时间和岁月

历史

始皇亲政

用智慧开启了时间和岁月

今天

恍然间

我看到张飞在桥前一声断喝

时间和岁月

扑棱棱飞

近处的幸福

一种声音到达灵魂之前
我把她称作流水
正像一种手势
在近处感知幸福

花的事，我的事，
流水的事
在一朵红的背后
争先恐后

明媚你的眼

三月，叫我如何能不忆江南
是岸边的桃花，是堤岸的青草
还是，还是，河流中温柔的水草
怎能忘怀

我用一生的时间就是为了等候你的花开
你明媚的眼，温暖了整个春天
你羞涩的微笑，连流水，流水，他都不能
忘怀
还叫我怎么表白

如果，如果，真有来世
那么，请让我仍化成你心上最明媚的那朵
开在春天的彼岸
让时间驻留

冬至

我住的院子里有一棵藤
藤上有一片叶子
叶子上停着一只蝴蝶
蝴蝶扇动翅膀

我住的院子里有一棵树
树上有一片叶子
叶子上停着一只蝴蝶
蝴蝶正欲飞翔

我住的院子里有一朵向日葵
向日葵上有一片叶子
叶子上的蝴蝶去了
向日葵依旧面向太阳

都说爱人就是爱她的灵魂

从小，她
就喜欢眼神明亮
神情却略显忧郁的男子
从小时候隔壁班那个成绩好的男生
到今日电影画报上的他
高贵地忧郁着
有着看透世事的淡然和不染尘世的高贵

然，他终是幸运的吧
生活中，
又有多少人
不得已被生活磨平
开成一朵低到尘埃的花

嫁给或娶得背对自己灵魂的人
一夜又一夜
都看不到眼泪流过
（愿天下有情人终成眷属）

心怀景仰

纵横古今

指点江山

笑看江山如此多伟岸

喜看山河如此多娇娆

北有万里长城

南有千里海域

数风流人物

代代中华辈出

梦回

诗经的腰

江南烟雨的神态

唐宋元明清的风姿

浩瀚历史里

因为你们

多了许多惊艳

增了更多温柔

春日里的阳光

春日里的阳光很暖
她令我想起多年前的那天
你在窗前看点点阳光
穿过树梢点缀成如画美景
我伏在桌上听知了
感觉你在我身边的温暖

你说，朵朵，路很长
我们都要学会坚强
你说话的时候眼睛眯着一条细细的缝
那是我最喜欢的模样，
而你，最喜欢我的什么模样？

后来，我们分开
我在南，你在北
后来，我们重聚

可是，人生就是这样奇妙
即使，即使我们在同一个城市
我们也只是隔着电话给彼此微笑

我想，人生就是经历，选择，经历
只要记得，我们彼此的温暖，就好，
就像，我最喜欢你眯着眼微微笑的模样。

春至

沿着沿线的粉红
我一路追踪
寻觅到她的消息

打开那扇向北的窗
她就悄悄从窗户里爬进来了
抖落一身的雨
身上的花瓣跌落一地

我就在这里
静静地坐在这里
看着她进来看着她微笑
看着她将落地的粉红
——吹过

寻觅寻觅
我跟寻她的脚步
流水有意

致林徽因

你从人间四月天走来，
温婉且安静
在徐志摩的再别康桥里
你如一朵白莲
最是一低头的娇羞

不论岁月静好还是尘世跌宕
你的影子照亮了整个时代

面朝大海，春暖花开
不论时代和平还是盛世年华
总有你的后人
追随你的脚步

那么璀璨，那么芳华
纵使时代变迁，时光流转

栀子

我躲在栀子的树旁
偷偷地看春天走过
她轻盈的脚步
像蝴蝶
滑过那一片白色的栀子海

我无法凝视
因为那种美
是耀眼是芳华

每人都有一种痛
你的痛是什么
而我的痛
在那万紫千红中
是纯白一片
是绚烂色彩

晨 露

从黑暗中醒来
在光明中绽放
你有一颗纯净美好的心

顾城说，
黑夜给了我黑色的眼睛
我却用他来寻找光明

我想，
那必是写在你心上的日记

也许经历风霜，也许经历晴空
但你一如顾城的眼睛
纯粹干净

等待

我是江南的三月桃花

燃过春天的额眉

涉过千尺的碧潭

在水草偃伏的岸边

亭亭玉立

任由十二瓣的香脉

贯穿风起云落的心絮

只为了等待

那个风一样情怀的男子

王樱璇的诗

王樱璇，湖南湘潭人，湖南省女画家委员会委员，湘潭市女画家协会副主席，湘潭市女作家协会会员。分别在北京艺术区及白石纪念馆举办过个人艺术展，部分诗歌发表在省市报纸和刊物。

春光乍泄

我不知道是该思念还是遗忘
或者收藏
黑夜这只黑色的鸽子
总让人无法安睡

这个安静的国度
我们都受到了驱逐
生命的花朵一度盛开
所有的亲吻都融化在泥土里

每个人都有美好的时光
那是海上的夏风
树林里的春风
还有那迷人的笑容

如何能使一颗心免于哀伤
帮助迷途的鸟儿回巢
我在夜里不断回想

我爱你如爱这黑夜的天空

黑夜降临
激荡人心
美人的目光如同毒汁
我爱你如爱这黑夜的天空

这温柔和燃烧的时光
绿叶丛中玫瑰的血液
梦到遥远的回音
她的乳房在暗影里苏醒

忧伤的安吉丽娅日渐苍白
星空静默，大地垂坠
夜风啊，让我告诉你
我爱你如爱这黑夜的天空

查泰莱夫人，你是谁？

你是谁

查泰莱夫人，告诉我

你的秘密如何折腾你

我们总是被取悦，又取悦谁？

你对激奋的命运保持缄默

当危机四伏，你看着这个男人模糊的面容

潸然泪下

颤抖的花朵无法言说

也不能察觉黑夜的降临

流泪的脸庞能增添王冠的荆棘吗？

翻看命运

月光，深谷，欢乐泉……

他们矗立山脚，恸哭

群山的目光如雨洒落

查泰莱夫人的雨和她的情人在奔跑
一次又一次
这难道不是你期望的东西
在暗夜里如花开放
我承纳你们，历经忧患的大地
隐秘的时间幽怨哀伤
我想歌唱恋人
赤裸裸的赞美他，肩膀还有
健壮的双腿
让你爱的更深更长
只凭借我的诞生我的生长
纵使有古老的痛苦也不为过

渴望春天这枝离弦之箭
穿透强大的雾霾和恐惧
消散喧嚣
抑或收容你暧昧的絮语
万物因我而生长，谜底
就在云雀的啼声里

我要你

我要你

我把岁月交给情郎
你把月色交给大地

我做错了什么
要给我一辈子的忧伤
他说，你不该太疯狂
他乡也无处躲藏

哦，那个村庄
我在想象
那支凋谢的蓓蕾会回答什么
是一行泪水还是时光

我要你
我不怪你
我要 你在我身旁
我不怪 你不在我身旁

要知道
爱情在为岁月抚伤

匍匐

我匍匐在大地
抚摸
它的善良和傲慢
告诉它
时光在诗歌中一去不复返

不必空虚和绝望
当细沙潜过汩汩溪流
穿越幽深的树林，山脉
再次展翅
回到了家乡

无论你多么孤独
甚至成为世界的路人
无数人的忧伤
也为你提供了所有的想象

这个晚上，湖泊河流
有了他们的意义
星星跪倒在黑夜
而我还要继续
寻找属于我的智慧

王的宝藏

有蝴蝶飞过
五彩的翅膀唤醒
四周的微光

高台上，我是那个女神
不再隐藏华丽的生命
在巨石沉默
忧伤的帷幕被彻底撕破

众神拂动
宝石撒落满地
孤独，鲜花，私语
真理
时而出现，时而隐退

呵，我高贵的时光
踱着忧郁的步伐
在北回归线上
寻觅那座宝藏

致王小波

小波
你的似水柔情
如今
只在茫茫黑夜漫游

夜里两点钟
我在爱你
就像爱自己
这是真的

绿毛水怪和歌仙
这辈子
在荒岛上迎接黎明
并且天长地久

红线盗盒和红拂夜奔的故事

我听腻了

如今

我在立新街甲一号与昆仑奴

等你

期待你的夜行

2010 未来世界

是你的黄金时代

也是我的黑铁时代

大海

电影里说
一双眼睛就能让你爱上他
我觉得应该是真的

这双眼睛深邃如海底
呼吸靛蓝色光芒
是一座点灯的房子
在狭窄漆黑夜里注视着你

巨大的海。远处波涛潮涌
淹没一切声音
包括我的思念

仿佛想说什么
月光，岩石，白贝壳
我躺在之间的缝隙
无力挣扎
看天空低垂

小鸟

今夜，我喝了很多酒
其实也不多
但我感觉喝了一生
喝得只剩下骨头

雨水横扫脸庞，冲刷
闪烁不定的灵魂
口琴摇荡失意人的心
闻着玫瑰花
寒酸了岁月
沉醉了黑夜

然后，看见那只小鸟
在丁香花上炫耀爱情

致洛夫

洛夫，你是一把雪
下了九十一年
还是那一把雪

这把雪，
为我们运来一整条河的水
你积雪初融的眼睛
显得世界不那么潦草

众荷喧嚣
万物寂寂
如何抵达彼岸
或发怒 或发笑
水也涨了
船也来了

你灵魂泅渡的速度

胜过风吹麦田

今夜，你用雪来款待我

谁不孤寂

谁不孤寂
曙光熹微时分
想着想着就暗了

雨也下了
想着想着就睡了
梦中，我试图打动你
用我的黑暗
我的寂寞我的失败
来打动你

你几时说来
我几时就醒

李静民的诗

李静民，浙江嘉兴人，现居湖南。诗歌发表在《星星》《诗歌月刊》《绿风》《诗神》《诗林》等诗刊上。作品《人间》获1995年"诗潮米佳杯"全国诗歌大奖赛一等奖，出版诗集有《苍天在上》《众生之惑》《人间词语》。

微信时代

这个年代多了微信

神奇地一扫二维码

空气般的影子便钻进手机

一串串加工的符号

穿着华丽或亲切的外衣

在手机里占领一席之地

唱着红歌　献着玫瑰

生产出一堆堆虚拟的阳光

流氓和小丑在这里

打扮成美丽的天使

说着谎言写着颂词

畅通无阻地闯荡在这个江湖

充塞着虚伪的江湖呵

在擦屁股的手指间流光溢彩

一片塑制的日出光彩夺目

勇士与头颅在这里
一首首如鲠咽喉的诗
被许多鬼魅屏蔽
无需通知更无需解释
凛冽的寒光直逼胸口
在未及喊痛的瞬间早已下手
留下那口喷血自舔去吧

一切自由都在虚拟
无形的寒光在等待
一切所谓出轨的头颅与灵魂
你不必要听见咔嚓声
滚动的余音
足以让这个年代中的存在者
不寒而栗

源源不息的虚假
在这个年代蜂拥而至
带着真相　真理　阳光的面具
在真实的裸体上舞蹈
面具上折射的"佛光"
让所有置身其中的人
相信菩提的存在

我的灵魂呢

总觉得自已行尸走肉
完整的生命早已和灵魂分离
游走世间无痛无痒的身躯
像一棵枯树诘问时间
我的灵魂呢
去哪儿躲哪儿埋哪儿

我劈开头颅寻找
坚硬的麻木填满了脑髓
昔日冲冠的怒发已柔软如丝
那些曾经活跃的思想死潭一片
任塑制的春天一个接一个
无法激活一丝涟漪

我敲打骨头呼唤
原本铿锵的硬度已化作

点头哈腰的塑胶

内质中的金属死潭一片

内质中的金属早已

被人一次又一次的侵略掠夺

仅剩一堆由人摆布的皮筋

我抽空血液翻寻

那些能化成火焰的血液

已冷如冰叉色彩昏暗

高压下的血流

缓慢成停滞的状态

阳光巨大的布景已无法融化

我解剖着冰凉的躯体

支配爱恨情仇的灵魂

已无影无踪

是死亡还是逃逸

或是背叛了我的生命

在异类中另择基因重生

我虚无的日子

一片浮光划过岁月
借着微亮的星光
我拆开骨头与思想
拆开血肉和细胞
找不到该有的铁质与钢性
找不到应充沛其中的
呐喊 抗拒 烈焰与厮打
与天与神较杀的霸气 化作
清凛凛的气体烟消九天

置身被腐菌衍生的版图
冰冷的气候已限制我
所有充实的生长
包括音亮 色彩与动作
这些充实的基础
在辽阔的蒸空里

必须抵达虚无的区域

我在此生存
像一具早已植物的活尸
仿佛所有的日子在等待句号
虚无的今天和明天
在天神的掌中被捏来复往
深入的命运在捏掐中决定
我只能小心翼翼
在虚无的分秒中煎熬
只为那个响彻人间的惊蛰

我往哪里去

混迹于红尘的五官
置放于哪片干净的叶上
它们流浪的歌在江湖回荡
众多肉体盛开的罂粟
阻挡了热血的方向

抽骨为鞭的日子越来越暗
包括疼痛与泪水
那些嚼冰止痛刮骨疗伤的兄弟
正在另立门户或进入冬眠
远方，辽阔的远方属于雾霾

一道道乌黑的闪电
权杖的声音更加惊天动地
谁敢将头颅安置其下
我滚动的姿态惊慌失措

这广袤的黑暗让我往哪里去

寻找一个空地重新摆置
沉默，麻木，无视和媚笑
组成了一具肉体的生存
始终不愿化妆的硬度
该怎样从八方的一方突破

母亲的牺牲

当粉红的躯体与啼音

霞光般融进我的命里

我便知道　今生你是我的全部

顷刻　阵痛的余音绵绵成感恩

上天　我要把我骄傲的灵魂

为你徐徐拜下

为这片恩赐的霞光

从此　苦难跃成幸福　贫穷化为富足

劳累变成快乐　烦躁化成耐心

为你　我要给你的是我的所有

心血　青春　健康　生命

去读懂你啼哭中的内涵

知道你饥渴的分分秒秒

了解你咿咿呀呀中的需求

只因你连着我的神经

你无端的啼哭成了我的自责

你小小的病痛成了我的锥心

你跌破的血丝让我被剜了心

你所有的一切

成了我无时无刻的牵挂

成了我毕生的追求

岁月的风在你体内吹着

我像一种测量器

时刻在测量着你成长的速度

风啊　快快地吹吧

让我的孩子速速长大

长成门前的大树

长成天空中的鹏鸟

望着你大树　鹏鸟般的姿态

我的幸福如江似海

看到我曾经的青丝在你头上发亮

我消失的青春爬满你的身体

我曾有的健康驻扎在你的每个细胞

孩子啊　你该怎样体味

一个母亲为孩子牺牲的一生

女孩与狗

不会扎辫的女孩
头发如鸟窝一样
在偌大的地球上正和一只小狗散步
一次次回望身后的邻家哥哥
那牵着妈妈的样子

两年前那两行离别的泪
一直流在女孩的梦里
湿了又湿的枕头
被小狗舔了再舔
只有小狗知道那苦涩的滋味

每个电闪雷鸣的日子
她都要躲进爷爷的怀里哭叫妈妈
爷爷用无奈的手擦拭女孩的泪水
长长的叹息在空寂的破屋中回荡

只有小狗舔着她的手小声叫着

每到一个节日　女孩总站在村口
目光不停地盯着山的转弯口
可等来的却是邻家的妈妈们
天黑了　小狗催她回去
可女孩带着哭腔说　还有末班车呢

认识河流珍爱生命

载我又覆我的河流
别以为柔波荡漾的水域
缺少自己的性情
别自信熟识河水的脾性
就能将它玩弄于掌心
别为了瞬间的利益
伤害了河的身心

谁能把握它莫测的深度
谁能摆布它阴晴圆缺的身心
布满灵与肉的河流
总在寻找机遇展示自己的威力
是的 它强大的力度谁能征服
当洪水猛兽般狂嚣而来
大禹的神力也无能为力

多少生命成为它的美食
多少家园躺在它的身下
让我们恨爱交加的河流啊
在城市和乡村日夜巡游着
美丽而温顺的音容中
总有叠加的陷阱在等候
一些玩水和伤害河流的贪婪者

认识它吧　为了自己的生命
滔滔水域不是你的玩具
深深河底　不是你要挖取的财宝
说不定在一个无所顾忌的瞬间
死神已将你们永远带走
让曾经的家庭　从此失去了春意
呼啸的朔风要伴随家人一生

珍爱自己的生命吧
欢乐并不仅仅只在水中
幸福不能只向河流挖取
在认识河流美的同时
也要认识它的特性
只因生命远比河流短暂
只因浩瀚的水域远比弱小者强大

雾霾

一栋栋拔地而起的大厦
分娩了笼罩一座座城市的雾霾
让我站在人前　却看不到我
一个世界的汽车尾气
覆盖了半个天空的湛蓝
可怕的雾霾呀
正在孕育摧毁人类的胚胎

曾有人引领着看到了雾霾的可怕
曾有人呼吁人类去阻拦或毁灭雾霾
时过境迁的人们早已忘记
昨天的疼痛和反思
任视线被霾流阻拦
任呼吸被烟尘裹缠
任天空渐渐失去湛蓝

为什么再也看不到天空一望无际的蓝

是谁让孩子找不白云

失去理智的人类啊

会无法让未来的孩子知道

天空是蓝的，云是白的

这个曾是美丽的天空

有一天 会让孩子想象成一个童话

《湘女梦》诗丛 谭清红 主编

断魂游章

野鹿 著

团结出版社

图书在版编目（CIP）数据

断魂游章 / 野鹿著 . -- 北京 : 团结出版社 ,2020.12
（湘女梦 / 谭清红主编）
ISBN 978-7-5126-8495-9

Ⅰ . ①断… Ⅱ . ①野… Ⅲ . ①诗集 – 中国 – 当代
Ⅳ . ① I227

中国版本图书馆 CIP 数据核字（2020）第 251427 号

出　　版：团结出版社
　　　　　（北京市东城区东皇城根南街 84 号　邮编：100006）
电　　话：（010）65228880　65244790
网　　址：www.tjpress.com
E-mail：65244790@.163.com
经　　销：全国新华书店
印　　装：长沙印通印刷有限公司
开　　本：210mm*145mm　　32 开
印　　张：100
字　　数：900 千字
版　　次：2021 年 1 月第 1 版
印　　次：2021 年 1 月第 1 次印刷
书　　号：978-7-5126-8495-9
定　　价：398.00 元（全九册）
　　　　　（版权所属，盗版必究）

湘女有梦在文学

——序"湘女梦"诗丛

黄亚洲

我一向对湖南湘潭市的女作家协会这个组织极其活跃的工作,相当赞赏,就像我多次推崇我们浙江绍兴市的女作家协会的工作一样。不是所有的地级市都有女作家协会的,成立女作家协会的要件,是组织者的勇魄与情怀,以及这个地方确实有相当数量的热情而富有文学创作力的女性作者的存在。

湘潭市女作家协会的主席谭清红机缘巧合地成了我在杭州举办的亚洲学堂的一员,很多次以"学生"的身份,不远千里从湘潭赶来西子湖畔听课,于是这一次她要求我这个"先生"为她们协会组织的这套丛书作序,我也就不太好意思推卸了。按理说。我这个隔省的作家是不适合做这篇文章的。

而翻开作品集,倒是眼睛亮了。

这是湘江河畔的一群女诗人的群体亮相。此番亮相，确有湘女的风度与力度，飒飒有声。看谭清红的诗，语言颇见刚性，诗行之间呈现的硬气，也像她以前给我阅看过的那几篇散文的爽健。

　　她在《孤独与自由依然并存》这首诗中如此宣告："我可以裸着或半裸着，贴着黑玫瑰丝羽泥膜，偷油婆似的在故纸堆里穿行。没想找到什么，因为没想到丢了什么。黑蚂蚁一样的文字下面，条条点点线线，是我走过的路。"

　　以"没想找到什么，因为没想到丢了什么"来表达自己足够完整的人生经验，这份自信何其刚硬。

　　要说这是闻名在外的"湘妹子"的独有风骨，也不为过。

　　诗人危丹是一朵铿锵玫瑰。读了她的"原来生活中有一种痛，还可以哭着哭着就笑了"的诗句，再知道她的渐冻症患者的身份，能不为她的顽强、豁达与通透感动吗？

　　诗人凌小妃的诗歌善用"留白"艺术："走在异乡的风景，身边挤满了落叶。耳朵分辨不出另一座城市的语言，枯树上的老鸦一声哀鸣，"这种断裂式的语言，自有张力，可见作者追求艺术表现力的那种执着。

　　而诗人林韵的诗歌，则仿佛从历史深处走

来，"让人恨不够，又爱不够的风雪日头；让人哭不够，又笑不够的生死情仇。"诗人用语的那种遒劲有力，能令人回味许久。

诗人离若的诗作，就颇具"禅味"了。她仿佛有着佛家看万物的心境，再平常的事物也是一个圆满俱足的大千世界。"落叶收拢翅膀，枯枝一瘦再瘦。地底爬的，地上跑的，都回到大地的仓廪。"在她眼里，世界始终是圆融而充实的。

在诗人韵依依的作品里，我们能隐约看出她的"诗言志"的艺术格调，她善于沿着自己日常生活的指向，作出自己的思想提炼："今生，我是小溪的女儿，捧起通达、无私、宽容、理性，这些浪花般晶莹的词语；与乱石相对，无言。我们的内心里，却有一些东西在汹涌。"

诗人晓虹的诗作带有审美的自觉。她在《微风吹来的时候》里说，"美一定是向低处生长的。微风吹来的时候，河岸边的银杏树向我俯下身子。"句子朴素无华，明白如话，却是意涵悠远。

我们在诗人野鹿的作品里，能感受到她的对于形式创新的孜孜追求。"当影子捂起月亮，暖在手心；相思，又少了一夜。"这种细腻的情绪刻画，很容易在读者的潜意识里激起共鸣。

而在莲城女子合集里，我们也能看到女诗人们对诗歌艺术的各种既大胆又小心翼翼的追求。

小茵重视艺术表达"陌生化",彭万里作品中的"哀而不伤",肖潇的即景入诗,杨蕾作品的开阔与广博,欧阳湘平善用拟人化的修辞,罗银芝诗歌的主题多样,曾娟的借花写人,邹莹作品中那种典雅的"散文化"特点,王樱璇的画中之诗、诗中之画,李静民作品的长于对人生困境的思考,都值得我们充分肯定。

湘潭市的女性诗人群体,用自己独特的乡音,在辽阔的楚湘之地大声吟唱,这种艺术姿态不能不引起当代文学界的惊喜与重视。

我好几次对谭清红说,你们湘潭的女诗人们,真个是不一般的一群。现在读了这一大波作品,更验证了我的这一印象。

巾帼诗人集体地跑在时代的前列了,男性诗人朋友须加倍努力呀。

湘女有梦在文学,真是中国当代文坛之幸。

（序言作者为第八届全国人大代表,中共十六大代表,第六届中国作协副主席、第六届浙江省作协主席、党组书记。为中国鲁迅文学奖得主。现为中国电影文学学会副会长、中国作协影视委员会副主任、中国诗歌学会常务理事、《诗刊》编委。）

目　录

湘女有梦在文学
　　——序"湘女梦"诗丛

辑一　一地月光

辑二　漫步田间

辑三　魂游舞曲

代跋

辑一

一地月光

爱情，是千年难逃的魔咒，无数的人前赴后继，总渴望达到爱情的完美境地，但爱情与生活，生活与爱情，又总如水月镜花，越精彩越难两全……

写给爱情，写给生活，写给苦难中那么那么坚强的自己……

叮叮

叮
叮
多想
　敲　　开
　你的梦
　把我塞进去

四月初五赏月

月亮勾住我的衣襟
让思念飘向远方
飘进你的梦里

思念勾住我的衣襟
让月亮飘向远方
飘进你的梦里

减 相 思

影子倒在路上
月亮掉进池里

当影子捂起月亮
暖在手心

相 思
又少了一夜

月镜传情

天空削成平面
　视线对着成角

　　　月老温习物理
　思念上满弓弦

　让我的丘比特
准确到达你

月　下

影子

折断了腰身

还在跳跃

我

躲在墙角

听你呼吸

终于

傻傻的我

在你们肥胖的

影子里

窒

息

半个桃子

半

个

桃子

已经发霉了

它伤残的躯体

被 N 块石头切割过

那是夏天的傍晚

石头对岸的那个躯体

搓

洗

过

然后送来的

向往文学

我是沙滩上

毫不起眼的

被人的脚尖

随时可以垒走的砂砾

我向往着

海的博大

海的深沉

海的波澜不惊

我巴望着海

卷　　浪

起　巨

把微不足道的我

融成它身体里的

一个小小部分

没有永恒

小夫妻
在小桥边散步
手拉着手
胳膊扣着弯儿

有时他们会肆意地玩笑
有时他们又会一前一后地拉扯
有时甚至一个人落到另一个人的背上

而就是这样的浪漫爱情
也会有撕心裂肺的疼痛
和随时落下桥去的哀伤

美丽母校镇二中

您从回忆中走来
带给我过去的精彩
您从高山下的昏黄
走向如今的辉煌灿烂
您是我敬爱的母校
像我慈祥的母亲一样
您是我耕耘的蓝田
让我幸福在三尺讲台

二十年的相识
您如知己一般将我陪伴
每当我脆弱得病倒
是您给了我希望的明天
加油、努力
你曾是第一
不跌倒、不放弃

你是我未来的希冀！

总能听到"母亲"在睡梦中的呐喊
让我在黑夜里急促地醒来
是您啊，母校
是您的声音
将我深情呼唤：
"是啊，孩子，你已经长大，
为什么不来母校上班？
既然母亲曾给你飞翔的翅膀，
你又该为母校去干点什么？"
……

终于迎来了十一载后的久别重逢
曾经熟悉的操场
和那魂牵梦绕的跑道
仿佛都在向我诉说着从前……

原来，漂泊的心
竟然在这里停留
原来，游子的梦呓
竟然是将您深刻记忆
是啊，母校

我们分别得太久太久
回忆的悸动
让我都无法呼吸！

如今，我终于勇敢地向您走来
带着疲惫的心和忐忑的笔
来诉说着你我的故事
和那十一年前的种种回忆

您始终有一颗对孩子包容的心
尽管我是那不争气的第一
可您还是把我深情地偎依
紧紧地抱着我从不嫌弃

啊，母校！
我终于懂得了你
是您温暖的怀抱将我呼唤而来
是您梦里的召唤让我喜极而泣
曾经迷途的孩子
终于在这一刻惊咤
曾经漂泊的钵衣
终于返航乡愁的田地
那被风雨侵袭的少年的心

终于在您的怀里暖暖相依

是您啊，母校！
是您让我坚定地追随着您八年
是您一路鼓舞我策马扬鞭
虽然我曾多次跌倒
虽然我曾满襟污泥
可您从来不把我放弃
是您让我灯明在深夜里
是您在寒冬里给我加衣

是您啊，母校！
您暖暖的爱给了我心灵的家园
您温温的情让我久久留恋
虽然同事走了一批又一批
虽然同学毕业一季又一季
可我，还是不忍离开你！
因为这里有我成长的足迹
因为这里有我颤颤的纸笔

是您啊，母校！
您给了我一枝画图的神笔
让我这颗不敢动弹的小小心灵

断魂游章

终于能勇敢地突破自己！

是您啊，母校！
您给了我一双小小的翅膀
一股振翅高飞的勇气
让我在苍穹里敢说敢飞
让我在寒夜里从不言弃！

敬爱的母校，我爱你！
如同孩子温馨地躺在妈妈的怀里
敬爱的母校，我盼你！
如同期盼孩子闪亮在未来的星空里

敬爱的母校，我爱你！
我期望您有一个更加辉煌灿烂的明天！
敬爱的母校，我盼你！
我期待您累累的硕果压弯我的扁担！
那是我们教育者的自豪
那是我们耕耘者的蓝天

啊，母校，我爱你！
就如同爱着我自己
我愿意细心照顾您每一天

每一寸讲台

每一提笔尖

都将是我对您的温情奉献！

我愿用生命来讴歌您！

我的母校

我的未来

我们共同的明天！

叙说日子

我曾目睹这个城市

从四纵三横

变成四纵五横

再变成八纵十六横

我继续目睹这个城市

从五层变成十五层

从十五层变成三十五层

从三十五层变成一百层

不断攀爬的高度

犹如父亲脸上的皱纹

犹如他的白发

从五十根到五百根

友好朗读

我，奢侈得
拥有数百种香烟
我，烂醉得
拥有各种各样的酒
我，还掌管着
你厨房的什样应物
甚至，你的私密处周期
我也不小心偷窥验看

别人都嘲笑我
又笨又傻
给别人免费的空调
擂各种付费的音乐
还让帅哥美女
对你呵呵地傻笑

我有点荒唐
又有点实在
你拿走我很多很多
我只嘀一下你的手机
那不是无聊
也不算违规
而是你需要我
我也很需要你

如果你还没猜透
请抬头看看我
——邻里乐购

窃 心 虫

一条漂亮的"贼虫"
蹑手蹑脚地，忐忑不安地
走近一片富矿

她妄想用轻弹的手指
采撷这世间
最最昂贵的金子，或钻石

她猫手猫脚，轻轻靠近
一点点兴奋
忐忑、恐惧，又兴奋

矿壁有流沙下来
偶尔有突袭的石头
有可能，通道会随时塌陷
会葬身这意外的不安的冒险

而执着的掘金人
只是停了停，顿了顿
又不假思索地开始
寸寸挪移的真诚

这里没有终点
这里没有芝麻开门
这里只有步步挪移的
一番强烈的决心

如果你
探寻了富矿、金子的谜底
与你有关：
请挪动手指
开启下一个页码的心的征程
彼此靠近

夏夜有多美之情窦初开

萤火虫在摆尾
蟋蟀在说着情话
蚱蜢在勘探
找一个爱情的隐窝

好放心爱

我
独自一人
徜徉在风里
木头的剪影下

月老露出洁白的皓齿
频频微笑
柳叶摆着长臂
拥吻成双的背影

耳边

有一个声音

在悄悄地呢喃：

收下我这不争气的徒弟吧

一个我与另一个我在挣扎

慢点读

我是打算把它烂在肚子里的
这好过它在我面前的慢慢腐败

一颗香蕉终于完成了
它的华丽转身
在今晚或者明天
它将成为我身体的一部分

如同它一样的
还有我每天精选的食物
我不能浪费
不能怠慢老农们的深情

当然，现在或许都是
机械化运作了
但阳光雨露我总不能辜负吧？
要不，我怎么每天总是笑对阳光

莲　花

流浪的暗香

溢满静谧的村庄

风是信使

传递着爱的讯息

着上泳装

纵身在波纹里

潜水的清凉

沁透着痴心

摘一朵

舍不得

只想让你化莲

结满铁心的子

亦正亦邪的门

那个叫门的东西
总是趴开腿坐在那里
它让人偶尔会失掉性命
比如昨天的新闻
它安抚过杀人犯的心
在还没有迈出去之前
可是它还是迈出去了
因为鬼迷心窍的神经
它让两个家庭破碎
剩下三个孤儿
它还曾那么火热地负责过
其中两个孩子的出生

成 品

有的手，三十年后
成了温暖的大手
有的手，三十年后
成了手铐里的手
有更多的手，三十年后
成了一个个
为社会服务的螺丝钉

都是水，蛋白质，脂肪
的结晶
大自然好奇地看着它的
一个个成品

三件衣裳

总觉得有三件衣裳
我得为它写一写

一件是母亲体内带血的胞衣
它曾那么耐心地守护我
280 天
让我从一个卵子变成一个婴儿

一件是你脱下的
我的带着体温的内衣
它让我从一个少女
变成了一个叫作女人的人
一生一次
开启了就再也无法穿回

还有最后一件，衣冠楚楚

断魂游章

它伴我在儿孙的哭声里
偷偷溜去另一个世界
让我在冰冷的寒窖里
留恋这世间的所有温存

孝　心

一颗敦厚的孝心
时刻蹲守母亲的床前

母亲，把自己该喝下去的药
频频地诱着她喝

她喝了一口又一口，苦口
眼角却频频微笑

第二天，她又喝了满满一大碗

第三天，母亲神奇地自愈了

一四年清明节的那只猫

突然记起清明节的那只猫
肥壮地躺在 107 国道的中央
颤抖的身子不是秘密约会
而是……

我说不出来
我飞速地逃离了那里
眼角的泪
一直流到几公里之外

这是我第一次逃离
从安稳的痛苦中的逃离

那只无辜的猫
已经只剩下半个身子
另外一半已经——

我估计你会想到
热乎乎的一盘……

哎，为什么总有人
会那么那么地不小心——

车窗外的夜的灯光
还在频频闪动
拥挤的车流
成了远处的流萤飞火

而我的心却顿在这里
恰似自己的无助的逃离

扣　子

扣子，在没有进入扣眼之前
是自由的，独立存在的
可是，主人给它挖了一个洞
让它在某个时候
行使它作为扣子的一种存在
虽然扣子并不像那样
可是，谁叫它是一粒扣子呢

同命夏花

蝉儿失恋了
带着孤独的焦躁
扰我的窗
我欲将它肆意地驱赶
又生出哀叹的同情
就这样吧
或许明月
明日就来敲我的窗

用键盘的滴答
敲击孤独的窗
楼台的牵牛
已爬满了整个夏
那只鸣叫的蝉儿
还不肯罢休

我拿着扫帚
频频追赶
一不小心
惊醒了一楼熟睡的娃

娃儿找妈妈
两眼泪花花
失爱的孩子如何自救？
只好纵身波纹里
让梦开出朵朵浪花

使冬天怀孕

我要使冬天怀孕
滋润农民工贫乏的爱情
让他们
瘦瘪的胸脯
羞涩的裤兜
在冬天里饱满起来

我要使农民兄弟怀孕
让奔波的汗滴
冰凉的双人床
在美丽乡村精准扶贫的号角下
扎扎实实地饱满起来

我要使远嫁的姑娘
来一次留恋的回头看：
那昔日荒瘠的土地
隔壁络腮胡子大哥
正怀抱着青山绿水
给娃娃们唱 ABCD

一个样儿

父亲时常叨念

他那不足半岁的儿子

有我们在的时候

没我们在的时候

仿佛有我们在

和没我们在

都是一个样儿

母亲时常提醒

两个女儿

有父亲在的时候

没父亲在的时候

仿佛有父亲在

和没父亲在

都是一个样儿

我时常写着诗歌

有他们在的时候
没他们在的时候
仿佛我从未长大
仿佛我从未生出

难得今有酒一杯

黑暗处总有一双浓愁的眼
关注着我的思考我的习惯
乃至我三十多年走过的
每一个细枝末端

这千金重的粘连
时常使我双脚沉重，呼吸困难
我一直试图把她扒开
不忍，"不孝"，又难堪

如果人生可以重选
我宁愿自己是个孤儿

至少可以
吹自由的风
听自由的雨

可以在夏荷疯长的季节里

撑一支长篙

向青草更青处漫溯

满载一舟实实的籽儿

向快乐进发

我的童年

封锁在狭小的方盒子里

一粒小小的风吹来的种子

都会放飞我

一长串蔚蓝色的关于天空关于大海

的种种梦想

没游过泳

三十岁才学会

同组的"野孩子"

六七岁就在水里滚爬

个个都是捉鱼的好手

只留下我

许许多多的

呆在狭小盒子里的

种种的遐想

断魂游章

和种种的难过与叹息

长大了
我也从不曾
捕获这样的自由
哪怕现在名噪一时
还忐忑得像个
突然停下的惊恐的小鸟
随时要预防着
来自深黑夜处的
突然而至的
重拳袭击

不忍心亲情的血管爆裂
曾发生过
求天求地求她能多活几天
可醒来了
我这无辜的可怜鸟儿
又重新落进
密不透风的囚笼里
不得一丝一毫动弹

如果人生可以重选

我不要
来到这人世
我不要
跌落到这"幸福"的浓稠的爱里

过着这
浑浑噩噩的
不知往哪里走
不知如何去爱的
稀里糊涂的人生

还要忍受着
叫天天不应叫地地不灵的那种
"千夫所指"的
莫可辩白的
疼痛、愤怒或者悲哀

借题发挥

——读湘南徐工作品有感

曾如徐工一般地
流浪，流浪
流浪到犯傻
流浪到被人骂

其实、其实我只是
留恋好景、好人
留恋丰富的世界

总恨自己的双脚
长得没足够长
一脚又一脚
都没达到自己的想象

想过去拜望星星月亮
顺道问问牛郎织女还好？

想过外太空有外星人
或者恐龙幸存？

浩渺星空曾是
我梦想的终点
我跑呀跑，跑呀跑
一直都没能跑到

而后，而后
我的子弹用完了
带拖拉机的那张也不见
它们躲进了深邃的布兜里
我又不忍心扒开

两三年，八千里路
小女子遥望天边
可天边的红霞呀
她怎么也没采到
怎么也采不到

她其实不贪婪的
只想着一片
一片就够了
用来装饰红头巾
让妈妈开心地笑

错　投

　　　　我曾
　　　　等一个外卖
　　　很
　久
　　　很
　　　久
　　　半个小时，一个小时，两个小时
　　　　下午回家
隔壁的大婶说
还以为奖品是什么
原来是一大盘龙虾

我的童年

一种

不止　　颜色

童年　　　　大部分

是　七彩彩虹

但有时
又被突然起来的暴风雨
打落成阉了的小鸡

有过灰暗

如果给我一把手枪——我要杀掉我的过

去

杀掉　　我的童年

杀掉　那个

被扔出去

在寒风中

瑟瑟发抖的夜晚

帮帮我

秋天

→→→给夏天

寄去了

一封————长长的感谢信

请你猜猜

都写了

些

什

么?

妄想那一天

用
十二　　撑开眼皮
根
石　　在它的催眠里
柱

用繁芜的文字
　建
　　立
　　　死亡
　或者重生

不速之客

狰狞，豆大的汗珠
滚过额头
像荒原上蹦出个巨石
使出了吃奶的蛮力
渴望，又不得的愤慨
撕裂着一颗纯心
于是，纯心，撕扯出
深刻的
锯齿般的仇恨

雪影深处的
深埋地底的黑色斑点
被活活挖出
生命迸裂的苦痛
活捉了
一个试图逃离的士兵

武士道的精神
此刻
挽救不了纯心的撕裂

快死的纯心
只得在仪表盘上
吃力地绘出
起伏的蓝图
它，气数已尽
只想懒洋洋地
和地平线闹平行

去借个圆规吧
生命已近尾局
急需起搏器

囫囵吞枣后的饭粒
实在无法消化
所以一只手
拉着另一只手
去到大桥上漫步
呼啸而过的汽车
使一个人

对另一个人起了歹心
而她，傻傻地
揉碎在爱的愚氓里
快意憧憬

雷公，仗剑出场
电母，极速助阵

谁也没有料到
谁也没有料到啊
就这样，雨滴
打散了一场浪漫的约会
挽救了某个生命
和螳螂家族的千年困局

故　事

疲沓的老茧

兜起我快死的心

浑浑噩噩了一夜

便知道

每个行业

都有自己的潜规则

年少的轻狂

洒尽一泼苦雨

失衡的泪

豆大地

如滑石般滚落

鞋面

洒满稀稀落落的小水滴

如清晨的露珠

秋雾里闪耀的叶尖儿

星星点点
折射着彩色的光芒

隔壁的阿姨
轻声地问：
嘿嘿，你怎么了？

忙碌的妈妈
额头滚过
同样晶莹的彩色光芒
问诊的爸爸
细心地处理着
一个受伤的病人
小女儿
窝在沙发里
看小人书
只有我
闷闷地坐在雪地里

隔壁的阿姨塞给我
一根冰棍和一个雪梨

故事要穿越三千年吗？

还是三千个日夜？

星空已经睡着

白云唱起欢乐的歌

忙碌的城市

旋转的度，分，秒

时光战车，碾压着

每一段回忆

和那些不堪的故事

知了卖弄沙哑的歌喉

叫醒另一只知了

漫步的长蛇温柔地绕过林间

寻找一只迷路的小鸽

老树，不甘寂寞

扎扎实实地缝补又一环年轮

小树，懒懒洋洋地

窝在爷爷的羽翼下

弱不禁风

另一个山头

曝日烘干了鸟巢

芦苇花丛

失去了往日的软垫
似枯干的破网
小鸟已悄悄长大
翱翔于蓝天
蜜蜂试图租租房子
不一会儿
却放弃了计划
马蜂
迅速捕捉了信息
新做一个窝

自然的生态
体现着应有的平衡
即便一朵鲜花
一个礼拜
也能唱响一支
相思的歌

漫步的人
和匆匆的人
赶向同一个
预设的坟场
虔诚的上帝

救不了
那个虔诚的信徒

伐木工狠心锯断了
三百年的老树
在小凳还未风干前
的一尺之外
新生一株
嫩嫩的绿绿的小枝

孤儿般的树娃娃
不久
就被贪玩的孩童折去
树爷爷
三百年的树爷爷
丢失了最后的骨血

不远处的芦苇里
新生一股跳蛹
那是蚱蜢夫妻
修炼千年
重组一种复辟

王朝更始
自然轮回
达尔文
写得明明白白

可，生命
却读不懂一本书
读不懂一个故事
于是
才有了
一个又一个
新的故事

角　色

每一个水洼

藏起一个灵动的故事

它，不是冰山一角

甚至他极度地

讨厌冰山这样的词语

灵动的世界

才是生命的本真

上帝，佛祖

细心地爱着每一个孩子

如阳光抚慰内心

光热温灼世界

即使遇上 DNA 乱序的种子

佛祖，上帝

仍平等地散播着每一滴爱

像观音洒落圣水
抚慰那个
频频犯事的
无法安静的孙悟空

太阳，爬上
高高的楼梯
不想下来
拉扯的夕阳
好想和高阳逗趣
不得

溪水
唱着夜幕出场的前奏曲
催促那个
留恋野花的居士

嫂子的厨艺
在黄昏里
特别卖劲
隔壁的老汉
寻思着
翻墙去吃吃点心

逗留的不归人
留恋另一段尾裙
他傻傻的不知
家里发生着同样的憧憬

地球
转了一圈又一圈
却猜不出人性
挖不出风景

余震
在床边闪动
电流
迅速抛开鞋子
啊妈的电话
催促着迷途的儿子
生活
已玩够谜底
无法下一集

于是
喜庆的民政大厅

偶尔奏奏落幕剧

或许是 A 家

或许是 B 家

C 君的囧事

出现在 D 家

的小饭桌上

C 君的饭局

也谈起了 D 君

辑二 漫步田间

我无法去评头论足生活的什么，每个诗人都是生活的一员，向往美好，又在现实中举步维艰……写给母亲，写给理想，写给曾经那么那么努力的自己……

母 爱

母爱如小船

扬起幸福的风帆

母爱如葡萄串

酸酸又甜甜

从那 280 天的孕育怀胎

我们便熟知了母亲的笑脸

虽然贴着肚皮

虽然隔着"羊"海

可母亲的声音

我们依稀可见

那是我们最初的熟悉

那是人生启蒙的笑颜

哇哇哇

我们降生于人间

哇哇哇

我们啼哭自己的不满

……

生命

自这一刻起

便有了新的开篇

而妈妈这个字眼

则有了全新的概念

于是

起早贪黑（婴儿出生的辛苦）

苦乐酸甜

都是从那一刻起

我们把那叫人生的起点

其实做母亲的辛苦

何止是那样的一天（生孩子）

打从那小小的受精卵

扎根母亲的弯管（输卵管）

母亲便把生命里最好的

全部给了我们

……

十月怀胎

一朝分娩

那是女人的痛

也是女人的甜

她连着幸福的纽带

和家庭的牵盼

而我们

就在襁褓里不停哭泣

只知道诉苦自己的一点点

饿饿饿（婴儿的哭泣声）

烦烦烦（婴儿的吵闹声）

我们就是那淘气的乖乖脸（婴儿肥）

让母亲百看不厌

百磨不烦

而我们

享受着母亲每天的素颜（顾着照顾孩子，
哪有时间打扮）

依然美如天仙（母爱至美）

……

一岁半

两岁半

三岁半（婴幼儿时期）

我们就这样

在母爱的阳光下

享受成长的快步向前

一天一个样

百天又新鲜（0-1岁是孩子发育高峰期）

我们就这样

苦了累了母亲

都只是为了自己那开心的一点点（贪玩，
不知道做母亲的辛苦）

……

五岁半

六岁半

七岁半

我们开始写字的蹒跚（东倒西歪的启蒙
字）

从弯弯曲曲的横线

到工工整整的字田（田字格里的四四方
方的字）

都滋润着母爱的雨露

都洋溢着爱的风帆

九岁半

十岁半

呼啦又少年

我们成长在母爱的视线

我们幸福在爱的摇篮

……

不知那天起（青春叛逆期的开始）

我们开始烦

烦母亲的唠叨

烦母亲的饭菜

我们只知道自己的烦

从不管母亲的脸

我们淘气又爱玩

我们游泳又爬山

我们粗壮自己的臂膀

我们幸福自己的牙尖

哪里还知道母亲

哪里还知道那张期盼的脸

我们总是逃得远远

我们总是翻墙越砖

……

总之人间"恶事"

尽做不怠

我们忘了那张甜甜的脸

只在意自己成长的涩酸

"哎，你永远不懂我

永远不懂我"

……

我们总是翻箱倒柜地找词

只为在母亲那里蒙混过关

……

母爱像葡萄串

酸酸又甜甜

……

虽然也有母亲的怒气冲天

然母亲还是那甜甜的笑脸

呜呼

是笑我傻

还是笑我逃不出她的厉眼

呜呼

是吗？

我就要试试看

……

母爱像葡萄串

酸酸又甜甜

……

于是成长的一幕幕酸与甜

都尽收青春的字典

……

十八岁的我们

偷偷把他（她）暗恋

荷尔蒙的翻江倒海

已经让我们彻夜难眠

……

悄悄藏起自己私信

偷偷挽起他（她）的臂肩

在竹林里偷行

在小船上浪漫

……

我们只是幸福自己的一点点

哪里记得母亲牵挂的双眼

儿行千里母担忧（妈妈深深牵挂我们）

我们只急着早点离开她的视线（我们想

到的）

从此天马行空

从此自由无边

……

母爱像葡萄串

酸酸又甜甜

……

我们哪里知道母亲渐渐老去的容颜

我们哪里知道母亲的脊背已经悄悄压弯

我们哪里知道每一次的刷卡

都是母亲辛辛苦苦攒来的钱

我们刷刷刷

我们买买买

超支是常事

存钱很难看（大学生的攀比之心）

……

我们透支着母亲的爱

我们使母亲的脊背更弯

我们铮铮有词

我们有我们的脸（同学朋友之间讲面子，

为什么妈妈不懂我还总是呵责我们呢）

……

母爱像葡萄串

酸酸又甜甜

……

我们就这样

走过了天天犯案的青涩少年

走过了懵懵懂懂的二十岁青年

终于慢慢懂得了母爱并不酸

而是打心里的一种甜

这种走近心坎里的甜

这种贴近心房的甜

是世间任何事物所无法取代

是人间任何钱财无法购买

当我们有一天真的面对老去之后的母亲

我们将模糊自己的眼

我们将回顾成长的一点点

我们将温习母爱一遍又一遍

那张青涩的痘痘脸

那种努起的小嘴尖

那看似酸涩的唠叨爱

那真实的暖暖甜

都会在脑海里一幕又一幕

在心田里蜜甜又蜜甜

啊，母亲的爱

像一艘载我们远航的小小幸福船

却盛满了沉甸甸的爱

啊，母亲的爱

像那一缕缕扯不完的葡萄串

有酸涩的我们的理解

有真实的幸福的蜜甜

啊，母亲的爱

就如人生长河里幸福的风帆

教我们识辨人间的善恶百态

依然对我们笑眼弯弯（虽告诉我们人间

百态，但还是用默默的微笑鼓励我们勇

敢向前，充满了生活的正能量）

啊，母亲的爱

虽然已经渐渐老去

然留给我们的不是酸涩

还是生活的甜

啊，母亲的爱

让您有了不老的容颜

不管我们身处何地

不管我们何等官衔

我们始终是您的小孩

调皮、贪玩

只为自己的幸福一点点

而这幸福的一点点

竟然是包藏了您人生全部的爱

而我们

在您幸福的风帆里

永远地快乐着

永远地甜蜜着

……

母爱像风帆

载起幸福的小船

母爱像葡萄串

酸酸又甜甜

母爱是酸的吗？

不！

母爱是甜的！

而且是一生的甜！

对话，马云
——看访谈节目有感

我的理想是和马云一样成功
马云才是我人生的知己
简短的对话
让我知道了全部
而我
却因为不自信、自卑
成为沧海遗珠很多年

我的才能我的梦啊
就这样一点点被废弃
又重新一点点被激发
就这样一点点又被启航

别人说我的诗美
大概翻阅了无数的书吧
其实三十四岁了

早就不读书了
我只听别人的对话和谈论
我相信
任何有用之书
在二十五岁之前
我已经通读和阅览

但我
并没有成功
那些重复繁杂的文字
早就不入我的眼
那些理论世界的成功和虚拟
早就不为我所动

或许我就是天才
从一气呵成七八首
到一晚勇夺十八金
句句都是箴言
首首都是经典
不是我自吹自擂
而事实就在

年少十八

一过目记住二十几位繁杂的数码
同学说我天才
笑我痴癫
可我就有那样的天赋遗传

但我也因为自己的不同而困倦
永远不知道人生的知己在哪
永远不知道人生的顶点在哪

马云啊马云
你可曾把我想念？
马云啊马云
你可曾认识我的双眼？

其实如我们能在一起聊个三小时
你就会看出
我们之间
是一样的想法
一样的知己
一样的朋友
一样的天才

就是因为我从小就太不同了

深陷自卑的泥潭

父母笑我痴傻呆

一定要把我关起来

我笑父母太认真

识不到家有天才

而他们苦苦的寻觅和等待

就是希望早点把我给嫁出去

以为我这样的疯子

有一个姻缘

就能生儿孕女乐享天年

……

呜呼

有了今天没了明天

我珍惜人生的

每一夜

每一天

每一年

我希望人生的将来

和马云一样的成功

我希望将来的晚年

有数不清花不完的钱

其实名和利都是虚的
我需要迫切地自我实现
到达人生的顶点
认识自己的天才
为人类、为国家
做出自己的贡献！

我只喜欢一个人的简单
和朴素的僧佛食材
同时我也向往
横闯天地的那份精彩
纵使这样的梦很远
纵使这样的路
很漫长又很艰难
可我仍旧把你想念

总是做梦
每一天
每一夜
每一年
老天啊，外婆啊
希望你们在天有眼
祝我早日飞天

我是如此卑小的一个人
而又不甘于眼前
我相信我的梦没错
只是我没有遇到
对的人和对的眼

人生的伯乐啊
何时才能出现
何时才有我的将来？

马云啊马云
你可曾把我想念？

马云啊马云
你现在就想着退休
我知道你的想法
我知道你的麻烦
你已经成功
实现了自我
超越了自我
那些钱财
那些功名利禄

其实都是虚的

天才
只要证明了自己
便不会再怀恋

那些觥筹的交错
那些迷乱的欲眼
都是假的
只有
一副好的身板
一种好的心态
一口简单的饭菜
一夜美美的睡眠
这才是人生的真谛
这才是人生的内涵

我乐享每一天的现在
我乐享人与人的简单

我曾也打算默暗无光
偷度人生每一天
我相信

简简单单的人生
才是生活的本与真
这样的人生
才能完完全全地
属于我自己

乐享一方天地
没有任何人
来打扰和叫醒
来去自由
不受人关注
去留无意
乐享清醒的美的空气

这样的人生
其实也很精彩呀

可惜如今
这点
却也难以实现

现在
我已经遇到了大麻烦

这点不解除
人生难以安眠
而苦难的所在
我也清晰看见

马云啊马云
不是我不知道自己的天才
而是现实决定我
把你想念

没想到自己只想
像愚夫愚妇一样地偷度人生
这点都难以成全
而老天
也不愿给我这样的关怀

那就去成功吧
那就去实现吧
虽然繁忙的日子少活二十年
虽然觥筹交错不是我的爱
但——
生无可依
唯有把你想念起来

我现在改了
我想成功
我想实现
我要好好地证明自己
我就是天才
只是我想做一生的隐龙
这点啊
现在没法实现了

火光啊
冲天而起吧！
祥龙只有飞天
才能找到慧眼
找到自己！
找到明天！

老歌十四首

一

想念你的味道
忘不了你的微笑
生命中有你
我孤寂的灵魂充满了欢笑！

从未感觉生活是如此的美好
我告别了人生的种种烦恼
你是我人生的骄傲和自豪！
有你在的日子每天的阳光是如此的温暖
美好！

感谢生命中有你！
我的荣光
我的骄傲
有你！一切将越来越好！

二

相信感觉
相信缘分
相信第一眼的冲击力
你终将是我人生的唯一
不管有没有奇迹
我依然在原地等你

三

缘聚缘散
一场美丽的期待
不管你是不是在身边
我仍旧坚持着我傻傻的爱

理解你当年苦苦的搜寻和期待
那傻傻的执着依如我的现在
历经岁月的洗礼
时空的变幻
你那傻傻的等待还依如从前

是我不够了解你
你也不够了解我

所以我们浪费了许多也误解了许多的爱
而对彼此的期待却早已潜入心底
不管岁月和时空如何变幻
你依然是我心底最浓烈的爱
和最深深的期待

其实你也是
何必伪装自己对我深深的爱
和那长期空空的等待
我相信命运对我们的安排
短暂的分离
是对彼此的爱
在心底
最深刻的考验

我相信我们都能坚持和等待
那对真善美的追求
对甜蜜爱情的深深期盼
将让我们放弃芥蒂
放下诚见
勇敢地
无所畏惧地
开创一个新的未来

四

清晨，眨眼，
第一件事就是想你！
很想为你唱首歌
却只会沙哑的情歌！
很想为你起舞
却只有企鹅的舞步！

我仰望苍天
为什么我却无法得到爱？
苍天给了我几滴泪
让我湿了脸颊

我眺望远山
呼喊着你的名字
呼喊着我爱你
远远的山谷
传来了你的回响！
我也爱你！

我凝视大地
我想你爱你
到了骨子里

大地说
只要你使劲地跺跺脚
地心一定会听到你的心声

我拷问内心
我挖开胸膛
一颗血肉模糊的心脏
只为你而跳动！

我俯视身体
我呼吸心跳加速
这里只有你的体温
和那销魂的一刻！

难忘水乳交融的一夜又一夜
那是我灵魂深处无法抹去的真挚的情感
记忆
就凭着这一点
我的心随着你到天涯到海角
永远不分离！！！

五

像微风拂过脸庞
像花儿在心头绽放
是谁的微笑？
让我止不住心驰神往！
是谁的力量？
让我禁不住狂野的心跳！

与你对视的每一秒
都传递着爱的万伏电流
与你交往的每一次
都蕴藏着爱的无穷美妙！

相识，相知，相爱！
岁月在快乐中流转
时光在幸福中轮换！
我感恩苍天
赐予我美好的姻缘
在我惶惶不可终日的时候
让我遇见了你！

你默默的温情
温暖我饱经沧桑的心田

你暖暖的怀抱

让我一次次体味着爱的温馨！

在爱的世界里

唯有你

留下了切切实实的体温

在爱的世界里

也唯有我

才能真真切切地理解你的感受！

难忘那一夜夜醉人的甜蜜

和那一次次爱的高峰！

一生之中

唯有你！

唯有你才有......

六

生命总有奇迹

人生充满传奇

你是我生命的光和热

也给我带来悲和喜

你是我生命的二分之一

我的爱

一份给你
一份给豆豆
你是我人生的传奇
也带给我人生的惊喜！
你给了我生命的绮丽
也给我送去痛苦和忧伤！

你
是一个奇迹
是一份大礼！
有你！
生命才有快乐的 0 和 1！

如果说我的生命和健康是 0
幸福和快乐是 0
那么你就是我生命中的 1！
有你才有满分
有你才有奇迹！

如果说我是家庭的 0
女儿是家庭的 0
那你就是家庭的 1
有你才有家！

有你才有满分和奇迹!

感谢生命中有你!
有你!
才有生活的完美
生命的奇迹
才有人生的传奇
才带给了生的全部意义!

七

奔跑,燃烧
爱的狂躁!
别问我的心情总是如此的糟糕
心情为何如此的懊恼
那是爱的欲火
在翻滚
在沸腾
在燃烧
在狂暴!
多想和你紧紧地拥抱
心贴心地燃烧!
那鱼跃琼池之美
蛟龙入海之妙

这世界
只有你
才能完全做到！

八

清晨火红的日光
是我送给你甜甜的礼物
午后惬意的小憩
是生活给我们无偿的馈赠

感谢每天的阳光
给我们的生活带来无限的温暖
感谢曾经的寒冷和犀利
让我们学会对抗困难和坚强

生活教给我们很多
我们也自发地学会了很多
感谢生活吧
感谢阳光

每一个清晨和日暮
都期待与你相守
与你狂欢

与你共舞！

愿我们的生活能像雨后的阳光一般
更加地灿烂美好！
在每一个与你相伴的日子
都如沐浴着朝阳的洗礼

现在，将来，永远
我都愿意与你相守在一起！
愿我们的生活更加地幸福和甜蜜！
愿此粗糙的即兴小诗能表达我对你的一
片真诚之心！

九

爱的味道
模糊而美妙！
不知从哪一刻起
我竟胡里胡涂地爱上了你！

虽说每天都傻傻地呆在一起
可彼此心理上
却隔着万丈距离！
不言不语

不声不响

都想保持着完美的自己！

可是有一天

老天却出卖了我的秘密

同样

有一天

你也变得不可思议

这一切

似乎是奇迹

又似一份上苍赐予的大礼！

是这冥冥之中的注定

让我和你能紧紧地相依！

难忘昨夜！

一起一伏

一高一低

联通了我们久违的距离！

一，二，三

很温婉

一，二，三

在旋转

起起伏伏，高高低低
尤如高山之流水
恬静而淡雅
又如黄河奔海
坚实而雄浑地挥进

更似那飞瀑之溅入九天和云海
有着上天入地之激情和豪迈！
是岁月的洪流铸就了我们的琴瑟和谐！
是心灵深处的深深向往
让我们坚定了彼此相守的坚定信心！

这一切！
一场欢爱
一曲灵魂的交融和洗礼
让我对你的心始终如一
不管人生的道路如何变幻
我都甘心情愿！
让我们一起携手前行吧！
未来的道路我们定会披荆斩棘！
开创一片新的天地！

十

思念是灯
由爱的灯塔保驾护航
思念是船
在静静的湖水里轻轻荡漾
思念是水
在清清的西湖里缓缓流淌
思念是鱼
在嬉戏和流浪

鱼儿鱼儿
你为谁而流浪
鱼儿鱼儿
你为谁而神伤？
鱼儿鱼儿说
我没有眼泪
我为了贪恋这最美的风光
放弃了在大海中的遨翔
是这一湾青青的湖水
让我心甘情愿
从此浪迹天涯

我没有神伤

我只有向往
因为我已经迷恋了这样的风光
纵使它没有大海的宽敞
没有红色的金光
但我依然留恋于这里

因为一次的选择
注定了一生的向往
鱼儿鱼儿没有泪
鱼儿鱼儿没有伤
鱼儿鱼儿只有最深的爱和最真的向往

十一

是谁挽着你的手西湖畅游
是谁揪着你的心不肯放手
是西湖的风光纠缠着你
还是你迷恋西湖的风光不肯走

我的爱已延伸到生命尽头
只为那小小的欢愉和你片刻的停留
一次一夜的爱情
让我为你终身而游走

鱼儿鱼儿没有泪

鱼儿鱼儿没有伤

鱼儿鱼儿只渴望

在你爱的世界里游走

在你刚强的躯体里激荡

纵使这满园的春色

也只有那最美的片刻辉煌

十二

丹霞红日天际藏，　白鸟黑客换新装。

薄暮孤灯为谁亮，　垂柳低萍念谁伤。

夫君此去三千里，　娘子思量万年长。

愿君安康归来早，　为郎欢颜巧着妆。

十三

鱼儿鱼儿恋着水，　我啊我啊想着谁？

那日午后一别君，　从此了然无音讯。

不知君在安康否？　不知君在乐悠悠？

无意思君梦思君，　无意发愁梦难愁。

遥遥千里柳堤下，　是谁和君在畅游？

静静湖水应靓影， 是谁与君结成双？

自是别君三天半， 梦里思君泪成行。

十四

尘封千年的爱愁

只因你而颤抖

冰醉千年的美酒

只因你而开口

我满情忧伤和惊喜

只因红尘中遇见了你

我的笑和泪

只因有你喜极而泣

你是那高岩上的雪莲

企盼了千年的采摘

你是那亘古中冰封的玉石

只等有心的人来开钻

你缄默的金口

满藏着笑和泪

你紧锁的愁眉

包掩着人生的悲和喜

你的心我懂

你的爱我收

只因红尘中让我遇见了你

有你便有了一切的奇迹

有你才有了人生的悲和喜

美和善

贞和坚

红尘中有了你

我从此满心欢喜

也有了信心去圆满这个奇迹！

雨中的小泥人

雨中的小泥人啊
一个人悄悄地流浪
雨，毫不留情地
把它脱了一层又一层
它仍然顽强地立在那里
它记得主人的嘱托：
"一定要好好地
看着这块田地，
不让虫鸟来侵袭！"

傻傻的小泥人啊
一天一天，一月一月
勇敢地立在那里
风不停地侵袭着它
雨不停地洗刷着它
它不退缩！不畏惧！

它只有一个信念：
好好守住！好好守住！

这样又过了一年
它瘦了整整一大圈

一天，主人悠闲地走来：
"天啦！我的泥人卫士，
你这是怎么了？"

小泥人不敢哭出声来
它怕一哭，又掉下一大圈

它只好呆呆地站在那里
轻声地念叨着：
"我得坚强！我得坚强！"

粗心的主人就这样走了
没有读懂小泥人的心事

这样又过了一年
小泥人还是守着，守着
它想着：

或许主人这次会表扬它吧
会把鲜艳的红旗给它插上吧

可是，它等呀等，等呀等
等到它的泥头已经开始变了模样
等到它的泥身已经瘦枯嶙峋
等它微弱的身躯开始颤巍和呻吟

这天夜里，又来了一场雨
雨来得又急又凶，它就这样
坚守着，坚守着

第二天，主人突然
想起了它，匆匆赶来

可是，可是，小泥人
已经坏成一堆黄土
再也站不起来。
昨天夜里，它已经
使尽了最后一丝力气
在它最后一个泥块
勇敢地坠地之前
它还在努力地

念叨着主人的名字

生活中的很多东西
也许人们还不太懂得珍惜
等逝去了
才开始惋惜
开始心痛起来

花朵的心

寒夜，冰霜，没有摧毁花朵的心
想飞的心
她，倔强地保持着生存的信念
时常在花心里，描绘蓝图
时而梦在碧空，时而隐向飞浪

她没有脚，也没有翅膀
可飞行的心，不变
飞行的胆儿，不变
或许，这是花朵不该有的
可不想想，又怎知道未来？

于是，花朵长呀长，
她的根，向地心汲取营养
她的叶，向天空伸出翅膀
谁也不知道花朵有梦，她不说

谁都不说

就这样，她雪藏了三千多年
在一个破苞的夜晚
在一个露珠都开始流泪的夜晚
她倔强地开了

她开出了云彩，一片火红的云彩
不久，飞鸟纷至沓来，纷纷啄食
就这样，在一个天光明媚的天气
她终于，终于随着一群飞鸟
登上了渴望的蓝天

辑三

魂游舞曲

每个诗人都想找到梦中那个最好的自己，我也是其中的一员，只是生活与梦想，梦想与生活，总似天隔地远……

写给日暮，写给清晨，写给忽而起来的一阵微风，写给夕阳下那个渐渐拉长的自己……

奇怪的迟到

融融的喧闹的春日
想寻得一片安静的叶儿
不算易事
可我，却总能幸运地拾得
从春的缝隙里
偷偷地长出的一处安闲

点上一口新买的
玉溪产的"壹零捌"牌香烟
袅袅的烟蛋儿里
飘出民国的青衣的香甜
仿佛一个调皮的孩童
放飞长长的线圈子
快活地奔跑在诗的田野荒原

风筝能飞多高多远呀？

白云姐姐对着问题破涕一笑
一转身就为自己
妆上带桃花的彩色布边

可笑，可笑
早起的勤奋鸟儿
呼啦着大大的方向盘
却迷失在繁忙芜乱的交通大动脉里

又突然急着路旁行道树的生长
破例地带着些许尴尬地
埋下了一个个有机肥团

兜兜转转，慌慌乱乱
无意中错过了这个
一年才一次的庄重的盛会盛典

我是要好好惩罚自己的
用冰冷的手指弹出那点点泪花
排成一行行惆怅的长诗
告慰那些
久不相见的陌生的相思与遗憾

我欠你情

拼多多的美食频道
把远隔千山万水的内蒙赛汗牛筋
蹄到了碧桂园的水晶餐桌上

我多想用湘江水的甘甜
配上冰糖、枸杞、银耳、湘莲
回敬你一碗

再蘸上一根龙须灯芯
抹黑一脸龙牌酱油
围炉夜话，那舜帝南巡时的依依情事

湘妃已经止住了泪水
那点点斑痕也被早春的风儿
吹成了漫山遍野的笋子军

洞庭湖上烟波浩渺的歌声
寄飞在一行悠闲的白鹭翅上
自在地奔向浩瀚的蓝宇天际

只是，油灯下的那个孤独的分行作者
不得不面对着她的饱满的一麻袋的欠条
分分秒秒，无所适从

宁夏大豆

燃上一壶热开水
浇在干瘪的宁夏红果上
情谊的豆子粒粒饱满起来

她们像手拉手的一串串窗花
本可以吻在大红喜字的
透明洁亮的玻璃窗上
完成天地对拜的联谊

可命运的宏图
却使一颗褐色的种子
悄悄沉入江底
被污泥吞没

黑色的稠土本也可以开出
淤泥之中不染的莲花

时间，默默将一切埋葬

大兵家庭新近完整了一个"好"字
先右后左或者先左后右
都满足了幸福时代的标配指针

只是仰望晴空那天
我突然觉得
我本也可以有

山里的小龟

一

那天的讲台上

突然出现一只塑料小龟

我疑心哪个孩子又带了玩具

怒气冲冲地在行子里走来走去

不对，我明明强调过的

这时一个孩子主动朝我走来

　"是黄子带的，她不听您的话！"

我睁大眼睛，走近黄子

恨不得把可爱的黄子吃进嘴里

可黄子吐出一句话来：

　"老师，我在路边捡的。

它好可怜，一个人躺在那里……"

二

下课了，围来一群孩子
"老师，它已经死了。"
我捏住龟背一看：
果真死了，是只真龟！
我心里一阵风猛地刮过
凉飕飕地寒到了脊背
我甚至觉得我的胸腔里已经有了泪滴
只是没有从眼角滚落出来

三

"中午吃了饭来这里集合！"
我吆喝了一句
掩饰起内心快要打出的冷颤

四

只过了几分钟就有人回来了
"老师，我吃完了！"
"老师，我也吃完了！"
……
"好吧，一起去学校后面的山里。"

五

长长的队伍一眼望不到头
我奇怪这睡着的小龟的号召力
"不要这么多人，我只带五个！"
平时的口令在关键时刻失控了
还是破例来了十几个人
我担心着学校的纪律
却又不忍驱散这群孩童
"好吧，就只能你们几个了！"

六

小龟静静地躺在刚折好的
用作业本的格子纸做的"棺材"里
那么安详，比之前的安详多了

七

十几个孩子的
浩浩荡荡的队伍跟着我上了山
"开挖！"
十几根小树枝争先恐后地
扒开那堆大枞树下的土
青苔盖面被迅速粉碎
一个小坑很快就好了

八

"老师，我量过了，刚刚好！"
"好样的，你真乖！"
小琪总是这么能干

九

"埋下去了，还要给它
准备一块墓碑"
小琪找来了一块
比火柴盒大一点的长木板
稳稳地插入了泥土里

十

春天，松木们的芬芳摇摆着
这座我工作了三年的山
那曾经厌倦了的泥土的香味儿
又点燃了我的失去了的梦想

十一

这是小龟，那安详的小龟
在梦中给我的力量

春雨季节

我站在春的深处
等一滴泪醒来

路边的草木
已经饱胀了力量
只等一声春雷

无聊的细雨飘飘洒洒
像锯木屑一样飞向天空
又在渴望飞翔的路上
被重力拦截
不得不停下
落在稀稀疏疏的街道上

两三个走着的人
撑着一红一绿两把雨伞

这架势
仿佛岁月的共生

我知道自己
是这世间无聊的多余的看客
总透过窗的深处
瞧着路上走着的人

偶尔，还会瞟见
这孤单背影倒下
拉出的长长的影儿

元宵夜忆从前

老家的灶台上
落满了岁月的尘埃
发黑的洞穴
映照出时光隧洞的从前
热气腾腾的元宵宴
仿佛在上个世纪的某天
它不忍分别太久
跨越时空，匆匆赶来

大理石灶台上
有汤圆兄弟的集体照相
咔嚓、咔嚓——
圆滚滚的身子
多像曾经的那条泥巴路上
的一群活蹦乱跳的弹珠儿

那时的我挖过三个"弹窝"

一个仿佛在三岁半

一个成了现在

还有一个

被突然赶到的大黄狗

踏出了梅花的五彩斑斓

雨　中

撑开伞
在雨中，漫步
淡淡的天意
淡淡的我
怕遭遇某种尴尬
选择了远离
可，生活
还是躲不过雨

雨，其实也好
带给人一个明净的世界
空气，马路，和小树
都是新的，崭新的开始

几只小鸟飞过
在细雨中

它们，是来洗澡的吧
冲冲淋浴
洗洗一路奔波的劳累
和生活的种种疲惫
在这雨季里
重来一段新的探寻

或许会遇到新的鸟笼
或是险境
可，不试试
又怎会知道未来
如果，停下翅膀的扇动
那，未来肯定是死的
每天都会产生新的情况
和那一定会遇到的清爽空气

好好洗洗肺吧
在这个尘土飞扬的混局里
小憩，休整，蓄势，又何妨？
雨，是好东西
是明镜的代名词

鲜嫩欲滴的小叶儿

映照出一个小小的世界
路边平镜般的水洼里
麻雀，悄悄地凝看自己
如果，换成哈哈镜
会不会变成一只麻凤凰？

雨，还在滴落
细细地，碎碎地
像数银子的老板娘
念着昨天
念着今天
念着明天

生活，不能太厚重
应该时常来雨中
走一走，看一看
看雨中的一切
和那只照镜的麻雀

二维世界，三维世界
或者更多的世界
都等我们的痴情
去漫步，去发现

生命，不也是这样
慢慢地游走的吗？
何必
喘吁吁，急匆匆
雨天，也有雨天的风景

落叶飘零

白云
悬浮于蓝天之上
落叶
流浪在潺潺的溪水之中
山涧
弥散着湿土的泥气
这，是雨停后
春天的芬芳

枝丫上
存着晶莹跳动的光芒
太阳，抑制不住
继续送上温暖
那万箭穿心般的光芒
透过密林
直直地

像一根根利剑
扎在我的心头

内心的痛
无法诉说
如春日里
百鸟欢鸣，雀跃
而，一张落叶
随风而逝
在拥地之前
它傻傻地回望着冬天

落叶
继续随溪水飘零
它
已燃尽生命最后一丝绿
失去以叶为存在
的最后芬芳
而它的价值
如冬而逝
或许
是让路春潮
或许

它爱上了落日

岁月
无情滴落
恰似这雨滴
只顾着摧残朽叶
只顾着洗涤春天
而雨滴
也躲不过时间的劫
也会消融
也会融进大海

七夕的思念

夜的草原
思念在疯长
那燎原之势
似乎要吞没黑夜

折一只纸鹤
送到清风里漂浮
或远或近
带去一点点安心

渔火又亮了
思念的灯被点燃
一闪一闪在湖面
又突破不了夜的黑

何必痴顽呢

反正也胜不了夜

可渔火的微光
在挣扎
在颤抖
在跳跃

那就把油灯点得更亮一点吧
消灭这夜的黑
让思念星火燎原
闪亮夜空

也说童年

碧草，绿树林
与我有些远了
懵懵懂懂，我奔向
大家都说好的城市丛林
这钢筋水泥混合的地
是梦想的天堂吗？
如果退回去
又会发生什么呢？

我怀念躺在厚厚草地的日子
我拍了好些与草地的拥吻照
参差不齐的小草
夸张得和蓝天一般高

我给跳来跳去的蚱蜢挠痒痒
它该叫跳阑的

那是蚱蜢的童年

童年娃多精彩呀
一身灰尘一身泥
也得感谢妈妈
典型的劳模
为了我，为了家人，无怨无悔

《犇向绿心》里有人爬过竹子
小时候我也爬过
不过我没从竹子的顶端
荡过去另一根竹子
我想过那样去做
没学到猴子的胆

我种过南瓜和玉米
在竹林旁边
原是种向日葵的
可葵花籽一粒都没发芽
后来撒过地雷花
实实的一罐籽儿

第二年春，竹林底下

开满了鲜花

红的，白的，紫的，粉的

装扮了整个竹林

连小竹子都弯腰叹息

说下辈子要做彩色的花

那时的童年，金光灿灿

太阳还没落好

谁家的娃就忙着抢夺地盘

早早的兄弟俩

扛上大竹床

摆在水塘边

再来时嘴角还痣着饭粒

咧开嘴笑，冲出辣椒香

其他的孩童也纷纷赶来

占个小小地盘

孩童和早起的星星

汇成调皮的歌

淡淡的蓝天

与火红的彩云

互相逗趣

山那边，太阳公公
只剩半边笑脸

收工的大人们
簪上谷花做的彩妆
红黑相间的脸蛋儿
乐得如孩童般天真

池塘风和池塘水多清凉呀
咕咚一声
隔壁的哥哥抓大草鱼去啰
青水，蓝天，彩云
笑做一团

想念外婆

宁静的夏夜
满天的星星
有一颗就像外婆
在悄悄地看着我

她是我最尊敬的人
是我童年的老师
我在她的怀里长大
在她的故事里成长
我忘不了外婆

小时候
妈妈是个大忙人
根本没时间照顾我
奶奶也在外地
很久才回来一次

外婆就成了我最知心的人
外婆也最懂我

尽管我很调皮
经常闯祸
可外婆却愿意包容我
她知道
我只是好奇
内心并无恶意
我感受到外婆的爱
就像春天般温暖

上小学了
我不得不离开外婆
我痛哭流涕
不想离开疼我爱我的外婆
可我不得不离开
因为长大
因为要学知识了

外婆远远地对我笑
把我送进了学堂
宽敞明亮的教室

成了我的新家
身边有了妈妈
妈妈是我第二个老师

夏夜的凉风吹过
我又想起了外婆
想起她生前的点点滴滴
时光已悄然远去
外婆躲在了繁星里
让我再也寻不着

我多想念
我的外婆啊
我总是盯着
那些星星去
看啊，找啊
希望有一天
一颗星星
从天上飞下来
来到我的梦里
就像回到童年
回到外婆的怀里

中秋月圆

或许，或许
下一个月圆
有人就不在了

那今夜的月饼
今夜的花生

一定特别香甜

或许，或许
下一个月圆
母亲就乘风而走

那今夜月光下
瘦小颤巍的身影

一定是最美

或许，或许
下一个月圆
我不得不去到远方

那今夜的糕点
湘江边的短笛

一定是满噙着泪

作家去村里的修车店

如果腰能弯得更低一点
他的肚皮应该沾满了灰
如果笑能更放大一点
莲花宝盆大概也能开放
不知道他的小徒弟
在他耳边嘀咕了句什么
他紧握的扳手
慌张得突然掉了下来
——当作家的名片
偷偷飞出口袋
落入
他手里的时候

是　夜

无法言说的喜爱与崇拜

满蘸着我的内心

再有风吹草动，哪怕一颗微尘

平静的汹涌就将喷薄而出

是不宜频繁打扰的

一根声线总揪扯住我：

再不听话就……

这是任务！

抿一口小茶安抚发烫的心

躁动的脉搏

——砰砰砰

清晰可见

哎！实在无法容忍。

这失了魂的鸟儿

何处？何处去寻觅

这从不曾相识的

当初的宁静

夏夜，想你

总想着那头发生了些什么
总等着你冒出来的那一刻
一个小小的红点
一缕长长的思念
担心天气太热
又担心空调太冷
不敢问，不敢点赞
一直小心翼翼地
活在
你那一长串一长串的微信名单里

你有没有给我加标签？
你有没有把我和某些人粘连？
还是，你本就如此童真
一笑一怒，都会出现
在圆点后的
一长串一长串的字符、视频和图片里

还有，你有没有某一扇窗关闭了我

或者，有意无意地忑忐回避？

或者，……

隔空对话

佛　说：　阿弥陀佛！
施主，你得
再累二十年？
我　说：　可以接受。

佛　说：　阿弥陀佛！
施主，你得
再等二十年？
我　说：　也可以接受。

佛又说：　阿弥陀佛！
施主，你会
慢慢的一身是病？
我　说：　也许吧，可以接受。

佛 还 说： 阿弥陀佛！
当你有一天下到地里
终会是一场空？
我 说： 没问题的。

我作了个揖。

问 佛： 请问尊贵的佛，
铁棒可以磨成针吗？
佛 说： 阿弥陀佛！施主，
有这个故事。

我又问佛： 请问尊贵的佛，您见过
打赤脚的人上天安门吗？
佛 说： 阿弥陀佛！施主，
好像见过。

我接着问佛： 请问尊贵的佛，您相信
人有命吗？
佛 说： 阿弥陀佛！施主，
万事万物皆有宿命，
信则有，不信则无。

我 说： 谢谢尊贵的的佛，我懂了。
您请继续打坐吧。

穷尽美丽

睫毛想着；
如果我再长高一点
主人会不会
更加好看

睫毛想着：
如果我再多几个兄弟姐妹
主人会不会
更加喜欢

睫毛还想着：
大手先生
请别用黑黑的毛刷攻击我
如过我受伤了
主人只能
辛苦等又一个秋

傻傻的一根睫毛

为了踏寻自己的梦想

悄悄来到化妆盒的底端

它惊奇地发现——

这里还有好多

好多难看的尸体

原来——

最美的姑娘

在未出嫁之前

要牺牲多少个

我的兄弟

饭粒们的窃窃私语

饭粒们
常躲在一起窃窃私语：
今天该去谁肚子里闹腾？
明天又去谁家聒噪？
后天是谁轮休是谁出场？

在粮食充沛的年代
饭粒们已走下神坛

再没有先秦的浓重祭祀
再没有汉初的无为而治

人们甚至挑三拣四
把瘪个头，成色不好看的
纷纷抛弃
还包括

滋养他们的田地

所以，饭粒们
也准备革命：

让贪食的孩童变成胖子
让精食的人们犯口角炎
让酒鬼们吊销驾照
让鱼肉它的人得脂肪肝

饭粒们的革命
才刚刚开始
且听
别来您家！

断魂游章

俱 饮

小李不知道那个人
是否牺牲在
某个清凉的夜晚
或是，某个飞蛾扑火的早上

爱情的懵懂的爆发力
总是惊艳到
让所有人怯场
或者束手无力

是鸡鸭鱼肉的过分助力
还是伟哥的神奇魔力
或者，荷尔蒙遇到了荷尔蒙
所谓的真爱无敌

总之它

摧毁了一个窝

断流了一条河

让老老小小

乘着破小舟

在一片烂荷叶地里

恐惧得咳嗽哆嗦

曾经的饭锅发了霉

曾经的酒窝中了邪

曾经的奈何桥

终于惊现了他俩的神奇背影

一前一后，多么默契

喝好孟婆汤吧

小李为自己也准备了一份

来时路，何日可期？

我的眼睛
越来越小，越来越小
小得只剩下
两个手指和一个手机触屏

我的世界
越来越少，越来越少
少得只剩下
一排排键盘和一个液晶屏

我的脑子
越来越小，越来越小
小得装不下
那些重要的特别的日子

我的时间

越来越少，越来越少
少得已忽略
那些浪漫的月亏与月盈

无法计数的
分针与秒针呀
你怎么滴滴答答的
悄无声息地去了另一个世界？

另一个世界的你
会不会
也如我这样
珍惜一天一天的分分秒秒？

我是
这不争气的人儿呀
总对你
独自垂泪！

那些坟前的祭拜
那些逼仄的白花
如今，如今
是否又在空空的日晒雨淋？

断魂游章

回不去了呀
回不去的
是我那滴滴答答的梦想
和你那叽叽喳喳的回音

总觉得这荧屏上攀爬的小蚂蚁
能获取某种永恒，永恒的生命与爱情
可现在，这一切
又是如此遥远，遥远又陌生

夜复一夜的呼喊呀
我是否
找到了
另一个世界的自己的影？

河畔的青柳
又惆怅了一个新的黄昏
那久待的人儿
是否还在痴痴地梦？

是它毁断了一座桥
——那独自爱的桥

以为这样
就能
释放你的魂，你的灵， 和你的等
可你又……

这不顾一切的
月亏与月盈
是否
在蓄势打败这争锋夺秒的针？

是需要好好休整了
平稳这慌不择路的浮躁的心
不能白来这一遭呀
免得留不下影儿也折煞了形

蝼蚁的自白

我不想文字死后
躺在无影灯下
被手术刀片片肢解

我不想
用唯一的海子的性命
唤回一点点诗人的自尊

我更不想
几百年后被某些人挖出
生成了古铜色的卡夫卡

我只想顺顺利利地
烧水做饭喂养小孩
然后闲暇时打打棒槌

敲敲那些昏昏欲睡的
患有某些诟病而不自知
的完美圣人

惑 病

你所钟爱的神

不过是
不超一百个字的论述
不高十五粒米的维度

而你把他放大到
一百、一千、一万倍
甚至还学齐了
他的那些晚年诟病

用快掉了一半的獠牙
迷惑那青春的
白酥面包

怪　物

老槐树认识老刘

老刘应该是：
浑身肉痣，满脸雀斑
胸生黑毛，头长犄角

并且淫邪到

所有妙龄少女
迟早会怀上他的后代

一天开会
我和一位慈祥的学究
攀谈三小时

后来才知道
他就是那个怪物

醒来的风

误入那羊肠小道
粘尽了奴颜媚骨
迫不得已
迷失自己

只待那凉风吹过
才拂去关于卑微的诅咒

知识分子的傲骨
在清凉的河风里重生

曾经的枫树林
又荡起了歌声
歌声里
有你的爱和思念

做一条独木舟又如何

做一叶远行扁舟又如何

都是在尘世间浮游
都是微小的分子结构

何必彼此嘲笑卑微
又有谁真正伟大过谁

断魂游章

少年瑕疵

画廊里
有一颗青春的丝瓜
吊儿郎当
仿佛某个生殖器

我不知道
它为什么赤裸
是朋友
将画面有意放大？

其实
它的末端
还有大朵黄花

它的头顶
还有些许露花

我猜想：

这是某个清晨
哪个无聊的基友
在想念
他的同床

鸡 和 狗

鸡和狗，时常因为往哪里走，而发生争执

鸡说：走大路，人多，热闹

狗说：走小路好，探秘幽径，自有一番风景

鸡说：如果没有万人瞩目，那有什么意思？

狗说：人迹罕至处，自有意外的惊喜

鸡说：道不同不相为谋，就此别过

狗说：来日方长，期待重逢

就这样，鸡快活地奔向热闹的向往大道

而狗，匍匐于地，拾起一颗颗远古遗落的石子

它闻到了沁人心脾的焚骨余香

十七楼的窗内窗外

夏雨，唤醒了那些
快要在蒸阳下倒地的小草

一番从天而下的浸润
使干瘪的运输管道
嗞嗞嗞地
像通了电一般
迅速拉直了扭曲的干线

——不需要维修工
只是昨夜突袭的一场狂降雨

的士群终于热闹起来了

飞溅的泥水
泼墨般喷洒在

建筑护墙外
蓝色的广告布上

——难得遇到好生意

外卖小哥更尴尬了

除了快速躲闪
还要将飞速的电轮
和频频翻开的雨衣缝

以加码的速度
奔赴一道
饥肠辘辘的腹腔

——我很不幸
沦为其中之一

不是飞摩和电轮
而是慵懒的手机触频

茧　子

那年，疯狂在键盘格

留下左右两道

催生的黑色斑点

我总想告诉朋友

它的具体位置

有人说是

——在膝盖

被一颗

欲摘星辰的执念捆住

强压成文的囚徒

学　步

我总在每一首好诗前
驻足观望，停留叹息

我探幽每一个灵魂
想吐露的心事
但总有失败
总有啃不下的硬肌

浩瀚的诗海
犹如宇宙星辰
高深莫测

我只得选择潜游
聆听每一座礁石的发声

亿万年前的分化

留下了可贵的印记

礁石老人
铿锵着语调教我学说斗唱

我哼哼而歌
稚嫩的浅浅童音
是否拨动了
一颗久待的心弦？

长木凳的叹息

一条矮矮的长木凳
曾祖父坐过
祖父坐过
父亲也坐过

如今它已满目疮痍
废弃在老屋灶台下的柴木堆
正如一棵古木
饱经沧桑皱巴得失去笑脸

这里的烧水
做饭，折饺子，滚汤圆
已退却到上个百年

我在闲暇的周末
把它偶尔望见

如果隧洞能通向童年
我要久坐，验看

探悉它的过往
它的童年

它如何长成一棵树
又如何在刀锯下
成了一块长长的木板

还有热闹在此的
长长过往，欣喜，和长眠

屋檐的滴答水
已把我洞穿

我该早早地出现
让故事重演

可卑鄙的奔驰
容不下它的臂肩

我只得抛下它

放它重回角落

如果它愿意

请给我下一个百年

清 明 悼

我时常怀念着你
在我枕边七个年头的美丽

你包藏了我多少的喜乐
忧郁和悲伤

我时常像个诗人那样
和你手挽着手漫步田间

像余晖里
一起拍倒影照的拉长少年

挽起一长串的
还来不及
开启生命之旅的黑点

你不习惯高声鸣叫
黑色的衣帽
像 8 号当铺里可怕的
能裹住人灵魂的囚衣

然而
如此神通广大的你
却在一天深夜里
无法自救，不能呼吸

我焦急地
呼喊求救，肝肠寸断

你还是绝情地离开
任我红肿着脸，泪雨婆娑

我不相信这是真的
我不甘心

我抱起你那
还未冰凉的躯体
大城大医
小城名医

小巷神医

而你，却义无反顾
再无一丝生命痕迹

我用 37 度的体温温暖你
再次唤起你

可你，禁不住
另一个世界的轻松诱惑
寿终正寝
永无生息……

而今
这个可怜的
弃子，孤儿
迫不得已

在一排排新的处女地里
慢慢学会种禾种麦
慢慢练习勾搭说爱
慢慢习惯于它
陌生而笨拙的新式键盘

·代 跋·

守得春来花自鸣

—— 读野鹿的诗集《断魂游章》

我向来是不敢给别人写书评的，这大概源于我的某种自卑。我平时的工作忙碌，精读别人作品的时间不多，我生怕自己囫囵吞枣后的所谓评论，会误导众位大家对作品的理解。但野鹿的这本《断魂游章》拿到手上后，我却有一种自发的力量，我希望自己粗浅的理解能为众位朋友引出一根线，让大家更好地理解她和她的作品。

我不敢说这位青年女作家的文字有多么优美，表达有多么准确到位，但有一点我可以肯定，她对诗歌的创作是无比真诚和无比用心的。在她的诗歌中，有一种对人生的反思、对哲理的思考、对无助命运的呼喊，同时，又是对许许多多人生故事的精彩回顾。她的人生经历、内心情感、思想境界以及艺术见解，都从她的字字深情里显现出来。

在她的诗作《学步》中，我仿佛看到了一位衣袂飘飘的老者，站在海礁之上，听海风吟唱故事，聆听历史的回音。古往今来，艺术的最高境界我们似乎永远也达不到，文坛也有"文无第一"之说，对浩瀚宇宙的探秘和对人心底微妙世界的探寻，于一个写作者而言是永无止境的。我看到了这位女作家的自我卑微，同时也看到了她对艺术追求的孜孜不倦和永远真诚，这一点是难能可贵的。

在她的《茧子》中，我看到了她的勤奋，她的执着，她的"欲摘星辰"的坚定信念，同时也感受到了她的苦和她的悲。"文的囚徒"不是一般人能感受到的，只有百折不挠、孜孜以求，才能体味"囚"的苦，"囚"的累。而这，也是万千文人通达彼岸，摘得"星辰"的必由之路。

在她的《清晨的风景》中，我仿佛看到了一位青年女作家端坐窗前，一边瞧着窗外微明的天空，一边想象着昨天发生的种种。如，辛苦的拖拉机手清早开着拖拉机扑哧扑哧地路过那道防护栏；如睡梦沉沉的外卖小哥被公司催促送货的电话声吵醒，睡眼惺忪地拿起手机……她对普通劳动者的悲悯和同情，以及她一天天为文学而努力拼搏的身影，一定会使她在未来的文学道路上越走越宽、越走越远。其中的另一首——《十七楼的窗内窗外》也有异曲同工之处。

她的《诗语》我不敢妄做评论，以我个人的浅见，诗歌的创作语言因不同的阅读群体、不同的使用场合而有不同的创作思路，也形成各种不同的语言创作流派。作者显然是个诗歌语言的探路者，而她，能为此如此纠结和痛苦，也体现了她对于文学事业的执着。

《友好朗读》《错投》《窃心虫》等是先设置悬念，然后末尾吐出，这种写法很有意味。

《同命夏花》中的语言形式是层复叠加，体现了她和蝉儿在这个夏日的孤独和焦躁。蝉儿或许是因为夏天的燥热，而作者则是因为爱情理想和文学理想的双重孤独。她把自我孤独的意象"强加"在蝉儿身上，不但没有牵强附会之感，而且让我更深一层地理解了她，理解了作者对文学日复一日苦苦追求的不容易。"楼台的牵牛已爬满了整个夏"，实际上是作者相思的蔓延，"爬满了"似乎是她的相思已经满布了内心世界，陷入到了无法自拔的境地。这也是我在这本集子中读到的最有感觉的作品之一。还有一首《莲花》，也是她饱蘸感情、余味悠长的借物抒情之作。

《是夜》《夏夜，想你》《叮叮》组诗则有直抓人心的效果，我不知道作者内心这么喜欢和崇拜的人是谁，如果这位作家看到了，我想他一定是非常惊喜的。当然，这些诗歌可能指向的不是同一个人，或者是指向好几个人。作者在后记中已明确说明了"部分作品不完全等同于自己"。向代的写法古已有之，比如唐末至宋代就有"花间词"派的一批男词人活跃于当时的花街柳巷，替女性抒发感情。

此外，集子中还有一批叙事性质的长诗歌。我短时间内没有完全琢磨透这些诗歌想要表达的具体内容，不过我相信作者的创作仍旧是用心用情的。作者跳跃式的、立体式的语言输出也体现了她对诗歌语言在形式上的探索与创新。

　　另外还要谈及的就是集子中的一部分批判性的诗歌，如《惑病》《末相》《俱饮》等，这种截面式的语言刻画，笔笔犀利，直戳要害，有鲁迅作品之遗风，这种表现手法在当代诗坛似乎不多见。

　　最后不得不提及的就是作者的哲理诗，我且不说她的表达是不是精准，但一个诗人能从丰富的情思又过渡到哲理性的思考，这点是难能可贵的。我对一位新人的出现只能是鼓励与褒奖，而不可过誉，免得误导了她。

　　最后，我听说了野鹿诗歌之外的悲凄故事，希望她能借文学之笔从苦难的生活中勇敢跳出。祝她一路走好，在文学的路上和生活的路上都能赢得自己想要的幸福！

吴宗棠
2019 年冬月

《湘女梦》诗丛 谭清红 主编

身体里的河流

晓虹 著

团结出版社

图书在版编目（CIP）数据

身体里的河流 / 晓虹著 . -- 北京：团结出版社，2020.12

（湘女梦 / 谭清红主编）

ISBN 978-7-5126-8495-9

Ⅰ . ①身… Ⅱ . ①晓… Ⅲ . ①诗集 – 中国 – 当代

Ⅳ . ① I227

中国版本图书馆 CIP 数据核字（2020）第 251423 号

出　　版：团结出版社

　　　　　（北京市东城区东皇城根南街 84 号　邮编：100006）

电　　话：（010）65228880　65244790

网　　址：www.tjpress.com

E-mail：65244790@.163.com

经　　销：全国新华书店

印　　装：长沙印通印刷有限公司

开　　本：210mm*145mm　　32 开

印　　张：100

字　　数：900 千字

版　　次：2021 年 1 月第 1 版

印　　次：2021 年 1 月第 1 次印刷

书　　号：978-7-5126-8495-9

定　　价：398.00 元（全九册）

湘女有梦在文学

——序"湘女梦"诗丛

黄亚洲

我一向对湖南湘潭市的女作家协会这个组织极其活跃的工作，相当赞赏，就像我多次推崇我们浙江绍兴市的女作家协会的工作一样。不是所有的地级市都有女作家协会的，成立女作家协会的要件，是组织者的勇魄与情怀，以及这个地方确实有相当数量的热情而富有文学创作力的女性作者的存在。

湘潭市女作家协会的主席谭清红机缘巧合地成了我在杭州举办的亚洲学堂的一员，很多次以"学生"的身份，不远千里从湘潭赶来西子湖畔听课，于是这一次她要求我这个"先生"为她们协会组织的这套丛书作序，我也就不太好意思推卸了。按理说。我这个隔省的作家是不适合做这篇文章的。

而翻开作品集，倒是眼睛亮了。

这是湘江河畔的一群女诗人的群体亮相。此番亮相，确有湘女的风度与力度，飒飒有声。看谭清红的诗，语言颇见刚性，诗行之间呈现的硬气，也像她以前给我阅看过的那几篇散文的爽健。

她在《孤独与自由依然并存》这首诗中如此宣告："我可以裸着或半裸着，贴着黑玫瑰丝羽泥膜，偷油婆似的在故纸堆里穿行。没想找到什么，因为没想到丢了什么。黑蚂蚁一样的文字下面，条条点点线线，是我走过的路。"

以"没想找到什么，因为没想到丢了什么"来表达自己足够完整的人生经验，这份自信何其刚硬。

要说这是闻名在外的"湘妹子"的独有风骨，也不为过。

诗人危丹是一朵铿锵玫瑰。读了她的"原来生活中有一种痛，还可以哭着哭着就笑了"的诗句，再知道她的渐冻症患者的身份，能不为她的顽强、豁达与通透感动吗？

诗人凌小妃的诗歌善用"留白"艺术："走在异乡的风景，身边挤满了落叶。耳朵分辨不出另一座城市的语言，枯树上的老鸦一声哀鸣，"这种断裂式的语言，自有张力，可见作者追求艺术表现力的那种执着。

而诗人林韵的诗歌，则仿佛从历史深处走

来，"让人恨不够，又爱不够的风雪日头；让人哭不够，又笑不够的生死情仇。"诗人用语的那种遒劲有力，能令人回味许久。

诗人离若的诗作，就颇具"禅味"了。她仿佛有着佛家看万物的心境，再平常的事物也是一个圆满俱足的大千世界。"落叶收拢翅膀，枯枝一瘦再瘦。地底爬的，地上跑的，都回到大地的仓廪。"在她眼里，世界始终是圆融而充实的。

在诗人韵依依的作品里，我们能隐约看出她的"诗言志"的艺术格调，她善于沿着自己日常生活的指向，作出自己的思想提炼："今生，我是小溪的女儿，捧起通达、无私、宽容、理性，这些浪花般晶莹的词语；与乱石相对，无言。我们的内心里，却有一些东西在汹涌。"

诗人晓虹的诗作带有审美的自觉。她在《微风吹来的时候》里说，"美一定是向低处生长的。微风吹来的时候，河岸边的银杏树向我俯下身子。"句子朴素无华，明白如话，却是意涵悠远。

我们在诗人野鹿的作品里，能感受到她的对于形式创新的孜孜追求。"当影子捂起月亮，暖在手心；相思，又少了一夜。"这种细腻的情绪刻画，很容易在读者的潜意识里激起共鸣。

而在莲城女子合集里，我们也能看到女诗人们对诗歌艺术的各种既大胆又小心翼翼的追求。

小茵重视艺术表达"陌生化"，彭万里作品中的"哀而不伤"，肖潇的即景入诗，杨蕾作品的开阔与广博，欧阳湘平善用拟人化的修辞，罗银芝诗歌的主题多样，曾娟的借花写人，邹莹作品中那种典雅的"散文化"特点，王樱璇的画中之诗、诗中之画，李静民作品的长于对人生困境的思考，都值得我们充分肯定。

湘潭市的女性诗人群体，用自己独特的乡音，在辽阔的楚湘之地大声吟唱，这种艺术姿态不能不引起当代文学界的惊喜与重视。

我好几次对谭清红说，你们湘潭的女诗人们，真个是不一般的一群。现在读了这一大波作品，更验证了我的这一印象。

巾帼诗人集体地跑在时代的前列了，男性诗人朋友须加倍努力呀。

湘女有梦在文学，真是中国当代文坛之幸。

（序言作者为第八届全国人大代表，中共十六大代表，第六届中国作协副主席、第六届浙江省作协主席、党组书记。为中国鲁迅文学奖得主。现为中国电影文学学会副会长、中国作协影视委员会副主任、中国诗歌学会常务理事、《诗刊》编委。）

目　录

湘女有梦在文学
　　——序"湘女梦"诗丛

辑一　山水歌吟

辑二　一笺素墨

辑三　精神原乡

辑四 时光印记

辑五 故土情怀

代跋

辑一

山水歌吟

雨巷

清晨的庭院
宋代一滴雨
从阶前的
芭蕉叶上滚下

是谁 独立窗前
轻轻吟哦 《声声慢》

平平仄仄
嵌进了光阴

断桥

时间海里的
两滴雨
在断桥上
轻轻握了一下手

转身后
天　空了．

一半一半

古镇的魂
一半在桥上
一半在水里

桥是骨
水是血

桥水相恋
古镇 活了

湖心亭

一盘玲珑的棋局
加上一点心气
才能四平八稳

亭与岸之间
似乎只隔了几米
但你需要借几粒鸟鸣
将心运过去

晚风吹

弯弯的山路上
只有月亮和我
我们不说话

有时候
它走在我的前面
有时候
它走在我的后面

风儿吹过来
吹过来
将它吹进了我的身体

今夜有雨

仅有第三只眼睛
是不够的
你还得有十只耳朵
才能走进
这本湿漉漉的线装书

窗玻璃上的水珠
忽明忽暗
像一些有毛边的星星
割开了黑夜的口子
那是另一种照耀

小

一朵小野花
它的身体是小的
它占有的江山也是小的

当它打开自己的身体
也打开了一座天空之城
你听 轰隆隆的雷声
正从那里传来

清水江畔

沿着山路慢慢走
桃花就开了

几朵云霞
飞上了山坡坡
还有几朵 落入江水里

有人用桃花的笑声
划动着小船
春潮 涨了又涨

白雪

它 就在那里
风吹着

一颗出尘的心
慢慢融化

空山

有流水 有鸟鸣
有卧佛 有站立的松

还有一枝静静绽放的
樱桃花 等你来

鹰

当你张开翅膀
有金属的声音
在山谷回荡

一定还有风
正与孤独赛跑

一个大写的字
向永恒的天空
投下隐喻和火焰

而时间　远远地
落在了你的身后

远

远是一个形容词
也是一个动词

有时候
它是对面山上
隐隐约约的云雾
我大声喊
它却不肯应答

有时候 它是我
另一颗跳动的心脏
藏在二十四个节气里
从南到北 从东到西
……

栖隐寺

在栖隐寺
你可以不拜佛
不念经 但须得
绕千年古银杏走两圈

倘落叶纷飞
借菩萨之手轻抚了你的脸
那便是中了上上签

在栖隐寺
时光是轻的 脚步也是轻的
但轻也是有质感的

方圆几里外都能听见
银杏叶与钟声空中相遇的声音

无名寺

山峰
山峰上耸立的寺庙
寺庙里不言不语的菩萨

菩萨门前的石狮
石狮眼睛里
弯弯曲曲的小路

小路尽头的大树
大树下扫落叶的小和尚
小和尚袖底藏着的风
风吹落叶时带动的尘埃

一切都是无名的
但谁也阻止不了
它们在时间的刻度上
留下自己的声音

天上有一条河

看到那片
流动的云了吗
那是天上的河流

心情不好的时候
它会变成一个闷雷
冷不防 吓死你

心情好的时候
它就变成一串雨的珠帘
从空中垂下来

要是我 还是一个小女孩
就抓住它 荡秋千

河边

一个人 在河边
坐了许久

一只鸟 凌空飞起
迅疾在河对岸消失
像时间射出去的令箭

身后 几朵樱桃花
簌簌而下 没入草丛

噢 这白天陨落的小星星
我听见风 在低低的叹息

大地的经卷

在春天
每一根草
都是会呼吸的文字

每一片草地
都是一部铺开的经卷

轻轻翻开一页
就读到我们的母亲河

闪电

一路向北 随时都可能
被一道闪电击中
有时是一棵树
有时是一匹马
有时是一个人

这些广袤大地上的微小事物
是神祇 也是救赎
在我空荡荡的心里
掀起一场风暴 也将我的前半生
变回一张白纸

倾听

喜欢这样静静地
读你 眼睛里的风景
倾听 来自你心灵的密语

那里有水波的荡漾
还有你为我预留的
一首诗的空白

身体里的河流

我的身体里
住着一条河流

它时而安静
像一部无声默片
却让我泪流满面

时而波涛汹涌
像一支激昂的交响曲
在我心头荡起涟漪

每当夜晚来临的时候
我总会看到 一轮明月
在水里 在河流的源头
那是故乡在对我
轻声地呼唤

星星点灯 在河之洲
有人高歌吟唱
有人高举着火把
那一定是我的祖先
在为我引路

身体里的河流啊
我灵魂的栖息地
也是我活着的唯一明证

如同河流对我的供养
我也要将骨子里的血液
良善 传承下去
即使有一天
生命停止了运动
身体里的河流
依然会焕发出无限光芒

想给秋天写封信

想给秋天写封信
告诉它
没有什么比此刻更静美

最先安静下来的
是林间的风
接下来
是栖息枝头的黄蝴蝶

内心明亮的女子
种过桃花
此刻她朝向南的山坡走去
阳光在前面引路

倘若 她回头看
一定会发现

身后的光阴正一寸一寸矮下去
可这并不能阻挡她前行的脚步

内心温暖的女子
拥有辽阔的山河
还有用十万吨黄金
也交换不来的宁静

水上书

谁人书
这水上静谧的时光
及澄澈透明的灵犀之美？！

湖水的中央
一朵洁白的并蒂莲
倏忽间开放了
明镜似的湖水
可是今夜爱的温床？

灵魂的香气
从深邃的眼睛里升起
伴着缱绻的波光潋影
朝青草的方向漫溯……

隐秘的河流

在你看不见的地方
层峦叠嶂之间
有条隐秘的河流
它穿过我的村庄
也曾流过我的身体

我站在高岗眺望远方
眺望我的村庄
那里水草丰美 树木葱茏

我依稀看见
有人在河边淘洗岁月的泥沙
而我爱着的人儿
正驾一叶轻舟 放歌而下
歌声婉转 仿若天籁

像草木一样

进山 越往深处
越能闻到草木的清香

一棵歪脖子松树
一株脸上长满斑点的蝴蝶兰
它们都有自己独特的味道
有触摸得到的体面和真实

草木那么多
其中一些开花结果
更多的不开花也不结果
它们全都遵从自然的法则
我羞愧 不能
一一叫出它们的名字

在山间 光线并不会躲藏

就像草木 从不掩饰
自己内心的欢喜
所有的明亮和柔软都恰到好处

风吹到哪里 鸟鸣就落到哪里
草木之间有种神奇的感应力
它们用特殊的方式让生命延续
也让群山更加丰盈

在山中行走
草木会随云朵山峦一起
随时走进我的血液
在我的身体里发酵

我渴望 像草木一样
自由地呼吸和生长

雾里小东江

夜晚

青鸟衔来思念

落入小东江

酿成这酒做的水墨

月亮浣洗着

她的长发

两岸青山醉了

清晨 玉带在画里飘着

船儿缓缓

红尘远去

岸边 小轩窗半开

时光 已过了盛夏

钓海

比大海
更深邃的
是宁静的目光

起落间
江湖在身后
已变成传说

心中的桃花源

常德人说
正宗的桃花源只有一个
就是常德的桃花源

酉阳人说
天下只有一个桃花源
就是酉阳的桃花源

我说
将心里的尘埃涤尽
从常德到酉阳 从酉阳到常德
从东到西 从南到北
桃花源无处不在

五柳先生走了
他心中的桃花源变成了

地理符号

在深山的云雾里

在清澈的溪水边

在首尾相连的鸡鸣狗吠中

在上古藏书洞的典籍里

在文人墨客的隐逸文化中

我们试图与他对话

在五柳湖、桃花山、

桃源寺、上古洞找寻

《桃花源记》的一撇一捺

其实走进桃花源只需一步

而当我站在桃树下

竟然听见先生莫名的一声叹息

西塘小巷

爱是寂静
是欢喜
是时光轻盈的脚步

微雨的清晨
带上昨夜
盛在银盏里的月色
我们在小巷里走成了
两朵莲花

身后的青石板上
留下又一阕新词

自由的风 穿墙而过
可以触摸的是
古镇不变的情怀和心跳

站立

在桥墩下站了好久
河水这面巨大的镜子
照见周围的苍茫

风在水面上
细读阳光写下的经文

一匹奔跑的马
在身体里猛然立住
我听见
来自远山的呼吸

仙人桥

天工信手一笔
将桥安放在悬崖峭壁
就有了山涧的动人传说
引得我们频频仰望

漕溪一路欢歌
将整个漕泊谷
写成一首悠长的诗

还未等它洗净我们的风尘
一场神仙雨
忽尔驾临 来渡
肉身重了 心却轻了

天空之镜

只有镜子
才是真实的存在
其他都是想象

这样多好
可以和白云一起
重新活过一次

在崇圣寺三塔
我邂逅了一滴
从唐朝而来的雨

还没来得及在苍山顶上
和段玉公子下一盘棋
就醉倒在洱海盛大的酒杯里

在唐城影视基地

再厚的城墙也托不住夕阳
一场杀戮刚刚完成
剩下的残局 等风来收拾

绕了一圈
我们又折回原路
有些剧目还没开始
就已结束

一切都是虚构的
一座城 一个朝代
没有人可以让它们活过来
我甚至不能确定
那些历史的碎片是不是真实的存在

想

很想在泸沽湖边
建一座小木屋

夜半
有人敲门
邀我一起去看星星

直到那些星星
睡眼惺忪
直到你我 和星星一同睡去
直到一枚山楂果
从头顶的树上 轻轻滚落

泸沽湖的月亮

月亮还是那枚月亮
不同的是
一个在此 一个在彼

月亮多么孤独啊
可它的孤独
一点也不新鲜

我走到哪 它就跟在哪
像家乡篱笆墙上挂着的
那只葫芦瓜

看似平静的水面
也有潮起潮落
我在这里 消磨时间
也消磨自己
月光是罂粟

隔着薄薄的光阴
你向我轻轻走来

夜行

在春天国际 31 楼楼顶
一群白鹭无意间
闯进我的镜头

仿佛突然出现的音符
神秘而又旷远
又像黑夜里会发光的诗行

习惯在夜晚吟咏的
音乐家和诗人
没有被照亮的夜空部分
就是他们最喜欢的乐曲
或者诗歌的留白

大院的早晨

先于我醒来的
是门前的那条小溪
我走过的时候
它正对着一朵小雏菊唱情歌

一朵云 从对面山上
飘过来 它干净的样子
像阿妹刚刚晾上去的白衬衫

不动声色的是那座古老的石桥
这些都被跟在我身后的阿黄
悄悄写进它的日记里

★阿黄：狗狗名

夜晚 我在西江苗寨

灯亮起来的时候
在西江苗寨最高处
一个木质阳台上
我将自己交给安静

夜色渐深
星星们开始跳舞
有声音从远处隐隐进入
耳膜 直至心脏
带着甜蜜果实的味道

语言的内核被一一过滤
唯有风 在轻轻地
摆动着我的裙衫

我看见远处 你的眼眸

在迷离的灯光里升起
变成一朵白莲
在苗寨的夜空静静绽放

一年之中最美的时光啊
也许下一秒
就要沾上新鲜的露水
而我的心 必将留在这古老的苗寨
和昨夜梦的芬芳处

辑二 一笺素墨

我喜欢 世界是柔软的

卸去风尘
时光就慢了
素简里开出娉婷
一朵 两朵
三五朵

采一枝淡淡的馨香
别在岁月的发髻
心暖了 世界更柔软

红梅花儿开

春风一吹
含苞的心事就舒展了

小小的花蕊
举着灯盏
让空空的山有了暖意

余下的光阴
是给鸟雀的
它们从一个枝头
跳到另一个枝头

仿佛一群调皮的孩子
在学着弹琴
仿佛美 在这里荡漾

桃花开了

东风引 桃花醉
那么多的桃花
分不清哪一朵
是从诗经中走出来的
哪一朵曾在
唐诗宋词里婉约过
哪一朵又会
落入谁家的水墨丹青

有人说 她们会
开成李清照
开成苏小小
还会开成陈圆圆

而我 偏爱山野的那一朵
她是我远房的小阿妹
春风里 独自妍
不争也不闹

嘘 请你轻点

来 亲爱
熄掉灯
坐在我的身旁

让我们闭上眼睛
一起聆听
月光落地的声音

你会听见流水 听见鸟鸣
听见花开的声音
还会听见
三月的玉兰妹妹说
嘘 请你轻点
这个世界太需要安静

油菜花

远远的看见
一群素面朝天的村姑
披着金黄的嫁衣
正等待阳光的挑选

微风吹来 她们缓缓
打开曼妙的身体
几朵白云从天空中
跑出来 吻上
她们光洁的额头

大地深处
传来幸福的颤栗
一首羞涩的小令
隐在树林身后
小桥流水做了新的注脚

野蔷薇

一个有着明亮
眼睛的女人

一个用孤独写下
大美的女人

一个用洁白
濯洗鸟鸣的女人

一个死了
都要爱的女人

我画布上的春天
没有长河落日
只有你

想起

最初的秘密
是一盏灯说出来的
寒露濯洗过的清秋
有着金子般的宁静

桂花的香气
是夜晚最明亮的部分
让人很容易忘记
曾有过的忧伤

这个时候
我还是会想起你
想起远方

一只迷茫的山羊
正从日渐消瘦的草地上
抬起头来 它眼睛里的孤绝和美
有着雪山一样的高度

石霜寺的莲

石霜寺
大雄宝殿上的莲花
终年开放
为仰慕的芸芸众生
为不可触摸的虚空

唯有院子的角落里
一池清寂的莲
是为我默默等待的那个人

清澈的眼神
欲语还休的样子
将我带到月亮之上

这样子的我们

你在这里
我也在这里
两片孤单
而又依依的莲叶

风刚刚好
暮色刚刚好
我们半开半合的样子刚刚好

再有一两声蛙鸣
就更好了

安静地爱

与一棵植物毗邻而居
我是幸福的

我们不靠近
不说话
只在彼此的眼神里活着

在同样的时光里
我们静坐
偶尔弹无弦的琴

枯与荣 荒芜与辽阔都不重要
我们只用一颗简单透明的心
安放自己 安静地爱 ……

蓼草

是露珠
也是星星
落满了你的额头

当我蹲下去
触摸你的呼吸
那在微风中颤动的
也是我的

像碎瓷片划过
一条忧伤的河流

一种疼痛的美
将我轻轻覆盖
也将我轻轻埋葬
在秋天寂静的小山坡

野荞麦

大地子宫里
孕育出来的孩子
他们叫你 野—荞麦
因为你自然生长的天性
无畏风雨

一个人
在山路上走
心思都在弯弯绕的肠子里

走着走着 就遇见你
某种记忆
忽然间打开缺口

小时候的我们
都是追风的孩子
不就是这样一株野荞麦？！

有些温暖是悄然生长的

像是一条河
突然改变了它的流向
在第一阵春风吹拂大地之后
春天似乎又销声匿迹了

而我依然相信
在浮冰之下
终有暗流涌动

在我看得见 看不见的地方
一切美好的事物
都在赶来与我相会的途中

傍晚 我听见花盆里
破土而出的嫩芽
发出清脆的声音

这悄然生长出来的温暖
像棉花的白
那么纯 那么软
轻轻一下 就取出
误入我胸口的那根刺

春天不再是一支单弦曲

一定是风的手指
在轻轻拨动着琴弦

让一千棵开花的树
说出阳光 说出雨露
说出湖水的涟漪

让一万朵花儿
说出心跳 说出温暖
说出星星的眼睛

当美遇见美 当爱遇见爱
春天不再是一支单弦曲

黄昏

渐渐喜欢上
小葱拌豆腐
还有鬓角的白发

院子里
两张竹椅并排躺着
正对一张斑驳的木门

黄昏 故事
从门里走出来
两颗磨平了棱角的石子
露出小虎牙

猜

隔着碎花窗帘
我听见你 轻轻的
一声叹息

室内的灯 明明灭灭
一如你心里的小野花
枯萎了又开放
可我怎么也猜不透
它是朝着哪个方向开

月光爱人

今晚 你会在谁的瞳仁里
憩息
谁 又是你
最亲密的爱人？

沉默在天上
微澜在眼底

如水的月光下
一只金蝴蝶 轻轻地
飞出瓜棚

含鄱口

是雾恋着云
还是云爱着雨

在含鄱口
我看到它们相互追逐
互相缠绕

似乎 爱从来都是这样
谁也说不清

梦呓

夜深了
看不见星星
也许它们早已安静地睡了

我用一声轻唤
丈量我们之间的距离

你用浅浅的微笑
划过我的琴弦
聆听的 还有窗下的那株蔷薇

阅读

疼痛的分娩之后
五月 雨水为大地种下
另一种辽阔

清晨 渌江河边
一只小小鸟
占据了半壁江山

小喙轻轻一点
流水被它翻过一页
又一页……

山间

我喜欢这样的感觉
一个人在山间行走
所到之处都是路

树木的偏旁上
彩蝶纷飞
带发修行的植物
有隐忍而节制的美

耳畔传来流水声
若有似无

心跳的和弦
握在手里
一人倾诉 一人倾听

落叶

不要以为
它们只会寂静无声

在苏故村
我看见过一群落叶
领着一条河
不 是一个季节往前跑

如果是在南太行
我相信 它们能让一座山
不 是无数座山同时演奏
理查德·克莱德曼的钢琴曲

在此之前 我听见的
是它们在每一个枝头
点燃寂静的声音

夏荷清韵

你裁素纸

铺绿萝

沾清风玉露

点红蕊 写诗

整个季节

在你的娉娉婷婷中

氤氲成一幅幅江南水墨

喊醒沉睡的细胞

时光 用着用着
就旧了
像身体里的某些零部件

这些天
我不断往身体里
搬运春风和鸟鸣

我想在天黑之前
将一些沉睡的细胞喊醒
想喝茶的时候
有另一个自己 面对面
笑谈八百里洞庭 风雨和雷电

矮寨大桥

那绝不只是
一道风景

远远地看
好像峡谷之间
横空长出的一根肋骨

南来北往的车辆
在肋骨之上
风一样穿梭

一个顶天立地的男人
他的胸怀
该有多么宽广

下到谷底的时候
我对他
不禁又多出几分敬仰

我和你

你去远方了
而我还在这里

等待一场大雪的降临
等大雪之后
两只小麻雀
在路旁的电线上啾啾
跳跃 然后一起
飞往春天的丛林
想象着
一只是你 一只是我

我还想爬上
我们一起登顶过的高山
看一列绿皮火车
吐出呼呼的热气
它的心跳 左心房是你的
右心房是我的

岩上的树

他方的树
如何与天地对话
我不知道

我见过 张家界天子山
峭壁上的树 傲然挺立
秋风剥光了叶子
只剩全身的骨头
根仍盘踞在悬崖上
像一只只振翅高飞的雄鹰

十多年了
悬崖上的鹰
应犹在

做一只蜻蜓

这样的夜晚
我只想做莲叶上
一只小小的蜻蜓
在绿色的柔波里
让风穿过我的翅膀你的脸

我想看见浅浅的微笑
从泥土的芬芳里
轻轻走出来
一朵 两朵 三五朵
粉红或是洁白
每一朵都是
这个季节最美的情诗

这样的夜晚
我只想做莲叶上

一只小小的蜻蜓

我想枕着你的呼吸
在清幽的湖水之上
在满天的星辉之下
甜甜地睡去……

江南雨

在你之前
早有人粉墨登场
我却只入了你的戏

你绿绿的爱
秉持着江南所有的特性
含蓄 温润 清新
恰如其分地
拿捏着分寸

就算这辈子
我注定成不了 你城池里
一条自由游泳的鱼
却还是会心甘情愿
为你放下 我一贯的矜持

等候

自从你来信说
带我去看武当山
我常常从一个梦里
走进另一个梦里

梦见山上所有的树
都穿着道袍
它们不打坐 也不诵经
只静静地等候

雪在路上

一

风说你要来
我就在一朵花里等你
想你成宋唐的女子
温婉而不失娇媚
你会随风翩跹而至
还是轻移莲步？

二

你在路上
我心也在路上
如果你变成一树梅花来见我
我要告诉你
我独爱纯白的那一枝

三
消瘦的是目光
冷却不了的是心的温度
只怕你还没有来
我早就融化了自己
就让我也变成一朵雪花吧
我们说好　你不来我就去

莲说

是我爱过的莲花
想象它开在水上的时光
蜻蜓划过水面

现在 它是一口幽深的井
照见清风明月 风霜雨雪

莲说 光阴会隐藏美
露水便濡湿了星星的眼睛

辑三

精神原乡

提灯

每次给小花小草拍片
都感觉到
它们体内有一盏灯

我每按动一次快门
灯就更亮一点点
我不按的时候
它们就自己亮着
也不管有没有人看见

有一次 深夜回家
远远地
一个扫大街的大妈
推着一辆垃圾车往前走
她的体内 也有一盏这样的灯

夜晚 一只鸟飞过雪野

夜晚 无数的白蝴蝶
从天而降
带来十万吨
白色的风暴和火焰

一只鸟飞过雪野
它振翅的样子
一道黑色闪电
划破旷野的寂静

这尘世的孤决和美
雪地上
那串深深浅浅的脚印不说
你我都不知

登临君子山

登上山顶
才能看清楚那条盘山公路
大山的脐带
大山的筋骨
如果让它竖起来
一定可以通天

从高处看
不断有蚂蚁爬上去
这些不知天高地厚的
只有它们
才敢于和君子山挑战

慈悲

雷雨过后
万物被清空

几只小麻雀
结伴来到院场中间

借着微弱的光依稀可辨
地面上还有一些
没被雨水冲走的玉米粒

车在山路上走

仿佛船在风口浪尖
拐过一个险滩
还有另一个险滩

一路上　两面鼓夹击着
一面悬崖　一面绿色的海
轮番上阵　越往上鼓点越密集

车窗外　一只鸟
轻轻扇动着翅膀
就将万顷流水置于身后

石瀑

那条巨大的瀑布
它不知道自己还在流动
即使被时光的钉子
钉在绝壁上

在去花瑶大托村寨的路上
我老远就看见它
一泻千里的样子

虽然到了近处
还是听不见
那哗啦啦的流水声
我忍了好久才忍住
想要上去摸一摸它的冲动

我确信自己看见的
数百米宽的石瀑
是经受过天打雷劈的
——水的骨头

照

清早去登山
快到山顶的地方
遇见一只蜘蛛
正在树枝间
精心编织一张网

小小的蜘蛛
在哪都可以安家
朝饮甘露 夜听泉声

一缕阳光照下来
落在细细密密的网里
风吹过来又吹过去
蛛网闪着亮光
多像一面镜子

我照见另一个自己
还有来时
那条弯弯曲曲的山路

每一块石头都是守护神

花瑶的梯田间
随处可见大石头
远远地看 像一个个荞麦馒头

走近了 发现它们
更像魔宫 像巨轮

我想知道 这些石头里
是不是住着神灵
是不是藏着
闪电和日月星辰

玉哪说 这些石头
都是先人的眼睛
看护
一方水土

★玉哪：花瑶小伙

背篓

龚滩少土
有的是石头和木头

清晨 乌江边
一个女人背着一筐东西
吃力地一级一级爬上台阶
她的背弯成了一把镰刀

近前才知道是一筐土
终于明白
青石板路拐弯的地方
为什么会突然出现
一丛好看的三角梅

光线的声音

看鸟儿们饮水啄食
嬉戏　展翅
一整座森林
在我面前就打开了
一同打开的
还有不远处　湖水的一面镜子
和头顶自由的天空

羽毛飞起来
芦苇飞起来
我也要飞起来了

多好啊
我轻轻地唤它们
白鹇　小翠
孔雀蓝　环颈雉

白冠长尾 红腹锦
仿佛它们都是我的孩子

一束光穿过轻盈的身体
发出寂静的声音
而湖水 正在微微地荡漾

沉默的石头

再大的水声
也掩盖不了
它内心的宁静与坚定

它的存在
是为了让水滴
有更大的力量可以流动
并让它们 在累的时候
有结实的肩膀可以依靠

它的样子
像极了我默语的父亲

在一首诗里活着

当一首诗 渐渐长出眉毛
眼睛鼻子和嘴巴
我就爱上了它
当它长出骨骼和心脏
我就在它的身体里活着
或者让它替我活着

在一首诗里活着
我感受山泉的清澈
和炊烟的温暖
感受父亲的伟岸
和母亲的慈怀

在一首诗里活着
我感受四季的变换
和人情的冷暖

感受匕首的锋利
和恋人的柔情

在一首诗里活着
我感受血淋淋的伤口
和傲然挺立的头颅
感受山洪的爆发
和血脉的偾张

撕下面具 我在一首诗里
真实地活着
其实 我已经死过许多次了

访渌江书院

一座百年书院
用它的厚重
将一座城抬高
让她与天空更接近

大门向南敞开
母亲河渌江里流淌着
古老而又新鲜的血液

我们拾级而上 一路阅读
脚上沾满历史的泥土
翘起的檐角
氤氲着秦风古韵
仿佛一伸手
就可以摘到唐诗宋词
旁逸斜出的三两支红枫

为它们押上了新的韵脚

我听见院子里
光阴流动的声音
有人在轻轻吟诵
播撒希望的种子

被岁月带走过的语言
在身体里复活
思想的潮汐涌动
一道闪电穿透重重雾霾
点亮城市的上空

生长的火焰

我认识的春风
是个急性子
雨水一过 就忙着

在山坡上 田畴间
石头缝里 角角落落里
点燃一朵又一朵火焰

它们在我眼里
心里 身体里生长
将我整个的照亮
我会觉得
连叹息都是羞耻的

土墙

或许已经不能叫做一堵墙了
可是怎么推 它都不倒
莫非主人留下的一身硬骨头

风不信 一次又一次
使劲地扑过去 抽它咬它
以为它会求饶

折腾了半天
听见的却是
自己呼呼喘气的声音

每一株植物都藏着生命的密码

从会真寺下来
梵音一直在耳旁萦绕

沿途的山坡上
许多叫得出名叫不出名的植物
正在春天的阳光和鸟鸣里打坐

无法想象
它们体内的火焰有多高
也无意与它们中的任何一株
相互指认
但我始终相信 在它们看似平静
实际上波涛汹涌的身体里
一定藏着生命的密码

除了神奇的大自然
谁能将它开启呢？！

辑四

时光印记

四叶草的消息

不知是谁
在小路旁种下一株玫瑰
傍晚下起一场雨
湿润着她的唇

此时 她在悄悄比较着
一根发丝
和一根睫毛的味道

而它们正相拥着
在她的花瓣上
跳着华尔兹

看 它们多么卖力地跳啊
那些飞过了每一片草地的小鸟
你们 为什么不愿意
告诉它们有关四叶草的消息呢

和阳光一起坐一会

这个下午
我和阳光一起
在西山的坡地上坐下来
这一小块江山就是我的

石阶前的枫树上
一枚红叶打着手语
与我交流
同样安静的眼神
拉近了我们的距离

风将一些遥远的记忆
搬来搬去 最终用力地
将一股小火苗按下去

我跳出时空
成了自己的佛

清晨

阳光铺开宣纸
一只鸟站上了神农塔
它的鸣叫让湖面
开出几朵小花

空气里荡漾着果实的芬芳
长满青草的心复活
重门次第打开

空椅子

我看到过
一群蚂蚁搬动着
整个黄昏

也看到过 一根青草
从湿漉漉的水塘里
打捞起月亮

现在 我要将自己的心
空出来 去阅读
在我身上留下的
带着体温的故事

如果可以
我还要在故事的章节里
加上咸涩的泪水
和长久的拥抱
让故事在风中站立起来

冬日 在官庄水库

再多的赞美都是虚词

水库最深处

纵横交错的伤口泛着青色苔痕

隐隐的流水声里

传来水库的脉搏

也牵动小草的神经

它们从黑暗的缝隙里探出头来

用力托举那轮新的太阳

断桥之上 一只小狗

向尘封 62 年之久的时光之印

献上了它的初吻

不用去探究水路

拐了几道弯 又会延伸到何处

我只等风来 撩起我的长发

此时的官庄水库
空旷却并不寂寥
一截枯枝 一枚石子
都蕴藏着关于某一个人
某一个村庄的故事

不远处 一只白鹭展翅
将我的视线 引向了山的那边

沉默的壶口瀑布

没有亲眼
见过壶口瀑布
只从你留下的一张照片中
窥见那么多的水滴
集体跳下悬崖的壮举

当时 你站在
一块凌空的巨石上
手提一把大茶壶冲我微笑

害怕吗 我想问你
然而 任凭我苦苦追问
你永远都不可能回答了

我可以想象一下
你身后一千万匹马
一齐嘶鸣的声音吗
壶口瀑布 始终沉默不语

这样的季节

这样的季节
我喜欢坐在低处
听风吹草动
看万物呈现出
棉花般纯洁的光芒

我还喜欢 听成熟果实
从树上掉落的声音
像自然的分娩
让人怦然心动

有时候 我希望自己
也变成一枚果实
当我重回大地
母亲的怀抱 能听懂
来自她心灵深处的密语

月季花

　她总是以最美的样子示人
只有下雨天
才看得见
原来她也是会哭泣的

我想对她说：
你好

就像每天早上醒来
对着镜子里的
另一个自己说：你好

我点点头
她也点点头

一个人

一个人登山
孤独会高过山峰
一个人划船
孤独会深似大海

一个人看星星
孤独便如繁星浩渺
一个人看蚂蚁搬家
孤独便被蚂蚁分食

今晚 我们不谈诗歌

今晚 我们不谈诗歌
只给那位比月牙还瘦的美人
一把古琴 让她的指间流淌出
泉水的叮当

给西风一匹快马
让它去往远方
送一封红枫写的信笺
让读懂它的人 怀抱着温暖
看长河落日 看剑舞秋霜

今晚 我们不谈诗歌
只给在星光中赶路的人
一把铁锤 让他敲碎遮断眼的幕墙
从黑暗里抽出时间的骨头

乳房之诗

曾经 你是碧波之上的莲花
那里藏着夜晚的琴匣
大海的汹涌和鸽子的鸣叫

曾经 你是含在
上帝口中的樱桃
里面装着天使的微笑 生命之源
时光之手将你轻轻抚摸

后来 你变成
两个口袋
空空 又空空

再后来 你变成两只枯叶蝶
不知什么时候
被秋风摘走一只
另一只 也悬于断崖

身体里的河流

秋

一个人
走着 走着
就到了半山坡

听见风声
在体内敲打

身旁的树上
几枚熟透的果实
提着忽明忽暗的灯笼
将山脊缓缓抬高又放下

醒来

那么多的花
争先恐后站上高枝
用积攒了一年的火焰
喊醒一座山

只有一朵
羞涩地躲在低声部
她的小乳房　昨天才刚刚拱出
毛茸茸的小嘴

小满

写下雨水
梦就醒了
话说到一半
花就开到了微醺

日子 空出许多的等待
等蝴蝶 长出更美的翅膀
等大地 结出更丰盈的果实

等一列小火车带我去平原
看风吹麦浪 赏万亩樱桃
等你 和我一起去
山野田边挖苦菜
顺便尝一尝 夏天的真味

等待中 月渐渐圆了
眼前的酒杯
慢慢就斟满了

路标

陪朋友回了一趟老家
经过的这条盘山公路
数不清有多少个路标

只记得最后一个
是她翘首以盼
白发苍苍的老娘
远远望去　就像曲线上
一个小数点

泊

我可以不去问
一张发黄的老照片里
渗透着的陈年旧事

也可以不去想
一段青石板路上
镌刻着的久远岁月
可我不能停止聆听
在我耳畔低回的这首曲子里
泊着的心音

思乡曲

我们坐在草地上
我们不说话
听远方星星的呓语

湿漉漉的月亮
在苍穹
咫尺 天涯

仙岳山的夜晚
——致惠及众友

风吹浮世
也将我们吹成了草籽
散落在各处

今晚 我们从四面八方
来到这里
沿着山路前行
一些物质 在眼眸深处
起起伏伏

一株多肉植物
一丛狗尾草 都是我们
放慢脚步的理由
弯弯曲曲的小路
收藏了我们彼此的心跳

今晚 我们用笑声
点亮仙岳山的夜空
多年以后 当我们老了
它们还替我们年轻着

网

我们一生都在织网
并用来打捞

当我们回头看
那些被我们丢弃的
枯枝 腐叶 和沙石
正在慢慢变成琥珀和金子

一字之诗
——写给儿子

有没有这样一个字
将它藏在黑夜里
让它慢慢研磨
直至拥有雷霆之力
再送给你

有没有这样一个字
将它藏在身体里
让它慢慢发酵
直至拥有酒的甘甜
再送给你

有没有这样一个字
将它种在泥土里
让它慢慢发芽
直至拥有高山的伟岸
再送给你

有没有这样一个字
将它的版图不断扩大
让它能够像日月一样
发出光 照亮我也照亮你

其实啊 我只想用这个字
写一首诗 让它陪伴着你
无数个清晨和日暮

微风吹来的时候

美一定是向低处生长的
微风吹来的时候
河岸边的银杏树
向我俯下身子

一只蝴蝶 从庄周的梦里
轻轻飞出 停在石栏上
透明的翅膀
仿佛尘世的一面镜子

在它深不可测的眼睛里
我读到了季节的隐语

春天的山谷

翠绿

碧绿 草绿

浅绿 深绿

黄绿 油绿

鲜绿 墨绿

橄榄绿 祖母绿

说得出名字的绿

说不出名字的绿

从地底下钻出来

从小草的头上冒出来

从石头缝里蹦出来

从树木的偏旁里伸出来

更多的是从死亡的队伍里返回来

毛绒绒的光 一层一层打开

一层一层叠加

起风了

几滴清脆的鸟鸣

掉下来 涟漪起伏

那是大海 绿色的心跳

静静地读

它就变成大自然的一道神谕

一首诗落在树林里

阳光一定是从小河
拐了几个弯过来的
它的亲吻有些
泥土和青草的味道
也让铁河口十月的时光
变得更加柔软

我们坐在草地上
我们不说话
羊儿在吃草 羊儿安静
小树林更安静

风吹草籽 也吹拂着我们
还将太阳往西边
挪了一点点 抬头看
一首诗刚好落在
小树林的尾巴上

春分日

一首诗
从黑夜的歌谣中醒来
风抚摸着它的额头

我和它 在院子里
并排站立了一会
身上 落满了
鸟鸣和花香

一条小径
从眼眸的深处
向远方无限延伸

听瀑

在雨中
听庐山瀑布
听诗人的吟哦

飞流直下
淹没的 不只是
盛大的孤独和寂静
还有一个梦幻般的声音

窗外

这样多好
不用开窗
就有曦光投射进心房
闭上眼睛 都能感受
那棵高大挺拔的树
又添了许多新绿

一只小蚂蚁
正在努力地向上爬
此刻 它模糊渺小的
身影多么美
微风吹拂的样子
多么美

哦 我心里有一支
明亮而又安静的歌子
连着天空和大地
又是多么美

假如……

如果有一天
我像一片叶子
轻轻飘落

你是否会
弯腰 拾起

就像当初
我将你送的书签
夹进最喜欢的那本书里

风中的鸟巢

树叶全掉光了
风很大 却没能将它摇下来

走到很远
我忍不住又回头

这一次 我发现
它变成了一个 钉在半空的
倒立着的惊叹号

辑五

故土情怀

下一场雪

想念一个人了
就在心里下一场雪

用白雪做一条长长的围巾
一头系在故乡的山水上
一头围在脖子上

在雪地里
绕老槐树走一圈
每走一步 就有一封旧信
从岁月的口袋里跳出来

让一条河流在骨子里寂静地生长

比远方更远的
是孤独
比天空更清白的
是历史的镜子
当这面镜子 照耀在
一条踽踽独行的船上
当这条船 撞开黑暗的网
火焰般的光芒
将一条昼夜不停的河流
清晰完整地呈现在我们眼前
有人劈开缠绕的水草
滤去历史的尘埃
借神之手 给这条河流
注入新鲜的血液
让它在骨子里寂静地生长
我们看见思想

在千峰万仞间站立起来
所有的悲悯情怀
在河与岸 人与自然的
和谐统一中得到共鸣
而心灵的自由与放达
早已超越了一切
天和地 生与死
⋯⋯

秋声

炎夏终于过去了
是时候坐下来聆听

几只羊在草地上
啃食时光的声音
漫山遍野的果实
在风中咧嘴笑的声音

露珠儿在树叶上
滚动的声音
溪水在山涧
研墨写意的声音

闲云下 野鹤
轻拍翅膀的声音
树叶羞红着脸写日记的声音

微风吹过　几枚松果
轻轻落地的声音

还有许多许多的声音
一同装进禅定的心房
汇成一幅明澈的秋色图

墙上的母亲

真的 母亲
我不该将您挂在墙上

这么些年
您在高处看着我
熟悉的眼神从未改变

我每时每刻都能
感受到您的味道
却不敢与您对视

生怕一不小心
眼睛里的水
就会蓄成汪洋大海

信仰

这个世界
有太多的虚无

而你
是一颗光明的种子
褪却华丽的外衣
让高山仰止

你是浴火重生的凤凰
是对生命最高的礼赞

你不在别处
就在阿妈虔诚而洁净的心里

光阴

庸常的日子
梦想着 用双手
将时间的皱褶抚平

却总是围着磨盘转
直到有一天 磨盘老了
而我们也被转进一口深井
再也出不来

我热爱孤独的事物

孤独的人总是太清醒
伸着长长的触须

诗人风清扬子说
屈原的孤独是洁白的
极喜欢这个隐喻
正如我喜欢
其他许多孤独的事物一样

沙漠中站立的一棵树
水岸边泊着的一条乌篷船
天空中飞翔的一只大雁
夜晚房间里亮着的一盏台灯
还有欢乐人群中
擦肩而过的你我
这些都是我隐秘的热爱

一生那么长
孤独的事物那么多
而我一直都在寻寻觅觅
尘世中孤独行走的
另一个自己

我喜欢……

我喜欢
雪地尽头升起的
几缕炊烟
那是村庄的眼睛

我喜欢
白雪覆盖下露出的
教堂尖顶
那是神的手谕

我喜欢
雪地上突然出现的
一个黑色句点
那是你 从远处
向我走来……

雪是一只鸟

倦鸟飞回来了
最先知道的
是村口的那棵苦楝树

不再有闪电
只有一些缓慢的抒情
隐身在一首田园诗里

有一句刚好落在
光秃秃的枝叉上
成为乡愁中最寂寥的写意

粮食

这个冬天
我储存了足够的粮食
其中三分之一
我专门用来研究
让它们和香气调料水分
亲密接触 在儿子的味蕾上开花

另外三分之一
我用来取暖
让它们和窗外的风，月季，雪花
眉目传情 在我的诗歌里跳舞

还有三分之一
我将它们放在一个秘密容器里
让它们在寂静的夜里和我对话

我发现
我和它们一样
都有泥土的形状

赞美诗

茫茫雪地上
全是洁白的赞美诗

一只乌鸦 用身体
讲了一句人话
"这世上哪会没有一点黑？！"

我们终将走在同一条路上

经过这么多年

我发现 我和一棵树

一直互为影子

我们一同开花

一同结果 一同枯荣

一同走在尘世的路上

不仅如此

那些在地上走的

在水里游的

在空中飞的

它们终将都回到

和我们同一轨道上

下雪了

雪 落在池塘里
很快就融化了
雪 落在墓碑上
很快堆积起来
像一夜之间
从土里返青的人头
比白雪还要白

里面有我远去的亲人
这么多年了
他们在另一个世界
活得还是那么干净

故乡的老水井

想起那口老水井
离故乡就近了
仿佛 它就在我的
心窝上 汩汩地流淌

井水里装着童年
还有一面闪光的镜子
那个时候 天空在里面
很小 却很蓝

现在 世界大了
却再也看不清天空的模样
它早已被时光之手改写

多想能够从水里

捞起一轮明月
哪怕只是竹篮打水

多想 当我回到故乡
尝一尝老水井的水
还是当年沁甜的味道

奶奶的木楼梯

奶奶的木楼梯
是她用卖大碗茶的硬币
换来的 估计硬币堆起来
都快成一架楼梯了

奶奶最喜欢的一件事情
就是清晨的时候
看着我们爬上楼梯
在阁楼上读书
声音像早起的鸟儿

奶奶还喜欢
让我们爬上木楼梯
去阳台帮她晾晒
用洗米水浆过的衣服
她总是眯起眼睛说

衣服挂在那里
像呼啦啦的旗帜
等晒干了
有阳光和粮食的味道
闻起来 香香的

老屋

老屋　真的老了
老得已承载不起
一缕瘦瘦的炊烟

夜晚　父亲的一阵咳嗽
让它头顶的白霜纷纷坠落

树上的鸣蝉
草丛里的萤火虫
都是旧时模样
屋子里的灯光已变成哑语

千里塞外
马头琴的呜咽响起
游子的酒杯里
一枚上弦月不停地摇晃

盛满月光和虫鸣的老屋
成了一道斑驳的风景
梦里 屋顶的那缕炊烟总在招手
那是母亲对游子轻声的呼唤

远去的时光
终无法抵达
在一代甚或几代人的心上
老屋将慢慢变成
一个大写的繁体字

总有一种方式

总有一种方式
让时间开口说话

譬如 春风吹拂后
从土壤里拱出的嫩芽
譬如 经过悬崖撞击后
从四面八方汇入大海的波涛

譬如 秋收后
麦场边啄食的两只小麻雀
譬如 你走后
纷纷扬扬的一场大雪

荒草径

只有走上去
它才像一条路

大多数时候
它是一条潜伏的响尾蛇
风一吹 若隐若现出
它本来的面目

有些东西
横亘在我和你之间
深不可测

时间是弯曲的

没有人知道
那条孤独的小船
为什么一直默默

时间流到它的身旁
总会拐一个弯

昨天在那里
今天也在那里
时间久了　它变成了
这条河的一个补丁

一只蜻蜓在水上飞

它的羽翼
是夕阳映照下
最透明也是最隐秘的部分

每次轻点
都会带动寂静
在水面长出几圈鱼尾纹

涟漪向四周扩散
也将我带向虚无

消弭和生长
同时构成
黑夜漫长的海岸线

秋日的沩山冲

走进沩山冲

如同进了一道天然屏障

尘世的喧嚣在身后隐遁

山环水绕间

一座座青石板桥

挺直着腰身

它们和沩山古窑一起

早已走过百年孤独

活成自己的模样

野草在低处匍伏

它们是我隐姓埋名的乡亲

风吹稻浪

金色的小河流

擦亮了时光之眼

在小阳坑遇见一座山

回头看远远的那座山
才发现 一天之中
我竟然两次
从它的子宫里穿过
但它已不是来时的那座
我也不是来时的我

在它隆起的腹部里
有多少隐秘 我无从知晓
没有人去破译
它也不会自动说出
而"一切没有被说出口的，
注定要消失"

我沉溺于
它不说话的样子
像睡着的雄狮 随时都会醒来

母亲的灶台

小的时候
我们总是围着母亲转
母亲啊 总是围着灶台转
转啊转 光阴就这样溜走了
母亲 就这样转没了

母亲的灶台 曾是
家中最温暖的地方
是出门在外讨生活的父亲
饿着渴着 回家第一眼
总要揭开锅盖看看的地方
是我们看着母亲
变戏法似的拿出好吃的东西
欢呼雀跃的地方

母亲的灶台边

是我们慢慢长大的地方
是我们舌尖下 最朴素
最真实的记忆诞生的地方

那热气腾腾的铁锅里
冒出来的滋滋滋的声音
是我至今听过
世间最美妙的音乐
火光映照下
母亲慈祥的脸庞流着汗
一缕秀发垂下来
是我今生见过的
世间最难忘的图画

空灵岸

在空灵岸 我使出浑身解数
也无法将千年古刹的风貌
和它深藏的历史文化底蕴
还原与定格
正如空灵寺脚下的河水
怎么也淘不尽它的黄沙

我唯一能做的
就是掬一捧空灵岩下的清泉
让它沁入我的肺腑
看芦苇们与翘起的檐角
在蓝天下耳语

是谁说四大皆空
脚步轻轻又轻轻

当梵音远去
我依然行走在红尘深处
心有千千结

夜色多美好

夜晚的书院桥
一架横卧水面的大钢琴

灯亮起来的时候
蓝色多瑙河
从渌江河的腹腔里流淌出来
让眼睛迈不开步子

而我更喜欢隐身
在渌江桥的黑白琴键中
听醴陵方言唱的思情鬼歌

"我哩满哥哥鬼（呃）"
从河对岸轻轻飘过来
才感觉美丽的夜色
不是舶来品

　　"我哩满哥哥鬼（呃）"引自湖南
醴陵民歌《思情鬼歌》。

铁河口

从转步回来
夕阳一路跟着
走到铁河口处
夕阳停在枝叉间

水塘里咕咕响了一声
一条鱼跃出水面
一口吞下夕阳

夜色濡染
一滴墨水 将世界还了原

惊蛰

梦醒了 远处有雷声滚动
每响一声 黑暗就散开一些

不知道 有什么力量
让安静的事物春心荡漾
让千军万马在天空中奔腾

人间枯骨——找回了
自己的灵魂安放之所
它们褪去原有的肉身
复活成飞鸟鸣虫
土地和村庄的模样

它们将向山川河流
借来一部诗经
并邀请桃花杏花李花
还有嫩芽和柳枝粉墨登场
在绵延不绝的雨水里
在接下来的时光里诵读

田野

立冬后的田野
空荡荡的 让我想起
生产后母亲的子宫

再远一点
是零零星星的几个草垛
它们是村子里
另一群留守老人

一群麻雀飞过来
很快又叽叽喳喳地飞走了

等雪落下来
这里将变成一张白纸
你想在上面虚拟什么
就是什么

苦橘

生长在野外
保持了苦涩的本味

因为苦味
保持了处女的纯洁

我远远地看着它
似乎再靠近一分
都是一种亵渎

最朴素的神

在乡下
最小的庙是土地庙
几块砖 几根竹
就能撑起一片天空

最小的神 是土地神
没有金身 没有坐骑
风里雨里 掌管着四邻八方

这些朴素的神
主持的都是公道
眼睛里装着朴素的事物
土地 庄稼
鸡鸭羊狗 老人小孩
全没有地位尊卑之分

当我说出赞美

风降到 C 调
小豹子停止了奔跑
看五彩斑斓的夕阳
与山水对酌

"粼光铺满的三千里河水
交给了安静"

当我说出赞美
内心的流水
早已淌过千年的诗经
演绎成一曲清远的空灵幽韵

当我说出赞美
远山之远 青鸟归于林
佛塔屹立 却缄口不言
这暮晚最隐秘的部分

·代 跋·

强调写作的存在性和精神寄托

—— 关于诗人晓虹的诗歌

冯 峰

在一个精神逐渐失衡的时代，我们该如何来审视我们的诗歌？精神语境产生的变化，诗歌的多元化，新的写作伦理的产生，似乎都在让诗歌走向迷离。当诗歌被迫置身于一个广大、混乱的消费现场，它是否还有自己需要坚守的精神边界？换一句话说，当诗歌越来越成为消费时代里人们精神可以随意丢失的"记忆"，它的基本使命是否还是为了探究心灵、解释存在？ —— 至少，在我的内心，是一直对诗歌心存这样的梦想。同样，在近期阅读了诗人晓虹（水柔）即将付梓的新著《身体里的河流》以后，我更加相信，一个强调写作的存在性和精神寄托的诗人，无论当下的生活或世界是如何迷离，她的创作仍然犹如心灵里一种隐秘的念想，一种了解自身存在境遇的一条细小的管道，在书写中为我们坚持不懈地贡献着一种对现时"观照"的精神担当。

晓虹的作品与她的为人一样，蕙质、清澈、透明。她不是一个利益写作主义者，她的诗歌可以照见她的内心世界。诚如她在《身体里的河流》里这样说：我的身体里／住着一条河流／它时而安静／像一部无声默片／却让我泪流满面……身体里的河流啊／我灵魂的栖息地／也是我活着的唯一明证／如同河流对我的供养／我也要将骨子里的血液／良善 传承下去／即使有一天／生命停止了运动／身体里的河流／依然会焕发出 无限光芒。透过她"骨子里的血液"你看到的是我们不可放弃的"良善"。这种良善，如同一抹精神之光，贯穿着岁月的河流，生命的河流。

晓虹的诗歌可以随时拿起来读，也可以随时放下。我坚持认为：这样的诗歌必须是带有情境的。一帘《江南雨》被她说破了："在你之前／早有人粉墨登场／我却只入了你的戏／你绿绿的爱／秉持着江南所有的特性／含蓄 温润 清新／恰如其分地／拿捏着分寸 就算这辈子／我注定成不了／你城池里／一条自由游泳的鱼／却还是会心甘情愿／为你放下 我一贯的矜持"。《江南雨》应该是诗人晓虹众多诗作中比较圆润、轻巧、成熟的一首作品，在她写意潺潺的诗意中，虽然有过"粉墨登场"的濡染，却不着一"雨"，尽显江南"雨"之妙意。我说，这是诗人晓虹作品走向无语、清落的另一种妙意。从晓虹的诗语呢喃中不难看出，她在诗歌中是非常"入戏"的，她以平实、淡定的诗心，传递给读者的没有华丽的辞藻或迷途般的结构，而拥有的是那颗真实、淳朴的心，并通过一种朴素的话语来印鉴着美的诗学和思想，这或许是她恒持写作的魅力了。我在想，一个诗人，如果对人生，对生活没有觉悟，对世界没有观照和思索，他的文字里就传达不出味道来，语言也必定是寡淡的。

我对晓虹诗歌的整体印象是：她一直强调写作的存在性和精神寄托。记得几年前她创作的一首《每一块石头都是守护神》及其他此类的一些作品，当时我即被诗中非同寻常的诗的语象、意境和丰富的感性元素所吸引、所感动。我把她的这些作品归类为"精神原乡"，她的文字让我感到了一种充满质感的文字的存在力量。更重要的是，在这个思想多元的时代，我们看到了她书写生活平实、真诚的勇气，看到了诗人的一种精神指向。在《每一块石头都是守护神》中，晓虹一直把守着原生态的某种精神爱恋："……我想知道 这些石头里 / 是不是住着神灵 / 是不是藏着闪电和日月星辰"她进而将一种情境说到了极致:"玉哪说这些石头/都是先人的眼睛/看护/一方水土"。有读者评价她的诗歌作品说:"现代诗空泛的太多,晓虹的文字例外,就像她的名字,于直白间透着深刻的哲理,耐人寻味。"

到此我想说,无论是作家也好,还是诗人也好,所谓的"题材观瞻"并不是阻碍写作进步的顽石,甚至连借口也不是,而是在于一个诗人有没有在自己的处境里善于发现和思考。在文化艺术发展趋向更加多元的当下,诗歌正在边缘化,读诗的人群在锐减,诗歌的发声形式,正在逐步退出了公众生活的视野。在今天这样一个消费主义、娱乐至死的时代,精神的表达,以及心灵的呢喃,几乎完全被物质和欲望吞没——而诗歌作为人类微妙经验的表达者和精神意义的雕刻者,它所专注的恰恰是物质所无法替代的精神航向,是欲望所无法粉碎的心灵私语,只是,在这个有些悲壮的"抗衡"过程中,诗歌注定是理想主义的化身甚至是殉葬品。然而,它的精神大旗却根植在时间深处的"缝隙",猎猎生风。

因为对诗人晓虹的熟知,我知道她从来没有对诗歌失去信心。只要给时间、给诗歌合适的机会,晓虹会以心中那些柔软的情愫去实践和面对。那其实是心的力量，情感的力量。一直以来，我注意到：诗人晓虹以一个具有担当意识的诗人的饱满情感和真切体验，去抒写生活，表达情绪。如她的《慈悲》《乳房之诗》《背篓》等等，都会让人触摸到作者的心，看到作者这个人，感受到作者的体温，实现着心与心的对话，灵魂与灵魂之间的交流。如她在《乳房之诗》表达的那样：曾经／你是碧波之上的两朵莲花／那里藏着夜晚的琴匣／大海的汹涌和鸽子的鸣叫／曾经　你是含在上帝口中的樱桃／里面装着天使的微笑／生命之源时光之手将你轻轻抚摸……

这当然是晓虹诗歌呈现的写作语境，更是属于她的语言的结晶。同样，在多年的创作情绪当中，晓虹与诗之间一直保持有某种暗合，这种暗合在于，她与诗或者在与诗发生的某种相关联的事物内，她是充满先知先觉的慧根的。她匍匐于诗的每一根血管，去探听生命与诗的本我。在这种大地纵横的"生命之源"中，有一种本源的伊始便是"母亲的河流"。我以为，对于写诗而言，每一个人都需要找到"母亲的河流"，这是诗歌创造需要寻找的轴心点。

晓虹每一首诗歌结构并不复杂，但是，作者皆能以无限开阔跳跃的思维，灵动的语言，将众多自然界、生命中常见的物象串缀在一起，看似是杂乱的毫无关联的拼凑，实则是由浅入深地导出了一个脉络清晰的生命至爱的图景。"此时 她在悄悄比较着／一根发丝／和一根睫毛的味道 而它们正相拥着／在她的花瓣上／跳着华尔兹"（见《四叶草的消息》）。作者以童话般的语言，曼妙无比的诗歌意象，佐以女性细腻而柔和的笔调，歌颂爱情的美好。让读者无时无刻地感受着诗中直如行云流水，浑若天成的大乘境界。一种浪漫情怀和深沉感喟在脑海中弥漫隐现，时时可以触动我们俗世的心灵。同时，诗中所迸发出来的那种独一无二的美感恍如天籁之音萦绕在心，读来让我觉得一首好的诗歌作品的不可多得。

诗人晓虹善于在平凡而平静的时间背后思考生活，她在大量的写生活、写自然、写心语，在短小的诗歌篇幅中，其洗练的语言透视出缜密的思想以及圆融的文字机巧，显示出别样的创作生机与精神活力。为此，我更想说的是：唯美的作品是不易的，一旦写就，如果不落入平庸，就一定要成为经典。

时间可以佐证一切。

2021 年 1 月

（作者冯峰系株洲市文艺评论家协会副主席）